平生风义兼师友

适斋序跋与书评

郭丹 著

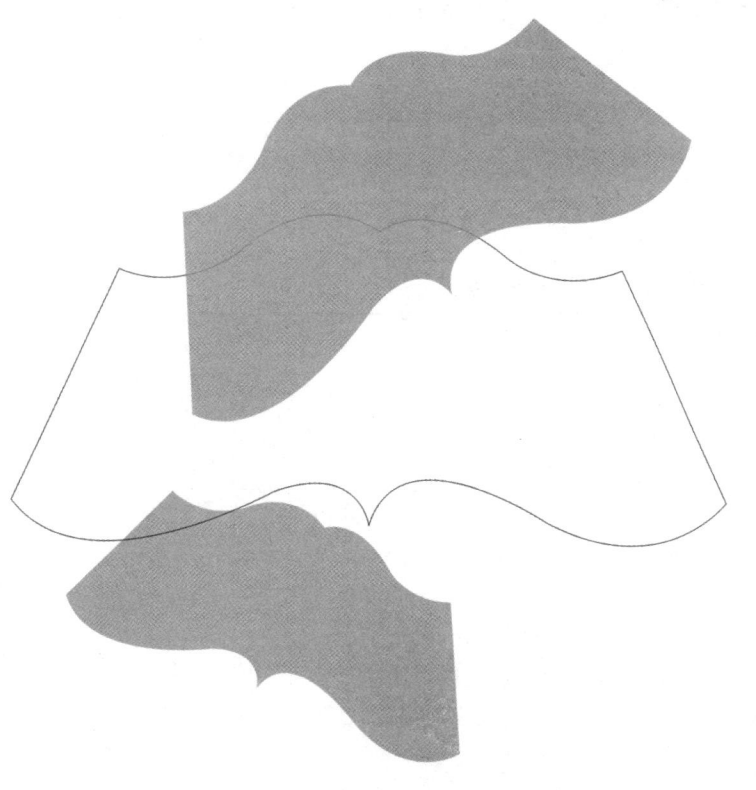

海峡出版发行集团 | 海峡文艺出版社

图书在版编目(CIP)数据

平生风义兼师友:适斋序跋与书评/郭丹著.—福州:海峡文艺出版社,2022.8
ISBN 978-7-5550-2868-0

Ⅰ.①平… Ⅱ.①郭… Ⅲ.①序跋－作品集－中国－当代②书评－中国－现代－选集 Ⅳ.①I267②G236

中国版本图书馆CIP数据核字(2022)第116681号

平生风义兼师友:适斋序跋与书评

郭丹 著

出 版 人	林 滨
责任编辑	李永远
出版发行	海峡文艺出版社
经 销	福建新华发行(集团)有限责任公司
社 址	福州市东水路76号14层
发 行 部	0591－87536797
印 刷	福州力人彩印有限公司
厂 址	福州市晋安区新店镇健康村西庄580号9栋
开 本	720毫米×1010毫米 1/16
字 数	300千字
印 张	20.75
版 次	2022年8月第1版
印 次	2022年8月第1次印刷
书 号	ISBN 978-7-5550-2868-0
定 价	80.00元

如发现印装质量问题,请寄承印厂调换

目 录

第一辑

殿堂外的大吕洪钟
　　——《在学术殿堂外》序 ······················· 3
勿以学术徇利禄
　　——《在学术殿堂外》再版后记 ··············· 9
瞻仰大师
　　——《陈子展文集》推荐书 ····················· 12
析义理于精微之蕴，辨字句于毫发之间
　　——张高评主编《古文观止鉴赏》推荐书 ······ 14
飞天的学者
　　——徐志啸《日本楚辞研究论纲》代序 ········ 18
闽西风情，祖地沧桑，尽现笔端
　　——郭义山《义山诗文选编》序 ················ 21
为弘扬传统文化贡献力量
　　——柯远扬《儒学新论》序 ····················· 25
福建乡邦文献之大成
　　——《福建文献汇编》前言 ····················· 27

平生风义兼师友
——适斋序跋与书评

闽东历史文献之大成
  ——《四库全书·闽东卷》前言 …………………… 30

推动福建传统文化创造性转化、创新性发展
  ——《福建优秀传统文化读本》导论 …………………… 33

《淮南子》研究的新成果
  ——孙纪文《〈淮南子〉研究》序 …………………… 44

功底扎实，视野开阔的一部力作
  ——孙纪文《清代文学探赜集》序 …………………… 47

借助史实踵事增华的一部小说
  ——林小云《〈吴越春秋〉研究》序 …………………… 52

《庄子》"三言"研究新探
  ——陈德福《〈庄子〉散文"三言"研究》序 …………………… 56

宋代楚辞批评研究的新视角
  ——林姗《宋代屈原批评研究》序 …………………… 59

中国猴文化研究的全景式探索
  ——秦榕《中国猿猴意象与猴文化源流论》序 …………………… 62

先秦两汉史传叙事的新探索
  ——尹雪华《先秦两汉史传叙事研究》序 …………………… 65

金针度人 "绣"出新意
  ——庄丹《〈左绣〉与〈左传〉评点研究》序 …………………… 69

风神秀异传理学
  ——李志阳《石堂先生遗集点校》序 …………………… 75

解读经典著作的有益尝试
  ——吴霖章《四书诗咏》序 …………………… 78

楹联里的福州
  ——吴巍巍、李致伟《福州古代楹联选辑》序 …………………… 81

目录

客家文化研究断想
　　——《"客家祖地·闽台客家"研讨会论文集》前言 ………… 87

土楼的文化精神
　　——《福建土楼客家文化学术研讨论文集》前言 ………… 91

福建客家文学作品的集中展示
　　——蓝寿春《福建客家古代文学作品辑注》序 ………… 97

福建客家文学发展史的开拓之作
　　——蓝寿春《福建客家文学发展史》序 ………… 99

客家民间信仰与民俗的全面展示
　　——陈弦章《民间信仰与民俗研究》序 ………… 102

血浓于水的闽台客家文化关系
　　——邱立汉《闽台客家文化亲缘关系研究》序 ………… 105

弘扬传统文化，让民族精神代代传承
　　——杨亿力《中华优秀传统文化读本》序 ………… 109

走进林纾
　　——《林纾读本》导语 ………… 111

兴化湾的人文之光
　　——郭大卫《壶兰风徽》序 ………… 115

剑叶含葩弄晚风
　　——黄致宏《梅峰雅集》序 ………… 117

文山行吟，言志又缘情
　　——黄致宏《文山行吟》序 ………… 119

充满力量和爱心的诗
　　——郑声滔《在路上》诗集序 ………… 124

低吟浅唱意无穷
　　——邱滨玲《低吟浅唱》序 ………… 126

文学梦的放歌
　　——郭刚诗集《放逐的青春》序 …………………………… 129
语文教学的科学与艺术
　　——刘一承《语文教学论稿》序 ………………………… 135
语文教改凝心血
　　——江汉修《教坛探赜》序 ……………………………… 137
教案与教学
　　——《福建师范大学福清分校优质教案汇编》序言 …… 139
学好语文，受用无穷
　　——林爱民《王兴小学读书的故事》序 ………………… 141

第二辑

《文心雕龙》研究的力作
　　——读穆克宏先生《文心雕龙研究》 …………………… 145
文化亲缘　同祖同根　源远流长
　　——评汪征鲁《闽台文化关系研究丛书》 ……………… 149
"思"与"辨"的协奏
　　——读徐志啸《思与辨》 ………………………………… 151
秩秩德音　乃如之人
　　——读邵炳军教授《德音斋文集·诗经卷》 …………… 155
高标独秀，挺出邓林
　　——读卢盛江《集部通论》 ……………………………… 158
整合与创新
　　——汤显祖戏曲文本研究的新视角与新开拓 …………… 162
取精用弘，自有本色
　　——读《清文选》及其前言的启示 ……………………… 166

先秦文学研究的视野与格局

　　——读方铭《孔子暨儒学文化研究文集》 ………… 172

柔暖的风从南边来

　　——读林清秀《柔暖的时光》 ………………………… 177

武夷梦寻　一瓣心香

　　——读叶悬冰《武夷梦寻》随感 …………………… 182

记者的情怀与追求

　　——读龙超凡《记者的梦想与实训》 ……………… 186

第三辑

探骊得珠的心愿

　　——《古代文学精华》后记 ………………………… 191

学习经典，打好基础

　　——《春秋左传精解》前言 ………………………… 193

文与史交融的时代画卷

　　——《左传战国策讲演录》绪言 …………………… 196

先秦两汉文学研究的思考与视野

　　——《经典透视与批评》跋 ………………………… 206

先秦两汉文论发展概述

　　——《先秦两汉文论全编》前言 …………………… 212

形象与情节解绎的历史

　　——《先秦两汉史传文学史论》前言 ……………… 223

中国古代散文的源头

　　——《先秦文选》前言 ……………………………… 228

丰富多彩、品类繁多、源远流长的中国古代文学

　　——《简明中国古代文学史》前言 ………………… 235

"以骨法相赏"的罗纹山诗文
　　——《罗纹山全集》前言 ·············· 238
福建历代诗文发展流脉及当代意义
　　——《福建历代名篇选读》前言 ·············· 244
海滨邹鲁　文章华国　人才渊薮
　　——《福建历代名人传》前言 ·············· 261
大学何为
　　——《大学之大》后记 ·············· 267
大学语文的功能
　　——《新编大学语文》序 ·············· 270
怎样读《左传》
　　——《左传解读》导言 ·············· 274
熔古铸今，激活经典
　　——《左传解读》编写后记 ·············· 312
平生风义兼师友
　　——《学脉、学谊与求索》跋 ·············· 316

后记 ·············· 323

平生风义兼师友

—— 适斋序跋与书评

郭丹 著

海峡出版发行集团 | 海峡文艺出版社

第一辑

第一辑

殿堂外的大吕洪钟
——《在学术殿堂外》序

业师刘世南先生将他一生治学的体会以及多年来指谬匡正的文章，集结为《在学术殿堂外》一书。先生名其书曰"在学术殿堂外"，似乎是无关学术宏旨，其实，先生书中所言，句句皆学术中事，无一非关学术，甚至可以说是"殿堂外"的大吕洪钟。先生于书中所述，归纳起来主要是三大部分：一是从先生自己几十年的治学体会谈如何打好基础、培养中国古典文学的研究人才；二是将他多年来对学术研究、古籍整理匡谬正俗的文章加以结集；三是披露了先生多年来与钱钟书等学者学术交往的情况，由此亦见先生的学术功力和学术襟怀。我因为帮忙整理文稿得以先睹为快。拜读业师大作，犹如又回到当年受业之时，耳提面命，言犹在耳。

记得研究生刚入学时，先生便一再强调打基础的重要性。其时我因已在高校教过几年古典文学，自恃似还有一点基础，对先生之谆谆教诲并不在心。先生大概看出我的心思，又说，他曾经同朱东润先生交谈过，朱先生说，现在大学里有的年轻教师，就凭着北大编的文学史参考资料和我主编的作品选给学生上课，这怎能教好书呢？后来，先生告诉我们，说他年轻时会背《诗经》，甚至《左传》，我真是不胜惊讶。如果说会背《诗经》尚且不奇怪的话，能背《左传》这样的巨著，谈何容易！然而，后来先生给我们上《左传》专题课，从先生对《左传》的熟悉程度，我才领会先生

平生风义兼师友
——适斋序跋与书评

诚非虚言。先生没有上过大学,但从少年起就跟着前清秀才的父亲读了十二年的古书,熟读了《小学集注》《大学》《中庸》《论语》《孟子》《诗经》《书经》《左传》《纲鉴总论》等古书,而且"全部背诵"!其实不止这些,先生对"十三经",对《文选》,对《庄子》,对史籍,对词章学,都下过很深的工夫。现在的中青年学者,有几个人下过这样的工夫?前几年,先生在给我的信中曾感叹说,我们现在谈的观点、发的感慨,其实古人全都说过。只是我们读书少,不知道而已。我想,正因先生熟读了古人之书,才有话都被古人说完的感叹。就像清人赵翼说的:"古来佳句本无多,苦恨前人已说过。"不但诗如此,文亦如此,理亦如此。而似吾辈读书不多者,一有所论,即沾沾自喜,殊不知古人早已有之。所以,真正能做到"发前人之所未发",并不是一件容易的事。先生从来是手不释卷的。记得当年我们师徒常一起徜徉于校园之中,先生除了谈读书,别无他辞。先生平生无任何嗜好,唯以坐拥书城读书为乐。我研究生毕业之后,有好几年,先生都是在除夕下午给我写信。记得有一次信上说:现在是除夕下午近4点钟,图书馆阅览厅里只有我和张馆长两人:张馆长亲自值班,坐在阅览厅陪我,等我读书读到4点关门,现在正看着我微笑。所以,先生在《清诗流派史》书后诗云:"忆昔每岁除,书城犹弄翰。万家庆团圞,独坐一笑粲。"实乃真实写照。

先生对于古典文学研究,强调打下坚实的基础,在广博的基础上力求专精。先生是既博且精的。拜读先生纠谬匡正的文章,首先是叹佩先生学识的广博。因为读书广,而且不是泛泛涉猎,所以一看别人的文章或点校过的古籍,很容易发现错误。现在的古典文学研究者,包括我自己在内,又究竟读过多少书呢?先生"刊谬难穷时有作"所指出的错误,主要就在于读书不多所至。自己现在也在指导研究生,并时时告诫他们要广读、精读以至背诵原著,然而青年学生最不肯下苦功的就是读原著,尤不屑于背诵,只是热衷于看别人的论著,拼凑自己的观点。如此,何以能成为真正的学问家？至于说专精，只要看先生的《清诗流派史》就可以知道。先生自己说"卡片漫盈箱，有得逾美膳。心劳十四载，书成瘁笔砚""自我肺腑出，未尝只字纂"（该书《后记》自著诗）。先生精研清诗十五年（从积累来说远不止十五年），竭泽而渔，殚精竭虑，才完成这样一部"前所未有，后不可无"（顾炎武语）的巨著，被称为传世经典之作，也是理所当然的了。而且，这种耐得住清苦寂寞、"不以学术殉利禄"的精神，又哪是当前浮躁学风所能比拟的？

从1979年开始，先生就对郭沫若、毛泽东以及包括一些学术大家在内的学者的学术错误或学术观点进行批评商榷。这显示了先生的深厚学殖，也表现了先生"当仁不让师"的学术勇气。郭老的《李白与杜甫》一书出版后，有很多人并不赞同其中的一些观点，但鉴于"文革"时的气候，即使人有腹诽，也不敢公开发表异议。1979年刚刚拨乱反正，先生对郭老《李白与杜甫》一书进行批评的文章确有震聋发聩的作用。而《关于宋诗的评价问题》一文，指出毛泽东同志《给陈毅同志谈诗的一封信》对宋诗的否定不符合事实，这在二十世纪八十年代初引起很大反响。先生这两篇文章，完全建立在充分说理的基础之上，立论有据，"极有理致"（程千帆先生语）。读先生匡谬正俗的文章，首先是钦佩先生知识的广博，学术眼光的犀利。先生纠谬，不但指出错误，而且征引大量的文献资料说明错在哪里，使人心服口服。其次亦深深感到学术研究之事，不可一丝一毫掉以轻心，非极其严谨不可从事。记得当年受业之初，拜读先生《谈古文的标点、注释和翻译》一文，心常戒惕；后来又常读到先生对古籍整理的指谬文章，更深感古籍整理研究的不易。当今学风浮躁，许多古籍整理的东西仓促上阵，又为功利目的所驱使，率尔操觚，出错乃不足为奇。可先生指谬的对象，有不少是知名学人，应该说学术功底都是不错的。然而只要一不小心便要出错，甚至贻笑方家。先生说："注释不是依靠工具书就能做好的，关键在于读书。也就是说，根底必须深厚、扎实。否则必然是盲人

平生风义兼师友
——适斋序跋与书评

摸象,郢书燕说。"此说可谓至理名言,足为我辈后学引为龟鉴。

先生治学的另一个经验,就是多与学术大师请益和对话。先生善读书,善发现问题。一发现问题,便向一些知名学者请教,从年轻时起就是如此。先生与马一浮、杨树达、王泗原、马叙伦、庞石帚、钱钟书、吕叔湘、朱东润、程千帆、屈守元、白敦仁等学者都有论学或诗作信函往来。与学者高人对话,可以得到很多教益和启发,这是一个方面。另一方面是,对话总是建立在一个基本差不多的平台上。与学者大师对话,是必须具备相应的水平的。可以看到,不管是对话,还是切磋,学者们对于先生的见解都是相当钦佩的。像杨树达先生称赞他二十四岁写的《庄子哲学发微》是"发前人之所未发";钱锺书先生称他的匡谬正俗文章"学富功深"、"指砭时弊,精密确当,有发聋振聩之用";屈守元先生称其《清诗流派史》"既扎实又流畅,材料丰富,复有断制,诚佳作也",并作诗说"卓见显才识","摩诃有高论",甚至称"有幸读君书,竟欲焚吾砚";皆非泛泛溢美之词。学术就在这样的交流、讨论、切磋中长进。"平生风义兼师友",增进学术共有时。先生谈的何止是师友情谊,更是治学的一个重要方法。

先生谈到他对培养古典文学研究人才的七点意见,我认为非常值得后辈学人记取。打好根底、博览群书,这是培养古典文学研究人才最基本的两条。看到这些意见,或许有的人会认为先生是一位守旧的学究。此实大谬不然。先生旧学根底扎实,但从不排斥新学,反而很注意吸收新东西。这一点,由先生从年轻时起就广泛阅读英语著作可以看出。二十世纪八十年代初中期,新理论新方法风起云涌,好不热闹。对此,先生同样很认真关注过,亦似图一试。然而,先生不久就发现,新方法并不能解决问题。尤其是有的人没有读过多少古书,仅凭一点所谓理论上的"创新",便欲在古代文学研究的海洋中弄潮,终未免是隔靴搔痒,或比附牵合,甚至保不住要出错。所以,没有扎实的根底,徒然变换一些理论和方法,只是

"空手道"而已，是为先生所不取。对此，先生常深怀感慨。现在不少学者提倡回归本体，精读原典，与先生所倡，正不谋而合。先生认为，即使进入互联网时代，也不能完全代替读书打基础。这是有道理的。诚如先生在批评有人对"落霞与孤鹜齐飞，秋水共长天一色"两句的误读时，不但指出王勃套用了庾信的《三月三日华林园马射赋》，而且举了宋王观国《学林》、宋王楙《野客丛书》、晚清周寿昌《思益堂日札》、刘勰《文心雕龙》、欧阳修《昼锦堂记》等古籍加以论证。如果不是博闻强记，就未必能如此举证。古典文学研究，最忌单文孤证。先生如此征引，宏富有力，令人信服。这就是真正的学问！所以先生曾一再强调，做研究必须力求把资料搜罗齐备，才好动手。此外，先生还主张古典文学研究者要学会写古文、骈文、旧体诗词。先生的旧体诗词、古文和骈文都是做得很好的。吕叔湘先生称他"古风当行出色"，庞石帚先生称其诗"颇为清奇"，"不肯走庸熟蹊径"，朱东润先生称其诗"深入宋人堂奥，搥字炼句，迥不犹人"，都称赞有加。记得当年我们与先生以及另一位导师刘方元先生（钱基博先生门弟子）一起出外访学，方元先生是每日作诗一首，世南先生虽不每日作，却也诗兴浓郁，佳作不断。两位先生的诗作好之后，都让我们一起评读。在火车上，世南先生还总爱出对子让我们对。一路上既长了知识，又增添了不少乐趣。我想起陈寅恪先生曾说作对子是最好的训练。世南先生此举，实在是用心良苦。至于古文，读一读先生的《哀汪生文》，就可以略知一二了。总之，我认为先生与许多前辈学者都说得极是，作为一个古代文学研究者，自己不会作古诗词、文言文，没有感性体会，对于古人的诗文研究，总归隔着一层。惭愧的是，辞章之事，我至今未得入门，思之常感汗颜。

先生已是八十多岁高龄的人了，仍孜孜不倦在读书写文章，而且还兼着《豫章丛书》首席学术顾问之职，实可谓老骥伏枥，壮心不已。先生的大作，是可以常置于案头的，常读常新，使人戒惕，启人心智。我把先生的手稿给研究生们都看了，希望他们能记住先生的教诲。薪火相传，把前辈学者的好学风传下去，发扬光大。

祝愿先生健康长寿，为学术作出更大贡献。

受业弟子郭　丹谨记　2003.4.15

（《在学术殿堂外》2003年4月由中国文史出版社出版，2018年5月由九州出版社再版）

勿以学术徇利禄

——《在学术殿堂外》再版后记

业师刘世南先生的《在学术殿堂外》2003年在中国文史出版社出版后，得到许多学者的高度赞赏。无论是老一辈的学者，还是中青年学人，以至青年研究生，凡是读过此书的人，都为其严谨的治学态度、献身学术的执着精神、坦荡的学术胸怀和殷殷的学术期望所感动。只惜此书当时印数不多（1000册），且时隔十几年，如今一些同行索要此书，已经没有存书。2015年10月，经台湾花木兰文化出版社同意，刘先生此书得以在该社以繁体字再版。在此谨表谢意。

先生今年已经九十三岁高龄，身体虽还硬朗，然犹恐先生过于劳累，全书清样的校对工作由我承担。校对全书，再次拜读，又是一次学习的过程。捧读全书，仍产生深深的感喟。感喟之一，是刘先生多年前大声疾呼做学问要打好扎实的根底、不徇利禄、摒除浮躁心态。在这次的增订部分，先生再次强调"只有不殉利禄，才能沉下心来，好学深思；只有根底扎实，并且日知所无，才能在著书时，胜义纷披，水到渠成"。可是，学术界至今并没有什么大的改变。行政化的管理体制、量化的测评标准、功利性的学术研究，逼着学者去"一年磨十剑"。不端的学术行为，也没有得到根除，甚至有愈演愈烈之势。如此，学术研究如何能出精品，出传世之作？扎扎实实地读完该读的书，特别是阅读元典，打下扎实的基础，细

平生风义兼师友
——适斋序跋与书评

读和背诵经典，我们读先生的《在学术殿堂外》，就可以发现先生所征引的典籍之多，涉及面之广。再者，像先生那样以十五年甚至更长的时间去打造一部著作，虽不说完全没有，但却是凤毛麟角了。似乎不能责怪年轻的学人，不是他们不愿意按照刘先生所说的去做，而是管理体制和各种测评的要求，逼着他们去走急功近利的路子。然而，这是比学人的懒惰更令人担忧的。先生在本书的增订本中再次表示了这样的焦虑。感喟之二，是刘先生的"刊谬难穷时有作"，表现出深厚的学术担当和文化担当精神。学术乃天下之公器。先生的指谬，完全是出以学术的公心，希望不要误导读者，学人不要再犯同样的错误。当然，批评指谬总是要从具体的例子出发的，而不是泛泛而谈。他发现一些老一辈学者的错误，哪怕是智者千虑未免一失，也正是要说明从事学术研究、打好扎实基础的重要性。而那些跟风的学术著作，是为先生所不齿。所以他的确不是跟哪个人过不去，而是希望通过这样的指谬刊误，"让迷途者知返，让浮躁者虚心，让狂妄者冷静"，纯净学术空气，"挽回学术颓风，让学术研究能够正常进行和健康发展"。所以，先生的焦虑，先生的担当精神，都深刻地体现了先生的人文主义情怀。感喟之三，是刘先生担心不良学术风气的蔓延不可遏止，担心这样的学术风气毁坏了年轻一代的学人。那才是更可怕的！如果说刘先生所发现的老一辈学者的错误，尽管也暴露出个别人的基础不那么牢靠，那么，年轻学者出现的错误，就是能否继承学术传统的问题了。先生所焦虑的，是前辈的优良学术传统是否会在新一代的研究者手里丧失，断送了学术研究的前途。现今的文史学术界，难以再出现像王国维、陈寅恪、钱锺书这样的大师，跟多年以来的学术风气是有密切关系的。正如著名的"钱学森之问"一样，其中一的原因，也是尽人皆知的。然而，刘先生仍然要大声疾呼，可见一位老学者的拳拳之心。特别难能可贵的是，刘先生并非一位老学究，为学术而学术，他有着强烈的人文情怀，即他的研究学术，并不离开当代意识。正如他研究清诗的"经典性著作"《清诗流派史》

那样,是要"探索清代士大夫的民主意识的成因"。这就体现了刘先生深挚的人文主义情怀。重读刘先生的《在学术殿堂外》,我进一步感受到刘先生胸怀的博大。

读《在学术殿堂外》,你可以感受到刘先生学识的渊博,这是一辈子读书的积累。刘先生一辈子与书为友,手不释卷,从不满足于已有的知识。我在本书开头的学习心得中曾提到,有好几年,刘先生是除夕下午四点钟在图书馆给我写信的。这里我想再说一件事,2015年春节(乙未年正月初一)上午九点二十分,我给刘先生打电话拜年,刘老师回答说他已在省图书馆看书了!老人家这样的孜孜不倦,真令我们后辈汗颜。然而,知识就是在这样的勤奋与积累中升华,蔚为大家!

前面说过,校稿的过程,就是再次学习的过程,也是再次聆听先生教诲的过程,又得收获,谨此记下,但恐不能得先生治学精髓之万一耳。

祝愿先生健康长寿,学术之树常青!

受业弟子 郭丹 谨记

2016年1月15日

(《在学术殿堂外》2018年5月由九州出版社再版)

平生风义兼师友
——适斋序跋与书评

瞻仰大师
——《陈子展文集》推荐书

陈子展先生（1898—1990），湖南长沙人，中国文学史家、杂文家，复旦大学中文系教授，在复旦大学是与郭绍虞、朱东润齐名的大师级的著名学者。陈子展先生是我国最早接受马列学说的少数知识分子之一，1922年在湖南自修大学期间，与早期的共产党人有过密切的交往，包括毛泽东、徐特立等人。而且在革命最艰难的1927年秋加入中国共产党。后来虽由于种种原因失去组织关系，但仍然是共产党的诤友。他秉性耿直不阿，决不随波逐流，表现了一个正直的知识分子的本质，别号"楚狂老人"正是他的品质的写照。

陈子展先生自二十世纪三十年代以来就发表了大量的杂文、诗歌和文艺评论，产生很大影响，如杂文《安内乎？攘外乎？》，尖刻辛辣地讽刺了国民党反动派卖国投降的丑恶行径，鲜明反映出了一位忧国忧民知识分子的正义感与道德良知，也使得陈子展成为二十世纪三十年代著名的杂文大家。这些诗文，不但展示了陈子展先生的性格，也保存了那时期的一段历史真实，今天看来，也不失其启发意义。

陈子展先生的近代文学研究，也是颇有影响的具有开创性的著作。撰写于1928年的《中国近代文学之变迁》和1930年的《最近三十年中国文学史》，虽是结合教学需要边写边教的产物，但是该书问世之后，赢得了学术界的好评，被认为是一部用科学和历史眼光审视和阐述近代中国文学发展流变、风格及其流派的专门著作，开创了中国近代文学史研究的先河。这两部著作，对于近代文学研究，仍具有参考价值，还在被许多研究者所引用。

陈子展先生的中国古代文学研究，凝聚了他一生的心血，早期出版的《中国文学史讲话》（上、中、下）、《唐宋文学史》、中国文学批评史讲义，以及其他论文如《唐代诗人苦吟的生活》《古文运动之复兴》《八代的文学游戏》等，都产生了巨大影响。最集中体现陈子展先生的中国古代文学研究的功力与影响的，是他花费后半生心血的《诗经》《楚辞》研究，后来集结为各100多万字的《诗经直解》和《楚辞直解》，可谓"五十年磨二剑"。《诗经直解》开创了"直解"的形式，对"诗经305篇"进行指谬正讹、去芜存精，每首诗除正文外，还有译文、评析、按语和简注，另外于每篇题下列序文。评析置于每章之后，多就本章内容和艺术作评说，或引前人议论，或自下断语，皆简明扼要，发人思考；有时就典章制度、地理、名物作必要考证，是一部极富学术个性的著作。《楚辞直解》则对千余年来笼罩在楚辞本身和楚辞研究领域的层次迷雾作一番系统的爬梳剔抉的工作，还《楚辞》的本真面目。这两部著作，至今仍然是学习《诗经》《楚辞》的必读参考书。

陈子展先生文集能结集出版，将嘉惠学林，为学术界、文化界一盛事，本人非常愿意给予推荐，并盼望陈子展文集早日问世。

（《陈子展文集》原拟定由湖南文艺出版社出版，据陈子展先生的学生徐志啸教授所告，出版社要请人写一份推荐书。徐教授所托，敢不应命？遂有此文）

析义理于精微之蕴，辨字句于毫发之间
——张高评主编《古文观止鉴赏》推荐书

中国是个诗的国度，也是一个文的国度。从实用的角度来说，文的影响更大。历朝历代，人们都会对文进行总结和编选，降及清初，康熙年间吴楚材、吴调侯选编的《古文观止》，可谓是影响最大、传播范围最广的一部古文的选本。

这部以启蒙性和通俗性为目的而编选的古文选本，有着鲜明的特色。选编者选入了大量的先秦文和唐宋文。许多文章富于思想教育意义。如《郑伯克段于鄢》里的名言："多行不义，必自毙。"《石碏谏宠州吁》里石碏说："爱子，教之以义方，弗纳于邪。"《唐雎说信陵君》里说："人之有德于我也，不可忘也。"这些句子，今天仍然有教育意义。其次是特别注意到作品的艺术特征。所选的散文，都是古文中的精华。先秦文之外，唐宋八大家古文的大量入选，让读者能够领略中国古代散文的主要艺术精髓。此外，它还选了一些优秀的骈文和文赋作品，扩大了读书视野。所以，《古文观止》这部书不但对年轻学子学习古文具有指示门径的性质，就是对于喜好古文、研究古文和散文史的人们，也有很好的启示作用。从更大的方面来说，它对于民族精神、素质的塑造，都是有巨大作用的。

海峡两岸自二十世纪八十年代以来，各种对《古文观止》的译注、赏析之作层出不穷。在这林林总总的《古文观止》译注、赏析之作中，张高评先生主编的《古文观止鉴赏》（以下简称《鉴赏》），可谓突出于书林之上。

愚意以为，张高评主编的《鉴赏》，有以下几个特色。

首先是体例周备，自成一格。《鉴赏》除了一般译注本所有的注释、语译之外，还设置了"作者简介""导读""段旨""深究与鉴赏""学习评量"等几个栏目。其中"导读"提纲挈领揭示本篇的内容，引人入胜；"段旨"对该段落的旨意起到画龙点睛的功效；"深究与鉴赏"则深刻分析文章的特点。这些体例的设置，圆融周备，极有利于热爱古文学习、欣赏古文之美者的阅读学习，堪称同类书的一大创新。

其次，《鉴赏》中的"深究与鉴赏"部分，是该书的精华。正如主编所说："从辞章学的观点，欣赏古文之艺术美感；从义理学的观点，体悟古文哲理的玄妙。"（《会通与创新：代序》）探究剖析文章之肯綮，领悟义理之奥妙，鉴赏文章之谐美，再加上注译中的考据，义理、考据、辞章相结合，会通之中见创新，创新之中寓会通，编著者的目的庶几达到矣。编著者特别重视揭示文章叙事之妙，手法之奇。本来，二吴在选编《古文观止》时，对于入选之文章，在每篇之中、之末会给予夹批和总评，或划分文章的层次段落，点明作者起伏照应、起承转合的技巧等，目的就是让读者领悟文章的章法技巧，熟悉写作门径，掌握写作技法。《鉴赏》把这一特点推进一步。如《郑伯克段于鄢》篇，细微分析此篇情节结构之奇，六个人物的形象，以至起伏照应、似断似续、奇正相生的叙事技巧，都可谓抉微见著。《石碏谏宠州吁》篇，则揭示其文章虽以"夹叙夹议"的笔法布阵，一仍其固有之风格，曲折有致，翻转腾挪，最后逗出石碏净谏的中心内容。由此再深入评析石碏净谏之意蕴，便顺理成章。《左传》以史实释经，虽是"据事直书"，其实变化无穷。编著者的"深究与鉴赏"便达到这个目的。

《鉴赏》中的"导读"和"深究与鉴赏"相结合，一则侧重文章之义理，一则揭示古文辞章之奥妙，真正可达到"析义理于精微之蕴，辨字句于毫发之间"(《古文观止》吴兴祚序)的境界,《鉴赏》编著者这种构思设置,本身即足以令人叹为观止。

再次,二吴选编《古文观止》本非十全十美。比如不选诸子文章,唐宋散文中的一些精彩名篇也未入选,未免有遗珠之憾。此外,吴氏叔侄为清代康熙朝人,《古文观止》未选清人散文,亦是一憾事。清人散文,不但数量多,而且艺术上也达到了一个新的高度,诚如《清史稿·文苑传论》所说:"清代学术,超汉越宋,论者至欲特立'清学'之名。而文学并重,亦足于汉、唐、宋、明以外别树一宗。"的确不可忽视。而今《鉴赏》编著者还增选有代表性的清代古文十二篇,以补吴氏叔侄之缺,更是使得读者对于古代散文的发展源流变化,有一个整体的全貌的体认。

《古文观止》问世以来,不断为人翻刻,出现的版本难以计数。不同的版本出现异文,本是正常的现象。张高评主编的《鉴赏》注意到了版本不同所造成的差异与缺失,特据可靠版本订正讹误,校勘补缺,以成完璧。此外,吴氏叔侄选录文章,或截取片段成文,使人不知事件来龙去脉。对于此一缺点,《鉴赏》主编已经注意到了。所以,编著者特意给予补足。有的补充发生事件之前因后果,有的补充事件发生之时间,如《子鱼论战》(原为僖公二十二年事)补入《左传》僖公二十三年的"宋襄公卒,伤于泓故也"一句,使知结局;《曹刿论战》开头增一"春"字,便知战争发生的时序。诸如此类,愚意以为这是非常适当的。

《鉴赏》编写者参照众多前人成果,集思广益,取精用宏,使得全书视野开阔,显示出扩大的气象,这也是此书超出于其他《古文观止》译注本的地方。最后还应提到的是,《鉴赏》还设置了"学习评量"的试题,此一构想,又是为读者服务,为初学者设想之创举。

其他的优胜之处,不胜枚举,当有待读者深入"悦读"之后,自行体会,必有兴味无穷之感。

至于如何阅读张高评先生主编的《古文观止鉴赏》,我想提两点建议。

一是参照注解，认真读懂原文。因为时代相隔的原因，古代汉语与现代汉语的不同，今人读古人的文章有语言障碍。因此要参照注解，读懂原文，领悟原作品的意思。这是基础。切忌蜻蜓点水、走马观花式的阅读。二是仔细阅读文章后的"深究与鉴赏"。这一部分都是对古文有深入研究的学者所写的鉴赏文字，它吸取了历代古文家和当代学者精辟的论述与分析，又结合着编写者自身的体会，把古文精华的艺术和思想价值深入揭示出来，可以帮助读者把握文章的精髓。如此反复揣摩其味，读者必定会有更大的收获。

2017年9月3日于福州

（张高评教授主编的《古文观止鉴赏》拟在九州出版社出版，出版社要求找人写一份推荐信，此文即受张教授所托而撰。该书已于2017年12月在九州出版社出版）

"飞天"的学者
——徐志啸《日本楚辞研究论纲》代序

今年阳春三月,从上海传来信息——徐志啸兄被甘肃省特聘为"飞天学者"、讲座教授,闻此讯,我由衷地为他高兴。

徐志啸是楚辞研究学者,他对楚辞自然异常熟悉,我看,《离骚》里飞升天国遨游,上天入地求索,似乎也融化在他的血液里了,故而他也要"飞天",要遨游,被聘为"飞天学者",冥冥之中,似乎与他的学术生命有着必然的联系。

认识徐志啸是在1990年,那是在贵阳召开的中国屈原学会年会上,他在那次会议上作了很精彩的发言。事后知道,他有两个"唯一":陈子展先生门下唯一的硕士,林庚先生门下唯一的中国博士——陈、林两位可都是海内外知名的大家啊!我曾对徐志啸说,你还是我们福州人培养的博士呢,因为林庚先生是福州人,林先生的先父林志钧,字宰平,号北云,也是一位大家,他与沈钧儒同为癸卯科举人,曾在北大哲学系兼过课,任过北洋政府司法部长,后为清华国学研究院导师,1949年后任国务院参事,他老人家还是闽派的著名诗人、著名法学家和哲学巨擘,著有《北云集》。看来,徐志啸的学术渊源,还有着我的家乡闽学一派的传统血脉呢。

此后不久,1994年,我看到了徐志啸在台湾三民书局出版的《楚辞综论》,这是他研究楚辞的一个阶段性成果,在楚辞学界引起了相当反响。

周建忠为此在他的《当代楚辞研究论纲》一书中专辟一章,评述徐志啸楚辞研究的成就,周的评价可谓恰如其分。是的,仅就徐志啸对《九歌》研究来说,他从文化人类学、原始宗教学、民俗学的角度,对《九歌》的本意加以研索,揭橥《九歌》乃是远古时期楚人祈求农作物生长、人类生命繁衍的求生长繁殖之歌,又从《九歌》的原始面貌,推论它与古代"万舞"的关系,得出两者之间的演化关系,即"万舞"——原始《九歌》——屈原《九歌》的结论等,都令人耳目一新。

当徐志啸吟诵着屈原的诗句,从北大毕业回到复旦时,命运给了他一个完全意想不到的安排,让他去了比较文学学科——一个他全然不熟悉的学科领域,这该是多大的学术考验啊!但徐志啸居然利用它来了个时空跨越,正如《离骚》下半部所写主人公上天入地的遨游,聪明的徐志啸借此飞到了比较文学天地作精神遨游了。他早期写的《屈原与但丁》《屈原与普希金》,已显出了比较文学的思路痕迹,此后,经过多年勤奋努力,又陆续问世了《比较文学与中国古典文学》《中外文学比较》《中国比较文学简史》《日本楚辞研究论纲》,中西比较视野下的《文心雕龙》研究、比较文学视野下的中国文学史研究、《北美学者中国古代诗学研究》等论著。他的《中国比较文学简史》,对比较文学在中国的历史渊源、发展流变以及其成为一门具有独立学术地位与价值的学科,做了全景式的描绘,对中国比较文学学者在各个历史时期的贡献,做了细致的剖析品评,受到了著名学者贾植芳先生的高度赞扬。徐志啸在比较文学领域里纵情遨游,但这个遨游与屈原所想象的遨游不一样,他不是凭空臆想,而是依着扎实的学识功力,描画出了属于他自己个人独立特色的遨游轨迹。

多年来,徐志啸应邀飞到了亚洲、非洲、欧洲、美洲等许多国家,讲学、学术演讲、参加国际学术会议,他为中国古代文学的传播和比较文学的跨国研究,作尽情遨游。他这样的遨游,有一个鲜明特点,乃以文会友——他与日本学者石川三佐男、美国学者柯马丁、法国学者雷米·马诸又与港台学者黄维樑等，因学术交流而成为挚友。黄维樑教授曾专门写了一篇文章，题为《徐志摩，啊不，徐志啸》，以灵动而融戏谑的口吻，回忆他与徐志啸的愉快交往。徐志啸还曾应邀赴台湾佛光大学讲学，而整个学年该校文学院仅邀请二位学者讲学，另一位乃是国际著名学者叶嘉莹先生。也因此，他与叶嘉莹先生的学术交往和友情，促成他写出了《华裔汉学家叶嘉莹与中西诗学》这部著作，这是他的学术敏锐，从而玉成了比较文学研究的又一成果。眼下时兴"混搭"、"跨界"，时兴学科交叉，从上古先秦文学跳到跨国比较文学，就学术意义看，他的这种"混搭"与"跨界"，无疑十分成功。

近期我还得知，"飞天"的徐志啸正被国外一所大学聘为客座教授，在驻校讲学，而甘肃省特聘他为讲座教授，要他每年必须定期前往讲学，这正如他自己所说："这意味着我的学术道路还不能中断，还要继续走下去。"

看来，已届荣休的徐志啸真是"飞天"的学者，壮心不已啊！

我对他充满着期待。

2014. 10. 5.

（本文 2014 年 11 月 28 日《文汇读书周报》刊发，《日本楚辞研究论纲》于 2015 年 12 月由福建人民出版社再版）

闽西风情，祖地沧桑，尽现笔端

——郭义山《义山诗文选编》序

业师郭义山先生的诗文集出版，我衷心祝贺！

郭义山先生二十世纪六十年代初毕业于南京大学，是胡小石、汪辟疆、陈中凡等名师的学生。毕业后分配到华侨大学任教，不久辗转回到家乡龙岩。义山先生的文章敏锐而犀利，然而在"文革"中却因文贾祸，吃了不少苦头。后来被发配到偏僻的乡下中学。1977年恢复高考，龙岩师专开始招生，义山先生被调入师专任教，给我们中文系七七级的学生上课。当时龙岩师专给中文系七七级、七八级上课的老师，不少是原来在大学教过书的，他们"文革"中下放到龙岩地区而"文革"结束后没有回到原来的大学，被集中调到师专（福建省各地师专各专业都有这种情况），如上古代文学课的郭义山、简启梅老师，上古代汉语课的郭启熹老师，上文艺理论课的吴瑞裘老师等。这些老师一到师专，都焕发出当年在大学的风采。虽然在师专，但是同学们同样感受到真正大学的"味道"。这其中，最受学生欢迎的老师之一，就有义山先生。义山先生的古代文学课，尤其是唐代文学课，内容丰富，见解独特，信息量大，极大地开拓了学生们的视野，增长了知识。七七、七八级的学生大多数后来到中学教书，但是多年以后，大家聚集在一起，仍然感受到当年义山先生传授的知识受用无穷。

平生风义兼师友
——适斋序跋与书评

龙岩地处闽西，既有闽南民系，又有客家民系，文化传统浓厚，文化资源丰富。多年来，义山先生在教学之余，一直致力于闽西文史研究，取得了丰硕的成果。收集在这部诗文集中的成果，主要包括三个方面，一是地方文史掌故的考证与研究，二是地方志和地方文献的整理研究材料，三是诗词、楹联的创作。可以说闽西风情，祖地沧桑，尽现笔端。

对于文史掌故的考证，本着实证的精神，义山先生取得了众多的成果。如明遗民诗人刘坊（鳌石），义山先生搜集其家世和诗文文献，展现刘坊志节轩昂、独立不羁的人格和叱咤风云的才华。关于林则徐家族世系的新发现，除了对于署名林则徐《西河郡林氏族谱序》的考证外，义山先生还从闽西发现的林则徐佚文遗墨等材料加以论证。清末民初南社诗人丘复，义山先生整理其著作，详细介绍其生平，指出丘复是一位有着强烈国家民族忧患意识的民主主义者，是上杭教育事业的开拓者和一代宗师，是清末民国有渊博学识的著名学者和诗人，且在闽西地方史志的编纂和地方文献的保存上，更是一座丰碑，有着不可磨灭的卓越贡献。此外，还有如丘逢甲与其祖居地上杭考，新罗建县年代考，张九龄诗酒谢公楼考，邓肃及其诗作考，南宋江湖派龙岩籍诗人程垓诗作考，陆游从未到过闽西的史料辨证，纪昀监试汀州轶事考，以及朱熹与龙岩、文天祥在闽西、"龙岩海瑞"石介峰、徐霞客畅游宁洋溪、坚贞不屈李世熊、海内名士黎士弘、布衣画家上官周、艺术大师华喦、扬州一怪黄慎、周亮工与闽西、新罗第一泉等等，或考证，或辨伪，或发覆，各篇文虽不长，却极大地丰富了闽西的历史掌故内容，展现了闽西历史风貌。义山先生这些文章，皆以文献材料为依据，不发空论，不作无稽之谈，体现了严谨的学风。

在地方文献和方志整理研究方面，义山先生也取得了卓著的成绩。民国三十四年（1945）郑丰稔编纂的《龙岩县志》，经义山先生点校得以出版。现存的最早的龙岩县志，应是保存在台北故宫博物院里的明嘉靖三十七年（1558）修的《龙岩县志》。笔者曾在二十世纪八十年初查阅资料得知此部县志保存在台北故宫博物院,并告知龙岩县方志部门,鉴于当时的条件限制,无法获得此志的底本。随着两岸的交流日益频繁,嘉靖三十七年(1558年)的《龙岩县志》在大陆也得见全豹。为这部县志的整理,义山先生花了八年的时间。这部县志近期将出版,它为我们研究龙岩县的历史提供了一份珍贵的史料。民国时期丘复编纂的《杭川新风雅集》,收录了明代以至民国上杭籍诗人计459家、6135首古近体诗,是闽西一份珍贵的文学遗产,然而此书民国二十五年(1936)出版后,再无付梓刊行过。义山先生和他的团队,花了三年时间整理,终于使这部诗集重新出版。这些,都倾注了义山先生大量的心血。其他如对于闽西建置的沿革史实,义山先生也多有涉猎,如新罗古县的名称,汀州府的设置,龙岩县的建县时间,以及现在已不归属于龙岩市的清流、归化,都进行了详细的考证。

尤其值得提出的是,义山先生对于龙岩河洛文化与闽南文化的研究颇为深入,对于客家文化的种种表征和历史渊源研究,取得丰硕的成果。仅举一点,他曾经广泛地收集客家各地民居的楼联楹联,疏解赏析,并总结出崇文重教、修身立德、勤俭持家等客家传统文化精神。这些研究成果,揭示出龙岩文化多元化特点,包括河洛文化、客家文化以及吸吮着传统文化且又在革命时代形成的红土地文化等,这些多元传统文化的交融,随着新的龙岩市建置的历史推移和整个龙岩地区建设的发展、经济的融合,形成了如今很有特色的大龙岩区域的文化特质。

义山先生是省诗词学会的常务理事,创作了大量的诗词和楹联作品。这些作品,或是言志抒情,或是师友赠答,无不展露其真性情。他们这一代人,经历了太多的时代风雨,饱经忧患,也经历了自改革开放到新时代的欢欣鼓舞。"从来国难致民难,血泪斑斑记忆新。身世浮沉源左毒,吾侪俱是过来人。"(《读溶年学长〈牛棚记冤〉有感》)这是对当年所经历的苦难的记忆。虽"落魄红尘七十年,未成豪杰亦难仙"(《七十初度》),但是,教坛耕耘、学海问学,他无怨无悔,"教坛种玉披肝胆,学海穷经

平生风义兼师友
——适斋序跋与书评

叹逝川"（《七十初度》），而且以此为乐。正如友朋所称赞的："坐拥书城乐此身，饱经忧患岂言贫。"（《罗二学兄步郭义山〈七十抒怀〉韵》）义山先生善结文友，有年长的文人，也有年轻的学生。他赞作家张惟"龙州人杰遍知名，久仰华章妙韵成"，"不为秋菊闲居赋，再展黄钟大吕声"（《张惟先生从事文学创作65周年庆》）（著名作家张惟著75万字长篇小说《血色黎明》）。为老同事老文友的成就歌颂："方言音韵开新面，曲赋诗词启浩吟。祭酒生涯历苦辛，郭君本是读书人。"（《贺启熹宗兄诗文集付梓》）学生唐鉴荣致力于文史研究，他称赞道"亦师亦友结文缘"，"志同道合种书田"、"扬芬史鉴舒宏抱，造福乡邦仰古贤"（《赠上杭县方志委鉴荣贤弟》）。改革开放给家乡带来的巨大变化，在他眼里是"春满岩城处处花"（《徒步莲山栈道》）。对于新时代新气象，他衷心赞扬："中华昂首谱宏章"（《中国共产党九十大庆》），"滚滚春潮扑面来"（《盛会寄怀》）。义山先生并不以诗词名家，但是这些诗词之作，已足以见其襟怀。

义山先生平正为人，真诚处世，正如他为自己作的《自勉联》所说："两袖清风，平正为人，吾道何求多富贵；一腔热血，真诚处世，此身已是不贫穷。"义山先生不慕荣利，唯喜读书，已届杖朝之年仍笔耕不辍。今天看到他的诗文集结集出版，真是为他高兴，为他祝贺！义山先生赐命在下为其大作为序，小子不敏，何敢言序？然师命难违，谨写下以上弁言，以致祝贺而已。

愿义山先生学术之树常青，生命之树常青！

2018年12月10日于福州

为弘扬传统文化贡献力量

——柯远扬《儒学新论》序

2014年9月24日，习近平总书记在纪念孔子诞辰2565周年国际学术研讨会暨国际儒联第五届会员大会开幕会上发表了重要讲话。清华大学国学院院长陈来教授认为，习近平主席这一次系统全面地提出了中华优秀传统文化的十五个方面，即"道法自然、天人合一""天下为公、大同世界""自强不息、厚德载物""以民为本、安民富民乐民""为政以德、政者正也""苟日新日日新又日新、革故鼎新、与时俱进""脚踏实地、实事求是""经世致用、知行合一、躬行实践""集思广益、博施众利、群策群力""仁者爱人、以德立人""以诚待人、讲信修睦""清廉从政、勤勉奉公""俭约自守、力戒奢华""中和、泰和、求同存异、和而不同、和谐相处""安不忘危、存不忘亡、治不忘乱、居安思危"，比较全面系统地回答了中华优秀传统文化是什么的问题。（《光明日报》2014年09月25日02版）这对学习和弘扬儒学与传统文化有重要的指导意义和启发意义。

讲国学和传统文化，首先应当讲儒学；讲儒学，当然首推是孔子。柯远扬教授致力于儒学与孔子研究多年。许多年前，我曾拜读他的大著《孔学新说》，深受启迪。现在，柯远扬教授虽退休多年，但是仍然为儒学的研究和弘扬贡献力量。有三事可以证之。一是柯远扬教授撰写了《孔学新说》《闲话夏商周》《秦汉人的足迹》三部著作，与他人合著了《八闽文化》

与《台湾文化》等，发表学术论文近70篇。他虽退休多年，仍然研究与笔耕不辍。新著《儒学新论》中就有近几年所写的论文。二是多年来他一直筹划和推动孔子学会的工作，为宣传儒学与孔子思想作贡献。三是努力促成香港汤恩佳博士在内地捐赠孔子铜像。内地有几所大学树立的孔子铜像，都是柯远扬教授联系与促成的，包括笔者曾工作过的学院。这些，足见柯先生在宣扬传播儒学与孔子的良苦用心。

流传几千年的中华传统文化已经构筑了中国人的精神家园，形成共同的文化心理。它影响着中国人的思维方式、伦理观念、价值判断、精神追求、审美取舍。它是全民族的优秀的文化遗产，影响着全民族的行为规范。中华优秀传统文化是兴国之本。国家提出"建设优秀传统文化体系，弘扬中华优秀传统文化"，是非常必要的。柯远扬先生的这些工作，正是为弘扬传统文化贡献力量。

值此柯远扬教授的新著出版之际，谨以读后感想数语附骥，以表达对柯远扬先生的敬意！

2021 年 3 月 20 日于福州适斋

福建乡邦文献之大成

——《福建文献汇编》前言

古之闽越，西靠戴云山脉，东濒台湾海峡，山水人文之盛，世所共知。福建历史悠久，逾五千载，自唐以还，重学兴教，直追中原，特别是宋代以后，理学勃兴、文教昌盛，世称海滨邹鲁。明、清二代，诸学并起，佛、道、医、艺，超越中原。近代海禁既开，西学突进，得风气之先，尤为特秀。观之往代，朱熹、郑樵、郑成功、林则徐、林纾、严复，名家大匠，虎彪史册，闽越大地，文星辈出，壮中华文化版图，振闽越大地神威。

文化繁荣必依托于载籍流传。福建历代乡邦文献，堪称彬彬其盛，光华璀璨。加之福建与中原相比，罕受战乱，故保存文献亦多，佐以公私刻书，尤为发达，史称建本、麻沙本，福建文献留传至今者，汗牛充栋，叹为观止。然迄今为止，犹无与之相对应的福建文献集刊之构，与其他区域鸿篇巨制相继比肩而出；福建文献虽卷帙浩繁而零散未理，故今日欲窥历代闽人著作者有无由得其门而入之叹！

今正值经济勃兴、文化荣昌之时代，为充分挖掘福建文化底蕴深厚、资源丰富的特点，全面反映福建文化价值与内涵特色，凸现福建文化在中国文化体系中的作用与价值，商务印书馆《四库全书》出版工作委员会与福建工程学院合作，策划、编纂和出版《福建文献汇编》。

平生风义兼师友
——适斋序跋与书评

《福建文献汇编》（以下简称《汇编》）的编纂和出版，以总汇、传承、抢救福建文献为己任，保存、整理、出版福建古代文献，总括福建文化的经典文献，使之成为最具价值、卷帙齐全的福建文献大典，成为福建版"四库全书"。其目标是全面反映福建文化价值与内涵特色，凸现福建文化在中国文化体系中的作用与地位。为发展"闽学"研究提供全面丰富的资料，让闽学成为新时期的显学，以促进福建文化的研究与发展。《汇编》力求成为经得起历史考验的大型文化出版工程，为福建地方文化建设以至海峡两岸的文化建设作出贡献。

基于现实条件，《福建文献汇编》首先辑录文津阁《四库全书》之中有关福建文献及研究福建文化的全部著作，共计三百三十多种，占《四库全书》所收典籍的十分之一，与《四库全书》所收齐鲁、江浙、中原之文献不相上下，足见福建文化在中华文化史上的地位。（很早以前，就有学者专事撰述，将《四库全书总目》之福建文献提要辑为专著出版）这些文献，包含经、史、子、集各部，不仅内容广泛，而且学术文化价值很高，也是福建地方文献的精华所在。据文献记载，《四库全书》编纂过程中，福建官府及知名学者贡献良多，体现了福建人士对这一伟大工程的贡献。之所以首先推出《四库全书》中所收之载籍，是恰逢文津阁本《四库全书》出版之良机。

文津阁本是现存《四库全书》中唯一没有遭受迁播之乱、保存最为完备的一种，是七阁《四库全书》中仅存的原书、原函、原架之编；文渊阁本曾从中抄补十种，文澜阁本从中抄补三百多种。文津阁本《四库全书》今收藏于中国国家图书馆，成为镇馆之宝。经国家新闻出版总署、中国出版集团批准，由国家图书馆独家授权，商务印书馆首次全套印行。

躬逢其盛，为推动福建文化建设，促进学术繁荣，商务印书馆四库全书出版工作委员会与福建工程学院数经商议，决定联手合作，将文津阁《四库全书》中所收福建历代文献与闽籍学者著作以及与福建文化有关的著作匯為一編，作為《福建文獻匯編》第一輯，同時還補録了今藏故宫的《四庫撤毀書》兩種，由商務印書館影印出版。這不僅彌補了歷史的缺憾，而且對研究福建歷代文化提供最為全面豐富的文獻資料。

《福建文獻匯編》工程浩大，是一個系統而長期的學術研究與出版相結合的大事，鑒於現有條件和資源優勢，先期利用《四庫全書》所收文獻，輯為新編。以後再根據條件，踵事增華，續事賡作，廣搜《四庫全書》所遺及《四庫全書》之後所新出者，選刻版本精熟者，舉凡善本、稿本、方志、金石、圖録之福建文獻，以及小說、戲曲、檔案、傳奇等民間文獻與佛道等宗教文獻，廣泛搜輯，推出《福建文獻匯編》續編。以期網羅一省之文獻，成區域文獻之大成。最後出版《福建文獻匯編》總目及提要，以彌補全書按輯出版的不便，方便讀者使用，同時也進行初步整理研究，為讀者導航。

《福建文獻匯編》的推出，乃弘揚傳統文化之所需，亦為盛世之文化盛事，是一件既有積極現實意義、又有深遠歷史意義的重大文化舉措，勢必成為當代中國區域文獻集成的開創與典範之作，實乃地方文化建設之歷史性工程，必為福建學術之傳承、地方文化之建設或有大裨益矣！是所願也！

願國内外各界及有志之士獻計獻策，以期大成！

（《福建文獻匯編》共三輯，第一輯160冊，第二輯、第三輯均為100冊，三輯於2011年至2016年陸續由商務印書館出版）

平生风义兼师友
——适斋序跋与书评

闽东历史文献之大成
——《四库全书·闽东卷》前言

闽东地区，在福建东部，古代曾分属福州府和建宁府，今主要指福建省宁德市所辖地区。闽东地区西邻南平，南接福州，北与浙江温州接壤，东则面朝大海，与台湾隔海相望。境内胜景太姥山，巍峨耸立，俯瞰大海；世界良港三都澳，雄视太平洋；著名风景区白水洋、鸳鸯溪风光旖旎。闽东地区，是历代文人驻足流连之地。

福建文人著述，自宋代以来，异军突起，蔚为繁盛。闽东地区之文献，自宋代以来，渐有著述问世。仅以《四库全书》为本，经、史、子、集，皆有收录。如经部所收宋代宁德人王宗传《童溪易传》（三十卷），此书前有同为宁德人林焞的序，《四库总目》称"其书惟凭心悟、力斥象数之弊、至譬于误注本草之杀人"。福安人杨复，号信斋，曾随朱熹与黄榦学，颇得黄榦称赏，是黄榦编纂《礼书》的得力助手，《祭礼》的最终完稿者，有《仪礼图》等著录。生于宁德二十都石堂（今属蕉城区虎贝乡文峰村）的陈普，字尚德，别号惧斋，人称曰"石堂先生"，是南宋时期著名理学家、教育家。宋亡，以宋遗民自居，誓不仕元。据《福建通志》记载，陈普博览群书，精熟诸子百家，潜心探研朱熹理学，博闻广见，多才多艺，名闻闽浙，从游者甚众；曾在云庄书院、鳌峰书院、德兴的初庵书院及广信玉山等书院讲学。陈普所铸刻漏壶为世界最早钟表之雏形；有

《石堂先生集》等文集存世。林聪，《明史》有传，为官四十二年，明正统年间进士，敢于谏言，几被杀；明英宗复位，超升左佥都御史，后升刑部尚书，颇有建树，《明史》称其"持大体，秉公论，不严而肃，时望益峻"。其文集虽多散逸，今仍有《奏议》八卷存焉。宋代爱国诗人谢翱，生于福建长溪县治后街（今霞浦县松城镇万贤街），号晞发子；其父谢钥是闽东经学名家，尤精于《春秋》之学，著有《春秋衍义》《左氏辨证》。元人入侵，谢翱毁家纾难，曾跟随文天祥抗击元军，宋亡不仕，诗作多抒写亡国悲愤，讴歌忠义气节，凄凉悲壮；其文如《登西台恸哭记》，悲歌慷慨，更是历来传诵的名篇。《四库全书总目》评谢翱说："南宋之末，文体卑弱，独翱诗文桀傲有奇气，而节概亦卓然可观。"所幸其《晞发集》等亦留存。元明时期古田的张以宁，家于翠屏山下，学者称为翠屏先生；元泰定四年进士，官至翰林侍读学士，入明后，被明太祖任为翰林侍讲学士，其诗文亦颇有时名，有《翠屏集》等传世。以上所举荦荦大者，可见闽东地区之历代文献之多，人才之盛。

  闽东地方文献整理，是为抢救闽东古籍、传承闽东地方文化所做的重要举措。地方文献承载着地方文化的根脉，与一方水土养育一方人一样，地方文献所承载的地方文化，滋养着一方人们的精神家园。梳理、辑佚、整理地方文献，既是追寻文化根脉，又是宣传地方文化特色、推动地方文化建设的有效措施。况且目前还未看到闽东地区系列典籍的整理出版，因此，此项工作是大有意义的。其次，闽学在中国学术史上有非常重要的地位。以往关于闽学的研究和文献整理，较多地集中在南平、泉州、福州等地。历史上闽东地区文士对于闽学的贡献，由于文献整理未备而不为人们所了解，整理闽东地区历代文献，将闽东地区学术史梳理清楚，研究闽东地区传统文化的特点，对于构建"大闽学"有重要作用。其三，由于行政建制的变化，闽东地区所属县市曾分属几个地方，今以宁德市所辖各县为其基本区域进行文献整理，以此一地区的历史、山水、文化为背景，可以与福建其他地区的历史文化进行对比,研究其异同,共显福建文化的特色。第四,闽东地方文献汇聚了四库系列文献和其他相关文献,为学者研究闽东学术文化提供了方便。

闽东地方文献整理,此仅是第一步。感谢整理者付出的辛劳!闽东先贤文献还有许多未及搜集齐全,一些历史人物及其著作,还需要进一步整理甄别。随着整理研究的深入,我们将不断地推出新的成果。切望关注闽东传统文化的先进、同仁提出批评建议,为传承中华传统文化出一分力!

2018. 6. 10

(《四库全书·闽东卷》由原宁德师范学院编纂,2018年由商务印书馆出版)

推动福建传统文化创造性转化、创新性发展
——《福建优秀传统文化读本》导论

习近平总书记曾指出,一个民族、一个国家,必须知道自己是谁,是从哪里来的,要到哪里去,想明白了、想对了,就要坚定不移朝着目标前进。中华文化源远流长,积淀着中华民族最深层的精神追求,代表着中华民族独特的精神标识。"不忘历史才能开辟未来,善于继承才能善于创新。只有坚持从历史走向未来,从延续民族文化血脉中开拓前进,我们才能做好今天的事业。"①

中共中央关于十四五规划建议稿提出了一个非常重要的命题:"提升中华文化的影响力。""中华文化"的概念在十八大以来党的文献中第一次出现。"中华文化"的提法强调了文化的整体性,它包括了更广阔的地域。② 理解中华文化整体性的特点,说明博大精深的中华文化,是多元的文化,它是由众多的各具特色的地域文化构成的。福建优秀传统文化是中华优秀传统文化的重要组成部分。千百年来,福建文化以多元、深厚、交融的鲜明特征而著称。

福建传统文化的特点,可以归纳出诸多方面,鉴于本书的性质,今择其要者概括为三个方面:一是延续和继承中原文化即汉文化的传统,集中

---

① 2014年9月习近平总书记在纪念孔子诞辰2565周年国际学术研讨会上的讲话。
② 参见王学典文章,《中华读书报》2020年12月16日13版。

体现在以朱熹为代表的闽文化上。二是开放型的海洋文化的因子,海上丝绸之路而形成的开放型文化与爱拼敢赢的海洋文化精神。三是既有地域的差异又相互融合相互影响。

一、福建传统文化延续和继承中原文化即汉文化的传统,特别集中体现在以朱熹为代表的闽文化

福建历史悠久,虽地处东南海隅,但自古以来即与中原有着密切联系。朱维幹先生《福建史稿》指出:"根据考古报道,在金门县,曾发现距今约七千年左右的篦点纹陶器。经我国考古学家研究,认为该项陶器,与河南省新郑发现的裴李岗文化中的篦点纹陶器相类似。""因此,'东南沿海的同类遗存,当与中原地区有着一定的文化联系'。"① 因此可以说,福建文化是与中华文化同步产生和发展起来的。闽侯县石山文化距今也约有四五千年。

因为山脉的阻隔,又濒临海滨,福建开发较晚。在唐以前,福建的经济、文化发展较之中原比较落后。不过,福建虽受到横亘在西北方向连绵不断的戴云山脉和武夷山脉的阻隔,但是交通与交融还是不断的,像《李寄斩蛇》这样的流传在闽地的故事,能够被晋代干宝收入其所编著的《搜神记》,正说明闽地与中原的文化的交流和碰撞的存在。②

汉晋以降,特别是唐宋以来,北方汉人向闽地迁徙,与闽地的闽越人杂处一地,融合在一起。大规模的中原汉人入闽,推动了经济的发展。与此同时,文化的播迁,也促进了文化的交融。这使得福建文化承袭着中原文化,交流融合,迅速发展壮大起来,并形成具有鲜明特色的福建文化。唐代自陈政陈元光父子入闽,开发漳州,对福建的发展写下了隆重的一笔。陈元光随军入闽之后,追随父亲南征北战。平定泉漳之乱是陈元光的

---

① 朱维幹《福建史稿》,福建教育出版社 1985 年版,第 3 页。
② 李寄斩蛇是汉朝之事,文中所说的"庸岭",在福建的邵武市。最后还有"越王闻之,聘寄女为后,拜其父为将乐令"云云。

功绩之一,他的更大贡献在于开发和经营漳州和闽南。在开发闽南的过程中,陈元光身体力行、持之不渝地用德礼教化民心,移风易俗,改造社会;提倡各民族一律平等,并积极主张和鼓励部下与山越人等少数民族和亲通婚,山越人由此逐渐汉化,实现了民族融合。福建从唐代开始,便人才辈出。薛令之、欧阳詹成为闽人最早的进士。薛令之以诗赋登科,是"开闽第一进士"。唐代中叶,欧阳詹与韩愈、李翱等名人同科,成为唐代福建士子的杰出代表。到了唐五代时期,王审知主政福建,实行了一系列的新政策。王审知治闽,"政绩斐然",使福建发展进入新的时期。

到了宋代,福建的经济文化得到突飞猛进的发展。南宋时福建设一府五州二军,共计八个同一级行政机构,因此称为"八闽"。著名历史学家邓广铭先生多次申述宋代文化"登峰造极",福建也是如此。宋代学人每以"海滨邹鲁"来称述福建。宋代文化南移,是个重要的历史现象,特别是南宋,可以说中国文化的重心在福建①!两宋时期,福建教育发达,广设精舍和书院。此时出现了一批在政治上有影响或是执牛耳的人物,同时,在文化史、学术史、文学史诸多方面,也都出现一批有极大影响的引领全国风气之先的学者和作家,如杨亿、柳永、蔡襄、游酢、杨时、胡安国、李纲、张元幹、郑樵、朱熹、袁枢、严羽、真德秀、刘克庄、郑思肖、谢翱等等。就全国范围来看,他们都是熠熠生辉而毫不逊色的。② 如果拿文学来说,进入宋代,单是就诗人数量来说,福建便异军突起,跃居全国第二。这一时期,真可谓群星闪烁,光华璀璨。

宋代以朱熹为代表的闽学的兴起③,影响了中华文化千百年。朱熹,是中国哲学史上影响最大的哲学家之一,是集两宋理学之大成者。他对北

---

① 参看徐晓望主编《福建通史第三卷·宋元·绪论》,福建人民出版社2006年版。
② 参看郭丹主编《福建历代名篇选读·前言》。
③ 一般认为,闽学是指以朱熹为首包括其门人在内的南宋朱子学派的思想,以及其后理学家对朱子学的继承和发展。参见高令印、陈其芳《福建朱子学》,福建人民出版社1986年版,第2页。

平生风义兼师友
——适斋序跋与书评

宋以来的理学发展做了系统的研究和整理。朱熹"以二程学说的基本思想为中心，改造了周敦颐的宇宙图式，吸收了张载的气化思想，融合了邵雍的象数易学，形成了由北宋道学几条支流汇合而成的澎湃大江"。[①] 朱熹的学说把哲学、政治、道德三者结合在一起，在学风上不空谈、务致用，有强烈的事业心。朱熹及其弟子大都能讲究民族大义、坚持民族气节。朱熹推崇《四书》，认为《大学》《中庸》《论语》《孟子》包含了中国传统儒家思想的各个方面。[②] 他精心编著的《四书章句集注》，是中华文化史上一个划时代的著作。朱熹自认为是接续了由孔子至曾参、子思再到孟子，再到韩愈的道统。《四书章句集注》成为元代以后科举考试的教科书。甚至明清以后的科举制度，均以《四书章句集注》作为题库和标准答案。元代以后，朱熹哲学成为中国封建社会后期传统文化的核心价值体系。[③] 朱熹死后，朱熹弟子及其后学黄榦、蔡元定、陈淳、真德秀等大力弘扬朱子之学，宣扬朱熹的道统，产生了更大的影响。

此后，在明代、清代，以至近代，都涌现了一批杰出人物。这些历史人物，不但在福建发展的历史上做出了杰出贡献，不少人物，对中华文化的政治、经济、军事、学术、文学都产生过重要影响。

再者，福建历代乡邦文献，亦堪称彬彬其盛，光华璀璨。就以《四库全书》所收三千五百多种图书来说，有关福建文献及研究福建文化的著作，共计三百三十多种，差不多占所收典籍的十分之一。如果加上存目，总数近八百种。[④] 而集部的数量，连存目计算在内，大约有三百部之多[⑤]。集部数量之多，说明福建历代学者作家之盛。

[①] 陈来《朱熹哲学研究》，中国社会科学出版社，1987年版，第3页。
[②] 参看高令印、陈其芳《福建朱子学》，福建人民出版社1986年版，第61页。
[③] 参看汪征鲁《闽文化新论》第四章《中国封建社会后期传统文化的核心价值体系》，中国社会科学出版社2011年版。
[④] 参看朱维幹《四库全书闽人著作提要》第8页"增辑说明"，福建人民出版社2001年版。
[⑤] 按朱维幹《四库全书闽人著作提要》粗略统计。

二、面朝大海，福建具有开放型的海洋文化的因子，由海上丝绸之路而形成了开放型文化与爱拼敢赢的海洋文化精神

福建地处东南沿海，背山面海，面对台湾海峡和台湾岛，毗邻港澳，有得天独厚的自然优势。宋元时期的福建是中国经济最发达的区域，此时海外交通、贸易不断发展，与阿拉伯、波斯、印度以及欧洲的贸易经济往来，形成了自福建出发的"海上丝绸之路"。隋唐以后，福州的海外贸易逐渐兴起。到晚唐，福州已是海外贸易的重要口岸。宋代推行开放的海洋政策，福建成为中国海外贸易与国内贸易的交汇点，泉州、福州、漳州等海港与海外贸易频繁，福建的陶瓷、江浙的丝绸等货物，通过福建行销世界各国。此时被马可·波罗称为东方第一大港的泉州港进入鼎盛期。众多来自西亚、中亚的商人汇聚泉州，还有来自欧洲如意大利的商人。甚至有阿拉伯人到泉州定居。这样的贸易往来，又促进了国内贸易的发展，同时还促进了福建工商业的繁荣。到了明初，郑和下西洋成为中国古代海洋文化发展的巅峰。而郑和下西洋的出发地就有福建的长乐（古称吴航）。郑和在江苏太仓的刘家港集结，至福建福州长乐太平港驻泊伺风开洋，远航西太平洋和印度洋，拜访了30多个国家和地区。福州因此成为海上丝绸之路的起点。明代，漳州的月港，也成为海上交通贸易的重要港口，月港与东西洋国家和地区的贸易往来有四十多个。

中华文化与海外文化的交流碰撞，使得福建文化又孕育着独特的开放型的海洋文化的因子。不同于纯农耕社会的安土重迁意识，海洋文化具有开放性和进取性，商品意识浓厚。面对大海，就是面对无数的未知数和艰难险阻；大洋彼岸的贸易对象，也一样充满着未知数。但是，海洋带来财富，带来机遇和挑战，因此要有不畏艰险、敢于冒险、勇于拼搏的精神。所以海洋文化崇尚"爱拼敢赢"。要战胜困难，又需要团结的集体主义精神，团结一心，互相帮助以达到目的。从莆田湄洲岛发端而影响深广的福建妈祖崇拜，即体现了因为海洋文化而催生出来的互助仁爱精神，又因面对浩瀚的大海，海洋的博大造就了人们宽阔的胸怀。海上交通和贸易的频繁，长期接触域外经济文化，眼界更加开阔，福建特别是沿海的人们勇于接纳海外文化的传统，使得福建文化具有了兼容的气度，开阔的胸怀，"爱拼敢赢"，"海纳百川，有容乃大"，面向世界，成为它突出的特征。晚清船政局能在福州马尾开办，成为晚清对外开放的一个重要码头，除了地域的原因，与福建历史上就具有的开放的文化传统有密切关系。

三、福建传统文化既有地域的差异又相互融合相互影响

福建地处南方，原来居住着几个南方少数民族。汉族南下福建之后，与当地民族交融，和睦相处，共同生活，创造了福建灿烂辉煌的历史。福建从地理上看，东部都是沿海地区，西部是山地。地域的差异，体现在内陆山地与沿海的差异，还有民族与族群的差异，等等，造成了约略存在的文化的差异。

本书是以福建行政区划来分章加以论述的，目的即在于从不同的地区审视其文化的特色。

福州历史上的开放格局，产生了图强变革的思想。近代福州，在中国历史上扮演着重要的角色，一座福州城，半部近代史。中国近代史上，福州扮演着开思想风气之先、开眼看世界、行洋务运动之实图强变革的角色。林则徐师夷长技以制夷，成为近代中国探索强国之路的典范。福州船政的创办，广泛接触西方先进理念和技术，成为中西文化碰撞的一个融合点。福州船政局又是中国近代海军的摇篮，成为近代中国变革图强的一面旗帜，追梦民族复兴的起点之一。这些变革举措，催生了福州文化的包容、博大、开明与先进，铸就了"海纳百川，有容乃大"的城市精神。到了近代，福州文化在继承传统，坚持本来，放眼世界、吸收外来文化的过程中，书写了福州人勇于开拓进取、革新实践，又心怀社稷民生、家国天下的文化情怀和文化秉性。

莆仙地区，古称兴化，虽地域偏小，但是文教为先。自唐代以后，书

堂、书院、县学林立。正是因为重视文教，莆仙地区成为"进士之乡"。"进士之乡"闻名全国，还以"文献名邦"享誉内外。自唐中叶以来，历代学者勤于著书立说。据朱维干、李瑞良先生根据《四库全书闽人著作提要》统计，《四库全书总目》著录的莆仙人著作有 50 部 882 卷，存目的有 67 部 983 卷，两者合计 117 部 1865 卷。这在福建全省来说，首屈一指。而且诞生了许多名家名著。如晚唐五代的诗人黄滔、徐寅，宋代的理学大家林光朝、史学名家郑樵、文学名家蔡襄、刘克庄等。

发祥于宋代的莆田妈祖信仰，并非简单的一种民间信仰。妈祖信仰形成后，不但在莆仙地区得到较快发展，而且迅速传播到福建各地乃至省外、国外许多地方。宋代以后，妈祖的神格从"圣妃"上升为"天妃"、"天后"，成为中国影响最大的海神和中国航海活动的精神支柱。她适应着海上交通和贸易的需要，成为海上丝绸之路的保护神。

闽南地区，指的是现在泉州、厦门、漳州几个市所辖地区。这里海域辽阔，中原文化和闽越族文化的交融，形成了特色非常鲜明的闽南文化。闽南地区文化，既有对中原传统文化的认同与继承，如重农崇教，崇尚正统，重视守成，又敢于突破传统而求新，甚至对于传统的叛逆和反抗，催生了超越前人的新生事物。爱拼敢赢的文化特征在闽南人身上显示得特别明显，因此，改革开放之初，闽南人即敢于率先冲破传统的束缚，走在全国的前头，使得闽南经济一直保持强劲的发展势头。

恪守中原文化崇文重教的传统，闽南地区文化学术与官私教育也同样繁荣。山清水秀与广阔海洋的地理形胜，孕育出许多杰出的人物，甚至如异军突起，如唐代与韩愈同科进士的南安的欧阳詹，宋代的著名学者蔡襄，明代敢于反抗传统理学、追求个性解放的李贽，朱熹弟子陈淳，抗清志士理学家黄道周，受到海商文化影响、收复台湾、开发建设台湾的郑成功，清末怪杰辜鸿铭，文学大师林语堂等。像辜鸿铭、林语堂，虽然学贯中西，但是其文化根底，仍然是中华传统文化，"忠于中国之文明"（辜鸿铭语）。

客家地区，指的是今天龙岩市的长汀、连城、上杭、永定、武平以及今天三明市的宁化、清流、明溪（归化）等地。与沿海的平原和面对辽阔的大海的沿海地区不同，客家地区是内陆山区。丘陵起伏，森林茂密。在此生活着一支特殊的汉族民系，即客家人。

历代南迁的汉民族与当地闽越族、畲瑶等当地少数民族经过漫长时间的融合发展，形成了以南迁汉人为主体的汉族客家民系和以中原文化为主导的客家文化。客家文化是客家民系在适应赣闽粤山区自然环境和社会历史发展过程中所创造的物质财富和精神财富的总和，是中华文化的重要组成部分。[①] 耕读传家、开拓进取、艰苦奋斗、崇文重教、慎终追远、爱国爱乡，是客家文化的精髓，也是中原文化的宝贵遗产。

客家文化还保存了众多的民间信俗。客家民俗丰富多彩，尤其是信仰民俗、节庆民俗体现了客家百姓独特的精神生活。这些传承千百年的民俗活动是客家文化传承的重要方式与渠道，成为"当地客家人的一种象征与符号"[②]。客家节庆民俗是客家人文精神最具乡土气息、最原生态、最大众化的表现形式[③]。"礼失求诸野"，中原古文化在发源地的式微，却在客家地区被保存下来。

由于文化的发展与客家人自身的努力，明清以来闽西客家造就了许多全国知名的画家和诗人，如具有全国影响的著名画家上官周、华喦和黄慎。民间文艺也异彩纷呈，客家民众喜闻乐唱的客家山歌，最能反映客家社会的劳动生活，成为了解客家人与客家文化的一个重要窗口。

客家文化，凸显了客家人生活的智慧、团结奋进的勇气、开放包容的胸怀以及敬宗睦族、崇文重教、爱国爱乡的精神特质，成为中华优秀传统文化的一个重要组成部分。

[①] 参看《福建优秀传统文化读本》第五章。
[②] 刘大可，闽台客家地区的民主公王信仰，福州大学学报（社科版）2010（5）：13—19。
[③] 林开钦，《客家通史》，福建人民出版社2018年版，第217页。

闽东地区，指的是今天宁德市所辖的各县。闽东地区地形山海交融，又是畲族聚居之地。山海形胜，既有山的秀丽与雄奇，又有海洋的博大与壮阔。三都澳放眼太平洋，处于太平洋西岸国际诸航线的中心位置，可以直接通达全国和世界主要海运航线，是世界不可多得的天然良港，被誉为"举世无双的海上天湖"。闽东地区的廊桥，是特有的文化遗产。因地制宜山区的地形，闽东人建起了瑰伟的廊桥。廊桥建筑，既是交通设施，又兼有驿站、祭祀、社交、贸易等功能，且蕴含着多元的文化内涵，包括建筑文化、民俗文化、风水景观文化等，廊桥的建造以及建成之后的诸多功能，包含着丰富的民俗文化内容。廊桥是智慧的结晶，又展现了闽东人民特有审美趣味与文化精神。闽东地区又是畲族聚集地，在全国畲族人口中占比超过50%。闽东畲族保存了很多畲族的古老的民族风情和礼俗。盘瓠信仰及其图腾，造就了畲族民族的忠勇精神和民族性格，不畏强暴、敢于斗争。其族群意识催生了畲族人的凝聚团结精神，也表现了对华夏民族的认同。他们的语言、服饰等，都具有鲜明的文化特点和民族意识。[①]

闽北地区指现在的南平市所辖各县。闽北地区虽处山区，但却是文化发达地区。中原理学入闽，即从闽北始。从杨时、游酢到刘子翚，道南之学传入闽地，以致集大成者朱熹，创造了福建文化的辉煌。

闽北是中国早期书院文化的发源地。[②] 闽北的书院文化如武夷精舍和考亭书院，是当时全国最有影响的书院之一。南宋时，闽北地区的建安和建阳就已是全国性的出版中心。"建本"或称"麻沙本"，行销全国以致海外。刻书文化，不但影响整个福建，也扩及全国。闽北的茶文化特别是武夷茶文化，成为雅俗共赏的一种享受。

谈到福建文化，不能不说到海峡两岸的文化。福建与台湾隔海相望，台湾自古就是中国的领土。台湾自古与大陆连接在一起，台湾在海峡还未

---

① 参看郭志超《畲族文化述论》，中国社会科学出版社，2009年版。
② 参看徐晓望《闽北文化述论》，中国社会科学出版社2009年版，第26页。

形成之时，便是大陆人生活、劳动的地方；台湾海峡形成之后，在岛上定居的依然是来自大陆的早期居民。此后历朝历代都有大陆人前往台湾的记录。随着大陆人民不断地移居台湾，从三国时期的吴国开始，大陆便派官员到达台湾。南宋乾道年间，宋王朝已派兵到澎湖巡防，澎湖已属福建晋江管辖了。明末清初郑成功收复台湾后，将大陆一系列政治制度和文教制度移植到台湾。康熙统一台湾后，设立台厦道，隶属福建省，台湾知府由福建巡抚直接管理。历史上，福建闽南地区有大量的民众移入台湾，占据移入台湾的绝大部分人口。还有客家移民和闽东移民，也占据台湾相当多的人口比例。大陆移民进入台湾，在台湾撒播下了中华文化的种子。

在台湾少数民族与汉人的交融中，少数民族逐渐被汉族的习俗、文化、生活习惯等所影响。台湾少数民族与我国南方地区的古越人在文化上具有渊源相承的关系。可以说，台湾南岛语系族群的主要来源是祖国大陆东南沿海古越先民的一支。台湾少数民族大多都拥有祖先崇拜和图腾崇拜，其中蛇图腾崇拜、竹图腾崇拜都与大陆南方地区的信仰相似。

宗族文化，是中华传统文化的基石。宗族文化也随着福建移民到达台湾。福建移民到达台湾，他们将安土重迁、不忘根本的乡土观念带到台湾。台湾的教育也受到福建文化的影响，特别推崇闽学与朱熹。台湾形成"紫阳（朱熹）儒宗，海隅仰止"的浓烈氛围。清代福州鳌峰书院既有台湾籍的教员，也有台湾来的学子。此外，台湾的信仰民俗、建筑艺术、文学艺术，也基本上与福建闽南、客家的传统相同。

以上所述，是八闽地区文化的些许差异，但是，它们共同构成了福建传统文化的特色，那就是开拓进取、艰苦奋斗、爱乡爱国、团结拼搏、海纳百川、爱拼敢赢的精神，正如有的学者所说："既敢搏命轻生于惊涛骇浪之中，也敢披坚执锐面对强敌，捍卫国家与民族的尊严。"[①] 这虽然特别

[①] 林枫、范正义《闽南文化述论》，中国社会科学出版社2008年版，第6页。

显著于闽南文化,其实也是福建文化的精神!它表现出宏伟气魄,巨大度量,深宏阔大,雍穆从容的文化品格。

习近平总书记在十九大报告中提出,深入挖掘中华优秀传统文化蕴含的思想观念、人文精神、道德规范,结合时代要求继承创新,让中华文化展现出永久魅力和时代风采。

深入学习习近平新时代社会主义思想,坚定中国特色社会主义文化自信,坚持创造性转化,加强对中华文化的挖掘和阐发,建设社会主义文化强国,是新时代的重要任务。福建优秀传统文化已然成为福建的独特标识和八闽儿女的精神命脉,成为福建值得骄傲的文化软实力。学习传承福建历代优秀文化,通过学习陶冶情操,树立核心价值理念,践行中华传统美德,涵养中华人文精神,讲好福建故事,都具有重要意义。历史是最好的教科书。本书的编写,是要让福建的青年学生带着深厚的情感,认识福建优秀传统文化,看待身边的世界,从青年时期起,即培养起丰富而真实的生命情感体验,进而迸发出爱乡土、爱祖国的热情,进一步形成立志成长、守护乡土的文化情感。学习福建传统文化要有利于遏制"文化台独",有利于福建构建21世纪海上丝绸之路。总之,突出福建传统文化的重要地位,推动福建传统文化创造性转化、创新性发展,充分发挥福建传统文化在教育青年过程中的作用。

迎接新时代,跨上新征程,作为一个福建人,生活在八闽大地之上,了解先辈的光辉业绩,弘扬优秀传统文化,吸取人文血脉的营养,努力增强文化自信,以激励奋发向上的精神,在实现民族伟大复兴的中国梦的新征程中,做出无愧于先人的更加宏伟壮丽的事业!

《淮南子》研究的新成果
——孙纪文《〈淮南子〉研究》序

孙纪文君硕士研究生阶段主攻的专业是中国文学批评史，在从我攻读硕士学位时，顺利完成学位论文《淮南子文艺思想论》。该文曾对《淮南子》的文艺思想进行了深入研究。他毕业后到宁夏大学工作。2001年秋他又一次考入福建师范大学从我攻读博士学位。因为有了硕士生学习阶段的基础，考虑再三，把博士论文的选题定为《淮南子研究》。

和硕士论文相比，这个选题无论是外延还是内涵都扩大了，涵盖面也扩大了许多。《淮南子》是西汉前期一部规模宏大、内容富赡的哲学、政治和文学的巨著，过去学术界对《淮南子》的研究主要是在哲学方面。要对《淮南子》进行全面研究，存在着相当大的难度。孙纪文君选择这一选题，是迎难而上。动笔之前，孙纪文君正好参加了我主编的《先秦两汉文论全编》的编写，他负责《淮南子》一书的选编。这样，他对《淮南子》全书的了解研究是比较全面和深入的，有的领域恐怕还少有人涉及，如《淮南子》与经学的关系，与诸子的关系，《淮南子》的历史哲学思想等。在论文的绪论中，作者对《淮南子》的性质给予界定，认为它是一部杂家之作，而非道家之作。这一看法，是建立在对文本的细致解读之上的，可谓言之有据。第一章，作者探究《淮南子》的经学素质，揭示其与《易》《书》《诗》《礼》《春秋》的关系。第二章论《淮南子》的历史哲学思想，认为其历史哲学思想包括五个方面：天道自然论、天人相感论、历史通变论、民本思想论和崇圣思想论。而且认为其历史哲学思想包容了儒道法各家思想的精华，代表了汉初的时代精神。第三章诸子思想构成考论部分，对全书二十篇文本的主流思想构成进行分析，探索其与先秦诸子思想的关系，呼应绪论所说的将《淮南子》归为"杂家"比称它是"黄老思想"之作更为妥当。第四章论文学特质，其中对文体学和文学思想的论析相当精到。第五章是文学视野下的神话解读，作者对《淮南子》所录的神话进行了全面的归类分析，并历时性地考察其中两种演变形式的历程及附着的文化意义。作者对文本的解读非常细致，因此论述时新见迭出，如论与经学的关系，谓五经六艺的含义在《淮南子》的时代还没有统一化的解释，《泰族训》可视为是汉武帝立五经博士之前开放式的解经体系的表现；考论其历史哲学包括五个方面，并具有政治性、规律性和辩证性三大特征；文学特质方面对文体学的意义以及道家与儒家文艺思想的交融的论述；对神话历史化的探索，谓神话历史化更多的是以政治倾向为重，以及对"女娲补天"、"嫦娥奔月"神话的解读，等等，论据充分，有说服力，都可谓发前人之所未发。

  本书在方法论方面也颇有新意。作者从文化价值的角度对《淮南子》作新的解读和探索，也是成功的。孙纪文君有扎实的理论基础，在硕士生学习期间就表现出比较强的研究能力，对问题的分析深刻，并能运用一些新的理论进行论述。在他的博士论文中，也体现出这个特点。同时，他对文献的把握比较全面，视野开阔，站得高，能入乎其内又出乎其外，因此是一篇具有相当分量的论文，在博士论文答辩时受到评委们相当高的评价。可以说，在《淮南子》的研究方面，孙纪文君的博士论文取得了新成果。现在，论文就要出版了，我很为他高兴。

  孙纪文君是北方人，具有北方人的豪放和稳重性格，为人真诚朴实。他深思好学，非常勤奋。读他的论文，常使我得到不少启发。现在，他又回到宁夏大学工作了,正发挥着骨干作用。我们期待着他在学术上取得更大的成就。

乙酉年新春写于福建师大适斋

(《〈淮南子〉研究》于 2005 年 7 月由学苑出版社出版)

功底扎实,视野开阔的一部力作
——孙纪文《清代文学探赜集》序

孙纪文君2001年入学福建师范大学攻读博士学位,专业方向为先秦两汉文学。他的博士论文是《淮南子研究》。虽是一部专书研究,但大家知道,《淮南子》是一部内容丰富且庞杂、包罗万象的巨著,要对《淮南子》进行全面的研究,对先秦以至汉代的思想文化和典籍都要有深入的把握,庶几才能毕其功。但孙纪文迎难而上,取得了极大的成功,其博士论文受到以袁世硕、蒋凡等著名学者为答辩评委的高度评价(该书2005年由学苑出版社出版)。后来,他进入西北师大赵逵夫先生的博士后流动站进一步做研究,出站报告是《王士禛诗学研究》(2008年宁夏人民出版社出版)。此书出版后也颇得好评。就他的研究状况来看,从先秦到清代,这是一个跨度很大的超迈。不过,正因为他有了先秦两汉扎实的基础,其涉猎清代文学,即创获颇为丰厚。

孙纪文此书中有五篇论文论王士禛诗学。王士禛是清初重要的诗人和诗论家,其"神韵说"影响很大。然而对"神韵说"内涵的理解,却存在某种不足,一是理解不够全面,二是以为仅取唐韵而排斥宋诗,或是对其宗唐宗宋的变化轨迹不清楚。孙纪文鳌述清初宗唐宗宋对立的背景,认为王渔洋"曾经历宗唐——宗宋——宗唐的回环往复过程"。作者从具体的材料的比对分析中,揭橥其标举的盛唐不是李、杜,而是王、孟的原因,所论显得扎实有据。作者还认为"王渔洋虽以尊唐为主,但上则溯源于汉魏六朝,下亦不排斥宋元明","他的唐诗学也不是一个视阈狭窄的唐诗学"。而"是以唐代诗学精神为价值取向的唐诗学,是建构理论系统的唐诗学"。这个结论是建立在客观材料的具体分析上的,因而也是可信的。

"神韵说"以盛唐为宗,这和它在诗论上继承严羽是一致的。此论点虽已有学者提出,但孙纪文从审美风格论、审美韵味论、审美境界论三方面加以申述,这是对前人研究成果的有力补充。神韵说并不局限于"神韵"的单一标准,而是既重风调,又重雄浑。王渔洋的诗歌风格本具有多样性,即"渔洋的诗歌,不仅有空灵之作,也有雄浑之作。渔洋的神韵诗说,不仅倡导一种从容幽静、舒缓空灵的韵外之致,也包涵意境开阔、手法雄奇、风格苍劲的美学追求"。这样的结论,正可以和作者揭橥的王渔洋诗论的阔大丰富相印证。还有,纪文君注意到《秋柳》四首暗含着故国之思,在当时文网渐密的康熙时代,沈德潜《清诗别裁集》不选王士禛的《秋柳》诗,其用意是可以理解的。另一方面,孙纪文认为,此举乃是沈德潜别有深意而为,目的在于力图呈现出王士禛诗歌的另一种骨力雄健又不失敦厚的气度,从而与王士禛诗歌惯常所具的另一种清新俊逸的审美情趣相互补充而融为一体,以此构建渔洋诗歌的整体风貌,并巧妙地反击了诋讥渔洋的诗坛之声。这样的说法,也比以往的分析更深一层。

对于沈德潜的诗歌理论,作者试图廓清一个误区,即"将沈德潜的诗学思想归于'格调说'并不是很恰当"。作者分析"格调"和"神韵"二说之关系,从明代格调论的目标和审美理想追踪到王士禛"神韵说"的产生,论定"王士禛崇尚神韵的出发点之一是为了纠正明代格调派过于推重诗歌形式的做法,而且他也不满于格调论尤为推崇以李白、杜甫为代表的唐诗格高调逸一派,于是,另辟蹊径,推重王、孟诗歌之自然悠远的韵致"。作者认为,沈德潜对格调和神韵进行了"视界融合"式的复调组合,"既避免了明代以来格调说流于形式主义的弊端,又调和了神韵说过于玄空的弊病，体现了对神韵的进一步包容和融合"。并从具体作品的分析中（包括《沈德潜论杜诗之美》一文），指出"王士禛是在钟情清逸淡远的前提下提倡雄浑高格，而沈德潜则是在钟情雄浑高格的前提下肯定清逸淡远"，这就使得作者的结论不是架空之谈。对于格调说与性情说，作者认为有本质区别，但又是可以互通的。区别在于"袁枚性灵派提倡的主要是个性色彩浓厚的性情；而沈德潜格调论提倡的主要是皈依儒家情怀的万古之性情"。互通在于沈德潜"常常折中其中的共性因素而融会贯通"和"推崇诗歌作品中的性情与政治道德意义之间的关联"。应该说，格调说的内涵，在于关乎教化，要求温柔敦厚，说白了就是如何更好地为统治者服务。沈德潜对"神韵说"的"复调组合"也好，对性情论的互通也好，都是为这个宗旨服务的。这倒是作者应注意到的。

纪文君此书有两篇论述浦起龙《读杜心解》的文章。明代杜诗学著作繁富，清初杜诗研究继续蜂拥而起，其中浦起龙的《读杜心解》是重要的一部注释著作。一部好的注释本，也是一部好的批评著作。浦起龙的《读杜心解》是杜诗注释著作中重要的一部，也是其杜诗批评的体现。对于浦起龙的解杜，作者把它与《钱注杜诗》、金圣叹《杜诗解》、王嗣奭《杜臆》等进行细致的比较，认为浦起龙的杜诗批评既有实证主义的传统方法，也暗合了文本批评的某些法则，《读杜心解》文本批评的内容是理论分析与审美品鉴相结合的产物。由此作者进一步总结《读杜心解》在清初杜诗学研究中的学理秉承与创新，指出《读杜心解》既有学术的严谨内容，又有文学批评的灵性成分，可谓重学术而不废性情。作者从具体的杜诗"心解"例子入手，得出浦起龙《读杜心解》的阐释方法既有"以意逆志"的性质，又有"知人论世"的手段；既有"八股析诗"的影子，又有"诗文互比"的借鉴，"是一种复合式阐释方法的应用"的结论。这是作者抉微入里的创见。

纪文君在博士毕业前就开始参与我所负责的国家社科课题"四库全书

总目中的文学批评"的研究,他文思敏捷,很快就写出了好几篇相关论文。收在本书中的关于《四库全书总目提要》文学批评的七篇文章,就是项目的成果。《四库全书总目》(以下简称《总目》)虽是目录学著作,但也是一部重要的批评著作。它的每一篇提要,就是一篇简要而精当的批评文字。这七篇文章,涉及中的诗歌、词学、小说以及批评话语等问题。从《总目》对本朝诗歌的批评状况,可以看出清代初期八十年的诗歌创作状况,从《总目》对历代诗歌的批评中,可以综观《总目》作者的诗学观。对于《总目》在诗歌批评史上的价值,纪文君在肯定《总目》批评观价值的同时,也剀切地揭示其不足。对于《总目》的批评原则,纪文君抓住了它以儒家诗学思想为核心这一基本原则,但又看出了其中的变化,如但求公允而力求持平之论,在理性指导下的对情的重视,追求一种遒劲与高雅相融的诗歌美学境界,等等。这些论述,都是持之有故,颇中肯綮的。对于《总目》三种批评话语的总结,又是他从《总目》众多的提要中潜玩体味深思所得。

就本书的研究来说,有三个特色。其实,这三个特色也体现在纪文君的以往的著作与文章中。

一是重视文献的把握,以文献为依据,不发空论。他对王士禛诗学理论的研究,就建立在其对王士禛诗学文献的考论上。他的专著《王士禛诗学研究》,有两章专门谈王士禛的诗学文献。不把研究对象的相关文献搞清楚,就容易作架空之谈。对于沈德潜、浦起龙等对象,作者都注意到文献依据,包括他们的著作文献、立论的文献或作品依据。赵翼和张问陶都是性灵派诗人,一般人看似无太大差别,但是孙纪文从具体文献和作品出发立论,揭示出二人在性灵论方面的差异。

二是理论功底扎实,视野开阔。纪文君强于理论思考。此书虽名"清代文学探赜",其主要涉及的是批评理论问题。纪文君对于每一个研究对象的探索,都能从理论的基本要义出发,确立一个批评的理论逻辑基础。

其后的论述,都能以此为核心,剥茧抽丝,条分缕析,最后得出结论。他还善于学习新鲜理论,包括国外的新理论,作为批判的武器,如用文化人类学和文化诗学的理论对袁枚"性灵说"进行解析,其中论及其消解传统的三点表现和"性灵说"的人本主义价值及其局限性,即透露出作者的清新的见解与思考。而把《歌德谈话录》和《随园诗话》进行比较,由此揭示歌德与袁枚文论思想的异同,体现了作者视野的开阔。

三是颇有会心,时见新论。如以"徐汪争辩事件"为例,从王士禛的"笑而颔之"的态度说明王士禛对唐诗派的态度,证明"自康熙二十二年之后,渔洋的诗学思想便发生了本质的变化,他已经走入唐诗派的阵营之中"。结论并不惊人,但所用的材料似为别人所未用,尝一脔肉而知一镬之味,可见其把握材料的会心。如前所说,经过他对于王士禛宗唐宗宋的变化过程的细致分析,论定王士禛的唐诗学也不是一个视阈狭窄的唐诗学。再如,他从《秋柳》诗的蕴藉含蓄的思绪,结合时代的约束和沈德潜的苦心,论析《清诗别裁集》不选王士禛《秋柳》诗的原因,其心得也颇为与众不同。

我对清代文学并不熟悉,然而难却纪文君之盛情,只好就我读完此书谈一些粗浅的看法,妄发论议,未必能中肯綮。孙纪文聪敏颖悟,好学深思,读他的文章,你会觉得他"慧而能虚,虚而能入"(俞正燮《癸巳存稿》卷首张穆《序》),深人无浅语,这是我历来的感觉。

谨为序。

2014 年 3 月于福州适斋

(《清代文学探赜集》于 2014 年 9 月由中国社会科学出版社出版)

借助史实踵事增华的一部小说

——林小云《〈吴越春秋〉研究》序

东汉开始,"史统散而小说兴",出现了历史著作小说化的现象,其作品就有《吴越春秋》和《越绝书》。

《吴越春秋》全书的内容在于演述春秋末期吴国和越国的兴亡历史,材料主要来源于《左传》《国语》《史记》,又加进了许多有关的民间传说、虚构故事。《吴越春秋》的编撰形式,从结构看,乃是远学《左传》,将某些事件相对集中叙述,近效《史记》,将吴越两国分别加以编写。但它并不经意于以实录原则撰史,而是借助史实,踵事增华,进行大胆的创造。明代的钱福在《重刊吴越春秋序》中说:"《吴越春秋》作于东汉赵晔,后世补亡之书耳。大体本《国语》《史记》,而附以所传闻者为之。元徐天佑谓其'去古未远,又越人,宜知越之故,视他书所记二国为详',得知矣。天佑之所考注亦精当,第谓其不类汉文者,其字句间或小说家。"鲁迅《中国小说史略》也认为"赵晔之《吴越春秋》,袁康、吴平之《越绝书》等,虽本史实,并含异闻",属于"小说之志怪类中又杂入本非依托之史"。说明它小说化的程度更为浓重了。

和先秦两汉的史传文学作品相比,《吴越春秋》更多虚构的成分。如伍子胥其人,史实见于《左传》与《史记》,然而在《吴越春秋》中,作者以众多虚构的情节增加了他的传奇性。《王僚使公子光传》写伍子胥过江，渡江渔父不受子胥之剑，自沉于江中；击绵女子馈食子胥，也投水而死。伍子胥之吴，披发佯狂，行乞于市。《阖闾内传》中写伍子胥为吴王阖闾筑城、立阊门、铸剑，又为阖闾找来要离去行刺王僚的儿子庆忌；柏举之战，伍子胥与吴起率领吴军破楚入郢，掘平王之墓，鞭尸三百；伍子胥过濑水河，投水百金以报赠食之女；最后又为夫差力争，立为太子。《夫差内传》写伍子胥构怨夫差，夫差赐之属镂之剑；伍子胥伏剑而死，夫差盛之以鸱夷之器，子胥随流扬波，荡激崩岸，等等。这些虚构的情节，与史实相结合，突出了伍子胥坚忍不拔壮烈复仇的形象，不但内容更为丰富，形象也更为丰满完整。

《吴越春秋》虚构情节，不惜采用志怪手法。如《阖闾内传》有吴作钩者"杀其二子，以血衅金，遂成二钩"，又呼二子之名，钩便飞于胸前的情节，又写壮士椒丘䜣䜣"持剑入水，求神决战，连日乃出，眇其一目"，要离让吴王焚其妻子，弃于市，又自断右手。更有甚者，《阖闾内传》写湛卢剑恶阖闾五道，竟入水而行至楚，楚昭王一觉醒来，得剑于床前；《勾践阴谋外传》写越国剑女与袁公比武，袁公"飞上树，变为白猿"。《勾践伐吴外传》写越军将入吴国胥门，伍子胥显灵，"头巨若车轮，目若耀电，须发四张，射于十里"。这些离奇情节，显然有悖于史实，如志怪小说之怪诞了。

《吴越春秋》中也有许多夸张渲染的描写，可以看成是纯文学手法的运用。如"干将作剑，采五山之铁精，六合之金英，侯天伺地，阴阳同光，百神临观，天气下降，而金铁之精不销沦流"，"干将妻乃断发剪爪，投于炉中，使童女童男三百人鼓橐装炭，金铁乃濡，遂以成剑"（《阖闾内传》）；伍子胥自杀之后，"吴王乃取子胥尸，盛以鸱夷之器，投之于江中，言曰：'胥汝一死之后，何能有知？'即断其头，置高楼上，谓之曰：'日月炙汝肉，飘风飘汝眼，炎光烧汝骨，鱼鳖食汝肉。汝骨变形灰，有何所见?'乃弃其躯,投之江中,子胥因随流扬波,依潮来往,荡激崩岸"(《夫差内传》)。还有"要离之刺庆忌"一节,写要离用苦肉计接近吴王僚的儿子庆忌,并在庆忌要渡江征吴报仇时刺杀庆忌。这些情节之离奇曲折,描绘之生动,的确引人入胜。从这些描写来看,《吴越春秋》已经俨然是小说的形态了。

林小云此书,是在其博士论文的基础上修订而成的。综上所述,《吴越春秋》的确是一部值得深入研究的介于史传与小说之间的作品。作者对《吴越春秋》的作者及其成书年代进行了考证,虽没有新的发现,但对旧说进行了厘定,认定今本《吴越春秋》是赵晔原著,今本是残本而非全本。小云搜集了比较丰富的史料作为依据,分析花费了心血,结论可备一说。对于《吴越春秋》的思想旨趣和文化意蕴,作者结合成书的时代背景,认为它具有"大一统"的文化认同意识,借古鉴今的时代关怀,崇仁尚义的时代精神,复仇雪耻的社会风尚。这种时代文化背景上的揭示,对理解《吴越春秋》有很大帮助。此外,《吴越春秋》还展现了古吴越民族崇尚武力、刚柔相济的民族性格;受传统巫风的影响,又处在东汉谶纬神学兴盛的时代,书中展现了占卜、相术、梦境及阴阳五行、灾异祯祥等巫风影响下的神秘事件,使全书笼罩了一层神秘色彩,具有特殊的文化意蕴。这些分析,都是比较准确的。《吴越春秋》的文学特征,是林小云此书的论述重点。她运用叙事学的理论,对《吴越春秋》的结构、史料运用和处理等特征进行深入分析,认为该书已经呈现出小说化的趋势,展现出从历史叙事向文学叙事演进的轨迹。在文学特征方面,林小云分析得更加仔细,涉及人物形象塑造、悲剧和传奇色彩、语言艺术多个方面。林小云对《吴越春秋》的论析,建立在对文本的细致把握和解读之上,因此能做到立论有据,言之有故,结论可信。林小云此书,是对《吴越春秋》所做的全面的研究,对于《吴越春秋》的进一步深入研究,是有帮助的。

林小云目前在大学任教，担负着相当繁重的教学科研任务，但她仍然花费了心力，对博士论文进行修订，使其成书。此外，据我所知，近年来，她还取得了其他的科研成果。我们期待着她在学术上取得更大成绩。

2014年3月于福州适斋寓所

（该书于2014年由华中科技大学出版社出版）

《庄子》"三言"研究新探
——陈德福《〈庄子〉散文"三言"研究》序

此书是陈德福君的博士论文。德福君入学之后，确立博士论文的选题是"《庄子》散文文体研究"。这是一个有相当大的难度的选题。其所以有相当大的难度，一是有关《庄子》散文的研究已经有很多成果，要有创新不容易；二是就文体来说，涵盖的面还是比较宽的，要下扎实的功夫。考虑再三，德福君还是迎难而上，确立了这个选题。

《庄子》散文中的"三言"，即"寓言"、"重言"和"卮言"。《庄子·寓言》篇说："寓言十九，重言十七，卮言日出，和以天倪。"《天下》篇说："以卮言为曼衍，以重言为真，以寓言为广。"都可以说明《庄子》作者将"三言"当作全书文体的体例来看的。所以，王夫之以《寓言》篇与《天下》篇"为全书之序例。"主要是就"三言"而言的。但是，正如德福君在绪论里所列举的，前人对于"三言"的研究成果，包括郭象、成玄英等人的解释，总有未尽如人意处。梳理前人"三言"研究的成果，并从文体学的角度进行进一步的探索，这正是陈德福论文所做的工作。

关于"寓言"，论文从"寓言"语义溯源入手，在对《庄子》"寓言"的概况和界定的基础上，着重论析了"寓言"的具象性，认为"寓言"的形象来源包括五个方面：一是对神话材料的改造利用，二是对畸人形象进行写意性勾勒，三是对普通人的深情关注，四是对动物题材的创造性开拓,五是对抽象名词进行拟人化处理。这比前人对于《庄子》寓言形象的构成溯源更深入了一步。作者还分析了"寓言"形态的差异,有萌芽式、发展式、成熟式,揭示了"寓言"的发生、发展和变化,亦为言前人所未言者。

关于"重言",论文也考辨了"重言"的语义,认为"重"当读如"众",有尊重、借重、倚重之义;"重言"为借重先哲时贤之言或托先哲时贤之言,并从先秦文化典籍中论证其说不误。作者考辨了《庄子》之"重言"所借重的人物,有传说人物,历代君臣;有道家人物,其中老子几乎总是作为正面的形象出现;有儒家人物,孔子或作为道的权威、阐释者,或作为道的追求者、学习者,或作为嘲笑的对象,或作为儒家思想的阐释者;还有虚拟的入道人物。这五个方面的归纳,甚为全面。论文还对"重言"的形态特征进行概括,指出"重言"或巧设语境以增强形象感染力,或开门见山,直起对话,且对话内容有体道倾向,辞藻优美富于文采。这些,亦不失为一得之见。

关于"卮言",论文同样从"卮言"的语义界定考辨入手,提出"卮言"作为一种话语方式,是对前人话语方式的继承、改造和发展;《周易》中已有"卮言"源头;《老子》中大量议论性的文字,带有"卮言"性质。同时"卮言"还受到《论语》语录体话语方式的影响。此不失为新见。而《庄子》中的"卮言",首先是《庄子》中的议论,长短不拘,不待安排,是庄子思想的自然流露;其次是有关庄子自身的故事,反映了庄子的哲学、政治思想。这些看法,较之前人,更深入一步。作者把"卮言"分为"议论体"和"语录体",并分别论述其特征,正是从前面的考证而得出的进行分类的合理依据。

在论文的结论部分,作者对"三言"的共性和差异性以及表达、体制方面的特点也进行了总结,亦言之有理,时有新见。论文作者对《庄子》及有关著作进行了全面的细读,立论有扎实的文献依据。既赓续前贤之成果,亦认真深入剖析原著,披沙拣金,从中得出自己的结论来,是为可贵。

德福君是一边工作,一边攻读博士学位的。他是一位新闻工作者,又担负着行政工作,职业性质使他一直处于繁忙之中。他能按时如期地完成博士论文,是付出了艰辛的劳动的。德福君为人踏实敦厚,真诚热情。几年来,其工作和学业都取得了可喜的成就,令人高兴。

谨为之序。

2014 年 9 月

(《〈庄子〉散文"三言"研究》于 2015 年 3 月由台湾花木兰文化出版社出版)

宋代楚辞批评研究的新视角

——林姗《宋代屈原批评研究》序

楚辞批评史与楚辞研究史之类的课题，的确已经有不少的成果，要继续深入下去，有一定难度。要在这个范围内再做文章，是要有一定创意的。所幸，林姗的博士论文还是基本达到了这样的要求。

宋代的楚辞批评是个兴盛期，可以洪兴祖的《楚辞补注》和朱熹的《楚辞集注》为其标志。此外，像苏轼、黄庭坚、司马光、晁补之、杨万里、钱杲之、吴仁杰、魏了翁、叶适等等，都是留下了楚辞研究成果的。通常的楚辞研究史多为历时性的线性描述，对于宋代也同样如是。而林姗的论文，则避开传统的描述方式，从批评的形式、伦理思想批评、行为批评、人格批评、文体批评、创作技巧批评等几个方面入手，因此也就使得她的文章显得有新意。

在批评形式方面，宋代屈原批评的形式丰富多样，包括楚辞专著、诗话文话、诗词文赋、史书策论以及各种札记序跋等等，作者择取了其中最为突出的专著与诗话这两种批评形式，它们构成了宋代屈原批评的重要组成部分。论文着重剖析晁补之《重编楚辞》及《变离骚》《续楚辞》，洪兴祖《楚辞补注》与朱熹《楚辞集注》及《楚辞辩证》《楚辞后语》等专著的批评成果，以揭示诗话的形式对屈原的生平事迹及其作品进行批评的优劣得失。屈原伦理思想批评方面，以宋人对屈原之"忠"的评论为中心，探讨了宋人关于屈原的"忠""怨"之辩,总结宋人对屈原忠君思想的三种看法,即"忠而不怨"说,"忠而怨"说和"主怨"说三种,重点分析了朱熹提出的"忠君爱国"说,并剖析朱熹"忠君爱国"说的实质。作者认为,《楚辞集注》将"爱国"附于"忠君"之后而提,"爱国"说本身并不具备独立的意义,"忠君"完全涵盖了"爱国"。朱子首创"忠君爱国"说来阐释屈原思想并立之为典范,尽管仍然限定在"忠君"这一"天理"之内,但"爱国"与"忠君"并提本身已具有了新的意义。在异族入侵的时代背景下,"爱国"不仅与君国相连,亦与民族意识相连,在某种程度上已经超出了"忠君"的范畴。屈原行为批评方面,以屈原之"死"为中心讨论宋人对屈原自沉的原因分析与价值判断。经过认真分析,作者总结出宋人对屈原自沉原因和动机的分析,一是"尸谏"说,一是"泄忿"说。认为宋人对屈原之死的褒贬呈现出复杂乃至矛盾的现象,是基于君臣大义与中庸的行事哲学两个不同层面思考的结果。关于屈原人格批评,作者提出了以"独醒"为中心的精神内核,考察宋人对屈原独醒品格的认同与排斥的两种不同态度,并就此分析其内在原因。而后由此探讨宋人对屈原独醒精神的重构。认为宋人对屈原之"醒"的主流看法是否定的,他们以渔父之"醉"否定屈原之"醒",但他们并没有全面背离屈原之"醒",而是以"醉"重构了屈原之"醒",达到"身醉心醒"与"屈陶相融"的境界。屈陶相融而成的人格让宋代士大夫在仕进的时候悠然自处,在退居的时候亦心怀苍生社稷,在穷达得失之时皆力图保持高洁的道德情操与廉正的政治品格。这就把屈原的精神内核与宋代士大夫的精神内核联系起来了。在宋代的屈骚文体批评方面,作者概括了宋人的诗体说、赋体说以及独立的骚体说等几种不同意见,作者分析了不同文体批评的内容以及宋人对诗骚的渊源关系的褒扬与贬斥的不同意见;还注意到宋代学者开始在经典之外寻找屈骚的渊源,即屈骚的独特个性与其所属的楚地文化的关系,这正是宋人的创举。对于屈原创作技巧的批评,作者以朱熹为主,认为他首次以"赋比兴"的综合手法全面分析屈原的创作技巧，突破旧注一一对应的譬喻之说而从整体上把握屈原的比兴寓意，揭开屈骚以"比"为中心多层次的比兴寄托方式。宋人还认识到屈骚虚构与想象的特点，以"寓言"目之，并就此将屈骚类比于《庄子》，"庄骚"并称成为宋代屈原批评中的普遍现象。

林姗做这篇论文，花费了很多的功夫和精力，对于文献的掌握也相当深入，有的方面虽还不尽完善，但却是她沉潜深思的结果，颇有会心。林姗是从学士、硕士直升攻读博士学位的，她还年轻，但她是用功的，她的学术道路还很长，虽然博士毕业已有几年，作为她的导师，我期待着她的更大的成绩。

谨以为序。

2014 年 10 月 13 日于福州适斋

（该书于 2015 年 8 月由台湾花木兰文化出版社出版）

中国猴文化研究的全景式探索
——秦榕《中国猿猴意象与猴文化源流论》序

秦榕此书是在其博士论文《中国猿猴意象与猴文化源流论》基础之上修订而成的,是其对猿猴文化系统研究的成果。对于猿猴文化的研究,具有积极的意义。

首先,选题具有学术价值。猿猴是中国古代文学中的主要形象之一,文化内涵相当丰富。但之前的研究多集中于《西游记》孙悟空形象,且多专注于孙悟空形象思想意蕴研究。有探索孙悟空原型的,也多集中于孙悟空出现之前的猴形象系列,未免留下遗憾。本书则从中国猿猴文化的宏观背景出发,系统梳理历时性猴形象与文学意象发展之源流,可谓匠心独具。这对孙悟空形象的宏观研究,是有启示意义的。

其次,研究视角广泛,研究方法另辟蹊径,不拘一格。本书结合相关的交叉学科、边缘学科进行研究,比如人类学、民俗学、生物遗传学、文字学、艺术美学、文化学等等。视角与研究方法的多元化,为研究带来了新的阐释视角与新的成果。如,将生物学、人类学研究成果与文学研究、文化研究相结合,指出了猿猴似人而实非人的特性,对应着人对自身动物性与文化性的矛盾困惑,猴文化在众多动物文化中具有无可替代的意义。又如书中第三章《原始猴文化与猿猴形象》,利用字源学的理论,以《说文》所收与猴有关的字为基础,并借用原始信仰的研究成果,探讨猴祖崇拜的历史渊源与猿猴形象的分化，征引丰富，分析细腻，颇多新见。再如，结合文艺美学，探讨美猿形象的神性、人性、诗性之美，由此揭示猿与猴在文化传统中不同的审美内蕴，其进入的文学领域亦有所差别。这是此前人们所不大注意到的。这些不同学科不同的研究方法，都紧紧围绕着文学研究展开，自然而然地为文学研究服务，才能不拘成见，得出新见。

再次，本书充满创意，与作者扎实的理论基础分不开。作者能熟练驾驭材料，论述要言不烦，切中肯綮，新鲜活泼，不少论断只眼卓识，相当深刻精彩。如，认为美猴王之美，根源于中国猴文化，博综探源，辨析其从鄙猴到灵猴的审美上的悄然蜕变，并发掘到一些对《西游记》内容生成有关连的原始材料；孙悟空形象的内在精神为滑稽玩世，是狂士传统、道家玩世主义与猴文化结合变异的新产物；其玩世精神受近代思想曙光影响，对儒家思想解构的同时，又和儒家思想的发展变化，有着很深的渊源关系；其美学表现主要为狂傲美，并融入谐趣之美，兼具俗与雅双重文化品格，是中国文学中罕见的道德与趣味的完美统一，融至善、至美、至乐于一体的美学形象，达到了极高的美学境界。自此之后，中国猴文化处处打下了深刻的大众烙印。这些论述，充满着创新的思想火花。有所创新，是本书最大也最难能可贵的优点。而且，作者并不是为了创新而机械地标新立异，而是在长期准备、深入研究后发现了学术研究的薄弱点与立足点，创新随之而来。此点得到当时参与博士论文答辩的专家学者们的一致肯定。

尤其值得一提的是，本书第一次为中国猴文化勾勒了源与流的发展全景。作者不厌繁琐，细致爬梳中国古代文学中众多的猿与猴的形象，并指出猿猴意象有美猿鄙猴、雅猿俗猴、善猿恶猴的传统区分，并对其类型的传承进行了归类探索，对其文学特征、文化、美学意义进行了分析。在这样系统、宏观、历史性背景下，作者对于孙悟空形象的形成，提出了猿猴的审美意义和象征意义最后汇流成一个具体的"孙悟空"形象的学术观点。作者认为，孙悟空形象的根深深扎在中国传统文化之中，他的原型是上古神话的破坏性猴神，当然他也接受了外来文化的影响，如佛教文化的影响；在成为文学典型的过程中，接受了多元的影响，经过士人审美的再创造，最后成为猴文化的集大成与巅峰。这样的结论，可以说是顺理成章。而且，作者没有像通常孙悟空形象研究那样止步于此，而是将眼光放向更长远的历史流变，指出了孙悟空形象产生之后，对后世猿猴形象的改造与影响。可以说，这是对中国猿猴意象和猴文化源流研究的一次系统整合与研究推进。

因此，本书是一部探索性较强、特色鲜明的论著，道前人所未道，有诸多创新之论。当然，其不足也相应而生。一些具体的论证、类型的区分还不够细致，还可进一步探讨研究。中国猿猴文化与周边国家的异同、外来文化对中国古代猿猴意象的影响等还可以继续挖掘。言而总之，瑕不掩瑜，扎实的探索与创新值得肯定。作为秦榕的导师，我期望她以此为起步，获得更大的成绩。

谨为之序。

2010 年 12 月

（该书于 2010 年 12 月由海峡文艺出版社出版）

先秦两汉史传叙事的新探索
——尹雪华《先秦两汉史传叙事研究》序

用叙事学的理论来研究解析叙事作品，是学术界从二十世纪九十年代兴起的一个热点。从二十世纪九十年代开始，这类的成果已经不少，如傅修延的《先秦叙事研究》、王靖宇的《中国早期叙事文研究》等。两部著作所论述的文本，类似于先秦两汉时期如《尚书》《春秋》《左传》《国语》《国策》《史记》一类的史传作品。因此，深入分析先秦两汉史传作品的叙事特征，是非常切合的一个选题。

本书的题目是"先秦两汉史传叙事研究"，其所研究的对象主要以先秦两汉史传文学作品为主。诚如尹雪华所说，西方叙事学首先在对虚构叙事即小说（文学）的分析中取得成绩，之后逐渐转入史学领域；而中国叙事理论恰恰相反，首先是在史学领域内受到重视，而后在小说领域内取得大的发展，但始终没有脱离史学叙事的影响。事实确实如此。中国叙事作品，是从史传开始的。即使是作为史传作品源头的甲骨卜辞的记载，也是叙事。中国最早的史传作品，是历史著作，但却是以讲述事件甚至是讲述故事的形式来记载历史的。所以，叙事是记载历史的一种方式。先秦两汉史传作品其本质是史书，那些具有文学特性的史书，我们称之为史传文学，是很恰当的。这样的历史与文学交融的性质，又为运用叙事学的理论进行研究提供了可行性。

平生风义兼师友
——适斋序跋与书评

鉴于史传文学作品既是史书又是文学作品的性质，尹雪华首先注意到先秦两汉史传叙事与历史重构的关系，也就是本真地再现历史与描述历史之间既矛盾又统一的关系。正如朱自清所说的"《左传》既是史学的权威，也是文学的权威"。史学与文学的完美融合，《左传》是典型代表。先秦两汉史传作品的这种两重性，决定了其"历史叙事与文学叙事在本质上是一样的"。尹雪华认为先秦两汉"史传叙事就是一种纪实叙事"，"史传叙事中既包含有历史叙事因素也包含有小说叙事因素"。这样的看法是可以认同的。

作者要探讨的是史传的叙事，那就必然涉及历史的客观存在与叙事的关系。作者在本书中指出，历史是客观的，史传则是以客观历史为基础的叙述人的主观行为，叙述的过程充满了主观的价值判断、充满了叙述人的猜测，叙述本身是作者运用"建构的想象力"对逝去历史的重新建构，而不是客观再现。作者概括分析的历史与史传叙事的区别的几个方面，如历史没有叙述人、而史传作品总是由叙述人叙述，史传叙事总是有"遗漏"，历史是无序的而史传叙事是有序的，历史是不可间断的而史传叙事是可间断的，历史的立体型和历史叙事的平面性的矛盾，等等，揭示了历史的客观存在与历史叙事的区别与关系。这些应该是历史客观与历史叙事之间存在的必然规律。其实，人们如果一定要再现原生态的历史原貌，实际上是不可能的，它总是会有"遗漏"的。就像数学上的极限概念，它只能尽可能地接近历史横坐标，而不能与横坐标有交点。也就是说，你只能尽可能地接近历史的原貌，而不可能还原历史存在。那么，由此说来，完全"实录"其实是不可能做到的。但是，像《史记》那样的史书，被称为"实录"又是后人所公认的。尹雪华经过对经典史传作品的分析，运用叙事学的理论，提出了"叙述人退场"、大量使用人物语言、增加大量细节以及时序上的调整等手段，来揭示"实录"的合理性。这是她考察了大量的史传作品得出的结果，是建立在实证的基础上的，因此也是有说服力的。

先秦两汉史传叙事的特征，是尹雪华论文的重点。叙事人的特征，是研究史传叙事首先要解决的问题。尹雪华详细讨论了叙事人的不同形态，叙事人对于叙事干预的各种形式，尤其是她注意到从先秦到两汉叙事人的变化，即她在论文中所说的："相对来讲《左传》中叙述人的声音比较微弱，叙述人让人物与事件自行浮现，无论在主观情感还是理智判断上，叙述人都比较收敛，不让自己过多介入。到了《史记》叙事中，叙述人的声音通过其浓郁情感的抒发以及包含在情感中的判断表现出来，然而叙事仍然能够客观公正地进行，让历史事实自己说话、让历史人物自己表现自己。叙述人通过精心提炼叙事主题，精选题材再辅以巧妙的时间安排等叙事手段清晰地传达出自己的声音。"其次是叙事视角。无论是全知聚焦与限知聚焦，尹雪华在先秦两汉的史传作品中找到众多的鲜活的例子。先秦两汉史传中常见的倒叙、预叙、侧叙、回叙、夹叙、追叙、总叙等众多手法的娴熟运用，说明史传作者在历史叙事方面对于时间掌握的科学性。叙事结构方面，尹雪华细致分析了编年体与纪传体这两种主要的叙事结构，对它们的优劣点进行了客观的分析，如编年体结构是《左传》叙事走向成熟的桥梁，它为《左传》开创宏大历史叙事提供了可能性，但也存在详于叙事而疏于写人、受时间限制等缺陷。纪传体结构超越了单纯支撑叙事内容的构架作用，确立了以人为中心的包容万象的叙事方式，对历史人物的位置安排体现了叙述人对历史发展的认识以及对历史人物的定位与评价。纪传体形象地照映了封建政体的等级秩序，适应了封建统治者的思想体制。纪传体叙事虽然也有自身的不足，但却可弥补编年体的缺陷。由此可知，编年体和纪传体两种体例成为史学叙事的主流样式，与其叙事方式有密切关系。此外，尹雪华还探讨了先秦两汉史传叙事文学性的生成机制，认为从叙事方面究其原因，与其记言方式和叙事时距的变换有密切关系。

本书是尹雪华在其博士论文的基础上修订而成的。从博士论文答辩至今，已过了几年，与原论文比较，作者增补了大量的内容，在理论上有很大的提高。特别是对于叙事学的理论,运用得更加娴熟,因此使得这本书稿显得更有理论的分量。虽然有的部分还可以进一步深入,如先秦两汉史传叙事的文学性成因,可以从历史叙事与文学叙事的细微差别中论述得更深入一些。但我已经感觉到尹雪华的每一次修订,都是一次很大的进步。

雪华在大学任教,担负着繁重的教学任务,还有家庭和为人妻为人母的负担,但她并没有放弃科研,不时有新成果出现。这是颇为不易的。借此机会,我祝福她工作、生活顺畅,学术上取得更大的成就。

是为序。

2016 年 4 月 12 日于福州

(该书于 2017 年 1 月由学林出版社出版)

金针度人 "绣"出新意
—— 庄丹《〈左绣〉与〈左传〉评点研究》序

评点是文学批评的一种样式。关于评点的缘起，以往学者多认为起于梁代，如章学诚《校雠通义·宗刘第二》云："评点之书，其源亦始钟氏《诗品》、刘氏《文心》。然彼则有评无点，且自出心裁，发挥道妙；又且离诗与文，而别自为书，信哉其能成一家言矣！"① 曾国藩也有此看法，其《经史百家简编序》说："梁世刘勰、钟嵘之徒，品藻诗文，褒贬前哲，其后或以丹黄识别高下，于是有评点之学。"张伯伟《中国古代文学批评方法研究》概括前人之说后认为："考文学评点之成立，实始于南宋。"②

其实，评点式批评的滥觞，可以推至先秦。

评点时往往用寥寥数语来概括题旨或主旨，或用以解题。我们看上博楚简中的《孔子诗论》，即用评点式来评《诗经》。如《孔子诗论》第二十一简，作者引孔子曰："《宛丘》，吾善之。《猗嗟》，吾喜之。《鸤鸠》，吾信之。《文王》，吾美之。"用"善"、"喜"、"信"、"美"几个字来概括自己阅读作品的感受。第二十二简又说："《宛丘》曰：'洵有情，而亡望。'吾善之。《猗嗟》曰：'四矢反，以御乱。'吾喜之。《鸤鸠》曰：'其义一氏，心如结也。'吾信之。《文王》□：'文王在上，于昭于

---

① 章学诚著，叶瑛校注《文史通义校注》，北京：中华书局，1985年，第958页。
② 张伯伟《中国古代文学批评方法研究》，北京：中华书局，2002年，第544页。

平生风义兼师友
——适斋序跋与书评

天。'吾美之。"这是对前一简所善、所喜、所信、所美的具体解释。在《孔子诗论》中，作者多以感悟的方式论《诗经》，犹喜以一字评之，如第十简："《关雎》之改，《樛木》之时，《汉广》之知，《鹊巢》之归，《甘棠》之保，《绿衣》之思，《燕燕》之情，……"；第二十六简："《邶风·柏舟》，闷。《谷风》，背。《蓼莪》有孝志"；或点出作品的内容，或点出作品的情感，大都准确而精当的[①]。见于上博简和郭店简的《缁衣》，开头的两句"夫子曰：好美如好《缁衣》，恶恶如恶《巷伯》"也是评点式的批评。

而在传世的纸本文献中，评点式的评论也可见到，如《孔丛子·记义》中有一段记录，与"孔子诗论"评点式评诗很相似[②]：

孔子读《诗》及《小雅》，喟然而叹曰："吾于《周南》《召南》，见周道之所以盛也。于《柏舟》，见匹夫执志之不可易也。于《淇奥》，见学之可以为君子也。于《考槃》，见遁世之士而不闷也。于《木瓜》，见苞苴之礼行也。于《缁衣》，见好贤之心至也。于《鸡鸣》，见古之君子不忘其敬也。于《伐檀》，见贤者之先事后食也。于《蟋蟀》，见陶唐俭德之大也。于《下泉》，见乱世之思明君也。于《七月》，见豳公之所以造周也。于《东山》，见周公之先公而后私也。于《狼跋》，见周公之远志所以为圣也。于《鹿鸣》，见君臣之有礼也。于《彤弓》，见有功之必报也。于《羔羊》，见善政之有应也。于《节南山》，见忠臣之忧世也。于《蓼莪》，见孝子之

[①] 参见郭丹《关于上博楚简〈孔子诗论〉研究的几点思考》，《湖北大学学报》，2006年第1期。

[②] 关于《孔丛子》，历来有争议，谓为伪书。朱熹《朱子语类》谓："《孔丛子》乃其所注之人伪作，读其首几章皆法《左传》句，已疑之。及读其后序，乃谓渠好《左传》便可见。"李学勤先生在其《〈孔子家语〉与汉魏孔氏家学》中以为："《孔丛子》具有较高的学术价值，可称为'孔氏家学的学案'"。李存山《〈孔丛子〉中的"孔子诗论"》根据上博简中的《孔子诗论》与《孔丛子·记义》中孔子论诗的材料，通过比勘认为，《孔丛子》六卷当出自汉魏孔氏家学，其前三卷可能是先秦孔氏遗文。作者认为，《孔丛子》"诗论"与上博简《诗论》都反映了先秦儒家早期说诗的风格和内容，《孔丛子》中的孔子诗论，与上博简《孔子诗论》有内在关系，二者可以纳入同一个体系。

思养也。于《楚茨》,见孝子之思祭也。于《裳裳者华》,见古之贤者世保其禄也。于《采菽》,见古之明王所以敬诸侯也。"

其实此类例子在先秦时期多有,如《左传》襄公二十九年吴公子季札观周乐,其用简洁的几个字评价《周南》《召南》以至于《雅》《颂》;孔子对《诗》的评价"思无邪"、"《关雎》乐而不淫,哀而不伤"等,都可以看成是评点式的批评。再如《礼记·经解》,开头论"六经"之教,接着说:"故《诗》之失,愚;《书》之失,诬;《乐》之失,奢;《易》之失,贼;《礼》之失,烦;《春秋》之失,乱。"与简帛本《孔子诗论》的形式颇为相似。《荀子·儒效》:"《诗》言是,其志也;《书》言是,其事也;《礼》言是,其行也;《乐》言是,其和也;《春秋》言是,其微也。"也是如此。

由上举例子可知,不论是出土简牍文献还是传世先秦文献,感悟评点式的论诗方式早已有之,并不留待齐梁或南宋的学者。从《孔子诗论》中可以看到,时人以评点的方式点评作品,常用此法且手法已相当娴熟。再看后世如曹丕《典论·论文》评价七子,也是用只言片语概括作家的特点,言简意赅。这都说明评点式的批评,源远流长。有趣的是,评点体不仅在后世的小说评点中多见,其他人文章中持论也有此例,如曾国藩评点古文和历史人物时说:"偶思古文、古诗最可学者,占八句云:《诗》之节,《书》之括,《孟》之烈,韩之越,马之咽,庄之跌,陶之洁,杜之拙。将终日三复,冀有万一之合。"[①] 何似孔子诗论中的评点体式。[②] 或许可以说,评点式的批评,发端于先秦,后人延续以用,以至形成一种批评体式。

在中国文学评点的发展史中,《左传》评点是一个值得重视的领域。

---

① 吴家凡编著《曾国藩点评历史人物》,北京:海潮出版社,2003年,第50页。
② 参见郭丹《出土简牍文献之文体与文则研究》,《福建师范大学学报》,2019年第1期,第70页。

平生风义兼师友
——适斋序跋与书评

关于《左传》的评点，南宋吕祖谦《东莱左氏博议》等，可视为对《左传》的评点之作，只是吕祖谦的评点专注于史学方面。其后，南宋真德秀《文章正宗》第一次将《左传》当作文章评选。其目的，主要是为理学服务。虽是如此，评点者无不浸淫于《左传》文章之妙中，恰如明代学者凌稚隆说的："《左传》为文章之冠，亡论他名家无能仰窥藩篱，即太史公称良史才，其所规画变化，亦不越其矩度。迹其首尾起伏，近在一篇；方之开阖张弛，包括全传者，分量似别。嗣则班《书》步骤太史，范《书》模拟两家，盖渊源有自矣。"① 类似评点，为后人阅读《左传》提供很大的帮助。

清代《左传》评点著作更现兴盛。清初，就有金圣叹《唱经堂左传释》、托名韩菼《批点春秋左传纲目句解汇隽》、王源《文章练要左传评》、方苞《方氏左传评点》、张昆崖辑评的《左传评林》，以及乾隆朝姜炳璋辑评的《读左补义》等。康熙朝出现的冯李骅、陆浩的《左绣》，是清代《左传》评点学中颇具特色且极重要的一部著作。元好问说："鸳鸯绣了从教看，莫把金针度与人。"所谓"左绣"，即要把《左传》的文章秘要揭示给世人看。《左绣》虽然着眼于文章评点，但是今天看来，在清代《左传》评点的众多著作中，却是以文学眼光评点《左传》的最重要的一部，也可以说是《左传》评点里程碑式的著作，代表了古人《左传》评点的最高成就。

《左绣》评点的突出特征，是虽然还未能完全摒弃经学的束缚，但已经能用文章学和文学的视角对《左传》进行品评。冯李骅说："凡百妙境，任古今作手得其一体，皆足名家，而左氏则兼收并蓄，又皆登峰造极也。"（《读左卮言》）所以对《左传》文法，特别是命意谋篇、剪裁布局、锻句炼字等，津津乐道，着意揭示。研究《左绣》，可以更深入地揭示《左传》

---

① 凌稚隆《春秋左传注评测义》卷首《读春秋左传测言》，《续修四库全书》第 126 册，第 611 页。

的文学特性，也可以通观清人评点学的特点。

但是，过去对《左绣》的重视不够，甚至有些《左传》学术史研究之书也未提及。近几年，已经有一些学者对《左绣》作过某些方面的探索，如李卫军《左传评点研究》、罗军凤《清代春秋左传学研究》（均为博士论文），虽有涉及，但是，却没有单独对《左绣》做全面深入的研究。所以，对《左绣》的研究还有很大的空间。

庄丹的《〈左绣〉与〈左传〉评点研究》，是一部专门对《左绣》及其《左传》评点进行深入研究的成果。他在吸取前人研究成果的基础上，进一步以清代评点学的学术背景作为审视《左绣》评点学的立足点，结合《左传》评点的学术源流变化，探索《左绣》评点的特色。作者注重于评点学的背景和当时各体文学评点的学术背景，使得揭示《左绣》的评点学成就有了坚实的学术依托。作者还将《左绣》与清前期主要的《左传》评点著作进行比较，如与林云铭《古文析义》、方苞及桐城派《左传》评点学、王源《左传评序》、盛大谟《于埜左氏录》进行比较，以见《左绣》的特别之处。在具体论述方面，作者涉及《左绣》评点与时代思潮之关系，与经学、史学、文学以及时文写作与借鉴《左传》之关系；在探索《左绣》评点特色研究方面，作者总结出经学评点、史学评点、文学评点的具体方法。除了分析《左绣》对《左传》文章学的评点论析外，庄丹还深入分析了《左绣》对《左传》人物描写的特点与成就。对于《左绣》评点的成就，作者的分析相当细致，总结出前人所未曾注意到的特点；并试图从《左传》评点里程碑式的著作《左绣》中总结清前期以至历代《左传》评点的特征，这些都是此书的创获。

庄丹此书，是在博士论文的基础上加工修改而成的。在我指导的博士生中，有三位致力于不同时代的《左传》学术史的论题，包括汉魏六朝、宋代和清代。限于各种原因，他们都只选取了这个时代中的一部代表作品进行解剖，这种以管窥豹的方式也是可行的。现在，庄丹的这部著作就要

平生风义兼师友
——适斋序跋与书评

出版,他把修改后的书稿发给我,并求序于我。我认真再读了他的书稿,又有新的收获,因此乐为之序,并以此就教于方家。

2020年2月9日于福州适斋寓所

(该书于2021年2月由社会科学出版社出版)

风神秀异传理学

——李志阳《石堂先生遗集点校》序

福建闽东地区，历代名人众多，其特出者，如宋代王宗传、杨复、陈普、谢翱，明代张以宁、林聪等，皆饱学有识之士。2019 年，宁德地区的文史工作者整理出版了《四库全书·闽东卷》（第一辑），收录闽东地区历代文献 23 种，达 260 卷。只是闽东历代文献，得到整理者并不多，据我所知，仅有张以宁等不多的几位。这次，李志阳博士对宋代陈普的文集《石堂先生遗集》进行全面的整理，就是一项很有意义的工程。

陈普（1244—1315），字尚德，号惧斋，生于宁德廿都石堂（又作石塘，今属蕉城区虎贝乡文峰村），晚居内乡县石堂山，学者称石堂先生。陈普是宋末元初著名的理学家、教育家和天文学家，朱熹的三传弟子。后人有"元代福建三大教育家"之称，把他和著名的朱子理学继承者建阳的熊禾与闽县的吴海并称。相传南宋孝宗淳熙年间，朱熹过石塘，异其风土，语人曰："后数十年，此中当出儒者，能读天下书十八九。"宋理宗淳祐甲辰陈普生时，"鹧鸪百数绕屋"。"稍长，入乡塾，有大人志。"可见其丰神秀异，质性英特。陈普博览群书，精熟诸子百家，潜心探研朱熹理学，博闻广见，多才多艺。他曾在云庄书院、鳌峰书院、德兴的初庵书院及广信玉山等书院讲学，名闻闽浙，从游者甚众。其学以四书、五经为本，著《四书句解钤键》《学庸指要》《孟子纂图》《周易解注》《尚书补微》《算书》等，凡数百卷。宋亡，陈普以宋遗民自居，曾三辟福州路教授，不起，誓不仕元。（可见于《闽中理学渊源考》《福建通志》《新元史》等文献）陈普还精通律吕、天文、地理、算数之说，《石堂先生遗集》中有《浑天仪论》一篇，论天体，论闰法。陈普曾铸刻漏壶，为世界最早钟表之雏形。

综观今存陈普《石堂先生遗集》，有讲义、经说、答问、字义、论、书、序、策问、赋、诗等，凡二十二卷。所著既有对经学、史学、文教风俗的评述，又有关于天文星度、历数闰法的阐发。无论讲义、序跋、政论、诗赋，都体现了时代特色，为研究宋末元初动荡的社会历史、教育状况及福建的人情风俗等提供了弥足珍贵的资料。陈普去世，已是元仁宗延祐二年（1315），处于宋元易代之际。陈普作为一位理学家，秉承先天下之忧而忧的道德责任感，著书以穷究古今历史兴亡之因，揭示传统的内圣外王之道，抒发时代变迁之感慨，今天读来，仍然是很有意义的。

古籍整理点校工作，是一项细致辛苦甚至是吃力不讨好的工作。过去有的人以为古籍点校工作，仅仅是为古书加几个标点而已，无甚难处。实乃大谬不然。它需要整理者具备比较扎实的文献功底，宽广的古籍文献知识。点校古籍，首先要选择可靠的底本。李志阳君整理点校《石堂先生遗集》，所用的是明万历三年（1575）陈普邑人薛孔洵注刻本为底本，此底本见于日本内阁文库。今《续修四库全书·集部》收录了《石堂先生遗集二十二卷》，即影印明万历三年薛孔洵刻本，所用应该也是日本内阁文库本。《四库全书存目丛书·集部》收录了《选镌石堂先生遗集》（四卷），影印明天启三年（1623）刻本。对于陈普的别集，我未做深入调查，但是从时间上看，李志阳以日本内阁文库本为底本，应该是最早的版本，是比较可靠的。此外，整理点校古籍，还需要整理者具备文字、音韵、训诂、目录、版本、校勘、辑佚、辨伪等多方面的知识，才能去伪存真，恢复其原貌，帮助读者阅读，以免灾梨祸枣，贻误后人。整理点校古人别集，还要熟悉原作者的生平、经历、思想、交游等等,并不是一件轻而易举的事情。李志阳博士专业就是古典文献学。据我所知,《石堂先生遗集》是志阳君的第一次古籍整理尝试,正好可以发挥其学之所长。他利用所在大学的有限的条件,不畏艰难,广搜遗集,参阅各类文献,对陈普的《石堂先生遗集》进行整理点校,付出了很多的辛劳。这既是对文献整理的一次锻炼,也是为闽东传统文化作出的一个贡献。

我期待志阳君在古籍整理方面做出更大的成绩!期待闽东先贤文献得到更多的整理。

是以为序。

2019年10月8日于福州适斋

(该书于2020年由福建人民出版社出版)

平生风义兼师友
——适斋序跋与书评

解读经典著作的有益尝试
——吴霖章《四书诗咏》序

在中国传统文化经典中,"四书五经"是很重要的著作。"四书",指的是《论语》《孟子》《大学》《中庸》,"五经"指的是《周易》《尚书》《诗经》《礼》《春秋》。它们代表了古代传统文化主要是儒家文化的核心思想,洋溢着儒家先贤深刻的思考和丰富的智慧,是人类的宝贵文化遗产,对中国传统文化起了很重要的作用,并深刻地影响着中国现代的文化发展。

在中国古代,"五经"和"四书"是最为基本的典籍。就中国先前学童的学习安排来说,则总是先读"四书",所谓"先读《大学》,以定其规模;次读《论语》,以定其根本;次读《孟子》,以观其发越;次读《中庸》,以求古人之微妙处"。此后再读"五经",行有余力再读其他经典。"四书"经南宋大儒朱熹作注,名曰《四书章句集注》,简称《四书集注》。《四书章句集注》是儒家文化史上的一个里程碑。自元代以后,《四书章句集注》成为朝廷指定的科举必修教材,明代甚至成为考试题目的出处之一,解答试题的指南。这一霸主地位一直延续到1905年晚清政府废除科举为止。所以,《四书集注》在中国文化史上的影响是非常深远的。

"四书"之中,《论语》,大家已经很熟悉了,它是孔子弟子记录孔子与孔门弟子言论的语录体著作,其核心思想是"仁"和"礼"。儒家特别重视伦理道德教育，所以《论语》里面有许多论述道德教育与学习的格言语录。《论语》文字简洁明快，涵义深远，有些章节通过对话、白描手法表现人物神态和性格，富有浓厚的文学意味，是很有文学性的散文。《孟子》，依据司马迁的说法，是孟子"退而与万章之徒序诗书，述仲尼之意，作《孟子》七篇"。孟子的政治思想核心是民本思想，提出"施仁政"的主张。在哲学思想方面提出"性善论"和"养气说"；主张理想人格的教育和励志教育。

《大学》和《中庸》是《礼记》里面的两篇文章。《大学》是《礼记》中的第42篇，"大学"即"博学"，广泛地、多多地学习的意思。《大学》提出学习的目的在于"明德""亲（新）民"和"止于至善"。它把道德修养和治理国家结合为一体，要"格物、致知，诚意、正心、修身、齐家、治国、平天下"，这就是朱熹所谓的"三纲八目"。而其中"修身"是最重要的，必须修身、齐家，而后才能治国、平天下。《大学》把道德修养的途径、方法、目的都讲到了。《中庸》是《礼记》第31篇，可以说是《大学》的姊妹篇。"中庸"，程颐说："不偏之谓中，不易之谓庸。"朱熹说："中者，不偏不倚、无过不及之名。"认为"庸"即"平常"、为"用"；凡事取其中，为不易（变）之常道，就是"中庸"。"中庸"也可以解释为"中和"，讲的是和谐。笔者曾在一所大学里给研究生讲《中庸》时说，《中庸》讲的是和谐：天人关系、社会伦理关系、个人修养都达到"中和"的境界，就是和谐。当然，《中庸》有浓厚的理论色彩，读通读懂不容易。

习近平同志谈到中国优秀传统文化之于中华民族的重要意义时表示：优秀传统文化是一个国家、一个民族传承和发展的根本，如果丢掉了，就割断了精神命脉。中国优秀传统文化是中华民族的"根"和"魂"。中国优秀传统文化中蕴含着中华民族宝贵的精神品格、崇高的价值追求和丰富的思想精华，借用朱熹的诗说："问渠那得清如许，为有源头活水来。"在实现中华民族伟大复兴中国梦的征程中，需要传承和弘扬中国优秀传统文化，需要中国优秀传统文化的滋养和支撑。因此，要弘扬中华优秀传统文化，建设社会主义文化强国，学习中华传统文化中的经典著作是很重要的。

"四书"里面的一些章节，曾被选入中学语文课本。除了熟读语文课本中的"四书"章节，全面认识和熟悉"四书"的内容，也是很重要的。

吴霖章君在中学教书多年，有丰富的语文教学经验，对于语文的教学研究和经典著作的研读和思考也取得丰硕的成果。他又有多年诗词创作的积累和真切的体会，作品多次获奖；还有多年经典阅读与教学的经验，他别开生面地以"诗词吟咏"的方式来介绍和细读"四书"，这是一个非常有益的尝试。

霖章此书，对"四书"之各个章节都以"鹧鸪天"之词加以释解，做到了"全覆盖"。用诗词来解说古代经典，的确是一件不容易的事情。一要准确把握经典的内容，画龙点睛地概括出来；二要符合诗词格律的要求，这要受到很大的限制；三是所作的诗词要有特色，能引起读者的欢迎。但是霖章努力做到了。正如他自己说的："期待通过自己的努力，能在现代乃至后世学人与古代圣贤、诸子之间架起一座桥梁——既能全面准确地读懂他们，又能在阅读中得到轻松愉悦的艺术享受，化深奥为浅显，化古老为新奇，化冥思苦吟为喜闻乐见，从而诱导人们尤其是年轻学人爱读乐读宝贵的中华古代文籍，并赋予她崭新的生命力。"略感不足的是，此书全篇都用一个词牌——"鹧鸪天"，未免给人单一的感觉。

遵霖章所嘱，谨以为序。

2020 年 12 月 30 日于福州适斋

（该书于 2020 年 12 月由团结出版社出版）

楹联里的福州

——吴巍巍、李致伟《福州古代楹联选辑》序

福州是一座美丽的历史文化名城,城中的古建筑比比皆是,近者三坊七巷,于山乌山,冶城左海,远者鼓山旗山;再远者,五区之外八县,其古民居、古建筑,更是星罗棋布。而这些古建筑,包括民居、古厝、亭台楼阁,道观寺庙,都有楹联在上,既记载着历史,又显示着风貌,蕴含着期望,也昭示着未来。

楹联也叫对联,是人们喜闻乐见的常见的一种书写表达形式,它是语言、文学、书法三者共生的艺术形式,又具有诗的韵味。周祖谟先生说过:"对联是中国传统文化中一种特殊的文学形式,用律诗的格律写出一副上下相对而且意思相连属的文辞,以表达作者的思想和情致,通称为对联。远自宋代即不乏作者,到明清两代已臻极盛。开始可能是写好了悬挂在书屋或客厅,以格言诗句为多;后来也就施之于寺宇楼台名胜建筑的两楹,所以也称为楹联,或称楹帖。"楹联文化不是一种孤立的文化,楹联的内容可以涉及生活的方方面面。楹联文化与许多中国传统优秀文化渊源深远,关系密切。以它为纽带,可以让我们看到中国传统文化的多个侧面,可以从中探测一个地方、一座城市的历史渊源、人文风貌、城市个性。甚至也可以说是一座城市内在精神的外在表现,小小一副楹联,深藏着福州这一城市的文化"基因"。所以它也可以成为一座城市的名片。

平生风义兼师友
——适斋序跋与书评

吴巍巍、李致伟编著的《福州古代楹联选辑》，为我们展示了丰富多彩的福州古代楹联，让我们从楹联中窥探到福州的多彩灿烂的面貌。

首先，在这众多的楹联中，写福州山水景色的不少，如梁章钜题百峰阁对联：

平地起楼台，恰双塔雄标，三山秀拱；

披襟望霄汉，看中天霞起，大海澜回。

双塔、三山，此乃福州的地标，梁章钜聚焦于此地标之上，烘托出福州城内的景色与气势。再看一副：

苔壑泉流松荫境，

龙峰山抱水环腰。

此是福州城内屏山龙腰苔泉古井上的题联。苔泉古井，因宋大书法家蔡襄题写"苔泉"二字而闻名，又因山泉清冽，风光秀丽，被列入新增《西湖八景》之一的"龙舌品泉"。写仓山景色的如杨浚福防厅署《冠悔堂楹语》中的一副：

梅坞藤山比户足春风环列万家灯火，

螺江马渎榜人歌夜月送来一片潮声。

梅坞螺江这些福州人非常熟悉的地方，还有如此的好景致，此联很精准地把它概括出来了。长乐是郑和下西洋的起点之一，长乐有郑和公园，其公园题联云：

古迹溯吴航，一塔三峰资胜概；

远洋开海运，九州万国仰先驱。

长乐古称吴航。读其联，便知道这里是郑和下西洋的始发地，令参观者缅怀郑和其人其事，表达了后人对郑和的崇敬。再如闽清县宏琳厝古民居中的一副对联：

皇宫当游紫禁城，

民居应览宏琳厝。

这里用夸张的手法，极力赞美宏琳厝的宏伟、壮观和规模之大，竟然与紫禁城作为类比，显示自己的自豪感。还有介绍寿山石的对联，寿山石是中华瑰宝，中国传统"四大印章石"之一。寿山石最主要的产地在晋安区寿山乡。且看寿山石文化村魏杰所题联：

青山不老名为寿，

古洞无双唤作灵。

此联盛赞寿山石的灵性和名贵。题鼓山鼓岭的作品，更是不胜枚举。如写鼓山山门：

万树松声如海阔，

千山月色照人明（佚名）。

岁崱峰高千壑秀，

灵源胜迹一泉幽（佚名）。

邵秀豪罗星塔题联：

拔地摩天不愧闽江锁钥，

环山抱水堪称左海珍珠。

写出了马尾罗星塔的恢弘气势、军事要地和秀丽景色。

福州地区名胜景致的楹联非常丰富，除了上述的名胜之外，就以《选辑》所收的内容我略作巡礼，福州市区之外，还有福清石竹山、黄檗寺，长乐龙泉寺，闽侯的旗山、五虎山、闽越王庙，连江青芝山、青芝寺、长门炮台、琯头董公祠，闽清四乐轩，罗源林可彝旧居、凤山南华洞，永泰方广岩、张元幹纪念祠等等。人们不必身临其境，从楹联中就可以欣赏福州的盛景！

此外，有的对联，则在于抒发胸臆、修为养性、砥砺心志，充分体现了福州人的人文情怀和人文风貌。如林则徐书楼上的对联：

师友肯临容膝地；

儿孙莫负等身书。

私立福州三山公学佚名题联，表达了对莘莘学子的期待：

　　读书勿忘救国；

　　救国勿忘读书。

再如法师亭的佚名联：

　　天地无私，为善自然获福；

　　圣人有教，修身可以齐家。

这些对联，教导儿孙读书、交友、救国，为善得福，修身齐家，都可以当作家训看。此类的还有如陈宝琛赐书楼题联：

　　至乐无声惟孝悌，

　　大羹有味是诗书。

陈宝琛还读楼题联：

　　聪听祖考遗训，

　　先知稼穑艰难。

此两联意为要友于孝悌，崇尚读书，要听取祖先的教导与告诫，做到忠孝双全；要认真体验耕作中的辛勤与劳苦，只有这样，才能做到勤俭节约。这些，虽是题联，的确也是家训。

有一些楹联，则表现了作者的生活情趣，如乌山双骖园龚易图题联：

　　平生最喜说东坡，日啖荔枝三百颗；

　　天下几人学杜甫，安得广厦千万间。

双骖园在乌石山麓，为龚易图别墅，曾以藏书和园中荔枝著称。这里用了苏东坡和杜甫的典，读者一看就明白，又显示出作者的高雅。同样的如严复自题联：

　　临水登山时有真乐；

　　养花观书外无俗情。

临水登山，养花观书，是严复调节生活的方式，又可以看出严复的雅致情趣。

还有不少缅怀先烈的楹联,如辛亥革命纪念馆郭道鉴题的对联:

峻节丹忱,重读遗书怀英烈;

黄花碧血,长留浩气壮山河。

表现出对辛亥先烈的敬仰。同类的还有如严叔夏对陈文龙为国捐躯壮行的凭吊与钦佩:

西湖云黯,心伤国难,倾亡一死成大义,悉归成败岂当时预谋;

犄角风清,如睹神旗,还往千载永馨香,崇祀精灵倘今日重来。

显示浩然正气的还有曹学佺题瓦埕林氏宗祠联:

抗寇拒南关草市捐躯不屈阖门殉节

遗孤匿马铺云程发轫勿忘为国尽忠

此联记录了元末泉州波斯人赛甫丁作乱,攻打福州,遣使收买,林比拒贿斩来使,结果城破,一家八十余口遭杀戮的事件,赞扬林比宁死不屈的精神,希望后昆要有威武不能屈,贫贱不能移的精神品格。这些楹联,对于子孙后代,对于读者,都是很好的教育文本。

福州的楹联,有许多是名人所撰,可以列出一大串,如朱熹、林则徐、梁章钜、陈宝琛、郭柏荫、林纾、严复、陈衍、王闿运、纪晓岚、叶向高、郑善夫、谢肇淛等,甚至有林森、于右任,以及冰心和她的父亲谢葆璋。其中一些赠联、寿联、挽联,可以了解作者的交游。读其楹联,既可寻访这些历史名人的足迹,又可领略他们的志向、抱负和情趣,增加对这些名人的了解和认识。

吴巍巍、李致伟编著《福州古代楹联选辑》,做了一件很有意义的工作。让我们从楹联中游览了福州的风貌,了解福州。这些楹联,都是镌刻在古建筑上的,应该得到很好的保护。它是福州传统文化的重要组成部分。习近平同志说过:"发展经济是领导者的重要责任,保护好古建筑,保护好传统街区,保护好文物,保护好名城,同样也是领导者的重要责任,二者同等重要。"(《福州古厝序》)对于古代名联的保护也应如此。保护好这些名联,让它们在弘扬传统文化中发挥更大的作用。

2021 年 8 月 26 日于福州适斋

客家文化研究断想
——《"客家祖地·闽台客家"研讨会论文集》前言

一、应重视和加强客家文献整理

客家学研究经过多年的深入发展,已经取得了丰硕的成果。客家文化的载体,包括物质性的和非物质性的。作为物质性的载体,首先是历代流传下来的纸质文献资料。这是研究客家传统文化最为直接的资料。福建历代遗留下来的与客家文化有关的文献是非常丰富的。但是,就目前的状况来看,还没有建立起一套完整的历代客家文献资料库。对传统文化的研究,特别是作为学术的研究,应该重视文献,重视回归文献。丰富而完备的客家文献,包含着历史变迁的脉络和发展演变的过程,足以客观地呈现客家文化的多重面相,从而为客家学研究提供极为充足的学术资源。因此,全面而系统地梳理、辑录、编纂客家文献,为客家学学术研究奠定坚实的文献基础,是非常重要的。由此,建议建立客家文献文库,整理出版客家文献集成。

客家文献集成的整理,包括两个方面。首先是历代与客家有关的文献整理。文献整理应该按照一定的体例进行。其体例可以包括下面几个方面,一是福建历代客家人所撰写的著作、文集;二是在福建客家地区游宦的非客家人所写的与客家社会、生活、历史有关的著作;三是福建客家人虽游宦在外,但其所写与客家文化有关的,也应该在视野之内;四是客家方志、家谱的文献集成。更具体的体例可以再商定，以及文献集成的安排，可以再行讨论。客家文献集成没有建立起来，就无法窥见研究对象的全貌。而且我估计，还会有相当一些不大被人们注意的著作，散落在民间，需要我们去调查收集，要尽可能地竭泽而渔，珠玑不漏。要全面反映客家传统文化，就要为历时性的全面的观照提供文献基础，因此要尽可能地收集齐全。

其次是历代客家学的研究著作集成。客家学研究已经有几十年的时间，从二十世纪三十年代罗祥林撰著《客家研究导论》以来，研究成果也与客家文献一样，非常丰富。不过，这其中也存在着良莠不齐的状况。但是，可以经过精选，编选一套"客家研究丛书"。经过作者的同意，重新出版，历代有代表性的研究著作。或者把自罗香林以来的客家研究著作目录编出来。这是对几十年客家研究的一次检阅和巡礼，可以展示客家学研究史的发展演变过程。学术研究发展到一定阶段，该学科学术史的研究本是题中应有之义。

二、客家重要典籍的整理

历代的客家人中，不乏杰出的学者。有的学者的著作，不但在客家地区产生过重要影响，全国范围内也有影响。选择重要的历代客家先贤的著作加以整理，是进行客家文献整理的重要工作。这里所说的整理，包括点校、注释、辑佚等工作。像宋代的陈瓘，著有《了翁易说》《四明尊尧集》等，《宋史·艺文志》著录有《陈瓘集》四十卷。罗从彦，著有《诗解》《春秋指归》等，现存《豫章文集》十七，收入《四库全书》集部别集类。明代的李世熊，一生著述甚丰，有《寒支初集》《寒支二集》《史感》《离骚评注》以及《宁化县志》等著作。有清一代，黎士弘著有《仁恕堂笔记》《托素斋诗文集》等，其中前者收入《清史稿》艺文志杂家类，后者收入《四库全书》别集类。其弟黎士毅也有《宝稼堂诗集》。康雍乾时期著名画家上官周，其画作影响很大，有《晚笑堂画传》存世，还有《晚笑堂诗集》。称为"扬州八怪"之一的黄慎,即是上官周的弟子,堪称诗、书、画三绝,有《蛟湖诗钞》传世。伊秉绶,人称"伊汀州",也是一位大家,诗、书、画、印,均为世人所重,著有《南窗丛记》《赐研斋集》等书,还有《留春草堂诗钞》传世。杨澜,乾隆年间举人,著有《汀南廑存集》《负薪初稿》等。以上所举,都是历代比较重要的作者,对他们的著作进行有计划的整理出版,总结客家先贤的文化遗产,对于了解客家文化的内涵和客家精神,是很有帮助的。据我所知,有的著作已经整理出版,如华嵒的《离垢集》(唐鉴荣校注,福建美术出版社)《丘复集》(丘其宪点校,福建人民出版社)。此外,像《福建客家古代文学作品辑注》(蓝寿春编著,厦门大学出版社)这样的选本,把福建客家历代文学作品收集并加以选注,也是很有意义的。

三、进一步扩大客家研究领域[①]

客家研究经过多年的发展,其研究领域可以说已经相当宽阔,涉及政治、经济、建筑、民俗、文学等各个领域,而且在众多领域都取得了丰硕的成果。1995年,笔者参加编著的"客家文化丛书"(福建教育出版社出版)十种,就涉及客家源流、民居、礼俗、宗族、方言、服饰、艺能、饮食、民间信仰、客家人杰等。时间已过去二十年,今天来看,原来的编著显得比较单薄,很多领域已经积累了更多的材料,可以再继续深入下去。笔者去年接触一位北京大学游学日本的学者,正拟拍摄客家饮食方面的题材,即如"舌尖上的客家",就是很好的选题。连城的四堡,是清代四大刻书中心之一,书坊持续达三百余年之久,所刊刻的书籍,有经史子集,也有小说词曲,还有卜筮星算等通俗书籍,其书行销海内外,而且首见版权页,萌发了版权意识,这是非常可贵的。四堡刻书与刻书坊的研究与保护,已日益引起学者的重视(已有谢江飞专著《四堡遗珍》一书出版,厦

[①] 谢重光教授所著《客家文化述论》(中国社会科学出版社,2008年版),关于客家文化的几个方面,论述非常精到,为客家文化研究提供了很好的思路,对客家文化研究有很大的启发。

门大学出版社2014年版)。在客家文学研究方面,除了主流文学研究之外①,民间文学的研究还是未引起足够的重视。民间歌谣、谚语等既反映民俗,也是文学的一种。有的学者在收集客家各地宗祠对联,进行汇总、编辑、注释,都是很有意义的工作。

客家文化与河洛文化有许多交融互渗的关系,包括政治经济、语言、民俗等各个方面。客家文化对河洛文化的继承与变异,是帮助我们认识客家文化源流的重要视角②。具体到闽西地区,笔者所知,龙岩的新罗区、漳平市两个闽南语系的区、市,毗邻纯客县的其他五个县、区,其受客家文化的影响是很显著的,包括语言、民俗、习惯等。新罗、漳平两个区、县与客家文化的互渗交融,又有自身的特点,可以从更加具体的细节入手,揭示它们之间的关系。客家文化与畲族文化的关系,似乎比较少涉及。在龙岩地区的武平、上杭,姓钟、雷、蓝的人很多,其族群与畲族有很密切的关系,深入探讨客家人与畲族人的交融,也应该成为客家文化研究的一翼。

客家研究,可以做的课题还有很多。福建客家的旅游资源非常丰富,可以编写《客家旅游词典》。客家人与台湾有密切的联系,客家人为台湾的开发做出了重大贡献,台湾学者对台湾客家史的研究已经取得可喜的成果,不过,从大陆客家人的角度写一部比较全面的《客家人台湾开发史》,也是很有意义的。此外,编写《客家文化词典》,编写《客家文化读本》以作为客家地区学校的校本读物,扩大客家文化的宣传,都是可行之议题。

以上断想,或许未必正确,献芹献曝,就正于方家而已。

(该书于2015年9月由中国言实出版社出版)

---

① 蓝寿春著《福建客家文学发展史》(厦门大学出版社2012年版),其视野主要还是以文人创作为主。

② 安国楼著《河洛文化与客家文化》,河南人民出版社2010年版,可参看。

土楼的文化精神

——《福建土楼客家文化学术研讨论文集》前言

　　土楼是闽粤赣交界地区客家人的主要居住建筑。永定地区的土楼,更具有典型的特征。土楼是一个奇迹,它不但是建筑的奇迹,也是一个文化奇迹。一座土楼,承载着丰富的客家文化精神。

　　土楼是和谐的象征。土楼的建筑,体现着人与自然的和谐。客家人从中原来到南方,生存的环境发生了巨大的变化,从平旷之地来到崇山峻岭之中。但是客家人有极强的生存能力和适应、改造环境的能力,他们能够在新的环境中选择最佳的居住方式,创建出土楼这样具有独特形式的建筑。首先,在土楼建筑的选址上,从大的环境来说,常选择在崇山峻岭中的平旷之地,背靠翠绿高山,面临山涧溪流,背阴向阳、依山傍水而建。一座土楼,无论是圆的,还是方的,夯土而筑,像一座坚固的堡垒。大者占地几十亩,高三、四层。有时候是几座土楼并排而立,它不像在平原中的碉堡,突兀而立,而是耸立在群山叠嶂之间,与群山融为一体。客家人很能领会道家顺应自然的思想,达到与自然完美契合。土楼这种建筑与地理环境的和谐,也表现出客家人改造自然和征服自然的精神,使新的地理环境成为"人化了的自然界"(列宁语)。再者,客家建筑似乎更讲究"风水",其实这和中原的传统是相同的。"风水"虽有迷信的成分在,但也并非全无道理,在建筑上追求人为的筑室与自然的和谐,包括通风、向阳、高低、排水、出入的讲究等等，这也是"风水"的内涵之一。《礼记·中庸》说："中也者，天下之大本也；和也者，天下之达道者也。致中和，天地位焉，万物育焉。"中，就是合适，就是和谐，思想上符合天赋的本性，行动上与天合一，才能达到"致中和"的境界。臻此境界，天地各安其位，万物生长。土楼从择址到建成，都体现着这样的思想。

土楼的建筑，非常讲究布局。圆形土楼，最典型的是按照太极图式和八卦的布局建造，如承启楼、振成楼和振福楼，楼层的设置，廊屋的结构，主厅的位置，天井的安排，以至水井的地点，皆仿八卦的卦位。可以说，它的设计基本遵循阴阳五行的原则，阴阳对应，阴阳协调，阴阳消长，与道合一。《周易》云："一阴一阳之谓道。继之者善也，成之者性也。"能发挥此道，可以开创万物；能顺成此道，可以孕育万物。"阴阳和合万物生"，古代阴阳五行说认为，阴阳支配万事万物，无论是自然界，或者人类社会，还是人本身，阴阳调和，阴阳和谐，便能长养万物，平安吉祥，繁荣昌盛。因此土楼非常注重按照阴阳五行的原则进行建筑。

不唯如此，土楼建筑还非常注意内部结构的和谐。土楼内部结构讲究对称平衡。大门和大厅连成的中轴线，把楼内的房间、厅堂、天井、楼梯、回廊都分割成整齐对称、井然有序的结构。楼内的房间，窗户都朝天井，如果是圆楼，则全部对着圆楼大圆的圆心。许多土楼有二环，或者三环，从高空往下看，是两个、三个甚至四个同心圆。圆心是中心大厅。楼中有楼，屋前有屋，廊道轮回，檐瓦掩映，气势磅礴，显示出紧密团结的向心力。我们看永定的土楼，每一层楼虽分成许多独立的单元，以供每家每户居住，为各个家庭提供了独立的生活空间，但从全楼来看，环楼都是相通的。住在同一座土楼里的都是同一宗族的一大家人，随着世代更替和人口发展，虽然已分成许多小家，但总是同宗亲族，总是和谐亲热的，不必用墙隔开。每一家都有一座楼梯通楼上，但只要上一层楼梯，就能环楼相通。在永定初溪，土楼中的各家虽有相隔，但那只是简单的木板遮挡而已,可以很方便地拆下来。隔板一拆,环楼联通。土楼内,一般第一层是厨房,第二层为谷仓,三层以上是卧室,其他设施也都各有其合理的位置。其设计巧妙而且科学,体现了农耕社会的特点。

土楼像一座城堡,是一个封闭的自足的世界。就城堡式的建筑来说,它和山西的一些城堡式建筑如山西晋城陈廷敬的皇城相府——完全不同。在土楼城堡式的厚重严密的土墙里面,却是一个既独立又丰富多彩的世界。土楼不但是客家人的居住场所,也是除了田间耕作之外的主要生活空间。里面不但有齐全的生活设施,也有一些简单的生产作坊或工地,可以酿造、加工、制烟、造纸、养畜等。有的土楼内甚至设有学堂和武馆,位于中轴线中心的大厅,在整个土楼的建筑中有非常重要的作用。大厅是个多功能厅,既是祭祖事神的场所,也是土楼内人举行重大仪式的场所,还是家族议事决断的场所。大厅上供奉着祖先神灵牌位,全族人在这里祭祀神明,决断大事,调解纠纷,排忧解难;在这里庆祝喜庆节日,演出唱戏,舞龙闹灯,无所不有。这里是全楼人公共生活的场所,是全楼人交流情感、沟通心灵、宣泄喜怒哀乐的地方。在这里我们可以看到全族人和睦团结的气氛,感受到客家人家族的凝聚力。这里是全族人的精神家园。

中国自古以来就是一个以家族为本位的宗法社会。一个家族几代人往往群聚而住,是一个小型的宗法社会。在这个家族社会里,一直保持着它的稳定性和和谐性。正如承启楼中厅堂上的一副对联所说:"一本所生,亲疏无多,何须待分你我;共楼居住,出入相见,最宜重法人伦。"家族不断繁衍,人口不断增多,家庭也不断增多,有的土楼内居住着几十户人家三四百人,他们虽各自独立,成为一个以家庭为基础的小农经济实体,但也有割不断的大家族的血脉联系,包括公共的财产。土楼里有不少公共设施,是全家族的公共财产。族内的大事,大家一起共同商量,帮助解决。公共的设施,大家一起使用。所以即使是时代的变迁,土楼的家族总是保持着它的稳定性。所以说,一座土楼,就是一个小型的宗法社会。特别是在旧时代，族长、长房或是楼中的年高德劭者，在宗族里有极高的权威和权力，决定全家族的事务。再加上客家人历来以农耕为主要生产方式，所以土楼里的社会，是典型的农业宗法社会，是自古以来中国半封闭的宗族社会的浓缩再现。

土楼的建筑洋溢着朴实、粗犷、厚实、雄伟壮观的阳刚之气。土楼建筑最基本的材料是泥土、石头、木材，以及用泥土烧成的瓦片。这些材料本身就透露着朴实的自然之气。宽厚的土墙，最宽者可达两三米。即使是到三四层的高度，墙体的厚度仍达一米。土楼的外墙通常不抹石灰或其他涂料，墙基的石头和墙体自然裸露，呈现出自然的土石结构。这种自然气息和它所处的山野环境，非常协调地融为一体。年代久远的土楼，其历尽风霜斑驳粗糙的外墙，显示出它的傲然骨气。土楼内的建设，也都朴素无华，是以木材为主要的材料，包括隔墙的木版、楼梯、栏杆。这些虽然与当时当地的客观建筑条件有关，但也与客家人的文化精神有关。客家人"质直"，"不以侈靡崇饰相高"（《临汀志》）的俭朴精神，与这种建筑思维是一致的。泥夯的土墙，中间埋进"墙骨"，常使人感觉如人体的血肉和筋骨。一座土楼，就是一座山，一座坚固巍然不动的山。厚重的土墙，象征着客家人在艰苦的迁徙历程中所铸成的坚强，环绕密闭型的造型，象征着客家人历尽磨难后的紧密团结，质朴无华的墙体，象征着客家人的俭朴、质直和坚韧刻苦。这些，不但是客家精神，也是我们的民族精神。

客家人从中原来到南方，在人文精神上仍保持着中原文化的传统。从文化承传的角度来说，他们仍然保持着重儒崇文的文化精神。这在土楼的建筑上同样可以看到。许多土楼的楼名，即昭示着他们的文化传统和理想追求，承启楼、书田楼、振成楼、连山楼、聚荣楼等。客家人常把楼名的寓意在大门的对联上显示出来。如承启楼："承前祖德勤和俭，启后孙谋读与耕。"书田楼："书读草庐承旧业，田耕莘野法前贤。"振承楼："振纲立纪，成德达材。"连山楼："连城怀重器，山斗仰高贤。"聚荣楼："聚族于斯垂祖德，荣光在望启人文。"诗礼传家，耕读创业，勤俭持家，振纲立纪，光前裕后，这些本是中原儒家文化的核心精神。土楼家族，虽以农耕为主，但也非常注重读书求学，企求立德立功立言，所以客家人的读书气氛非常浓厚。振成楼中的对联说："振作那有闲时，少时、壮时、老年时，时时须努力；成名原非易事，家事、国事、天下事，事事要关心。"日应楼的对联说："日读古人书志在希贤希圣，应付天下事心存爱国爱民。"都反映了及时努力、发愤学习、建功立业、报效国家的愿望。我们看客家人的历史，从土楼走出去的人才，无论是古代，还是现当代，何止千千万。

在土楼中还可以看到一个显著的特点，就是客家人对祖先的怀念追思与顶礼膜拜。"慎终追远"，这本是宗法制度下的社会心理的表现。且不说土楼里必定供奉着祖先的牌位，我们从土楼中的许多楹联和对联中也可以感受到这一点。馥馨楼对联："朝宗祖而肯堂箕裘克绍，翼子孙以爱处芹桂联芳。"大旧德楼大门对联："大家子弟同王谢，旧族衣冠近邹鲁。"孝亲敬祖，不忘祖训，克绍箕裘，成为客家人普遍的认同心理。所以客家人，特别是远离家乡的客家人，特别重视寻根访祖，认祖归宗，哪怕是在世界的最遥远的客家人，无论他是贫还是富，也无论他事业的成就如何，只要有机会，都忘不了回归家乡寻根认祖、祭拜祖先，正是中国自古以来的"孝亲"的传统文化精神的表现。

中国整个内陆型的地理环境（相对于欧洲的海洋性地理）所产生的"隔绝机制"，形成了自己既比较封闭又善于保持和传承自身文化的特点。土楼是封闭的，从主要原因来说，这与上述的中国地理文化传统有关，因为客家人本来是中原移民。从其他原因来说，有外来民系为保卫自己而抵御入侵的需要。两者结合，也就造就了客家人的性格，既有一定的保守性又善于传承文化传统。土楼城堡式的造型，象征着客家人不事张扬的内敛式的性格。它也象征客家人的保守求稳和相对封闭的传统与思维。其实也不完全如此。就像儒家文化有积极进取的精神一样，客家人的开拓精神同样是非常鲜明的。从古至今，有多少客家人从土楼中走出去，走向全国，走向世界，在各个领域建立了辉煌的功业。我们单从永定客家人众多的海外创业者的成就可以知道，更不必说历代客家人的许多具有强烈开拓精神的精英贤哲。就从土楼的建筑上，也可以看出客家人从来就不会拒绝学习借鉴外界的新鲜事物和时代精神。被称为"土楼王子"的振成楼就是如此。振成楼在传统的土楼建筑的外观里面，已经吸收包容了西洋建筑的风格。楼中心的大厅，那圆形的罗马式的立柱，"美人靠"的坐式栏杆，都明显地体现着西洋古典式的建筑风格。湖坑的振福楼，也是"外土内洋，中西合璧"。当年这些楼的主人，在外开拓创业，眼界开阔，善于吸收新事物，便把山外的以至世界的新气息，熔铸到自己的土楼中。这些建筑，透露出土楼人家善于学习善于开拓的鲜明信息。

土楼的文化精神，就是客家文化精神。诚然，客家文化精神有多种表现形式。但是，当它凝固在土楼这一具体的物质载体时，客家文化精神得到了集中典型的展现。可以说，土楼建筑的任何一部分，任何一个细节，都体现着客家文化精神。客家土楼，神奇，壮丽，它可以和世界上任何一个传统建筑相媲美。走进土楼，你可以全方位地感受客家文化，它将为你展现出一个魅力无穷的世界。

（本文参考了苏志强的《土楼探胜》、江剑峰的《永定土楼名胜趣闻》和《中国土楼》画册等著作，谨此致谢。该书2008年7月由五洲传播出版社出版）

福建客家文学作品的集中展示

——蓝寿春《福建客家古代文学作品辑注》序

近几年来,客家学的研究方兴未艾。随着客家学研究的深入,作为客家学重要组成部分的客家文学,也逐渐受到重视。关于客家文学的研究,我想必然会涉及几个问题。

一是何谓客家文学,及客家文学作为一个文学系统是否可以成立。这涉及对客家文学的界定。自罗香林《客家学导论》出版后,客家这一概念得到普遍的认同。但是,作为客家文学这一概念,它该如何界定?这是不能不考虑的。比如,把凡是客家人所做的文学作品都定位为客家文学还是把客家地区出现的文学作品定位为客家文学?就前者来说,作者是否为客家人?其身份要确认。流寓在外的客家人的作品可否归入。就后者来说,客家人在客家地区创作的作品没问题,但非客家人任宦或流寓客家地区的作品算不算?

二是客家文学形成的起始时期和分期如何确定,客家文学的发展演变是否与客家民系的形成变迁有关系?客家民系的形成,有几种不同的看法,或是起始于东晋,或是起始于唐五代,或是开始于南宋。不管是在哪个时期,都已是中国古代文学成熟的时期了。就此来说,客家文学的产生,其起点应该是比较高的。从蓝寿春君所辑开篇的唐人作品,可以说明这一点。起始期如果与客家民系的形成同步,那么其分期是否可以不按照一般文学史的分期那样以朝代的变迁来分，而以客家民系变迁的几个大的时期来分呢？

三是客家文学是中国文学中的一个分支，它具有明显的地域特点。研究客家文学，还要考虑到它与中国文学主流的关系，与地域文学的关系。蓝寿春君所辑的客家文学作品，就体现了鲜明的闽西地区的区域特点。

蓝寿春君有一个美好的愿望，即从客家文学作品的结集、辑注入手，尽可能把客家文学作品收集起来，再由此进行客家文学的研究，最后写一部客家文学史。他从客家人聚居的闽西地区入手，编辑客家文学作品，以期再扩大到其他地区，这样的路径是对的。闽西地区是客家人最集中的地区，自唐宋以来出现了不少文学作品。及至近代，作品就更多了。蓝寿春曾花了很大的精力对客家作品进行搜集，此书是对闽西地区客家文学作品的第一次集中展示，有较高的资料价值。尽管有的作品入选与否还可商榷，但有利于读者对客家文学的了解。蓝寿春还对作品进行简洁且认真的注释，可供读者参考。这些，对于客家文学的研究，都是有价值的。当然，对于客家文学的界定、分期，以及作品的搜集，还有许多要做的工作。蓝寿春君仍在不懈努力之中。

祝蓝寿春君在客家文学研究方面取得更大的成绩。

谨为序。

2010 年仲秋

（该书于 2012 年 2 月由厦门大学出版社出版）

福建客家文学发展史的开拓之作
——蓝寿春《福建客家古代文学发展史》序

关于客家文学与客家文学史,我曾经提出三个方面的问题,一是客家文学和客家文学史的界定,即如何认定客家文学、客家文学史的构成。作为一个民系和地域的文学,应该有自身的特质。要界定客家文学和建构福建客家文学史,要厘清并排除那些不属其特质的元素。我曾经提出过几个方面的考虑,供蓝寿春君参考(见拙文《关于客家文学与客家文学史的几点思考》)。这也是我对客家文学和客家文学史的看法。二是要确定客家文学形成的起始时期和分期。客家文学的发轫,与客家民系的形成期有关。但是,关于客家民系的形成,学术界有不同的看法。撰写客家文学史,首先要确定客家文学产生的时期。蓝寿春选择了唐宋期作为客家文学的发轫时期,其依据是"赞同客家民系形成于唐宋间这一看法",从他所论述来看,实际是从唐代开始的。这个界定或许有人不赞同,但作为客家文学史的上限,我认为还是比较稳妥和合适的,在客家学的论证上也是可以成立的。关于客家文学史的分期,我曾建议不要依照一般中国文学史按朝代分期的做法,应该考虑客家民系形成、发展的实际情况来分。现在蓝寿春把福建客家文学发展史分为"客家民系孕育时期的文学状况"、"客家民系形成时期的文学创作"、"元代福建客民大迁徙时期的文学"、"客家民系发展时期的文学"、"客家民系壮大时期的文学"、"近代福建客家文学的演进与新质"等几个时期，既符合福建客家民系变迁的历史，也符合福建客家文学发展的实际。三是应该把客家文学和客家文学史放置于中国古代文学的大背景来考察。这点，蓝寿春还是有所注意的。虽然还可以结合得更深入一些，如在中国古代文学发展运动的规律性的背景下考察客家文学作为中国文学的一个部分是如何受到大文学背景的影响的。一些作家在古代文学史上占有一定地位的，他又是客家文学作家，二者是如何融合为一体的？对此，蓝寿春还是努力揭示出它们的一些内在机制和融合性，做出了有益的探索。

研究客家文学史，还是应该从作品出发。蓝寿春君的这部《福建客家古代文学发展史》，建立在对客家文学作品的广泛搜集、整理和研读的基础上。蓝寿春研究客家文学有年，特别注重对客家文学作品的搜集整理。前两年，他从福建闽西的客家文学作品入手，集中收集了闽西客家文学作品。嗣后，又把视野拓展到整个福建省，完成了福建客家文学作品的搜集，编成《福建客家古代文学作品辑注》（厦门大学出版社2012年2月出版），时代跨度从唐代开始，一直到清代，文体包括诗、词、文、赋、小说、民歌等多种体裁。这为我们了解福建客家文学创作的大体面貌提供了基础。有了对作品的深入研究，其文学史的论述也就不会作架空之谈。

纵观蓝寿春的研究，他对福建客家文学的代表作家作品的把握比较准确，分析也相当深入。有的作家，在中国古代文学史的发展长河上，可能不是非常突出的，然而，在福建客家文学发展史上，却是举足轻重的，如郑文宝、李世熊、周亮工、黎士弘、丘复等，蓝寿春对他们的论述颇为精当，对这类作家从民系文学的角度给予了肯定和评价，可以说是弥补了一般中国古代文学史的不足。此外，蓝寿春对于福建客家文学中的传记、小说、山歌、民间故事甚至儿歌，都加以注意，亦难能可贵。

广东已有《广东客家文学史》出版（罗可群著，广东人民出版社2000年版），蓝寿春的这部《福建客家古代文学发展史》，可谓填补了福建客家文学研究的空白，对于研究福建客家文学和福建客家文化，都有极大的帮助。洵为可喜可贺也。

受蓝寿春君之嘱，谨为之序。

2012 年 10 月 30 日于福州适斋

（该书于 2012 年 11 月由厦门大学出版社出版）

客家民间信仰与民俗的全面展示
——陈弦章《民间信仰与民俗研究》序

自二十世纪八十年代始,中国大陆改革开放以后宽松的社会环境,使得海内外的经济文化交流越来越频繁。受海外客家研究热潮的影响,中国大陆也掀起了新一轮的客家研究热,同时更激发了海外华人的寻根意识,兴起了新一轮的寻根热。海外客家人寻根觅祖的归属欲望,中国大陆客家人谋求发展的经济诉求,两者的结合,使得世界客家人的联谊活动达到了前所未有的高潮。作为客家祖地的闽西,迅速地加入了这一行列。尤其是当时的龙岩师专,及时成立了胡文虎研究室,从客家杰出人物个案研究入手,切入客家文化研究,此后又成立客家文化研究所。龙岩师专升格为龙岩学院后,在此基础上成立了"闽台客家研究院"。前两年,陈弦章教授执掌研究院,又取得了一系列新的成果,成为海内外研究客家文化的一个重镇。

客家是汉民族的一个"民系"。"民系"概念最早由客家研究的奠基人罗香林先生提出,即指某一民族下的支系,如汉族内部就包括很多个支系,仅福建而言,就有客家民系、闽南民系等;而广东省,除客家民系外,还有广府民系和潮汕民系。"民系"概念此后一直为学术界所沿用。"民系"是"民族"的分支,它与"民族"一样,是个文化概念,是社会科学和行为科学研究的对象。

客家是中原汉民南迁形成的一个分支。由于战乱与天灾，他们举族迁徙，历经艰辛，辗转来到闽粤赣边的广袤山区，与当地人相互交流，融合为一个吃苦耐劳、团结进取的特殊族群。客家在闽粤赣边形成后，又向海内外播迁，繁衍甚众，分布于70多个国家和地区，尤其是明清时期的"湖广填四川"、"下南洋"两次移民潮，使客家人遍布各地，人数众多。客家民系是汉民族中的优秀支系。客家人吃苦耐劳、艰苦奋斗、勇于拼搏、勇于开拓、不断进取，富有强烈的民族意识和爱国心，有着深厚的溯本思源、崇宗敬祖情怀。客家文化是中华民族优秀文化中的一个重要组成部分。

随着客家研究的深入，客家研究的资料和观点越来越丰富，成果越来越多，特别在客家源流、客家民俗、客家方言、客家风情及客家的迁移史、人口分布等方面，众彩纷呈、百花齐放，论著颇丰。

客家民间信仰与民俗体系繁杂而庞大，各类活动丰富多彩。2018年春节前后，著名礼制学者、清华大学教授彭林先生到闽西采风，即被闽西客家丰富的民俗活动深深地震撼，矢口称赞，认为闽西客家的民间信仰与民俗保存了大量的古代礼俗的遗存。这的确是一份非常丰富的文化遗产。其实，对这份文化遗产，弦章已经留意多年，并搜集掌握了大量第一手来自客家民间的材料。如今，弦章的大作已完成。弦章的书中用八章的篇幅，把客家民间各种信仰几乎搜集殆尽。对各种信仰的起源、表现形态，以及由此所形成的民间风俗，都有详尽的描述。作者通过深入的田野调查，掌握生动的来自民间的具体事项，又在写作中融入了自身亲历的感悟，让我们全方位地了解客家民间信仰与民俗，亲切而自然。从中我们了解到，客家民间信仰与民俗的特点就是泛神泛灵、随意随性、包容混杂，形成了包含天地崇拜、自然物崇拜、祖先崇拜、圣贤崇拜、鬼神崇拜、巫术信仰、生活禁忌等大杂烩的民间信仰体系。这些民间信仰既有中原民俗和信仰的遗痕，又有定居南方以后吸收南方民俗而形成的新鲜气息。它们构成了一副客家文化的绚烂图景。此外，该书和其他研究民间信仰的著作不同，每个章节设一专题研究，以诗句为题，让人耳目一新，别有趣味。

弦章生于闽西永定，标准的客家之子。生于斯，长于斯，弦章对客家祖地充满着热爱与感情。又因任职龙岩学院，出于对客家文化的热爱，多年来致力于客家文化的研究，著论颇多，发表了论文《客家民系形成及范围界定新论》《论客家民系人文特征形成》《客家妇女地位与作用之成因浅析》，著作《客家文化概论》（合作）等。他还特别重视民间优秀传统文化的教化作用，2002年就立项福建省"民系文化与语文教育"课题，把地域文化融入学校教育，选取了闽西多所学校开展客家文化、闽南支系文化进中小学课堂的教学改革。他认为"民系文化以其丰富的社会内容，浓厚的感情色彩，深沉的乡土情怀，最能影响正在成长的莘莘学子"。足见其对优秀民系文化挖掘利用的良苦用心。弦章引领的基础教育融入地方民系文化的改革实验，取得很大成绩，影响了闽西许多中小学的教育教学改革，现今又著新作，研究客家民间信仰与民俗，足见其勤奋。

我与弦章有两度师生之谊。一次是1979年，他就读龙岩师专中文系，我担任他的古典文学课教师；再一次是2004年，他到福建师范大学攻读古代文学硕士学位，我又一次担任他的导师，可谓有很深的缘分。尤其是龙岩学院成立时，我受聘客座教授，他在文传学院任教，渊源又深一层。今遵嘱写序，故欣然命笔，写下如上一些感受。

谨以为序。

2018年8月25日

（该书于2018年11月由九州出版社出版）

血浓于水的闽台客家文化关系

——邱立汉《闽台客家文化亲缘关系研究》序

福建与台湾隔海相望，一衣带水。闽台之间存在"地缘相近、血缘相亲、文缘相连、商缘相通、法缘相系"的亲缘关系。不管两岸形势发展如何，闽台之间血浓于水的亲缘关系始终值得我们进行更广泛、更深入的研究。

早在1995年，福建教育出版社曾出版"客家文化丛书"共10种，比较全面、系统地介绍了客家源流以及客家的信仰、礼俗、民居、宗族、方言、服饰、艺能、名人、饮食等各领域的历史与现状。可惜其中未有专谈闽台客家文化亲缘关系的专著。2009年5月，国务院印发了《关于支持福建省加快建设海峡西岸经济区的若干意见》，明确指出福建要"发挥独特的对台优势"，"拓展闽南文化、客家文化、妈祖文化等两岸共同文化内涵。加强祖地文化、民间文化交流，进一步增强闽南文化、客家文化、妈祖文化连接两岸同胞感情的文化纽带作用"。之后，闽台关系研究成为福建学者高度关注的重要课题，并有相关成果相继问世。其中值得一提的是，2013年出版了由刘登翰、林国平主编的"闽台文化关系系列丛书"，共十一册，从闽台的先民文化、方言、教育、民俗、民间信仰等多个角度论述闽台文化的渊源关系。但该研究成果主要集中论述以闽南族群为主体的闽台关系，以论述客家族群为主体的闽台关系研究成果显然不足。正是在这一背景下，立汉能够应时而动，抓住这一机遇，申报了教育部课题"闽台客家文化亲缘关系研究"，并获得立项。在课题成果出版之际，立汉嘱我为之作序，我欣然应允。

客家是一个特殊的族群。闽台客家的亲缘关系包括文化亲缘关系十分值得我们去深耕。

众所周知，闽西是客家祖地。明清时期，闽西地狭人稠，"八山一水一分田"，有限的土地资源与人口急剧膨胀的矛盾愈演愈烈，促使闽西客家人外迁谋生图存。客家人向广东、广西、海南、台湾、江西、湖南、四川、贵州、浙江等地四面播迁，甚至下南洋。在迁台的客家人中，有从闽西汀州直接迁台的，也有从汀州辗转迁徙广东、闽南后再迁台的。因此，不论台湾客家人是从汀州直接迁台，还是辗转间接迁台，他们与闽西客家人存在着血脉相连的关系。他们都带去了客家人俭朴、质直和坚韧刻苦、开拓奋斗的精神。"汀州客"迁到台湾后，不仅把保佑客民的原乡信仰带到台湾，也把原乡的语言、生产生活习俗、教育、民间文艺、民居建筑等客家传统文化传承到了台湾。因此，闽台客家的文化亲缘关系随处可在。

近年来，闽台之间的客家文化交流越来越频繁，台湾客家人回闽西祖地寻根谒祖的也越来越多。如，闽西武平县连续举办了六届的海峡两岸定光佛文化旅游节，武平定光佛祖庙金身还被护送到台湾巡游，在彰化、台北等定光寺庙做佛事，接受台湾信众朝拜。国民党前主席吴伯雄也多次回闽西祖地永定下洋谒祖访亲。当然，闽台客家之间的亲缘关系远不止这些见诸媒体报道所述。闽台客家之间还有更多千丝万缕的渊源关系，需要在学术上做进一步深入探究。

立汉的这部专著紧扣闽台客家文化亲缘关系研究现状，有较强的问题意识，研究策略上充分分析了学界对闽台客家文化研究不够充分、专题性论著不多等状况而展开，围绕"闽台客家亲缘关系"，确立研究对象，以客家形成发展史为背景，集中阐述闽台客家一脉传承的"土楼精神"及闽西原乡对台湾客家的影响。全书五章，从文化亲缘这一角度切入，通过分析闽西和台湾客家地区的戏剧、民间文学、建筑等多个文化事项的内在关联，对闽台客家文化进行了较深入的研究，客观、翔实、科学地阐述了闽台客家在文化上的共性，深入分析了台湾客家与闽西客家一脉相承的关系，其研究内容既注重历史的内在逻辑论述，也顾及各章节内容的横向联系。这样，避免了以往研究的多面展开和均衡用力，更加注重专题性和创新性，做到小而深，以点带面。除了分析视角与研究内容的创新之外，立汉还深入台湾多个客家地区开展具有明显人类学倾向的田野调查研究，并且创造性地大量使用碑记、文学作品以及实地访谈材料，进行宏观的时空把握与微观的细部考察，力图对闽台客家文化亲缘关系作出符合客观实际的史实研判和论述，这是本专著又一创新之处。

台湾现有四百多万客家人，客家是台湾第二大族群。客家人在两岸和平发展中发挥了积极作用。就两岸关系而言，这本专著的出版，不仅具有推动两岸关系研究的学术价值，也具有利于推动两岸文化交流的社会价值，对于促进两岸和平统一也有裨益。

我和立汉有师生之谊，2007年他到福建师范大学攻读古代文学专业硕士学位，我是他的导师。那时，他一边工作，一边学习。我发现，他很珍惜来之不易的学习机会，勤奋好学，经常到我家里汇报商谈交流学习情况，让我留下了深刻的印象。毕业论文评审还获得了一等奖。这奠定了他从事学术研究的基础。回龙岩学院工作以后，他一边从事古代文学的教学与研究，一边拓展研究领域，开展客家文化研究。立汉是努力的。去年他到北京师范大学做访问学者，既开拓了他的学术视野，又积累了大量的学术资料。短短的几年内，他大获丰收，在先后主持并完成教育厅、省社科、教育部课题研究后，2018年又获得了国家社科项目立项。这本书是他学术研究道路上的第一本专著，也是他近年来一头扎进客家文化研究结下的硕果。看到立汉的进步，我由衷地感到欣慰！祝贺立汉！

最后，祝福他在学术道路上越走越坚实，在学术园地里结出更多硕果！

是为序。

2019 年 4 月 20 日

（该书于 2021 年 7 月由九州出版社出版）

弘扬传统文化,让民族精神代代传承

——杨亿力《中华优秀传统文化读本》序

中华民族的历史源远流长,中华传统文化灿烂辉煌。优秀传统文化是一个国家、一个民族传承和发展的根本,如果丢掉了,就割断了精神命脉。中华传统文化经典灿若繁星,浩如沧海,其精华是培育民族精神和时代精神的文化基础。古代经典保留了中华民族的"根"与"魂",而了解、学习中华传统文化,把握和传承中华民族的"根"与"魂",应该从孩提时代开始。著名学者童庆炳教授曾说:"孩子十五岁之前,应该大量阅读、背诵古文经典,增加积累,其次要从中学做人的道理,最终目的就是传承优秀文化的基因。"胡适、鲁迅、郭沫若等都是从四五岁就熟读古代经典的。要让孩子从小阅读古代经典诗文,就是要让我们的民族精神代代传承。

古代经典诗文凝聚了众多古代杰出人物的灵感、智慧和品格,凝聚了他们的情感,也凝聚了他们的抱负和修养。阅读古代诗文,就好像和古代杰出人物对话,了解他们,熟悉他们,从中汲取营养,培养自己的情操和品德,照亮自己的精神世界。孩子们从小熟读古代诗文,可以塑造出傲立人间的风骨,成为一个大写的人!所以,学习古代诗文,就是学做人。古代诗文中优美的语言,还培养人们的审美情操和文学修养,丰富你的生活情趣。多读书,多背诵,才能出口成章,出口成诗,培养出一个人高雅的气质，也为以后的写作打下基础。一个人的修为，就在于他肚子里的诗书文章。所谓"腹有诗书气自华"，就是这个道理。

学习古代诗文应循序渐进，由浅入深。这套《中华优秀传统文化读本》，针对小学一年级到初中三年级的学生编写。从最基础的"天、地、人"开始，进而天文地理，花草树木，礼仪习俗，立德修身，以至家国情怀，引导着小读者进入古代经典诗文的殿堂。所选的诗文，都是古代脍炙人口的名篇，加上美丽的插图，配以注解和诗意讲解、故事传说，图文并茂，引人入胜。读古代诗文，要多记诵，特别是记住那些名篇。经典名篇能够记诵得越多越好。还可以高声诵读，要读出声——读出诗歌的声韵美；要读出意——读出诗歌的情趣美，由此领略经典诗文特别是诗词的美声与美意。同时，在理解诗文的基础上还要加上自己的想象。书中生动的插图，能启发你引导你，让你的想象飞翔。在读本中，同一个专题，编选了不同作者的作品，读者可以在比较阅读中掌握诗文的特点。这些方法，希望对孩子们有所帮助。

做中国人，学习中华优秀传统文化！让我们一起诵读优秀的经典诗文吧！

（该书共四册，于2018年12月由福建人民出版社出版）

走进林纾

——《林纾读本》导语

一、"遥想故园春半后":林纾的情感世界

林纾是个情感丰富的人。他多年远离家乡,客居京津、沪杭等地,最不能忘怀的是乡情、亲情、友情。"遥想故园春半后",苍霞精舍后轩老屋,让他一往情深。其实林纾"遥想"的不只是"故园"的温馨,还有亲人、朋友。这些回忆诗文,音吐凄梗,不忍卒读。犹忆及母亲、亡妻,日夜萦怀,深情缱绻,读之令人唏嘘。兄妹手足离别,也使他情何以堪。林纾真诚待人,对师长的感恩、对朋友的诚挚,都铭记于心且身体力行。对于小人物的爱情,林纾也给予热情的歌颂。展读这些篇章,可谓字字情深,缠绵悱恻,哀感动人。林纾是一个知道大爱、真爱的人。

二、"头皮未送宁奇节":林纾的心灵世界

林纾并非封建的遗老遗少。他自己一生怕做官,从未入仕;对如蝇逐臭的利禄之徒、江湖骗子、懒人馋人之流深恶痛绝;对所谓饱读诗书却人品低下的"名士"辛辣嘲讽;对贫寒之士,寄予深深的同情。对于科举制度,他给予严厉的批评,认为知识分子应有国家责任感,时代使命感,赞同维新。因此,对兴办新学,他积极支持。对于辛亥革命的成功,他热烈称赞,认为"今朝父老欢呼竟,鼎革仍原上帝心",大声疾呼改良和变革,内心充满了改革的认同与激情。林纾的心灵世界,是时代的一面镜子。

三、"深知所畏而几于无畏":林纾的人格魅力

一生检身制行,坚持高厉之节;廉洁黜骄,淡泊明志;粗衣饱食,心滋以为足,浩然之气存焉,这便是林纾的人格魅力。"终身畏"、"不为伪",成为林纾的生活准则。"深知所畏而几于无畏,事不在变而在常,用不在气而在志";"畏天循分",成为林纾的人格标志。

林纾虽不做官,却始终关心民瘼,同情百姓,忧民疾苦。儿子做官,要他平心静气,洞察民情、爱民亲民。他反对劳民伤财的骄奢淫逸,趋炎附势者的蝇营狗苟;称颂的是忠肝义胆、铁骨铮铮的血性男儿。他拒绝袁世凯的征召,揭露袁世凯的倒行逆施;对于军阀混战,有着深深的忧虑。松、竹刚正不阿、耿介孤傲的高洁形象,是他人格魅力的写照。

四、"我念国仇泣成血":林纾的爱国情怀

林纾的一生,充满着爱国激情。国家盛衰、民族存亡,是他一心所系。他的"木强多怒",正源于此。对官府和贪官污吏祸国殃民之事,他进行无情的讽刺、鞭挞。马江战败,他义愤填膺、捶胸大哭。鸦片流毒,他清醒地意识到阿堵物的祸国殃民。台湾割给日本,他痛心万分。他多次疾呼"今日国仇似海深",为此"我念国仇泣成血"。其忧愤之情、报国之心,随处可鉴。他极力张扬徐景颜、杨用霖等死义之士的英雄壮举,称颂他们的民族气节。他要做"叫旦鸡",唤醒国人。"激士气","无忘国仇",激发同胞振作志气、奋力抗争、抵御外侮,是他的诗文中常见的主题。

五、"意气所到称天工":林纾的艺术境界

林纾是位诗人,又是位画家,是位艺术家。"意气所到称天工"是他追求的境界。做诗,他主张"以自然为工"。他善画山水,更善于领略山水之美。画山水,他善于向古人和时贤学习,泼墨皴染,运用自如,颇见神韵。他的画论,强调一个"悟"字,故能过其眼、入其心、得其神。游览山水胜景,他陶冶性情、悟其真趣;湖光山色,红花翠柳,皆化为笔下的绚烂画卷。他的题画诗,画中有诗,诗中有画,二者相得益彰。林译小

说，众人已有的评，但只需略读其中几篇，均可见其神髓，由此去领悟"可怜一卷《茶花女》，断尽支那荡子肠"的艺术魅力。

（该书于 2014 年 4 月由福建教育出版社出版）

附：

《林纾读本》后记

　　林纾是十九世纪至二十世纪之交的一位有影响的文化人，无论是其译作，还是古文、诗画，都产生了广泛的影响。林纾远不是过去人们印象中的那位站在"五四"新文化运动对立面的遗老遗少的面孔和形象，其文化品格有鲜明的特质。他的人格情操、爱国热情，以及艺术追求，都有许多的闪光点。林纾又是福建工程学院的前身校之一"苍霞精舍"的创办者之一。因此，如何弘扬林纾的文化精神，以有利于当代大学文化建设，成为福建工程学院认真思考的问题。为此，福建工程申报了福建省社科规划重点项目"大学文化的传承与创新：林纾文化和大学文化建设实证研究"（项目批准号：2013A020）。作为本项目的实践环节，我们编印了《林纾书画集》，以期对林纾的书画作品作一个总览，领略林纾的艺术境界。实践环节的另一项工作，就是选取了林纾作品中的精华，编成此"读本"，并于2013年9月开始以本书作为教材，在全校开设公选课。诚如本书的序言所阐明的，福建工程学院正采取多种措施，包括通过整理、学习林纾的作品，来认识、继承林纾的优秀文化品格，目的在于挖掘林纾文化精神，吸取传统文化营养，有助于建设新的大学文化。

　　本书由吴仁华策划和最后审定，郭丹负责篇目遴选和各章的导语，郭丹、朱晓慧统筹、审阅全部书稿。参加编写的教师有：朱晓慧、吴毓鸣、苏建新、张丽华、林怀宇、严冰、陆招英、张鞾、徐瑛、林晶、许秀清、祁开龙、庄恒恺、庄林丽、林一鸣、潘林。因各篇后面都附有编写者姓名，于此就不再列出各人负责的具体篇目。

　　编选林纾作为教材，只是初步尝试，必定存在疏漏和错误，敬请读者、方家批评指正。

兴化湾的人文之光
——郭大卫《壶兰风徽》序

莆田濒临兴化湾,自古物华天宝,人杰地灵,贤哲荟萃,素有"海滨邹鲁"之称。壶公山,木兰溪,哺育着一代代的兴化儿女。过去读文学史和史学史,知道宋代的刘克庄和郑樵是福建莆田人,感到特别高兴,因为他们在中国文学史和史学史上都占有重要的地位。其实,莆田的先贤何止他们两位。自唐代以来,可以说是名人代出,黄滔,徐寅,江采苹,蔡襄,黄公度,周瑛,林润,江春霖,这一个个闪光的名字,在莆田的史册上熠熠生辉。在这些文化名人中,有一身正气的清官,有不畏权奸的斗士,有名标史册的诗人,有精粹理学的名臣。这些文化名人及其身上放射出来的精神光辉,是一笔丰厚的文化遗传。莆田有这样丰富的文化遗产,给予系统的介绍,很有必要。郭大卫先生有意于此,精心搜集了莆田历史上三十五位文化名人的事迹,按年代一一加以介绍,为我们展示了莆田的人文之光。

大卫先生出版过多种著作,此书也体现了他的一贯风格。作为一部历史人物传记类的著作,作者摈弃了那种生硬的史料陈述和生平介绍,而是把人物生平事迹和诗文创作甚至逸闻趣事结合起来,用散文的笔法娓娓道来,因此人物形象亲切可感,有很强的可读性。作者的评述也夹杂在优美的文字中。读完此书，你会对莆田的传统文化有更深刻的了解，对美丽的莆田更加热爱。

2008年6月于福建师大适斋

（该书于2008年6月由作家出版社出版）

剑叶含葩弄晚风

——黄致宏《梅峰雅集》序

我与黄致宏先生并未谋面，然读其《梅峰雅集》，想见其人，乃儒雅君子也。

《梅峰雅集》，包含诗与文两部分。诗的部分，皆为近体的律诗与绝句，且以七言为多。诗之内容，以追怀先祖仁人之作为主，也有即景抒情之什。追怀先祖仁人，从黄姓始祖潢川黄国陆终公，到黄姓先贤如春申君黄歇、汉人黄霸、黄香、唐人黄宾、宋人黄庭坚，直至老革命黄璜。这些黄姓先贤，引发了黄先生的敬仰和无尽的追思。黄先生到淮南，到寿县，到古田，都要去拜谒黄氏先贤之墓和古迹，留下诗作。诗以言志，这不是单单发思古之幽情，而是希望由此引发人们对于继承先贤传统的重视。正如他在《寿州怀古》诗中所云："门洒一腔良相血"，"青史长留启后人"。慎终追远，认祖归宗，这是我们民族的优秀传统。各个族姓、家族，都有自己的足可称道的历史和优秀传统，追怀这些先贤事迹，就是对传统的弘扬，我想，黄致宏先生的意图就在于此吧。一些写景抒怀之作，如《乌兰巴托二战纪念碑》："铁马凌霄矗圣山，历经鏖战射凶顽。人间若使狼烟尽，虎踞雄关只等闲。"既是怀古，也是寄怀。可以看出，黄先生对于家族、对于传统，有着深深的热爱和敬意。

黄致宏先生的诗，有不少写得颇有意味，如《吟兰》："剑叶含葩弄晚风""偷来蕙草镇堂中"。一"弄"字、一"偷"字，用得颇妙，使境界全出。再如《修水祭拜黄山谷祠》末句"独吊遗踪对月明"，"对月明"三字，含着无限的怀思。《与明森兄小聚梅峰》颔联："带露玫瑰迷粉蝶，迎春稚蕊醉明眸。"意象新颖，比喻恰当，描写细腻，很有情趣。又如《乌兰巴托会友人》说"氆包霰雪贯云边"，"异域深情韵满弦"。"韵满弦"三字托出蒙古地域的特点，也富有情思。还有像《乡思》《秋夕》《忆江南》等，都是蕴含着浓浓的诗情而甚可让人回味的。黄先生诗多为律诗绝句，作者对诗律的把握甚为娴熟，有的属对也很工整，如《登黄国故城有感》之颔联："宫墉化土成林绿，画栋生烟作鸟飞。"《寿州怀古》颈联："门洒一腔良相血，阙存五毒佞臣身。"《台湾行——清境感怀》颈联："缅边鏖战将军去，台境开疆壮士归。"

黄先生之文，主要是记述黄姓先贤事迹，如数家珍。考证之作，如《真伪之间》，是针对春申君黄歇是否死于李园之祸而发，也是黄姓先人之事。愚以为其文正可以为前面的诗作注脚。黄姓先人诸多杰出人物，足以彪炳史册，当然为黄先生所引以为豪。这是读其文，在字里行间可以感受到的。

诗文雅集，缘情言志，我们期待着黄致宏先生有更多的佳作问世。

谨为序。

文山行吟，言志又缘情

——黄致宏《文山行吟》序

凤川黄致宏先生，早年毕业于天津大学，学的是建筑专业，是一位老资格的建筑师。然而又好诗艺文，新作频出，建造固态美学的高手，又跨界成为诗人，实乃博雅君子也。

黄致宏先生自谓第一次做诗是013年的清明节，因祭拜先祖，心田恻恻，哀思浓浓，遂写下感怀之作《清明祭祖感怀》。此后即一发不可收拾，日有所作，篇什盈箧，积结成集。黄先生已出版过诗文集《梅峰雅集》，今又将推出新作《文山闲吟》，余为之欣喜！

诗以言志。《文山闲吟》中首先是一部分追怀先祖仁人之作。这些黄姓先贤，引发了黄先生的敬仰和无尽的追思，遂以诗明志。近几年，黄先生热心于姓氏源流研究，已经撰写了多篇这方面的论文。不仅如此，黄先生还到省内外各处如淮南、寿县，以及古田等地追寻拜谒黄氏先贤古迹，并留下诗作。这不是单单发思古之幽情，而是希望由此引发人们对于继承先贤传统的重视。如其诗所云："门洒一腔良相血"，"青史长留启后人"。（《寿州怀古》）"血缘共系亲情续，文化弘扬伟业传。"（《贺福建省姓氏源流研究会成立卅周年》）拜会黄学禄将军时诗云："戎马一生扬正气，《千秋功业》誉吾兄。"（《信阳喜会学禄宗长有感》）慎终追远，认祖归宗，这是我们民族的优秀传统。各个族姓、家族，都有自己的弥足称道的历史和优良传统,追怀这些先贤事迹,就是对优良传统的弘扬,我想,黄致宏先生的意图就在于此吧。

第二类是记游之诗。屐痕处处,作者诗兴倍增,挥毫留诗。这包括二部分。一是寻宗访祖之游,如《登黄国故城有感》,感慨"宫埔化土成林绿,画栋生烟作鸟飞"(张养浩《山坡羊·潼关怀古》:"宫阙万间都做了土。");《修水祭拜黄山谷祠》,抒发"独吊遗踪对月明"的虔诚;《凤凰台遗梦》,展示"何日儿孙上凤台"的期盼,等等。二是旅游记痕之作,如《希腊友人相伴游罗得斯岛》,为"神女多情原是梦"而惊异;《阿姆斯特丹见闻》,见"异国荷京景物新,满城花色草如茵"而惊喜;《江湾游》,拜谒三省楼,"地灵人杰留胜迹,唯独尝思三省楼",怀想清初学者婺源江谦。这类诗作之中,还有一些游台湾之作。作者借在台湾参加海峡两岸百姓论坛的机会,畅游了宝岛的新竹、鹿港、高雄、日月潭等地胜景,既欣赏了宝岛风光,又抒发了对台湾同胞的思念与两岸统一的期盼:"闹市南音宾客叙,错将鹿港当泉州。"(《鹿港小镇》)"劫波历尽同胞在,百感萦回孰与猜!"(《台湾行》)"神州万古亲情在,圆梦中华一片心。"(《第七届海峡百姓论坛》)作者参观新竹城隍庙后,写下了"铸铁算盘梁上挂,规箴在耳莫欺天"(《新竹城隍庙》)的诗句,这不是在告诫台湾当局应不忘"九二共识"吗?诗句虽然委婉,用心却颇深邃。

第三类是写景抒怀之作。写景的一些小篇什,颇可玩味。如《吟兰》:"若使幽香蝶梦醉,偷来蕙草镇堂中。"《春山丽景》:"老树新芽枝下鸟,喃喃细语话春浓。"《秋夕》:"但恨挥簪情爱断,一宵相聚万年愁。"皆意境幽深,颇有新意。而下面几首,则隐藏典故,如《咏梅》:"莫愁寂寞开无主,疏影香飘千古词。"反用陆游诗意。《豌豆花》:"香消英落无人识,煮豆燃萁子建悲。"化用曹植《七步诗》之典。《隆中谒诸葛武侯祠》:"蜀相名高昭日月,双阳何必辨茅庐?"揭示了一个真理:对于文化认同,精神传承是最主要的,何必争论地点呢？《雨巷》："雨中花伞飘然过，惹得戴君醉梦乡。"戴望舒如果读到此诗，应该感到黄先生真是他的知音吧！这些篇什与诗句，都给人别开新面之感。

诗亦缘情。黄先生笔端常带着感情。他的第一首诗，就是缘情之作："焚香化纸怀先祖，拂树春风我动情。"（《清明祭祖感怀》）他在《心祭》里说："小楼久宅思亲泪，唯有心香敬祖情。"在《癸巳秋重登黄国古城有感》中说："吾今拜祖情难禁。"心香一瓣，其情可鉴。在《忆津门》里，作者回忆四十年前负笈津门读书的情景："津门别离卅春秋，敬业湖光映九楼。教授讲坛精辟导，学生书案至诚求。""最是令人留念处，南开观影夜清游。"在《探望病中尤国祯同学》："一声珍重无言泪，思绪萦怀夜难眠。"对母校的深情回忆，对老同学的真情关怀，在平实无华的句子中，流露出真挚的感情。

写景中有抒怀，这在作者的写景佳构中常见。如《乌兰巴托二战纪念碑》："铁马凌霄矗圣山，历经鏖战射凶顽。人间若使狼烟尽，虎踞雄关只等闲。"《登首里城有感》："百年凌辱琉球耻，犹恨鱼鹰（美军鱼鹰战机）过废楼。"既是游览古迹，也是借景寄怀。作者写《岭边老屋》，最后两句说："堂燕归来催热泪，倚门老妪盼儿孩。"这里不是"旧时王谢堂前燕"，而是进城务工的农民工和家里的空巢老人。儿孩外出务工，何时才能"多情飞燕舞堂前"？（《老宅》）这是老妪的期盼，也是作者的期盼。读这样的诗句，真可催人泪下！

抒怀之作也见于作者的一些闲适诗，如《闲居》诗说："漫览诗书兴味长"，"舒怀索句寄安详"，写出闲居时的闲适安逸；工作之余的"兴味""安详"来自读书与写诗，足见作者的品位。作者曾说"离家犹忆故园情"（《山村月夜》），因此在《乡思》中说："故园小苑花开未？残蜡梅香绕梦思。"一枝蜡梅，是故乡的象征；蜡梅又"残"，不是梅残，实乃梦残，喻离乡之久而思梦不成；唯有梅香不断，梦中亦可闻到。魂牵梦绕的思乡之

平生风义兼师友
——适斋序跋与书评

情，感人肺腑。

同是福州人的北京大学著名教授林庚先生曾说："什么是诗？诗的本质就是发现：诗人要永远像婴儿一样，睁大了好奇的眼睛，去看周围的世界，去发现世界的新的美。"黄致宏先生正是睁大了好奇的眼睛去看世界，所以，所到之处，所见之景，所怀之人，皆有兴会，皆可引发诗兴，去揭示"世界的新的美"。就是今年的抗击新冠病毒，作者虽未到抗疫前线，也写了《抗瘟疫》《扬鞭策马战瘟神》《赞白衣女神》等诗，赞叹"弃发逆行白衣女，赴汤蹈火最感人"，期待着"王师扫定瘟神日，玉宇澄清尽笑颜"，让人在战胜灾难中看到了美。

黄致宏先生的诗，在遣词造句和意境方面，也颇有用心。如《吟兰》"剑叶含葩弄晚风"，"偷来蕙草镇堂中"。一"弄"字、一"偷"字，用得颇妙，使境界全出。再如前举《修水祭拜黄山谷祠》末句"独吊遗踪对月明"，"对月明"三字，含着无限的怀思。（杜牧有"九重宫阙晨霜冷，十里楼台落月明"）《双柱峰》"应是众仙先醉去，至今南国独擎天"，想象独特。《与明森兄小聚梅峰》颔联"带露玫瑰迷粉蝶，迎春稚蕊醉明眸"，意象新颖，比喻恰当，描写细腻，很有情趣。又如《乌兰巴托会友人》说"毡包霰雪贯云边"，"异域深情韵满弦"。"韵满弦"三字托出蒙古地域的特点，也富有情思。还有像《秋夕》《忆江南》等，都是蕴含着浓浓的诗情而甚可让人回味的。黄先生诗多为律诗绝句，作者对诗律的把握甚为娴熟，有的属对也很工整，如《登黄国故城有感》之颔联："宫埔化土成林绿，画栋生烟作鸟飞。"《寿州怀古》颈联："门洒一腔良相血，阙存五毒佞臣身。"《台湾行——清境感怀》颈联："缅边鏖战将军去，台境开疆壮士归。"

黄致宏先生现在从事的是古建筑的建筑与修复工作。古建筑是固态的美，蕴含了极强的美学意蕴，古典诗词是流动的美，二者在美的发现、美的鉴赏和心灵感受方面应该是一致的。古典诗词的创作，必定会促进黄先生对古建筑的鉴别、鉴定和设计。我们期待着黄致宏先生在这两个领域中都开出更灿烂的花朵!

谨为序。

(该书于2020年12月由海峡文艺出版社出版)

充满力量和爱心的诗
——郑声滔《在路上》诗集序

有梦即为诗。

谈到梦想，马上映入脑海的就是郑声滔那句话："创办一所为中国8000多万残疾人提供高等教育机会的中国自强大学。"每个人都有自己的梦想，每个人都有话想要说，但并不是每个人都有勇气和机会把自己的所思所想（大概是属于潜意识里的）的梦想写出来。也因此，并不是谁都能够圆梦。写诗的人很多，通过诗歌来表达愿望的人也不在少数，为什么有的人的诗会被传诵，有人写的诗静如赤子，乏人问津？我接触的郑声滔属于哪一类，我还不能确切地定义，但是我却十分愿意为他的诗作写点文字，因为我相信他写的诗是有内容和灵魂的，值得人阅读和分享。我想，是他自强不息的精神感动了我，更是他无私大爱的奉献精神感染了我。

真实，是这个时代稀缺的品质。郑声滔的诗集朴实无华，但真实，真实地反映了内心之所思，真实的情感。

还未与郑声滔认识，就早已耳闻他的两个梦想，第一个梦想是"成为一位没有上过大学的大学老师"；第二个梦想是"创办一所为中国8000多万残疾人提供高等教育机会的中国自强大学"。他是一个有毅力的人。他对梦想的坚持，是非常人所能及的。二十几年来，他为这个美丽的中国梦奋斗不止，无数的公益践行，彰显着他人格的魅力。诗的美在于真情的流露，在于心底的坦荡，能让人遐想。他的诗作里有古体的韵律，也有现代白话诗。里面的文字，严格来说有些是诗的语言，有的离诗的语言还有点儿距离。但他对残疾人群体的关怀在字里行间表现得很充分，写得不拘一格，坦然、客观，因而初读就打动了我，接触之后还发现他特别善于对大方向的事物进行常态化的描述，意向清晰，角度独特，不屑掩饰、心灵澄明。读他的诗，感受到一种暖心的温度。有温度的表达，能把这种真情和情怀照进我们的生活，这使得他的诗展现出与他人不一样的色泽和内质。而我猜想，在他写诗的这些过程和现象，在他身上几乎都能找到属于他性格的某种特征，有的是对梦想实现的迫切，有的是对当下现状的犹疑，等等。想来，这正是他写诗的特别之处。

"天行健，君子以自强不息。"我希望大家看过他的诗作后，能够感受到他的力量，他的爱心。能够为这位有梦有爱自强不息的残疾人教授增加一份信心和一份帮助。也希望他的无我、奉献的精神能够带给社会一个更深的思考。最后，衷心祝愿他的中国自强大学梦早日实现！

（该书于2017年由九州出版社出版）

低吟浅唱意无穷
——邱滨玲《低吟浅唱》序

邱君滨玲，是同乡，又是校友。他的职业，本来是通讯方面的管理专家，却又是写新诗的诗人，多年来坚持创作，曾出版过《半边鱼》等诗集。近几年，因住在不同的城市，我们已多年未见面。近日，邱君发来一文件，竟是他创作的旧体诗集，皆为近体的绝句与律诗，不禁让我眼睛一亮。

自改革开放以来，写旧体诗的人众多，作者已是蔚为大观。这些作品，或写景抒情，或记游遣怀，或有感而发，可谓汗牛充栋了。而邱君的《低吟浅唱》似与众不同，自有其独自的风格。

邱君的低吟浅唱，大都是写身边的事情，寻常的生活，如《思儿》《春游》《悼文友》，喝茶、观菊展、接外孙女放学、老同学相聚，甚至有理发、失眠、烹饪、垂钓。还有就是国内外记游之作，如游马来西亚云顶，游新西兰，游埃及，游撒哈拉大沙漠，游越南等，国内则有游冠豸山，游敦煌，游凤凰古镇，游三峡，游重庆，飞桂林，游鼓浪屿，游土楼，游金门等。再有就是咏物之作，如《莲》《水仙》《路灯》《鱼鹰》《英雄花》《梅》《竹子》《水车》《三角梅》等。诗的题材随处都有。在邱君的笔下，一些小事，皆可入诗，见诸篇什。其实这一点，无论是写新诗的诗人，还是写旧体诗的诗人都是一样的。他们都善于捕捉日常生活的不经意处,敏锐地发现诗的存在,引发诗的思维,迸发出诗句。

其二,邱君在诗中常灌注着真情、感悟和情怀。如《理发杂感》:"剃刀追月催人老,好想新容换旧颜。"由剃头联想到人生岁月,看似自然又颇富哲理。《垂钓》:"是祸是福鱼儿痴,当收当放钓翁知。佳肴到嘴方知痛,欲转逃生已太迟。"作者由鱼的上钩联想开来,使垂钓这样常见的休闲活动增加了情趣,又从休闲中引发深思。《餐桌有感》中说:"想忆当年餐既后,总持空碗望空锅。"笔者与作者一样,经历过"三年困难时期",对当年的挨饿记忆犹新,深知挨饿的滋味,诗中所写的镜头笔者同样有过,二句诗把吃而未饱的挨饿神态描述得非常逼真。再如《问母》一篇:"长辞家母隔阴阳,昨夜相逢枕上乡。问恤亲娘劳顿状,你来我梦路多长?"作者与其母阴阳相隔,但思念从未断绝,总是在梦中相见。后二句既写母亲当年的辛劳,又写梦中的思念。梦中相见本是一闪即到的,"梦路多长",即衬托出作者的思念之深。《悼文友》中说:"天堂虽远魂知路,从此人间是故乡。"阴阳两隔,只有魂归故乡,写出对文友的深情。《赞"夕阳红艺术团"》里说:"梅至冬时花正好,戏临终尾始高潮。"暗含着夕阳近黄昏却是无限好的寓意。诗集中一些咏物之作,也颇有意味。如《莲》:"一生挣扎污泥地,养出荷花白又红。"莲出于污泥而不染前人描述甚多,但作者用自己的诗句出之,"挣扎"二字堪称"诗眼",写出了莲的性格,与众不同。又如写水仙"裙青衣白玉簪黄,仙子娉婷淡淡装。宁选寒冬梅作友。无心矜宠斗春芳。"(《水仙》)水仙愿与梅作友,无心争宠而春芳自来,写出水仙花的性格。《莲》与《水仙》二首,虽是写花,也是作者的情怀。而《花命》一首,写出了四种常见的花在人们生活中不同的功用,足见作者观察思考之深:"牡丹绽放夺风光,梅蕾微开抗雪霜。百合应酬婚庆里,菊花哭倒在灵堂。"

其三,邱君也善于在锤炼一些特出秀句中展示意境。如《叹史》:"史书浩瀚一堆纸,叹号无如问号多。"这不是历史学家的感叹,而是一位关

平生风义兼师友
——适斋序跋与书评

注历史的普通读者的感慨,却比历史学家更真实。再如,《牛》:"俯首一生头未举,弯腰跪地为人粮。"《春游》:"镜头如蝶绕,远客似蜂来。"《问母》:"问恤亲娘劳顿状,你来我梦路多长?"《路灯》:"挺腰伫立长伸手,提点光明照路人。"《退休临行杂感》:"回身始作归林鸟,琴瑟和鸣偕晚风。"这些都是生活中的镜头,凝成诗句,便有了意境,读者细细涵咏,便能体味出来。

写旧体格律诗,要讲平仄,要讲粘对,要讲对仗,要讲意境。邱君退休后,何时开始写旧体诗我不大清楚,但是,从他结集的这册诗集中,可以看到作者对于旧体的律绝,是下过一番功夫的。他自己在诗中也说过"仄平仄律忒熬煎,循韵索词常瞑眠","人疯对仗是诗癫"。(《在书店购诗词工具书自嘲》)"文章苦涩文人泪,老笛横秋老凤声。立意谋篇山两座,仄平押韵壑双横"。(《为拙作脱稿而作》)作者对于诗律的把握,读其诗,便可以体味到。至于对仗,读其律诗的颔联、颈联,都相当的工整。如《溪岸村景》:"跃水黄鲤美,冲沙绿笋肥。"《村行》:"独院祠堂香袅袅,孪生墅舍果盈盈。"《农家小院》:"门前莲藕肥如臂,屋后柑桔硕胜拳。"《迷诗》:"寻词总把时颠倒,索句每将心折磨。"等等,不胜枚举。

新诗是激情的欢唱,旧体诗是缜密的沉吟。邱君以诗人的气质来写旧体诗,这也是顺理成章的事情。有几十年新诗创作的积淀,诗家三昧已驻胸中。旧体诗创作,只是形式不同而已。《低吟浅唱》只是邱君自选的一部分旧体诗,但亦可见其功力。更何况,邱君已进入"荣辱穷通一笑中"(《乙酉年纪事》)的境界,他可以从容游浴于现实生活与诗的融通观照之中,创作出更美的佳句来。

我期待着邱君更多的佳作问世。

邱君索序于我,却之不恭,聊写几句,谨以应命!

(该书将由上海文艺出版社出版)

文学梦的放歌

——郭刚诗集《放逐的青春》序

每个青年人都会有文学梦。可是每个人最后能否梦想成真,却大相径庭。

宗亲阿刚是 1966 届高中毕业生,我是 1967 届高中毕业生。只要看到这两个时间,就知道我们的命运如何了,那就是到农村去,"接受贫下中农再教育"。正如阿刚诗中说的:书"读不成了,——这生之哀怨"。(《洞箫声声》)劳动干些什么呢?种田,种水稻,种番薯,这是食粮的主打产品,是生产队的主要农活。此外,阿刚还自己在家里种蘑菇,养土鳖虫等。一开始当农民,就显示出他的多方面的兴趣与才能出来。

因为是宗亲,住得又相距很近,便有了我们经常的相聚。阿刚的父亲曾是个大右派,是省里一个大民主党派的省委秘书长。当年在省的大报上面有一整版的文章批判他。打成右派后,据说原来要他去某个中学当老师,他说,我是右派了,怎么还能当老师呢?我还是回老家去当农民吧。于是也就回到老家来了。一个右派,即使在农村,当时的处境可想而知,甚至遭到抄家的"待遇",给作者带来"莫名的惊悸"(见《月明之夜》)。可是,他却是一位有知识、有思想、有远见的人士(平反后恢复工作,退休时享受离休干部待遇)。他曾经对我们说,你们现在当农民,业余也可以写写东西啊。阿刚却也真的写起小说来。写什么我已忘却,但是,开头

平生风义兼师友
——适斋序跋与书评

有一句话,却是记得的:"在早稻笃头的时节。""笃头"即指水稻已结穗饱满,弯下来了。但是,"笃头"却是地道的方言。我惊讶于他的用语,竟然有如此鲜明的乡土气。那时候我也学着写点东西并发表过,有散文,有剧本,可就是不会写诗!

说也奇怪,当年我们谈的好像多是文学,或者带有文学特点的人与事,如郭沫若、郁达夫、张资平、成仿吾。好像创作社的人物多一些,大概是看了《创造月刊》的缘故。当然,也一起看书,看阿刚不知道从哪里弄回来的书,记得有《随园诗话》,郭沫若的《洪波曲》《创造十年》《读随园诗话札记》,《创造月刊》,《战争与和平》,还有徐志摩、戴望舒的诗集,甚至还有基辛格的《核武器与对外政策》!我们谈托尔斯泰,谈泰戈尔,谈九月派,当然也谈鲁迅,谈《两地书》,尽管那时我们两人的女朋友还不知道在天边的哪一个角落。

阿刚这部诗集,是 1967 年到 1972 年间的作品,也就是说是七七年高考之前的作品,是正值青春期的作品。这是用诗的形式诗的语言记录下来的"老三届"一代人或者说上山下乡知识青年一代人在那个时代的心路历程。正如他自己在《前记》里所说的:"既是青春,就要歌唱,就要呐喊。""我有自己的诗,自己的歌。""没有自己的声音,那算是什么生活呢?"在波浪滔天的"大革命"中遁回农村,最早的是不习惯,是孤寂,是彷徨。但是,阿刚找到了平衡心态、抚慰心灵的方式,那就是写诗!作者写的是新诗,如戴望舒、徐志摩那样的现代派新诗,这更适合于情感的表达。

其诗,的确不仅是在高歌,而是在低吟,有时又确实是在呐喊!正因为如此,你看那《前记》,火气蛮大的。但是真实!没有经历过那个年代上山下乡当农民的人,是不会体会到那种火气的。

诗集所写的,都是他在乡下劳动生活的情景和感受,如《水车吟》《耕禾遇雨》《烟》《故乡的路》《紫云英》《垦荒者》《扫路工》等。在 1968

年间所写的诗里,更多的是彷徨,是苦闷,是孤寂。那是作者刚回乡当上农民不久的心态。《黎明》时刻,作者看见"黑暗的瓦棱上漏下两束苍白的光线,像龙门塔上吊者遗下的朽绳",这是心灵无望时的想头。作者哀叹《羊》,实际上是自我的写照。《致"开后门"者》是对当年开后门歪风的讨伐。经历了艰苦的劳动,作者也领悟了世事的艰难,《生活是……》说明,生活不是幻想,生活就是生活,里面有电击雷鸣,有相互噬食,有刀枪格斗,有石破天惊!不过,也还没有完全泯灭希望。作者希望像《紫云英》那样,即使枯黄了多次,"仍做着最温柔的梦",总能等到春天的到来,"在春天里开出最早的花"。读作者在1971年所写的诗,那样的经历和心情,我也有过。像《板车吟》里所写的愤怒,我们从心底里发泄过。繁忙的六月,正如白居易的诗写的:"田家少闲月,五月人倍忙。"在南方,六月是最忙的时候。即使难得的休息,他便想到要看书,哪怕那是"神圣的荒诞","道貌岸然的说教"(《风》)。

在农村,当然也有令作者宽慰的事情,如《七夕》,父亲可以煮点糖粥,因为"我买了一斤红糖"。《龙灯》一首,把农村舞龙灯场面、热闹、气氛非常详细地描绘出来了,而且很有画面感。舞龙灯时,战鼓擂起来,"震得老太太的步伐更加颤巍","吹平了老大爷多褶的额头","唢呐,带着老年吹号者罕有的气力,在烟雾弥漫的松明火下,洋溢起来"。那是农家最快意最热闹的时候,也是作者忘怀一切,沉浸在乡村的节日氤氲气氛中的时候。作者要告诉人们,"我们的祖先遗留给我们的,除了勤劳和耐苦之外,还有如此精彩的艺术"!

阿刚的诗写的是实实在在的农村生活,但又不是原生态的生活,就像清人吴乔《围炉诗话》所说的:"诗以道性情。""意喻之米,饭与酒所同出,文喻之炊而为饭,诗喻之酿而为酒。文之措词必副乎意,犹饭之不变米形,啖之则饱也。诗之措词不必副乎意,犹酒之变尽米形,饮之则醉也。"阿刚有丰富的米(素材),把它酿成了酒(诗),他将原生态的生活

平生风义兼师友
——适斋序跋与书评

变为情感抒发出来了。

阿刚是很有文学灵感的人。他当民办教师时,有二件事足以说明。二十世纪七十年代初,夹克衫还是很时髦的衣服,那时他买了一件可以两面穿的夹克衫,穿着去上课。上课时,一个学生大概也穿了一件新衣服,老是在摆弄那衣服,注意力不集中了,阿刚便批评他,没想到这个学生回了一句说,是啊,我这衣服还不够好,不能两面穿啊!呛得阿刚气短三分。可我们听了这一故事,哈哈大笑。还有一事。当时每班早上和课间都要唱歌,班里便指定一位比较会唱歌的学生在每次唱歌时起个调,然后大家跟着唱下去。后来班上讨论班干部时,点名哪几位是班委。那位学生见没点到他,很不服气地说,我也是班委啊!别人问,你是什么班委,那学生说:起调!这样的细节,都是足以进入小说的,都被阿刚捕捉到了。

阿刚1971年到家乡一所很有历史的学校的初中班当民办老师,教物理、生物、英语等课程。第二年,我也到公社中学去当民办老师了,教的也是物理。1977年恢复高考,阿刚考理科,考上了生物系。我却阴差阳错报考文科,读了中文系。我们又一同成了"七七级大学生"!大学毕业后,阿刚到龙岩一中当了老师,而后当了副校长,评上了特级教师,成为一位出色的教师。

今年年初,当我接到阿刚送来的这部诗集时,我像发现出土简帛文献那样高兴,读着他近五十年前时写的诗,我想起来了,当年他老喜欢背诵着戴望舒的《雨巷》"我希望逢着,一个丁香一样的,结着愁怨的姑娘"时,他的文学梦早已升腾起来了,文学的花朵已经绽放了。

可注意的是,作者的诗兴常常是喷薄而出。从六十年代末起,作者是每月有一首诗。1973年间,作者差不多是每天一首诗,或者是隔不了几天便有一首诗,有的还相当长,如《扫路工》《春风沉醉的夜晚》《一瞥》《她的弟弟》《招魂曲》《熟人》等。

作者受现代文学中现代派诗人的影响是比较明显的,尤其是戴望舒。

《等待》里有一句"带着丁香一样幽怨的颜色",便是化用了《雨巷》的句子。作者的诗,似乎也有意地学习戴望舒的现代象征手法,如《胡琴之念》《烟卷之念》《中秋夜》《紫云英》等。这恰恰是劳动者最真切的体会。作者笔下,风是慰藉,暴雨是宣泄,春天是希望;蛙鼓、北极星、小鸟、风筝等等,这些,已经不是自然界的东西,而是作者笔下诗歌的意象了。他甚至也如同戴望舒那样学习传统写了一些半格律体的诗。而《猫头鹰》一诗,应该是化用了艾青《水鸟》一诗的意境。

作者借用郁达夫的小说《春风沉醉的晚上》写的《春风沉醉的夜晚》,是在他当了民办教师以后,在那个难忘的夜晚,他听到了一群女生的谈笑,触动了他那已经萌动又可能是还在朦胧之中的爱情故事,未免有点缠绵。相对来说,《她的弟弟》,便比较公开地回忆检省曾经有过的刻骨铭心的那么一段爱情故事了。《星星和萍》则显得深沉和含蓄。

阿刚的诗里,也不时闪出一些特出丽句:如

《胡琴之念》:听窗外青春的蛙鼓,哪一次是用了这多病的声音?

《烟卷之念》:用身上最高贵的部位和你相处,/金字的烟卷,你使幸福弥漫于我整个心间。

《The Summer》(夏天):愿世界上一切多余的肥肉(指胖子)都腐烂败坏,长满蛆虫,而且到处爬动。

《小满》荷锄归得屋檐下,阳光已照蝶双飞。

《把戏》:"用药膏换取金钱——于是我们就笑着,用眼光购买欺骗。"

《中秋夜》:月全食了,天狗也在吃它的月饼了。

《乞丐》:而竹筒则讨来满满的,冷淡、耻笑、鄙夷和诬骂。

这些,都是可以让我们细细品味的。

诗集中最后一首《心理课注意力逃逸而成的句子》,写于1980年5月,那是他上大学后上课时所写,其时他已三十岁了,家里有妻儿,那幅油画,真是他当时心情的写照啊。

平生风义兼师友
——适斋序跋与书评

人到老了,喜欢怀旧。如今阿刚已是七十五岁老翁。当他放下自己的教育事业,回顾自己这一辈子走过的一生时,恰如郁达夫的散文《屐痕处处》一样,当农民的屐痕恐怕是最难忘的了。把青春期的诗歌整理出来,是对自己那个年代的最好的总结,也是对自己文学梦的一种追忆和释放。希望"老三届"的一代人和年轻的人们,都来读读这本诗集,感受一下那个年月里老知青的心声吧,感受一下五十多年前那个特殊的年代中一个农村青年的境遇,他们的所想、所思,体会一下这一代人在那样的年月里的喜、怒、哀、乐吧!

(该书将由海峡文艺出版社出版)

语文教学的科学与艺术

——刘一承《语文教学论稿》序

语文教学是一门科学，又是一门艺术。说它是科学，是因为语文教学具有自身的规律，由这些规律形成了自身的严密性和科学性。说它是一门艺术，是因为语文教学是一项充满着美感的人文精神活动，它必须从知识和美育的层面出发，讲究传播过程的艺术性。当二者达到完美的结合时，语文教学就不但是一个传播知识的过程，同时也达到了审美的高度。

从作为一门科学和一门艺术的高度来阐述语文教学理论，正是刘一承同志《语文教学论稿》的特色。

刘一承同志有着长期的丰富的语文教学实践经验。正是由于长期的经验积累，促进了刘一承同志对语文教学作为一门科学的理论性思考。这对于实践是一个质的升华。经过多年的潜心研究，刘一承同志形成了自己对语文教育科学的理论认识。正如作者在书中论述的：语文教学的"科学性指的是语文教学必须遵循的客观规律，主要包括实现确定的基本目标和中心任务的规律、教学对象身心发展的规律、教学内容的科学逻辑结构规律、教学过程中教学思想、教学原则的体现规律，以及教学模式对教学活动施加影响的规律等等"。这样对语文教学的科学性的界定是比较准确和全面的。作者正是在这样的理论原则指导下对语文教育进行了深入探索。

在语文教学艺术方面，作者指出："语文教学艺术则是引导学生进行审美创造，其成品是教师和学生在课堂上合作完成的优化教学流程"；"语文教学过程是一种特殊的认知审美的过程"。作者将语文教学艺术特征归纳为综合性、情感性、诱导性、协调性、主体性几个方面。这就使得语文教学艺术不仅在理论上得到概括提炼,又具有鲜明的可感性和很强的可操作性。尤为可贵的是,作者在理论上对于审美创造的教学艺术也同样有清晰的论述,提出"凡能启迪学生对美的追求,活跃和丰富学生思维活动的都是美的教学方法,因而都是艺术的"主张。这些都体现了作者在语文教学理论建构上的深度。

刘一承同志的理论视野是比较开阔的。不仅是语文教学理论,他还注意到其他相关的学科,如教育哲学、协同学、接受美学、传播学等。当然,有的相关学科对语文教学的影响和作用,还有待作者进一步的开掘,如传播学的规律对语文教学科学性的影响。因为语文教学又是语文传播学。(先进的教学手段的运用,如多媒体教学,实际上是传播手段的科学化。)语文教学不但要研究其科学性,还应当研究在传播学中应掌握的规律和特征,包括信息传导、接受心理、接受规律等一系列问题,才能使语文教学理论更加严密和科学。

刘一承同志语文教学研究的另一特点,是将目光更加专注于语文教学的主体——教师和学生,尤其是学生身上。刘一承同志非常明确,语文教育中教与学这一对矛盾的主要方面是学生,这是认识语文教学中师生关系的基本点。因此,他在语文教学与学生素质教育的关系、语文素质教育与可持续发展、变"知识中心"为"人的主体"为中心的理论建构等方面下了功夫,有不少独到的见解,有的还有开创性的意义。而其他如教学模式、教学方法、美育研究、能力培养、新方法运用以至语文教学与朗诵、演讲等,都是建立在很强的实践基础上的真切体会。

今天,在国人对语文教育给予诸多责难的时候,刘一承同志的《语文教学论稿》,对于语文教育的改革,必将有许多有益的启示。

1999 年 11 月于福建师大

(该书 2000 年 2 月由福建人民出版社出版)

语文教改凝心血

——江汉修《教坛探赜》序

语文教学的改革确实是一件不容易的事情。尽管如此,那些坚持在中学语文教学第一线的老师们,仍然在进行着艰苦的探索,企求为语文教改寻找新的路子,探索可行的经验。呈现在我们面前的江汉修老师的这本语文教学论文集,就是凝集着他30年语文教学改革心血的结晶。

在这本论文集中,可以看出江汉修老师有自己明确的语文教学观,这就是深刻领会教学大纲,吃透语文教材。"以纲为纲,以本为本",这个观念在江汉修老师的头脑中是明确的。准确、深刻地领会大纲,语文教学才有明确的指导思想。教材的这个"本"吃透了,语文教学才能活起来,教改也就找到了突破口。我们从江汉修老师对青年教师的指导和自身教改的探索中,都可以鲜明地看到这一思想观念。作者对于教材的钻研是非常细的,如文中所举的《藤野先生》《沁园春·雪》等课文的分析,朱自清散文《春》的教案,《联系比较法》一文所举的例子,以及《教材指瑕五则》,都很能见出作者钻研教材的细心和分析教材的匠心。

在这本论文集中,见不到不着边际的架空之论,相反,每篇文章都是作者教学实践经验的总结,是作者身体力行亲身实践的结果。不论是关于教材、教案语言和教学语言的转换,还是"胸有丘壑,顺手牵羊"的八字复习法,以至一堂课的板书设计,都是作者实践摸索的经验之谈,因此尤其显得可贵。在《联系比较法》一文中,作者将教育心理学的知识运用到语文教学中,创造出"联系比较法"的教学方式,更是颇有新意。当然,作为一种教学的具体方法,它不是固定不变的模式,不同的教师可以根据自身的情况各显神通,但是,作者摸索出的这一经验,在方法论上无疑是很有启发意义的。

在这本论文集中,占最大篇幅的是作者的教学实践总结,这让我们感觉到,作者是一步一个脚印踏踏实实地走过来的,凝聚着作者的心血。

(本文刊载于《语文教学通讯》2000年第8期,有删节)

教案与教学

——《福建师范大学福清分校优质教案汇编》序言

教案是教学之本。过去一般的理解,认为教案就是教学的蓝本,它只是记录教学内容和课堂活动的安排,有了教案,教师照本宣科就可以了。这只是教案的最基本功能。教案的功能远不止于此。

对于大学教师授课的教案,应该有更广义的理解和更高的要求。首先,教学内容可以反映教学质量的高低。教案记载了教学的全部内容,应该有丰富的教学内容,丰富的信息量。很难设想,教案的内容空洞、贫乏,讲课可能丰富生动。教案可以看出教师对教材的理解和把握,准确的理解教材和教学内容,才能准确地把握教学的重点、难点。这方面的信息,透露出教师的教学基本功。其次,教案可以反映教师的教学理念。从教师对自己所教课程的把握,透露出教师对该课程教学的指导思想,授业解惑的目的,课程教学所要达到的目标。教案也表现出教师的创造力和创新能力。教学内容在教师手里得到了新的解读,它反映了教师个人的学识,也体现了教师个人的风格。老教师的教案,也是其教学经验的结晶。第三,教案反映了教师的科研成果。优秀的教师往往把自己的科研成果结合进课堂教学之中,科研与教学相互促进,相得益彰。同时,教案中应该看到本学科的前沿信息,能反映最新的科研成果,以扩大学生的知识视野。第四,教案更直接地反映了教师的教学方法,包括如何运用现代教学手段进行教学。大学教学，不单是授人以鱼，更应该授人以渔，教给学生治学方法。所以，高质量的课堂教学，应该有高质量的教案。当然，有经验的教师都有这样的体会，备课的时候的思考，写成教案的文字，课堂上的实际讲授，三者往往并不完全吻合。备课思考是一回事，写成教案又是一回事，到课堂教学时，倘若激情一来，灵感勃发，可能效果比教案预设的要生动得多。所以说，课堂教学是一门科学，也是一门艺术，值得我们认真研究。

诚然，大学教学课堂远不是它的全部，但课堂教学是基础，是主渠道。福清分校抓教学教案，是抓住了课堂教学的根本。课堂教学水平的提高，保证了教学质量，保证了人才培养质量。分校多次发布文件，确立优质教案建设项目，又从所建设的优质教案中遴选出几部优质教案，结集成册，作为样板，以期进一步推动全校的教案建设。这体现了分校领导狠抓教学质量的犀利眼光和踏实作风。在所选的几部教案中，体现了对于大学教学教案高质量的要求。

2007 年 7 月 1 日

（福建师大福清分校为推动本科教学，特选编其校内优秀教案汇编成册，特邀请笔者为其作序，遂有此文）

学好语文,受用无穷

——林爱民《王兴小学读书的故事》序

林爱民老师是个出色的语文教师,他的学生王兴,是美团网的创始人。爱民老师编撰了《王兴小学读书的故事》,嘱余为之序。由此让我想起了一些往事。

我与王兴并不认识。但是,王兴的祖父王添隆先生,与先父是同窗挚友。王添隆先生是闽西的老作家,笔名王荒草。二十世纪五十年代在本市的一个剧团任编辑,创作了不少剧本,有几出戏排出来后参加省里调演,轰动一时。记忆中王先生还曾经到过我家里,与先父交谈创作之事(先父是中学语文教师),相谈甚欢。可是时运不济,王先生也曾被"错划"过右派。更为不幸的是,"文革"开始不久,王添隆先生便被迫害致死。王兴的父亲王苗,是比我低两届的龙岩一中的校友,同属"老三届"。1977年恢复高考之后,王苗先生没有参加高考。但是,他致力于实业,成为本地有名的大企业家,而且做了许多慈善事业。王苗先生在实业上是成功的,但是,我认为,他更成功的是培养出两个孩子,一子一女都考上清华大学。如今,王兴也成为大企业家。这让我想起一个典故。据说小仲马曾问他父亲大仲马说,你最满意的作品是哪部?大仲马回答说,我最满意的作品就是你!当今,"富二代"这个名称似不太好,它多与纨绔子弟相联系,是成不了气候的一代。可是,我们看王苗先生子女的成就,并非如此。这也说明王兴从他的祖父开始，他们的家风家教是如何的纯正绵长。

读林爱民老师编的这本书，我们可以了解王兴读小学时候的情况。二十世纪九十年代，我曾经向某出版社建议编一本"诺贝尔奖得主青少年的故事"。后来另有出版社出版了此书。大家发现，那些诺贝尔奖得主所谈的少年时代，不是夸说自己如何勤奋努力，如何超前学习，成绩如何优秀，而是谈自己从小如何养成好的习惯。这给予我们很大的启发。看王兴小学时候的语文训练，便与众不同。他对语文课和写作的理解，不是人云亦云，而是有自己独特的看法。他对数学的学习，也是从小培养了好的习惯。王兴从小就是一个爱思考又有良好学习习惯的小孩。就语文学习来说，多读书，肯思考，勤写作，这是学好语文的关键。王兴自己的作文，生动活泼，毫不板滞，既有真情实感，又有孩童的稚趣。可知他在小学的时候，语文成绩就是很不错的。

王兴进入清华大学，学的是理科。有学者谈到，像诺奖得主杨振宁、李政道，以及苏步青、华罗庚这些中国的理科大师，都是从小精通"四书五经"的。北京大学著名学者陈平原说：一辈子的道路，取决于语文。中小学的语文教学，会影响学生一辈子。这些，在王兴身上再次得到了证明。至此，我想再说一次，学好语文，受用无穷。谓之不信，请看看王兴吧。

谨此为序。

2016 年 5 月 18 日于福州

第二辑

《文心雕龙》研究的力作
——读穆克宏先生的《文心雕龙研究》

最近出版的穆克宏教授的《文心雕龙研究》一书（福建教育出版社出版），是《文心雕龙》研究的一项新成果，也是作者潜心研究《文心雕龙》30年来的结晶。

《文心雕龙研究》一书近30万字，全书分为上下两编。上编是通论，对刘勰与《文心雕龙》全书进行了全面的论述，涉及刘勰的生平、思想以及《文心雕龙》的文体论、风格论、批评论、构思论、文质论、通变论等各个方面。下编是专论，作者将《文心雕龙》和六朝文学结合起来进行研究，善于把刘勰的批评理论置于特定的历史环境中去分析，对刘勰的文学批评思想进行了深层的挖掘。

读穆克宏教授这部学术专著，感到它有几个鲜明的特色。

一、匠心独运，论述精湛

作者在对《文心雕龙》的研究中提出了许多独到的见解。例如关于《文心雕龙》的基本思想，作者从对《序志》篇与"文之枢纽"的五篇文章的深入分析中，概括出《文心雕龙》的基本思想，"简言之，即原道、征圣、宗经的儒家思想"。接着作者又进一步从"文体论"二十篇专论中论证刘勰评论作品时与儒家思想的密切关系；以及从文学与政治社会关系、文学与现实关系、评论作品的方法与赋比兴的界定等，阐明刘勰对儒家文艺思想的继承两方面进行全面深入的探索，得出"'文之枢纽'五篇和各论的关系不是对等的，而是统摄的关系"这一结论，即贯穿《文心雕龙》各篇的思想，基本上是儒家思想。再如，在对《文心雕龙》的研究中，许多人认为刘勰的"文体论""都属无关紧要之作"，没有多少理论价值，不值得花力气去探讨。而作者却从刘勰的文体论与社会生活的关系以及对传统观念的继承等，论述了刘勰对于文笔之分的态度，则意在说明其文体论与当代思潮的关系。这样，就从历时性与共时性这两个不同的层面证明了刘勰文体论并非无源之水、无本之木。在这个基础上，作者对刘勰文体论的具体内容"原始以表末，释名以章义，选文以定篇，敷理以举统"逐一进行细致的分析。认为，刘勰文体论的每篇论文都包括"释名以章义"等四项内容，从对文体名称的解释，文体的起源、演变，代表作家作品，到写作要点和方法都做了全面的论述，因此刘勰的文体论实际上包括创作理论、文学批评和文学史三种成分。刘勰的文体论与创作论、批评论虽各有重点，又相互补充、相得益彰。此外，作者在对《文心雕龙》表现形式特点的研究中，论证其体裁与"九品中正制"、佛教盛行、骈文极盛的关系，结构形式和语言方面"有驰骤之势，含飞动之彩，极瑰玮之观"的特征，亦皆独具慧眼。

二、宏观审视，别开生面

《文心雕龙》这一理论批评巨著，正是产生于六朝文学的丰厚土壤之中。作者将《文心雕龙》学与六朝文学结合起来研究，这是一种宏观审视式的把握，是本书特别引人注目的又一特征。在本书的下编，作者将刘勰对曹植、王粲、阮籍、潘岳、陆机、左思的论述以及刘勰对南朝宋齐文学的论述作了精心的研究，从刘勰的论述出发，探讨他对六朝文学的态度与看法。如论曹植，指出其诗歌创作内容上的"慷慨多气"，艺术上清新华丽的特点；论王粲，指出他"捷而能密；文多兼善"的特征，证明刘勰对建安文学的论述，即"观其时文，雅好慷慨，良由世积乱离，风衰俗怨，并志深而笔长,故梗慨而多气也",其概括是十分精当的。同时,又以曹植辞赋创作上的成就指出《诠赋》篇论述的偏颇,从曹丕、曹植兄弟文学成就的比较中可看出刘勰批评的中肯。作者认为,刘勰并不是"从自己的艺术见解来推演出法则,而是根据事物本身所要求的法则来构成自己的艺术见解","刘勰的文学批评具有这种唯物论因素",这是揭示出刘勰文学批评理论的一个重要的哲学特征。关于南朝宋、齐文学,作者就《时序》《明诗》《通变》等篇章论述,分析刘勰对宋代文学的评价,认为"刘勰对南朝宋代文学的评述虽然简略,但亦可清楚地看出,他对山水诗代替玄言诗的历史贡献作了充分的肯定,而对当时诗歌在艺术表现方面的诡异和新奇则提出了批评"。对于"永明体",作者考察了沈约、谢朓、王融等人诗歌作品的声律特点,论证了刘勰《声律》篇对声律理论的贡献。对于齐一代文学,作者指出,刘勰并非因生活于该朝代而只是一味地赞颂,"刘勰对齐代的文风是不满的,一并且提出了严肃的批评",齐代文学同样具有浮靡的文风,刘勰《情采》篇中主张"为情而造文",反对"为文而造情",是有所指的,是有感而发的。所以,"刘勰的旗帜鲜明的论点,为他的文学理论和批评增加了富有战斗性的内容"。这样的论证,别开生面,令人耳目一新。再如潘岳,他是太康时期一位重要的作家,然因其人品的不佳,许多文学史著作仅简略地提提而已,作者从刘勰对潘岳辞赋、哀诔、诗歌的评价出发,详细地分析了潘岳的文学成就。于此不但可见刘勰的精湛见解,对潘岳这位作家,也有了较全面的分析与中肯的评价。此外,作者在评述刘勰论阮(籍)嵇(康)、陆机、左思等作家时,都能抓住刘勰评论的精髓,从作家的创作实际出发,探索刘勰文学批评的内核与倾向,准理酌情,研几抉微,得出与众不同的结论。把某一时代的文学理论放置于该时代文学史背景上进行全景式的观照,从方法论上说,是一种宏观审视,无疑地增加了理论研究的广度和深度。另一方面,探讨刘勰对文学现象与作家作品的具体批评,有时比阐述其理论原则更能真切地揭示其文学思想。这种将理论原则与具体批评结合起来的研究方法，正是我们应切实提倡的。

三、资料丰富，论证缜密，表现出一种实事求是的学风。

作者对每一个结论，都是在占有充分的资料的基础之上，经过缜密的认真的分析得出的，言之有征，毫无凿空之谈。对刘勰的思想、文体论、构思论、文质论、通变论，都能拓缕细析，穷原竟委，总结出刘勰批评理论的精髓与实质。在分析刘勰论宋齐文学时，作者又将它与《宋书·谢灵运传论》《南齐书·文学传论》《诗品》等著作的论述加以比较，擘肌分理，剖析入微，可见其实事求是的态度。对刘勰理论中的错误与不足，作者也提出实事求是的批评。如刘勰对曹氏父子乐府诗的贬抑，对曹植辞斌的不置一辞等。作者对刘勰将潘岳列为"魏晋之赋首"八家之一，又称他"钟美于《西征》"，作了详细考察，认为真正能代表安仁辞赋风格特点的是《秋兴赋》《闲居赋》《怀旧赋》和《寡妇赋》等作品，指出"潘岳钟美的不仅是《西征》，而应包括其他辞赋佳作"，说明刘勰评骘一个作家，也有不够全面的地方。这些都可以看出作者实事求是的学风。

（本文刊于《福建学刊》1992年第4期，《文心雕龙研究》1992年由海峡文艺出版社出版）

文化亲缘　同祖同根　源远流长
——评汪征鲁《闽台文化关系研究丛书》

　　文化是民族形成最基本的要素之一。英国人类学家巴克尔认为，民族就是一种文化模式。文化的亲缘关系，有强大的亲和力与凝聚力。中华民族的形成历史，正说明了这一点。

　　中华民族作为一个自觉的民族实体，在几千年的形成过程中，创造了自己灿烂的文化。中华文化的"纽带"性质和作用，构成了中华民族文化凝聚力的基础。中华民族在历史上尽管有过分裂、对峙和离散，但是，中华文化强大的聚合力，使得中华民族在数千年的发展中，始终完整如一，不可分割。台湾自古以来就是中国的领土，台湾和祖国大陆渊源深远的历史，尤其是文化上的亲缘关系，都说明了台湾和祖国大陆是一个不可分割的统一体。因此，将文化亲缘关系作为切入点来了解台湾与祖国大陆的同祖同根关系，是非常有说服力的。

　　从区域文化来说，台湾与祖国大陆的文化亲缘关系，最直接地体现为与闽文化的关系。历史上，多次的中原南迁移民以及游宦、避难入闽的士人，把中原文化带入闽地。在中原传统文化的濡染下，闽文化汇流于中原文化的劲流之中，具有中华文化的本质特征。台湾居民的主体是祖国大陆迁台的汉族后裔，伴随着福建移民和游宦游学之士的入台，具有中华文化本质特征的闽文化，尤其是闽南文化、客家文化在台湾广泛传布，闽台文化由此构成了千丝万缕的联系，形成了"闽台文化"的一个区域文化的统

平生风义兼师友
——适斋序跋与书评

一体。记得十年前,吕良弼、汪毅夫合著的《台湾文化概观》一书就指出台湾文化是移植型的文化,并认为移植型文化的基本特征是牢固地保有母体文化的特质。因此,离开母体文化的特质来谈台湾文化,便成为无源之水、无本之木。所以,从文化的角度来揭示闽台之间的关系,特别是闽台文化与中华文化的关系,让祖国大陆和台湾的读者都能清楚了解台湾和福建一样,都是以中华文化作为自己社会的根本,增进二者之间的文化亲缘的认识和增强文化情结的感受,是非常有意义的。《闽台文化关系丛书》可以说圆满地达到了这一目的。

作为观念形态的文化,它是代表一定民族特点的,反映这个民族的理论思维特征、精神风貌、心理状态、思维方式和价值取向等。从具体的社会现象来说,它体现在民系迁移、人文心态、宗教信仰、风俗习惯、生活方式、方言教育、文学艺术等各个方面。因此,不论是从观念形态的文化角度来看,还是从具体的社会表现形态来看,这套丛书的涵盖面都是非常广泛的。全套11种书中,涉及闽台先民文化、闽台客家文化、闽台民间信仰与宗教、闽台民间习俗、闽台民居建筑、闽台文学的文化亲缘、闽台教育渊源、闽台方言源流、闽台民间戏曲和闽台闽南语民歌等。其中刘登翰教授的《中华文化与闽台社会》可以说是丛书的总纲,它把闽台社会和闽台文化与中华文化的关系阐述得非常清晰,从而在本质上厘清和定位了闽台文化的性质。

这套丛书具有很鲜明的历史纵深感。无论是谈文化亲缘,还是民间信仰、方言流变、文学传统,各书的作者都能从历史的渊源关系上爬梳抉微,寻根认祖,凸显闽台文化和中华文化的同根同源的密切亲缘历史,立论的基础非常扎实。

(本文刊于《福建日报》2003年8月18日12版)

"思"与"辨"的协奏
——读徐志啸《思与辨》

一位学者的学术研究,当然离不开思考与辨析。或者说,学术研究的整个过程,就是思考与辨析的过程。徐志啸教授是一位楚辞研究专家,又是一位比较文学研究专家,是跨界研究的学者。徐志啸在他所从事的研究领域,无论是楚辞还是比较文学,都可以看到他深邃的思考与睿智的辨析。这一次,徐志啸特地撷取其部分未集结的论文结集出版,内容包括古典文学与比较文学,定名为《思与辨》,正体现他跨界研究的"思"与"辨",在交融中思考,在辨析中协奏,在古典文学与比较文学的不同领域演出一曲交响的协奏曲。

在《古典文学》部分,作为楚辞研究专家,徐志啸不再只论楚辞了,而是将焦点投射到更加深广的领域。如对于文学史研究的思考,对于中国文学起源的探索。在《文学史研究的启示与思考》中,作者指出《剑桥中国文学史》的许多特点,包括其编写者"努力写成文学文化史"的意图,文学史的分期,入选文学史的作家作品,印刷与文学传播的关系,甚至中国文学史包括中国少数民族文学等等论述。这既是《剑桥中国文学史》的显著长处,却是国内众多文学史著作的短板。作者对《剑桥中国文学史》的评析,体现了比较的眼光;他所揭示的国内文学史著作与《剑桥中国文学史》的差异,则体现了作者辨析的思路。聚焦于此,作者有了进一步思考的结果,这就是书中的《科学理性地认识中国文学》和《中国文学之源的对话》。前者从世界文学的视野范围内对中国文学的观念产生进行了辨析,从概念和理论上说明不能认为文学史在中国古代已经明确并成为一门学科。在《中国文学之源的对话》一文中,他对于中国文学之源"六经说"进行了辨析,对中国文学之源进行了考察,并以屈原《离骚》的产生来揭示文学的产生与社会实践的关系,由此得出结论说:"中国文学之源应该是从有人类开始算起,而不应该从有文字算起。"因此,他不赞成"六经是中国文学之源"的结论。这样的辨析是有道理的。顺便说说,笔者同样不赞成"六经是中国文学之源"说。其实论争的关键在于:主张"六经"为中国文学之源者,一是仍然用后代的"文学"概念来界定中国古代的文学起源;二是未考虑到发源之时间:"六经"的概念是什么时候形成的?("经"的概念的形成其实已经很晚)三是所谓"文学",即使是从它的源头来考察,也不只是指那些连缀起来的语体文字(即"六经"文字),还有更丰富的内容。不辨析这些问题而来讨论"六经"是否为中国文学之源,是舍本求末。在这场讨论中,徐志啸用他固有的思辨方式很好地阐述了自己的观点。

就是讨论楚辞,徐志啸也不再只是论述楚辞的本体,本体之论在他的《楚辞综论》等多部专著里已经有了充分的展现。在《思与辨》里,他要思考的是楚文化与楚史的关系及其对楚辞的影响。关于楚文化,前人已有不少的成果。但是徐志啸探索楚文化的起源,目的是为楚辞研究寻找更加深远的文化背景。他指出,楚国的兴起,楚地的地理气候,楚人筚路蓝缕的开拓精神,问鼎中原的霸气,都是产生瑰丽的楚辞的文化条件。对于楚辞研究,徐志啸"采取了将古代文学与比较文学融为一体的做法",自然地"对海外学者研究中国古代文学的关注和兴趣"。所以,他把视野扩展到东邻日本,也是自然的。其实徐志啸早已经出版过专著《日本楚辞研究论纲》,大概还觉得意犹未尽,所以在《思与辨》中,他还是对日本的楚辞研究从二十世纪初的西村硕园到当代颇有影响的竹治贞夫、石川三佐男等,对一个世纪间楚辞在日本的传播进行了从宏观到微观的详尽总结。尽管日本的楚辞研究在方法和结论方面与中国学者的研究有些许不同,但是,就"中西文学和文化的互识、互证、互补,从而取得相得益彰的效果",以及体现中国古典文学包括楚辞在内的世界文化价值,都是有积极意义的。

  徐志啸的科班出身是中国古典文学研究,正因为有这样扎实的基础,他的比较文学研究,处处可以看到中国古典文学与比较文学研究的交融与协奏的特点。他辨析东方诗话与西方诗学的异同,从概念上加以界定与区别。对叶嘉莹先生用西方理论与方法解析中国古代诗词之特点,徐志啸从西方的阐释学、符号学、现象学、新批评、接受美学等理论的原始意义出发,辨析叶嘉莹先生是如何运用这些西方理论对中国古典诗词作怎样的阐析,如指出叶嘉莹认为张惠言对温庭筠《菩萨蛮》词的解说,犯了与西方符号学家一样的弊病,而王国维的感发说词的方式,既有中国传统重视感发的深厚根基,也可以从中找到西方的理论依据,是属于对美学客体的一种哲学解释,王国维的以哲学理念说词显然是西方影响的结果。这样鞭辟入里的论述,深度体现了徐志啸扎实的两个领域研究的功力。

  在"思"与"辨"的协奏中,最能体现徐志啸的思辨特点的,是他对于北大版《比较文学概论》存在问题的批评、对"汉语新文学"概念的思辨、对汉学概念的界定。对于北大版《比较文学概论》,徐志啸给予好评,用"创新、严谨、开放"来评定它。但是,作为一部严谨的学术著作,徐志啸还是指出其存在的六个方面的问题。这些问题,提出者是立论有据的,有的的确是著者明显的逻辑错误。好评和批评同在,体现了一位严谨的学者的学术品格与学术良心。在论述"汉语新文学"的概念的是非时,徐志啸质疑了惯常命名"中国文学史"的存在问题以及"华语语系文学"命名的弊病。在对"汉学"及其相关概念的辨析中,坚持了实事求是的客观的态度和立场。这些，都足以体现其深入思辨的特点。

　　费尔巴哈定义思辨学派时说："所谓思辨的哲学家不过是这样一些哲学家，他们不是拿自己的概念去符合事物，而是相反地拿事物去附会自己的概念。"这是说，不要拿概念去批评你的对象，而应该从事实中揭示概念的合理。在《思与辨》一书中，可以发现徐志啸立论，并不先设客观坐标，而是从具体的事例出发，然后得出相关的结论。如细致分析叶嘉莹先生对王国维说词的论析，揭示王国维说词的哲学理念。对《剑桥中国文学史》以文类分割的做法，徐志啸举出其对"赋"体的疏忽以及对东汉"崔氏家族"和"班氏家族"并列的不当加以批评，归纳出"对待欧美的汉学，实在应持实事求是的态度，绝不应盲从"的结论。书中此类例子甚多，不胜枚举。

　　读《思与辨》，可以启发我们更深入地"思"与"辨"，这是读此书的最大收获。

2019 年 2 月 15 日

（本文刊登在上海《文汇读书周报》2019 年 4 月 15 日第 5 版，题目改为"在交融中思考在辨析中协奏——读徐志啸《思与辨》"，《思与辨》2018 年 10 月由海峡文艺出版社出版）

秩秩德音　乃如之人
——读邵炳军教授《德音斋文集·诗经卷》

日前得上海大学邵炳军教授惠寄大著《德音斋文集·诗经卷》，该大著是他本人《诗经》研究学术论文的结集，可谓是皇皇巨著，分量厚重。拜读之余，颇感启迪多多，可钦可佩！

我对邵教授《诗经》学方面的成就早就有所了解，不过之前一直相对琐碎，停留在印象阶段的成分多些。在读《德音斋文集·诗经卷》后，我于邵教授的《诗经》学成就便有了更深刻的整体认识，同时这也勾起了我对自己约十年前曾经提出，关于古代文学研究"回归本体"与"当下关怀"这一设想的某些回忆，故而有了写一点读书体会的冲动。

就我的了解，目前的学术研究，正如有学者指出，是讲究"包装"，重视"感觉"，追求"解释"的时代，故而包括观念的回归、文本（原典）的回归和方法的回归等古代文学研究"回归本体"这一话题，便有些显得迂阔而不合时宜。如果将研究视野定位在经学式的文学考据，采用先哲以史证诗、以礼明诗等方法，即如邵教授清代朴学式的实证考据学研究，这将留给人们更深刻的印象。对于面貌相对模糊的先秦文史研究，实证考据性的研究，无疑是合适而又值得信赖的，也是一种前提性的必需性工作。因为如果单纯取西方纯文学观念读《诗》解《诗》，因完全否定了经学视野，必然造成脱离历史背景与历史语境的严重缺陷，这一弊端现在已经有所体现,尤其是与当下颇显浮躁的学风,形成了一种互为因果的关系。邵教授大著的上编"周'二王并立'时期诗歌创作年代研究""春秋诗歌篇名、作者、诗旨、作时补证""春秋诗歌系年辑证""春秋诗歌创作年代考论"等四组系列论文,是此类"回归本体"性的微观实证文章,且相关考据均能持之有故而令人信服。这自然与邵教授自身下的功夫有极大关系,传统小学与文献整理考据根底了得(邵教授十年前即有《左氏春秋文系年注析》问世,于先秦文献有深厚的积累)。同时,我想这也与邵教授自己念念不忘的两位业师——学界名家赵逵夫与郁贤皓两位老先生的治学方法对他的濡染有很大的关系,由此形成邵教授继承发展的学术个性,在学术研究的开展中自然地流露出来。

显然,单纯的实证考据,如果构成一个人学术的全部,自然也有她的价值意义,但实证本身,从我个人较多从事的史传散文及相关文学批评的感受来看,我认为不能成为学术研究的全部目的,文学研究应该有"当下关怀",即古代文学研究也应关注当代文学的发展状况,为当代文学创作提供借鉴,这本来也是我们研究古代文学的目的之一。这一点,我想邵教授与我也有同感,从其大著《德音斋文集·诗经卷》的分编方式,这种用心也十分明显。如果说该著作上编收录的四组二十八篇系列论文以经验实证为主,即指考订和还原文学史实;那么下编"朱熹《诗集传》与南宋《诗》学革新精神研究""'国风'地域风格与周代文化生态地域性研究""春秋诗歌叙事传统研究"等三组九篇系列论文,从中则可见邵教授将文学现象置于政治生态环境中,以进行历史的还原与探讨的用心,即体现出从整体上审视研究对象,让主客体和主客观遇合为一体的"理性思辨"特色。这彰显出了邵教授一直所恪守的"从经验实证到理性思辨"学术研究方法论原则,能给当下的文学创作或文学现象提供间接的启发与借鉴。

邵教授的《德音斋文集·诗经卷》生动直观地表现出了邵教授《诗经》学方面的学术研究历程,及其《诗经》学方面的学术触角所及,就他本人所倡导的深化《诗经》研究的三大主攻方向而言，十五"国风"所反映的地域文化特色研究，与《小雅》《大雅》的作者与作时考证都已有丰硕成果，期待邵教授在《周颂》《鲁颂》《商颂》与礼乐文化之关系研究这一课题方面能有更大的突破与收获。同时，从邵教授大著的书名来看，应该后期不断会有其他卷次的不断推出，期待邵教授其他方面的学术成果与思想也能越来越多地惠及学林，濡染后学。

（本文刊于《文汇读书周报》2018年2月5日，该书于2017年11月由上海大学出版社出版）

高标独秀，挺出邓林
——读卢盛江《集部通论》

中国古代的图书分类，自西晋荀勖的《中经新簿》及东晋李充等将图书分为甲、乙、丙、丁四部之后，延及《隋书·经籍志》，即建立经、史、子、集四部分类法，以至于有清一代。经、史、子、集四部之中，集部的文献最为宏富。集部包含了总集和别集。一般说来，总集是汇集众多人作品的诗文集，如汉代王逸的《楚辞章句》、晋挚虞的《文章流别集》、萧统的《文选》等。别集，则相对于总集而言，收录个人诗文的集子。南朝梁代阮孝绪的《七录》，已有"别集"之名。《隋书·经籍志》的"别集"类，则完整地著录了文集名称。在《隋书》以后的历代的目录学著作中，集部情况又比较复杂。一直到了清代乾隆修纂《四库全书》，集部的确定才比较规范。所以，集部的产生、演变、发展、确定，正是体现了中国传统文化中主要是文人著作的分合聚散的历史轨迹，反映了文人文化的特征。

对于经部著作，历来有经学史一类的著作加以总结研究；史部著作，有史学史一类的研究著作；子部，则从先秦诸子开始，研究著作也不胜枚举。集部，则容量大，包含的作者多，细部的类别也比较多，正如《四库全书总目提要·集部总序》所说："四部之书，集部最杂。"所以全面研究"集部"并对"集部"加以评述介绍的著作并不多见。甚至可以说，迄今为止,我们似还没有一部系统的集部研究专门著作。但是,也正如《总目提要》所说:集部"典册高文,清词丽句,亦未尝不高标独秀,挺出邓林"。所以,对集部进行全面系统的研究,是很需要的。因此,就目前来说,卢盛江教授的《集部研究》(中华书局2019年出版),可以说是对四部分类中集部类别源流演变进行全面考订论述的开山之作。

首先,本书对研究对象有严格的界定。作者指出,作为集部的研究,应该作为一门相对独立的学科。本书将集部作为一个知识体系,从整体上进行比较系统地阐述和分析,使之成为一门学科,将弥补这方面的空缺,选题有重要的学术价值。这是很有远见的倡议。作为一门学科,它与一般文学文献学、文学史料学、学术史不同,也与一般的古代文学研究有别。作者指出,集部是国学经、史、子、集中的一个组成部分。从国学的角度,从传统思想文化的角度研究集部,是集部研究最主要的内容。它既有文献的研究,又有文学的研究,但既不同于文献的研究,也不同于文学的研究,它是更为深层的国学的研究。对研究对象的严格界定,使之具有更为广阔的视野,就能更为全面更为准确地把握集部的深层特点和丰富文化内容。同时也使集部研究更具有科学性,使之能成为一门学科。

其次,本书对集部的很多问题做了深入研究,在全面吸收相关研究成果的基础上,对诸多问题提出自己的新的思考和探索。比如,文集之名的确立,文集的产生和汉魏晋南北朝文集多途发展,第一次繁荣及其原因的分析。又比如,对集部文体的实用性,集部典籍文章内容和表现手法的实用性,以及单篇作品汇编形成几种现象的分析,从甲骨文、青铜铭文到早期简牍,关于书的雏形的分析;先秦经部、史部、子部著作中文集因素的分析;别集概念、类属的分析,别集内容和体例特点的分析;别集文献价值、文学价值的分析,总集由来的分析;诗文评概念、起源和特点的分析;楚辞概念及其与集部关系的分析;以及集部价值的当代发掘,包括研究性整理和普及性整理,集部与当代精神文明建设,集部与当代的审美艺术的分析。这些分析，都体现了作者对相关问题的深入思考，有助于深入认识和准确把握集部的学术内涵。

再次，作者论述集部著作的总体特征，指出集部典籍有实用性的一面，但更主要是有文学性。集部具有宗经观念和崇雅观念，是集部典籍的又一特点。这些都是作者的创见。对于集部的体式和体制的构成，作者指出，集部文集一般由单篇作品汇编成集。集部所收录的，多是文学性的文体，集部典籍作品有独特的文学体式。再如，对于文集的产生源流，作者经认真缜密的梳理考证之后指出，文集产生于经学、史学、诸子著作之后，文集形成于汉魏晋南北朝，并得到繁荣发展。作者对汉代以降各个朝代文集编纂状况及繁荣的原因，均有详赡的论述。集部图书，主要由总集、别集组成。作者对别集、总集的名称、编纂特点、文献与史料价值等皆作细致的剖析和揭示。作者认为集部典籍"更主要是有文学性"，所以，对于集部作品作为文学性特征的文学艺术手法，都一一加以细论。正因为重视其文学性的特征，该书还特别单列出一章，即对集部"诗文评"著作的体制、特征、价值等进行评述，可谓独具慧眼，甚为可贵。全书不仅有宏观的论述，也有微观的剖析，其所举书例繁多，作者多以具体例子来说明总集、别集的特点，具有很强的说服力。

第四，作者指出，"集部是传统国学、传统文化的重要内容。集部典籍重要使命，是拓展人们的认识空间，提高人们的人格境界。集部很多文学作品创造了具有民族特色的艺术美，集部更重要的使命，是给今天的人们提供美悦享受和精神陶冶，提高人们的审美能力。"提出要发挥集部典籍的当代使命，这是很有眼光的。在今天我们强调要弘扬中华优秀传统文化的时代要求下，对于传统典籍的"集部"著作给予全面的介绍、分析，以求让流传千百年的传统文献经典为当代精神文明建设服务，的确是非常有意义的。

卢盛江教授是南开大学的知名学者，博士生导师，中国唐代学会的副会长,唐诗之路研究会会长,他研究魏晋南北朝至唐宋文学,整理研究古代典籍文献,已有四十年之功夫,成果卓著。其所整理的《文镜秘府论汇校会考》和《文镜秘府论研究》两部大著,堪称传世之作。今又推出《集部研究》之著,无论是文献研究或是文学研究,都是极有价值的,必将嘉惠学林。

2021 年 2 月 20 日改定

(本文刊于《中华读书报》2021 年 5 月 19 日 15 版。该书 2019 年 12 月由中华书局出版)

整合与创新

——汤显祖戏曲文本研究的新视角与新开拓

具有"东方莎士比亚"美誉的汤显祖,其作品早已影响到全世界。2016年联合国教科文组织在世界范围内隆重纪念为世界文化做出巨大贡献且同时逝世400周年的三位作家,其中就有汤显祖。戏剧理论家郭汉城先生早在1983年即已指出:"外国有莎士比亚学,中国已经有《红楼梦》学,也不妨有研究汤显祖的'汤学'。"多少年来,汤显祖研究成果汗牛充栋,可以说已经形成了"汤学"研究的宏大态势。因此,要从众多的汤显祖研究著作中聚焦新的视野,开辟新的路数,不是一件易事。不过,拜读王琦女士的《汤显祖戏曲文本叙事研究》,确有给人耳目一新的感觉。

汤显祖的戏曲文本,既是演出的脚本,又可作为案头阅读的文本。就阅读文本来欣赏汤显祖的戏曲文本,可以弥补未能观看戏曲演出的不足。所以,对汤显祖戏曲文本的探析,是不可或缺的一项工作。对于文本分析,王著另辟蹊径地运用整体性考察视野,将汤显祖的五部戏曲作品整合为一个逻辑贯通、血脉相连的有机艺术整体,对全部戏曲文本进行全面、系统、深入的研究。将中、西方叙事学理论有机融合,综合运用多种研究视角以求深入挖掘其中的叙事特点与叙事风格,较为全面深入系统地研究"汤显祖戏曲文本叙事",著者自身设定的这个研究目的,应该说是基本达到了。

作为整体性的研究，如何以某一叙事主题统摄汤显祖的五部戏文，这是颇费思量的问题。著者认为，五部戏曲文本表层叙事主题可归纳为"情的历险"：《紫箫记》是情的分叙与并置，《紫钗记》是情的裂变与聚合，《牡丹亭》是情的突破与复归，《南柯记》是情的铺展与收束，《邯郸记》是情的起伏与幻灭。把五部作品统摄在"情"的主题之下，以此建构一个彼此印证且相互映发的能够揭示五部戏曲作品一以贯之的隐含的意义，而这正是符合汤显祖建构其戏曲大厦的初衷。王琦把"临川四梦"标示为人生四个阶段的情感特征：青春期（紫钗记）、青年期（牡丹亭）、壮年期（南柯记）和老年期（邯郸记）。四个"梦"共同反映出人生四个不同阶段的情感状态。人生四个阶段的情感是相互依存、互为支持的，呈现出规律性的内在连贯机制。相比于有的论者以春夏秋冬四季比喻"临川四梦"，王琦的人生四阶段的寓意更为贴切和准确。

就"临川四梦"来说，尽管《牡丹亭》的知名度和美誉度远在其他"三梦"之上，但是，王琦以叙事学的视角审视，认为其余"三梦"在叙事结构、人物塑造、时间、空间等很多层面都有各自的叙事特色，有些方面甚至超过了《牡丹亭》。这样的结论对于读者整体地理解"临川四梦"是很有启发意义的。

用叙事学的理论分析汤显祖戏曲文本，前人已经有一些成功的尝试。王琦此著在运用叙事学理论方面，并不完全袭用前人的常见角度，而是自有会心地发掘开拓。著者综合运用中、西方叙事学理论与方法，全面系统地观照汤显祖戏曲文本中包括曲文、宾白、科介、作者题词、下场诗以及文本蕴含的图像和声音在内的所有叙事性要素。试图透过五部看似独立的戏曲文本之表里，窥见其背后潜伏的一脉相承、异中见同的叙事主题、叙事策略以及叙事亮点，凸显中国古典戏曲艺术特有的叙事风格与叙事策略。研究特色在于分合有致、融合中西、比较视野、语图互动以及时空兼顾。其中的人物塑造、叙事策略、梦叙事、叙事时间、空间叙事、听觉叙事等，都可以说是著者在运用叙事学理论剖析汤显祖戏曲文本时会心的创见。正因为著者把汤显祖的五部戏曲作为一个整体来看，所以在运用叙事学理论进行分析时，既有整合，又有比较，既揭示其整体特征，又展现其特性面貌。

著者论人物塑造，就叙事学视阈来看，汤显祖戏曲文本人物塑造的成功，在于他塑造了一系列圆形人物，如《牡丹亭》中的杜丽娘父女、陈最良，《邯郸记》的卢生、宇文融等。文中所论人物感知视角的"摹索"法（即多维交叉感知法），大体上相当于西方叙事学理论的"限知视角"。而专名暗示与粘连法、多视点人物聚焦法等手法的综合运用，又使人物显现出独特性与生动性。

"临川四梦"本身就在写梦。王著论梦叙事，探讨"四梦"的材料来源和生成原因，这是分析梦叙事的第一步。从对四梦中梦材料的选择与组合机制的梳理中，著者发现四个梦叙述的深层原因皆源于梦者对现实境遇的压抑与不满，述梦正是要发掘梦中人内心深处的欲望与需求，著者结合着汤显祖梦叙事中时空流转的流动性的叙事特征的分析，从而揭示了汤显祖写梦的深层原因。

在探索汤显祖戏曲文本中的叙事时间时，著者详细探索叙事时间中的"预叙""插叙"的技巧，从时序、时长、时频三个层面探讨汤显祖戏曲文本叙事时间的多维性及其运用策略。认为"预叙"的表现形式有七，"插叙"的表现形式有三。叙述节奏多运用"场面""概叙"与"缓叙"。叙述时频多用"重复"。这些论述，堪称著者对叙事理论的具体实践和灵活运用。

关于空间叙事，著者从五种独具特色的叙事方式中揭示汤显祖的叙事技巧，即地理空间、花园空间、梦境空间、记忆空间和图像空间。才子佳人幽会于花园，这似乎是中国古代戏剧的俗套。但是，在《牡丹亭》中，"花园"既是汤显祖叙事的地理空间，也是全剧的灵魂空间。著者敏锐地抓住汤显祖特别巧用艺术心思的花园空间，揭示人物活动的空间与独特内蕴的关系，其分析便不落俗套。

对于听觉叙事（声音叙事）的分析，大概还不是有许多研究者注意到。戏剧演出是有音响的，但是仅仅读戏曲文本，便听不到音响，只有通过文本中的"音景"描写，来"聆察"文本所描述的"音景"空间与图景。王琦抓住听觉叙事中"音景"这个概念，对汤显祖戏曲文本中的"音景"描写进行深入分析。汤显祖戏曲文本中的"音景"描写是很精彩的，读者阅读其文字，便可想象其描绘的景色，即如王琦所举的《南柯记》中的"听雨"，既有"定调音"，又有"信号音"；既有引人注意的"标志音"，又有复调式的场景共鸣。这样的"聆察"，对于欣赏戏曲文本的确是极有帮助的，又可弥补不到剧场看戏的不足。

著者在"绪论"里说，要"为'汤学'研究领域注入新的活力"。在用叙事理论观照汤显祖戏曲文本的分析中，时常给人耳目一新的感觉，的确让我们看到了许多新的收获。

（本文刊于《中华读书报》2021年1月20日15版，题目为"用叙事理论观照汤显祖戏曲文本"。《汤显祖戏曲文本叙事研究》，王琦著，中国社会科学出版社2019年出版）

取精用弘，自有本色
——读《清文选》及其前言的启示

编选一部诗文选集，这是我们常常碰到的工作。有的人以为这是一件很容易的事情，无非就是把所选的对象，或是要选的诗文底本拿来，选出若干篇加以组合，事即告竣。持这样的看法，实在是大谬不然。诚如鲁迅所指出的："凡选本，往往能比所选各家的全集或选家自己的文集更流行，更有作用。"又说："凡是对于文术，自有主张的作家，他所赖以发表和流布自己的主张的手段，倒并不在作文心，文则，诗品，诗话，而在出选本。"（《集外集选本》，《鲁迅全集》第七卷，页136，人民文学出版社，1981年版）这确是对选本作用的真知灼见。

前一段时间，因为要编一册散文选读本，又把刘师世南先生与刘松来教授编注的《清文选》（人民文学出版社出版）翻看了一次，特别是刘先生所写的"前言"，看了几遍，颇有新的体会。刘先生所撰的短短的一篇"前言"，有方法论，有治学态度，有学术见解。这样的"前言"，足以为后人法！

选本，本身就是一种重要的批评方式。如果要追溯上去，"诗"三百零五篇，本身就是一个选本。《昭明文选》虽称为总集，其实也是一个选本，它的《文选序》，是很重要的一篇文学批评论文。其中的"事出于沉思，义归乎翰藻"，就是其批评标准。到了唐代，唐人选唐诗（上海古籍出版社出版《唐人选唐诗十种》),可以说进入了一个自觉的选本批评时代。其后直至明清近代,各种有影响的选本层出不穷,都代表了某一方面或某一流派的批评。选本的前言或者序,就是这个选本的批评标准或批评原则。《清文选》前言的第一部分,刘世南先生借用《清史稿·文苑传论》中认为清代学术是"文、学并重"的观点,概括了清代文的特征:"所谓'文、学并重',正如清诗的特色是'学人之诗'与'诗人之诗'的统一,清人的文,也是'文'与'学'的统一。"考虑到选本是"为今天和以后相当长时间内的读者选的","更重要的是让这些读者可以从这些选文中获得思想上和艺术上的滋养"(就这一点,充分见证了刘先生作为一位前辈学者的学术担当),刘世南先生坚持了几个不选的原则:"纯粹为帝王歌功颂德的文章不选";"纯粹是朴学家、理学家的论学之文不选";"旌表烈妇、节妇和贞女的充满封建观念的文字不选";"宣扬保守、反动思想的文章也不选"。在此基础上,刘先生定出了六个选录原则,其实也就是选录标准:

1. 有个性的;
2. 有真情的;
3. 反映时代现实的;
4. 反映新事物的;
5. 表现新思想的;
6. 故事性强又有教育意义的。

这六条,是就内容说的。对于入选作家,刘先生还归纳说:"我们的原则是既选名家,也选小家,纯以文章优劣定取舍。"上述这些看似简单,其实正体现了刘先生选录清人散文的标准。

就一般的体例来说,选本的"前言",都会对所选的时代文章或诗词作一鸟瞰式的概述。除了前面说的"文与学的统一"的特点之外,《清文选》"前言"的第二、第三部分,刘先生进一步精辟地概括了清代散文的特色。刘先生认为清文的特色，可以包括四个方面：一是文化积淀深厚，学术化倾向明显；二是风格多样，而流派单一；三是理性有余而灵性不足；四是注重经世致用，轻视审美情趣。这里有对明人空疏不学、游谈无根的反驳，也有欧风东渐的影响。更重要的是文章的立论出现了石破天惊、前无古人的内容，打上了极其鲜明的时代烙印。刘先生认为，"取精用弘，自有本色，是清代文人的共同点"；清文有集大成的性质。"何谓集大成？桐城派的姚鼐提出了一个古文创作原则，即考证、义理、词章三者的统一。我以为，这就是集大成。"刘先生认为："考证，是对汉学的继承；义理，是对宋学的继承；词章，是对汉魏派（文选派）和唐宋派的继承。清文不但继承了全部文化遗产，而且根据社会的现实需要，时代的审美要求，在继承的基础上，大力加以发展，形成自己的特色。"清代的文章还有其社会特殊性，刘先生指出："封建社会发展到清代，从康熙到乾隆，统治者从统治需要出发，首先，确立程、朱的义理为官方哲学，直接构筑了一条心理防线，借以稳定清王朝的统治；其次，用文字狱强迫士大夫敝精劳神于朴学——远离现实政治的学问；第三，要求用尽可能优美的文章形式把上述内容表现出来，这就是'文章华国'。"在这样的社会背景下，清代文章当然自有其与前代不同的特征。于是，刘先生总结说："'天下文章，其在桐城乎！'也可以得到新的解释，即桐城派的创作方法和艺术实践是得到官方首肯的。惩于明末文社议政之风，清初一直把文人结社悬为厉禁，所以，桐城派并不以会社形式出现，其他桐城派的反对者更不愿干犯禁令，所以各行其是，形成古文创作上的风格多样化。那么，'天下文章，其在桐城乎！'潜台词实际是：能为朝廷帮忙又帮闲的文章，其在桐城乎！"话虽不多，却把清代文章的特殊性揭示得非常深刻，显示出先生思想的犀利！

更为重要的是刘世南先生和刘松来教授他们的选文方法，其实也是治学态度问题。刘老师在"前言"里说："确定了选文标准后，我们又用了很多时间来确定选目。"确定选目是最重要的一步,它与选录标准是紧密相关的。有的人是参照别人的选本,也依样画葫芦挑出一些篇目来,然而刘先生他们却不。他说:"开始时,有意不查阅前人和今人现成选本的目录,而是遵循顾炎武的教导'采铜于山',从《四库全书》和《续修四库全书》清人别集中去选。一本一本、一篇一篇去翻,从中选定篇目。"要知道,《四库全书》和《续修四库》中有多少清人别集!刘世南先生花了十五年时间撰写成《清诗流派史》,他对清人的别集是非常熟悉的。但是,相对于清文,容量更大!记得当年我们和刘方元、刘世南先生一起出去访学,曾拜访郭预衡先生。其时郭预衡先生已经写完《中国散文史》的上、中册,谈到下册的撰写时,郭先生认为清人文章太多,要读完谈何容易。但是,不读完,散文史便无法写。老一辈的学者都有这样的恒心,为不使遗漏,或者说不留下缺憾,不竭泽而渔决不罢休。郭先生做的是散文史,刘先生做的是散文选,态度、方法是一样的。但是要"一本一本、一篇一篇去翻",要花多少精力和心血?现在还有谁愿意下这样的功夫?可是,如果不这样做,你选出来的文章能代表作者的水平,能显示时代的精华吗?即,你采来的是"铜"还是"石"?不这样做,又如何从全局上来把握选文、何以体现这个时代的风貌?何以体现这部选本的质量?

如何确定选文篇目,刘先生他们也不是一意孤行,只凭一己之所好。他说,选定篇目后,"然后拿来和已出版的清文选目对照"。对照的目的是什么?"按照思想性与艺术性兼顾的原则,既不故意回避别人已选篇目,也不轻易认同,而是按照我们的既定标准,来决定取舍"。细读《清文选》,刘先生他们正是这样做的。这体现了学者的严谨,也体现了学者的襟怀,这还要考验选编者的鉴别水平。

关于文选的注释,刘先生也有自己的原则,他说:"在注释方面,我们也有自己的原则,就是遇到别人已注过的文章,我们先不看别人的注,而是自己先注,然后再拿来与别人的注参对。""凡是相同的选文,我们注得均较详较细，对少数他本误注处，我们尽量纠正。"总之，"决不抄袭他人成果"。相比来看，笔者前不久看到一册《林则徐读本》，此书也是一册选本，但是其注释实在是太敷衍了。这样的例子，如今来看，并非特例。

刘先生说清代文人的共同点是"取精用弘，自有本色"，用这八个字来概括《清文选》的特色，庶几不谬。刘先生在前言的最后说："本书选文涉及面宽，几乎涵盖了清代各个年代，各种体式、各种风格的代表作家与作品，故可以视为清代的一个缩影。"这就是刘先生追求的目标。不要低估了选本的作用，就像钱锺书，他不写《宋诗史》，然而一部《宋诗选注》，胜过多少部"宋诗史"！

刘世南、刘松来选注的《清文选》2006年在人民文学出版社出版，最近，此书又一次再版。捧读新版的著作，再读其书前言，有许多感受，谨记下上面的一点体会。

2020年3月6日改定

（本文刊于《中华读书报》2020年4月22日13版。该书于2006年1月由人民文学出版社出版）

附记：本文于 2020 年 4 月 22 日在《中华读书报》刊发以后，刘世南先生即给我写了一封回信，谨录如下：

郭丹贤弟：

　　为《清文选》写的书评，我细读了，十分惊喜，是陶生打成文本的。我跟他说："郭老师了不起，这篇文章我写不出。我和刘院长（刘松来，曾任文学院副院长——郭注）不过具体这样做了，郭老师却从理论高度分析出方法论、治学态度、学术见解。在正文中连注释也做了别致的分析。总之，这和刘院长当年发在《文学遗产》第一篇的文章一样，都是我写不出的。青出于蓝而胜于蓝。郭老师和刘院长，真是我的好学生。在我的论著方面，郭老师起的作用特别大，正像戴震说的：我这二国手培养出了两个大国手！"

　　好，

　　祝全家幸福！

世南上
2020. 5. 5. 上午

先秦文学研究的视野与格局
——读方铭《孔子暨儒学文化研究文集》

　　大家都知道,古代文史哲不分,研究先秦文学,更是如此。所以,研究先秦文学,其实涉及到哲学、史学、思想史、文学、文献等诸多的领域。换句话说,研究先秦文学,需要有更加宏观的细密的眼光。宏观而不是粗略,细密而更加深邃,才能得出新颖的结论。这就要求,研究者既是先秦哲学研究的专家,也是先秦史研究的专家,当然也应是文学研究的专家。或许有人要说,研究秦汉以后的文学也离不开这些学术背景,这固然没错。但是,相对于汉代以后纯文学观念清晰之后的"文学"研究,这样广阔的背景意识,后人自觉或不自觉地多少有些淡化了。

　　方铭教授是研究先秦文学的,但是其新近出版的《孔子暨儒学文化研究文集》(以下简称《文集》),却是避开了纯文学研究的路径,有意选择中国传统文化源头所自的核心内容,从经学、诸子、辞赋研究中选择部分与孔子和儒学相关或有助于认识孔子及其影响力的文章结集成书,目的在于展示先秦文学所产生的宏厚渊深的文化背景,这对于认识先秦文学,无疑是睿智和有创见的。

　　中国传统文化、中国古代文学,与传统文化的道统有密切的关系。这是首先要弄清楚的问题。但是这又是一个大题目,不是一章一节所能说清楚的。方铭就此择其要者加以论述。

说到道与道统，首先离不开孔子。在《文集》第一部分中，作者对中国传统文化的道统以及孔子的德治思想、审美思想、政治智慧与周文明的几个问题关系进行了深入的论述。对于中国文化的内容的定义，所论虽未出众多学者之右，但其对中国传统文化五个明显的特征的概述是很精辟的，并在此基础上进一步指出，"中国传统文化就其本义而言，只应该是中国传承道统的文化，也就是那些传自轴心时代而体现人类文明方向的核心价值，是'载道'的文化"。孔子的思想，如德治思想，与先周文明是一脉相承的。因此，孔子成为中国传统文化的集大成者，"六经"作为中国传统文化的源头，是顺理成章的。

论及先秦两汉的思想文化与文学，当然绕不开经学的问题。如果说论道与道统是从宏观上论述经学与文学背景的问题，方铭特别注意到经学与文学的关系。在《公羊三世学说与孔子的政治智慧》一文中，他提醒人们应重视今文经学的价值与作用，指出六经研究不能离开古文经学，也不能远离今文经学。对于经学与文学的关系，《文集》具体论及了《诗经》《左传》等经学著作与文学传统的关系，并深入到叙事方式、文体特征等细部的特征。方铭对于经学与文学的思考，令我想起了方铭前不久在武汉大学讲学时提出的"新文科与中国古代文学的学科建设"的意见。他认为人文学科分科不宜太细，新文科中的人文学科应该把传承和发扬中国人文学科的面貌看作自己的使命，而经学学科的存在（现在一般把经学归入中国古代哲学中），充分体现了中国人文学科的综合性特点，传统经学经过现代价值的淬炼，可以唤醒学者和学生对中国传统文化的整体回忆，有利于培养人文学科的综合性人才。方铭认为，新人文学科改革需要回到中国文化本体立场，依据中国古代文化生产和消费路径，建设文史哲贯通而不是文史哲分设的中国人文学科体系，从而激活中国传统文化所具有的全面性、系统性、包容性、丰富性和创造性。在新文科的建设中，古代文学应立足于中国传统文化传承的高度，重视经学学科的设立，多研究真问题和重要问题。其实方铭在《文集》的第三部分有一篇文章，专门谈及国学及国学一级学科设立的问题，认为国学的"核心内容应以中国古代的经学、史学、诸子文献及其所体现的核心价值观为中心，国学研究应以中国固有的研究方法为基础，国学研究应树立汉儒所强调的实事求是的态度，应该站在建立二十一世纪中国文化的高度认识国学研究的意义"。尽管在学科的具体设置上人们或许有不同的看法，但是，方铭这样的看法是颇有见地的。也可以看出，对于国学、经学等学科的建设，方铭是有一个比较全面的思考的。

作为对先秦两汉思想文化的全面考察，方铭有一些看法是颇有新意的。如论秦博士与秦始皇的冲突，认为儒家以仁义为理想，秦始皇以集权为目的，博士不为秦始皇所用是必然的，但这正是儒生价值之所在。论庄子与屈原的差异，谓庄子是彻底出世的态度，屈原是典型的入世思想，"屈原笔下的人，大恶大美阵营分明。而庄子却不计美恶，只问是否合于自然。在屈原眼里，人被类型化了，而庄子却把人自然化"。"屈原以感性统领自己的思想，庄子以理性统帅自己的感情"。作者论孔子与战国文学的繁荣，认为孔子的教学活动培养了大批的文学家；孔子开启了私家讲学的风气，即由此开启了士人著述的新士风。孔子对战国文学繁荣的影响，包括两个方面，一是整理六经，为战国文学提供了借鉴，士人学习六经，推动了士人的著述；二是孔子的文学观对于认识文学的功用起了奠基的作用，推动了战国士人对文学的重视。由此可知，战国时期是先秦时期至汉代文学发展的一个非常重要的阶段，其中孔子的作用不可低估。不过，作者并不止于揭示这一特点，又进一步指出，战国文学的发展，与孔子及六经有关系，但又有区别。这从战国时期的诸子著作、纵横家之言与诗赋著作都可以证明这一点。甚至历史著作如《左传》，也是如此。（这些，在方铭的另一专著《战国文学史论》中有更详细的论述）这样的论述，对于人们认识战国时代文学繁荣的原因与渊源有自确实有新的意义。

再如对于司马迁的"爱奇"心态，前人论述甚多，而方铭《爱奇心态与战国政治及文化的关系》一文，却把此心态溯源到战国，甚至追溯到大同小康之世到春秋战国的时代变化来揭示这种心态的变化与形成过程。对于战国的爱奇心态的显现，方铭认为战国虽是历史发展的新阶段，但"却意味着社会道德生活、物质生活和文化生活的进一步堕落"。而"这种混乱状态给人心理上和道德上带来的突出变化就是原有信仰的完全崩溃"。时代对文人奇智异谋的期望促使文人要出奇制胜、追求奇诡、迫切提出新奇的政治见解和文化见解。这是作者准确把握住战国时代特点而概括出的犀利的见解。

方铭多年前有《战国诸子概论》和《战国文学史论》等专著。战国是一个新旧交替的剧变的时代，士人的兴起改变了战国时代的风气。而其代表，便是诸子的兴起。此一时期，文化巨擘层出不穷。作者认为，"战国诸子的思想，基本就是中国思想史的全部"，所以在《战国诸子概论》中对战国诸子进行深入的研究，论述儒、道、法墨各家的思想精髓，并致力于探索战国士人风气对战国精神的影响与改造。有了这个基础，方铭对于战国文学的把握便游刃有余。在《战国文学史论》一书中，作者正是在对诸子著作广阔把握的基础上，对战国文学给予全方位的展示。

方铭的《孔子暨儒学文化研究文集》是其精选的多年研究论文的集合，时间跨度有二十几年。在这么长的时间跨度中，方铭还非常注意新出现的文献资料，特别是出土简帛等文献所提供的新鲜的文献资料以补充和充实自己的研究，诸如清华简《保训》与周代德治文化的渊源、郭店楚简《唐虞之道》中反映出来的原始儒家的大同理想等，在新材料的考证上提出自己的新的看法。这使我们了解方铭多年来的研究视野，即把文学研究的视野扩展到道统、经学、思想史等文化领域和出土文献等方面，这不仅是加重了先秦两汉文学研究的厚重感，更重要的是能从中国传统文化的核心内容方面，揭示文学发生的深层意蕴。这正是一位严谨的学者所应具有的视野和眼光。

（本文刊于《中华读书报》2021年8月25日第15版。该书于2020年7月由北京语言大学出版社出版）

柔暖的风从南边来

——读林清秀《柔暖的时光》

几年前，我在闽南的一所学院工作，当时办公室需要招聘一位文字较好的工作人员，有人推荐了本校一位外语教师的妻子，并告诉我她是一位作家，已经发表了近三十万字的作品。这颇合适办公室文字工作的条件。找来她的作品看看，觉得写得清颖秀美，软软的文字，暖暖的情怀，颇有特色。后来见到其人，发现文如其人。这位叫清秀的女作家，文静而秀美，在稍带一点腼腆之中透露出一股清颖之气。到学院之后，她默默地工作，同时并没有中断她的创作。小说，散文，不断地从她的笔端流出，见诸报端杂志。其时清秀尚未为人母，我不由得想起年轻时读《新儿女英雄传》，谢觉哉的序中给作者夫妇的一句贺词："明年新记录，创作加娃娃。"心想着这句话也可以用来祝贺清秀啊。

如今，清秀已经有了一对可爱的龙凤胎宝宝，新作《柔暖的时光》又要出版，真应了"创作加娃娃"这句祝语了！

捧读这部《柔暖的时光》，好像一股柔暖的风从南边吹来，那是从闽南吹来的暖风。故乡的剪影，闽南特有的风俗，特色鲜明的建筑，浓缩在清秀的笔端。在闽南屋子顶上——"厝角头"的剪瓷雕，当地人熟视无睹，一般人是不会去注意的，也不会去追究它的来历，然而清秀注意到了，因为那是故乡的符号，故乡的象征。由厝角头的剪瓷雕，她想到了

平生风义兼师友
——适斋序跋与书评

"黏碗料"的人。那横跨大陆与海岛的向东渠，养育着作者故乡的这个海岛的人们，它是故乡的血脉，又是连接海岛与大陆的脐带。不必去描写这条水渠给当地的人们带来什么具体的生产生活的便利，单是作者孩童时在那里收获的乐趣和发生在向东渠周边的人和故事，就足以告诉我们，这条故乡的水渠给他们带来了多少欢乐！故乡是什么？它不是一个空洞的概念，它是一个个具体的有着温度的可以触摸的存在。正如我们歌唱祖国，我的祖国是什么？是"一条大河波浪宽"，是"姑娘好像花一样"。故乡是可以带在身边的，有形的故乡，是魂牵梦绕的山山水水，也可以是取自故乡的一小包泥土和一小瓶水！走得再远，故乡也在身边！无形的故乡，是充满在人们心头的对故乡的难舍难离的念想！其实作者离开她那个家乡——那个风光旖旎的海岛并不远，可是浓浓的眷恋，淡淡的乡愁，已经从笔端汩汩流淌。

还是故乡的记忆，但是离不开故乡的亲人，故乡的生活。老家的秋葵，本来是那么平凡的一种菜蔬，然而在作者笔下却是美人一个。真想象不出，平凡的秋葵竟然如此深情地牵动着作者的心。妈妈的自行车，也是再普通不过的了，要说它与众不同，恐怕就在于它比别人的自行车更加破旧，因为它除了车铃不响，其他都响，但是，不要忘了，那又不是一辆普通的自行车，那是妈妈的自行车，妈妈不愿换掉那破旧的自行车，不仅"承载着妈妈许多温暖的回忆"，还因为那辆车维系着妈妈对离世的父亲的爱和思念，承载着从丈夫心里手里接过来的对子女的爱，这自行车便不平凡了。秋葵，"有棱有角，粉黛轻施"，"辣椒圆滑，太过于八面玲珑，不免让人心生厌弃；秋葵棱角清楚，是非分明，更深得人心"。甚至一根小小的葱，那是"和事草"的葱，因为作者"从小就对葱知根知底"，所以熟谙葱的"味辛，性温，张弛有度，在生活里充当百味调剂品，美滋美味了生活，也能感受人间真情温暖、情深意长"。还有那秋天的菊花，闺蜜送的艾草，秋天的木芙蓉，都已经不是生活中一般的物件花草，它们已经是作者在作品中建构起来的意象。意象，是熔铸了作者主观情思的物象，是带着温度的审美形象。在《柔暖的时光》里，它们是怀念的意象，是情感的意象，是支撑着作者对美好生活的回忆和追求的意象。生活中的物象一旦成为一种意象，它就可能是永恒的，或许我们还会在作者今后的作品中再看到这些可爱的意象。

清秀的作品里没有宏大的叙事，没有指点江山的激扬文字，有的只是再平常不过的平民百姓的家常生活，甚至有些琐碎，然而她却在平凡的生活中发现了诗性的美。作者能把一盆秋葵描绘得如此动人，展示出它诗的容貌；秋风中的散步，让作者品味出那么浓厚的韵味，因为它融进了诗的境界；在锅碗瓢盆的交响中，她发现了诗的美妙；为君做羹汤，她能在油盐酱醋茶中调制出七彩的瑰丽；甚至一根小葱，也可以挖掘出生活的真谛。这些诗性生活的美的发现，来源于作者的真。作者善于在平凡中发现真，挖掘真，然后付诸真的情感。所以她的散文满满的是真，真情，真爱。对故乡的爱就不必说了，还有对亲人的爱，对友朋的爱，对生活的爱。你大概不会想到，在作者笔下，最动听的情话，竟然是"你肚子饿不饿，我煮碗面给你吃，好不好"这样看似俗气的话语。在真实生活中，有多少人并不把它当成一句情话而不屑，然而作者却敏锐地抓住它。正因为它平淡，却充满着真情，给对方温暖，它胜过那些卿卿我我的缠绵一百倍。定情信物，不是什么钻戒，只要对方挚爱，可以是一绺青丝。一个妈妈的坚守，在于为女儿的穿衣洗脸换尿片，这就是一个妈妈的爱。这些，不免使我想起庄子的话：至大无边的"道"在哪里？无所不在！甚至"在蝼蚁"、"在稊稗"、"在瓦甓"、"在屎尿"。清秀的"道"，就是真，真的情感。文学最根本的动力，就是情感。带着情感去感受生活、认识生活，发现生活的美，也就成就了文学。作者把她纯真深厚的情感，注入柔暖的时光里了。

清秀写散文，也写小说。就散文来说，我觉得她的语言风格更加纯熟了。柔美的语言风格,这是她的散文最突出的特点。款款道来,平实而亲切,给你送来一股柔软的家常话似的叙述,那大概是闽南女子特有的韵味,时不时地在波澜不惊中让你感到惊喜。你可以读读这样的文字:"风在铜陵古城风景区里悠悠地穿梭";"诗人的油纸伞是忧郁的、矜持的,秋葵开成的伞花,则是热烈的、奔放的,含蓄中略带几分北方姑娘的泼辣";"接地气的生活才经得起似水流年的平淡";"枯燥的衰草上结满了饱满的种子,那么平和,那么甘愿,似乎从春到秋的风吹雨打,只是为了这一刻的沉甸甸。世人自诩深情,其实终究比不上一株野草"。还有那关于"先遣小姑尝"的一段描写,对女子们俘虏男人们"欲攻其心,必先掳其胃"的告诫,都会给你惊喜。

清秀是认真读书的,读古代经典著作。曹文轩说:读书人与不读书人就是不一样,这从气质上便可看出。读书人的气质是从连绵不断的阅读潜移默化养就的。我想,对于一位作家来说,不单单是涵养气质,更重要的是增加知识储备。提高作品的品位,作家的气质自然就从作品中洋溢出来。读《柔暖的时光》,可以发现古典文学的涵养,不时地展现在作者的叙述中,为她的散文增添了知性的美和审智的功能。如"南宋诗人蒋捷说,红了樱桃,绿了芭蕉。哦,此时那些樱桃与芭蕉,都要被秋葵比了下去。秋葵不仅像庄姜一样,肤如凝脂,吹弹可破,还有寸寸鲜活的身段";"野草自然是田野上的主角。白茅、艾蒿、蒲草、车前草和狼尾蒿……恍然间,我以为我们误入《诗经》深处,走不出来了"。"可惜晴雯终不如一株河岸边的木芙蓉幸运,木芙蓉幕天席地,日日呼吸乡野之气,借风霜雨雪抖落经年风尘,何其洒脱自在"。还有如《洛神赋》《孔雀东南飞》《白头吟》《新嫁娘》《红豆》《桃花扇》《红楼梦》、王维、陆游、李清照等等,都一一被驱遣于作者的笔下,为她诠释着当代人的心灵体验。恕我不再一一列举,读者自可亲自体会。

清秀热爱写作,正如她自己所说,是"遵从内心的选择"。"'写字'

让她感受到不一样的快乐"！她要"随着扑面而来的生活的自然流动，一点点记录生活的乐趣"。虽然记录的是"庸常日子，不过柴米油盐酱醋茶，但对粥菜平淡的轻描淡写中，总有丝缕情感袅袅升腾，让我更加热爱生活热爱身边的人"。她要把这些"带了温度的，明媚灿烂的，就像冬日里丰腴的阳光，落地开成花，有芬芳暗涌绵绵不绝"的文字献给大家。这就是她的追求，就是她的文学梦！

（本文刊于《福建日报》2018年11月13日《武夷山下》。该书于2018年11月由团结出版社出版）

武夷梦寻　一瓣心香
——读叶悬冰《武夷梦寻》随感

武夷山水之美，不知道有多少人赞美过，最高级别的莫过于郭沫若的"桂林山水甲天下，不如武夷一小丘"，然而却显得板滞，且有厚此薄彼之嫌，惹起争议。武夷山的茶，也不知道有多少人赞美过，如范仲淹的"溪边奇茗冠天下"，"岩骨茶香醉万里"，后人咏流传。然而出自从小在武夷山长大的人来说，其笔下的武夷山水和武夷茶，便与众不同。这就是近期海峡文艺出版社出版的散文集《武夷梦寻》作者叶悬冰在书里给人们展示的一瓣心香。

武夷，武夷，梦里寻她千百度，最堪寻者，武夷的亲人，武夷的山水，武夷的花草，武夷的茶！

"一梦一故乡"。作者的祖上本来都是读书人，且都能诗。武夷山人都会做茶，她爷爷会做，她父亲会做，而且成了武夷山里的制茶高手，成为传统制茶技艺的国家级传承人。在武夷山下、崇安城里，制茶高手如云。爷爷和老爸制茶的与众不同，不在于什么称号，而在于把她们家几代人所积淀的文化密码、文化信息，都揉制和烘焙进茶叶里，让人们在品茶时，也品味和消化着蕴含其中的文化基因。你看，当年人们在机械地背诵政治语录的时候，爷爷却能从著名的诗句中找到灵感，寄托在孙女身上："已是悬崖百丈冰，犹有花枝俏。"这不单单是有诗意，也寄托着爷爷的梦。

爷爷的希望没有落空，作者长大了，也会做茶，更重要的是读了大学的中文系，而且爱好写作，写出了一篇篇寄托着爷爷希望、寄托着自己不尽情思的美文。武夷山水、武夷茶和古典诗文一起，培育了作者，织就了作者绚烂的梦。作者的奶奶是个"山水滋润出来的美人"，也是个平凡的女人，能干的女人。奶奶做的粽子，有着"春天的装扮"，"透着秋天的味道"。武夷山的鼠麴草，是春天的信使，在别人那里很不起眼，奶奶却用它做清明粿，吃了奶奶用鼠麴草做的清明粿，仿佛"就吃下了一整个春天"。"父亲是最温良的"，可说的东西太多。为了寻一掬山泉，父女俩竟走了长长的几里山路；和老爸一起去买几斤土猪肉，寻寻觅觅，成了一次充满谐趣、父女同乐的温馨之旅。这就是故乡的亲人！亲情的快乐，平凡的生活，生活中的"清欢"，作者带着审美的心灵来审视生活，所以笔下的平凡，都上升到了审美的层面。

　　武夷山是美丽的，绚烂的。除了亲人，作者陶醉的是故乡的"自然与山野的美景"。武夷山有雪，虽不多见，可那是与她生命交集的雪。武夷山天上的白云，在作者眼里也与众不同："白云如孤独的旅人，匆匆奔向远方。我说它们是在流浪，也许，于它们，是在寻找。"

　　"一花一世界"。武夷山还是花的世界，琳琅满目，除了茶树，有梅花，有桃花，有兰花，有桂花，有杜鹃，有栀子，有苦楝，有望春花。然而它们既不是陆游的或王冕的，也不是西湖的，都是武夷山的，它们一起装点了武夷山的世界。一花一世界，各有各的风采。茶树的花是朴素的，桃花既热闹又娴静，望春花带着春风，杜鹃花美在风韵与气度；红色的紫云英又带着天际边的蓝色；黑红的杨梅，带着一点小俏皮；暮春的茶蘼花，花繁香浓；淡淡香的桂花，却可泡出甜甜的浓浓的桂花蜜。不用去实地看花，咀嚼一下这些充满情趣的文字，读者能不陶醉其中吗？

　　作者寻找的笔触，用得最多最深的是武夷山的茶。写武夷山不说茶，那等于没说。大红袍、水仙，老枞，细数家珍。作者是武夷山人，当然熟悉茶的制作。武夷山的茶叶,"采摘下的鲜叶,在萎凋之后开始做青,"它"一路磕磕绊绊,经历了一身伤痕累累之后,才变得成熟"。武夷山的茶叶,"经历生生死死的轮回",才"静静地躺在茶盏中了"。经历了这一番的涅槃,茶叶的生命开始升腾。"一股滚烫的水下去,一缕幽香浮起"。"她们在杯中绽放,还给你野花的清芬、月光的婉转、阳光的炽热以及大地的芳泽。"这就是武夷山的茶!"不要人夸颜色好,只留清气满乾坤",这样的品质,不但梅有,茶也一样有啊!从小看着爷爷做茶长大的作者,品味着她的曾祖父"人生立品需清贵"的诗句,不是从茶叶中悟出了人生的哲理来了吗?

武夷山人喝茶,才是真正的品茗。茶要细品,这大家知道。但是作者却与众不同,她写道:"品茶最需要淡泊的心情","茶汤在口中峰回路转,细细地在唇齿间游走。"品出了什么?"于一杯茶里,看见了祖辈与父辈筚路蓝缕的艰辛,见得草木山川的深切情意,更看见跌跌撞撞一路行来的自己。""于一盏茶之中遇见日月山川与你自己"。所以,"惊觉成为一杯茶,原来需要一辈子的修为。"这就是茶中的文化密码!喝茶品出这样的感悟,是牛饮的喝茶人能够感受到的吗?

没有宏大叙事,英雄叙事。作者的寻梦,是人生的感悟,是生命的探寻,"一茶一相逢",是与人生的相逢。"生命是孤独的旅程","有时,一生,也就不过如此一瞬"。这是消颓吗,不,这是作者经历了世事以后的感悟。即如故乡,作者说:"故乡,真的就是许多人前半生拼命想要逃离、后半生又拼命想要回去的地方吧。"这样的感悟,在作者的笔下,不时可见,如"这世间于我,唯有故园的灯火是永远的等待";"人生,有父母在,就尚有来路;若父母走,我们也只剩归途";"采莲也需要少年情怀啊";"年近半百,已经学会平静地与自己与生活和解了","开始学会放弃一些东西,亦学着捡拾起一些东西"。"人生若不能常常见自己,如何与生命握手言和?""没什么可以敌过时间,但是,爱可以。"这些饱含着智趣的文字，透视着作者的睿智和透彻。

司空图的《二十四诗品》，有一品叫"纤秾"，曰："采采流水，蓬蓬远春，窈窕深谷，时见美人。碧桃满树，风日水滨，柳阴路曲，流莺比邻。"这是用比喻来说明诗的风格，指诗思清新细腻，辞采雅洁明丽；而且只有投入到大自然的怀抱，与自然融为一体，才能写出有"纤秾"之美的诗来。司空图说的是诗，用来衡定悬冰的散文也适用，因为她用的是诗的语言。清雅的语言，用心推敲却不雕琢，也不晦涩。悬冰的文字是平淡雅致的，情思却是浓浓的。平淡，武夷山的山水花草，都是清雅平淡的。茶叶泡开，是"没有惊喜，亦没有不平"；连奶奶做的香气四溢的粽子，也是"由灿烂归于平淡"。浓浓的情思，则融化在她的笔端，如"深秋时节，洗却了浮躁与喧嚣的武夷，处处都有惠崇的小景画意——处处江边苇岸、寒汀远渚。足够我们所有人把内心的波澜，融入一片宁静。""山睡了，水却醒着。偶尔，竹篙击打石头的声响，惊起摊摊鸥鹭。涟漪起来了，又归于平静"。还有，恰到好处地插入和化用古典诗词和典故，又增加了文章的厚重感。所以，品读《武夷梦寻》，就像品尝武夷山的大红袍、水仙、肉桂等香茗一样，清雅、甘醇、馥郁氤氲。

充满灵气的武夷山，孕育了作者的灵气，文章的灵气。只有真正的武夷山人，才能写出这样的文字。这是一本洋溢着武夷茶香的书，不时闪现在书页里的插图照片，使得书中的清香像要溢出来似的。品读悬冰的美文，不能囫囵，要细细品，和品茶一样。

作者曾祝贺别人"活成了一棵树"，而她自己，就是武夷山里的一棵茶树！

2020 年 3 月 10 日

（本文刊于《福建日报》2020 年 4 月 19 日《武夷山下》，刊出时有删节，题目改为"武夷梦寻·一瓣心香"；《武夷梦寻》，叶悬冰著，于 2019 年 5 月海峡文艺出版社出版）

记者的情怀与追求
——读龙超凡《记者的梦想与实训》

龙超凡是个记者，按照他自己的说法，完全是因为"偶然"，他才当上记者的。不过，《记者的梦想与实训》便记录了他自己从青涩的学生成长为一名成功的新闻工作者的历程，展示了作为一名记者的情怀与追求。"偶然"是时势使然，不懈的坚持，是成功的必然。

记者是一个时时都在与社会前沿打交道的行当，这种特性使得记者的工作节奏往往比较紧凑。在这种紧凑中，唯有不忘初衷、保有从业之初的赤子之心与执着情怀，才能无愧于"无冕之王"的称号。如今许多高校都有自己的学生记者团，其中不乏以记者这一职业作为梦想的青年学生，他们中更有许多毕业后进入新闻界工作的"社会新鲜人"。作为一个"过来人"，龙超凡显然比别人更了解他们的憧憬与渴望、彷徨与无助，也就更能切准这些新闻新人的脉门。书中第一章"追梦聊天室"与第二章"实习练兵场"，无疑便是对此而发的。从初学写作到投稿艺术，从采访对象到新闻禁区，乃至实习中的点滴细节，既是他对新闻新人的提点，也是他对自己新闻工作经历的总结。没有艰深的套话，干脆明了地切入每一个问题的点子上，体现出了一名成熟记者的专业素养。其中与《中国教育报》记者李益众、《新华日报》记者黄伟的两则对话，更加能看出龙超凡同志对于后辈的一片苦心与胸怀。即如他文中所说，"师带徒何必'留一手'"，"记者在传授实习生知识的同时，可不断发现自身知识结构的缺陷以及某些才能的薄弱，进而有针对性地充实自己，岂非一件好事？实习生不断进步，积累许多的写作才能，向记者的水平靠拢，岂非又是一件美事？"这其中大有古人"弟子不必不如师，师不必贤于弟子"的遗风。

相较于前两章的"梦想"而言，第三章"新闻会客厅"与第四章"采访故事汇"则更重"实训"。对自己新闻稿的旧作进行反思，拿自己"开刀"，本身就需要很大的勇气。而从这些实战的事例中总结出来的新闻工作的经验，则更是弥足珍贵。"谋而无道，其行不远"，记者在新闻报道的工作中，自有一份使命与责任。龙超凡于此有清晰且深刻的认识——"一篇篇报道，反映了记者对新闻题材的选取与价值判断的水平，更反映了记者的新闻观；一次次采访，考验了记者对新闻事件的把握与处理能力，更考验了记者的责任与良知。从什么角度去报道新闻事件，用什么舆论去教育人和引导人，其实是每一个记者应该思考的问题……"这样的认识，在新闻日渐"被娱乐化"的今天，实为难得。

作为一名记者，对于所采访的新闻事件而言，他是旁观者；但对于"采访"这一事件而言，他又是当事人。之间的角色转换，本不足为难。难得的是，他能再次将自己从采访的情境中抽离，再次以旁观者的身份审视他所亲历的采访。知抽离已属不易，抽离之后的沉淀与反思更为可贵。有反思处必能有所前进，自古以来的人与事大抵如此。如今龙超凡不仅能有所思，且将思考所得呈现于《记者的梦想与实训》中，也算得上一桩美事了。

龙超凡是《中国教育报》的记者，所以他的新闻视野主要聚焦于教育系统，特别是高校。本书展示的是一名记者的职业实践，但字里行间也洋溢着对教育现状的追踪和对教育改革的探索的热情。从他附在文后的一些报道稿，可以看出作为记者的敏锐，这是记者的素质。

而他对教育改革的参与，对教育改革的鼓与呼，则是他的追求。这更是难能可贵的了。

2014 年 9 月 7 日

（此文刊于 2015 年 1 月 6 日《中国出版传媒商报》。

《记者的梦想与实训》，龙超凡著，2014 年 8 月福建人民出版社出版）

第三辑

探骊得珠的心愿

——《古代文学精华》后记

中国古代文学博大精深，源远流长。我从中学时代起，便对中国古代诗文有极大的兴趣，但只是一知半解而已。大学毕业后，再做中国古代文学专业的研究生，于是稍知读书治学之门径，才从一般的涵咏欣赏，转而为有目的的学习与研究。我所学专业为先秦两汉文学，其中对《诗经》《左传》尤多花费了一些时间。不过由于教学和科研的需要，也兼及魏晋南北朝。在教学与科研中，每有点心得，辄随手记之，然后缀而成篇。于是有了集子中的这一些文章。其中的一部分曾在大学学报和其他刊物上发表过。经过这几年的教学与研究，吾深感学海之无涯，治学之艰辛。然孜孜矻矻，焚膏继晷，夜以继日而不怠者，冀学问之有成也。然而惭愧得很，回顾这本集子里的文章，实不能算是什么成绩。俗语云，探龙宫者得骊珠，涉浅滩者拾贝壳。探骊得珠，乃吾愿也。惜今之所得，却不敢谓之骊珠，或许只是一堆用处不大的贝壳而已。每思至此，诚感汗颜。

我于1992年的八九月间赴台湾探亲，拜会了同乡贤达著名学者台湾师范大学国文系主任兼国文研究所所长邱燮友教授。邱教授的渊深学识与大家风范，令我钦仰。我所面呈的几篇习作，得到邱教授的首肯。不唯如此，邱教授并鼓励我将论文集结付梓，并介绍给台湾东大图书公司（即三民书局）。尤其令我铭感于心的是，邱教授还应允为我的这本集子做序，这不啻是对我的极大鼓励与鞭策。所以，这本集子的出版问世，我应该衷心感谢尊敬的邱教授。当然，在这本集子编成之时，我同样也不会忘记在学业上于我有诸多帮助的师友们，心里对他们同样充满了敬佩与感激之情。是为记。

1994 年 3 月

（《古代文学精华》一书 1994 年 5 月由台湾东大图书公司出版，并被列入该书局"沧海丛刊"）

学习经典，打好基础
——《春秋左传精解》前言

在对中国传统文化产生极大影响的先秦"六经"之中，《春秋》是非常重要的一部著作。《春秋》是我国现存最早的一部编年体史书，它本是鲁国官修的历史，相传经过孔子的删订，成为儒家的经典之一。据文献可征，孔子作《春秋》并非单纯为了记载历史事件，而是为了坚持西周制度，反对诸侯为政，目的在于匡救时弊，惩恶劝善。《春秋》按照鲁国十二个国君的次序，简略地记录了从鲁隐公元年（前722）至鲁哀公十四年（前481）共二百四十二年的历史。但是，《春秋》经文隐晦难晓，又蕴含褒贬，所以又有了"解经"的"《春秋》三传"，这就是《左传》《公羊传》《穀梁传》。到了东汉前期，"经"的范围已经扩大，连解"经"的"传"、"记"、"诂"等也引进"经"内，上升到"经"的地位。"三传"也成为经书。唐代正定"五经"，实际上包含了"九经"，就是"易"、"书"、"诗"、三"礼"和三"传"。宋代以后，"十三经"这一套儒家经典著作基本形成，《左传》成为"十三经"中重要的一部著作。

《左传》，西汉人称为《左氏春秋》，或称《春秋古文》。到了东汉，班固撰写《汉书》，称刘歆所见到的是"古文《春秋左氏传》"。《左传》就是《春秋左氏传》的简称。在西汉的今古文经学的分野之中，《左传》属于古文经学。汉代经学的今古文之争，很大程度上是围绕着《左传》进行的。特别是刘歆是否伪造《左传》之争。这一论争,不但在汉代掀起轩然大波,而且这桩公案一直延续到清末。尽管如此,经过汉代刘歆、贾逵、服虔、郑玄以及晋代杜预等学者的宏扬推扩,《左传》在"十三经"中已越来越被重视了。

在《春秋》三传之中,《公羊传》和《谷梁传》是以义理解说《春秋》的,而《左传》则是以史料阐述《春秋》的,所以《左传》又是一部历史著作。《左传》自成书之后,便受到人们的重视。作为历史著作,《春秋》的记事过于简洁,许多事件只有一句话甚至一个字。事与事之间只是机械地按年、月、日编排,很难从中了解事件的整个过程和具体内容。《左传》则不同。《左传》的记事内容、取材范围和描写的社会面都要比《春秋》丰富和广阔得多。它博采旧文简册,以及流传在口头上的历史传说,详细地反映了春秋时期各国政治、经济、军事、外交、文化、风俗的历史面貌和各方面代表人物的活动,描绘出一幅春秋时代的色彩斑斓的历史画卷。《左传》一书反映了当时的进步思想,如以"爱民"为内容的民本思想,以反抗强暴、爱护国家为内容的爱国思想;对那个时期为国家和历史的进步作过贡献的政治家进行了热情的赞扬,对暴君佞臣的恶品邪行进行了批判。而且《左传》对于后代历史著作体裁体例的形成,也具有开创之功。所以有的学者认为,《左传》可以说是"集古史之大成,留给后人以无尽的宝藏"。《左传》对后代的史学影响是巨大的,司马迁作《史记》,有关春秋时代的历史,就大量采用《左传》的内容。《史记》纪传体的创立,与《左传》也不无关系。司马迁以后的史学家,也无不从《左传》中汲取营养。

笔者于二十世纪八十年代中期师从刘方元、刘世南二位先生,得到二位业师的悉心指导。做学问,学习经典,打好基础是最重要的。我师从刘世南先生研读《春秋左传》,硕士毕业论文就以《左传》为题。此后,在二十多年的教学和科研中,一直没离开过《左传》。并由此扩大到先秦两汉史传文学。先后出版过《春秋左传直解》《左传国策研究》《史传文学：文与史交融的时代画卷》等书。今天，重新修订和校阅《春秋左传释解》，感慨良多。一是刘方元先生在 2011 年春节前以 94 岁的高龄离我们而去，刘世南先生也近 90 岁高龄。值得欣慰的是世南师身体依然健壮，且每天仍然看书、写作不辍。笔者时有疑难，仍然可向世南师请益。二是对于《春秋左传》，依然有许多疑难没有弄清楚，也还有许多可以做的课题，可惜总是力不从心而望洋兴叹！

  本书的出版，同窗刘松来教授以及青岛出版社的吴清波、金龙诸先生给予大力支持；本书修订时，研究生田胜利、朱东梅、李春燕、刘赪秀帮忙做了许多整理校对工作，在此一并表示感谢！

  限于笔者的学力和水平，本书的谬误与疏漏一定不少，敬祈专家读者不吝批评赐教。

2011 年 8 月 10 日于福州适斋

（该书于 2018 年 1 月由青岛出版社出版）

文与史交融的时代画卷
——《左传战国策讲演录》绪言

大家学过《中国文学史》，不管哪一类、哪一种的文学史，《左传》和《战国策》这两部书在先秦文学史中通常都把它们归入"历史散文"或"先秦叙事散文"，也有的把它们归入"史传文学"这一类中。先秦两汉史传文学就包含《左传》《国语》《战国策》《史记》《汉书》等历史著作。"史传文学"是中国古代文学中一个非常重要的样式。中国古代文学史，实际上是非常长久的。如果把绵延几千年的中国古代文学发展史，比作一条浩浩荡荡奔腾不息的长河，史传文学就是这条长河中的一股劲流。我把它称为一股"劲流"，有劲的"劲"。

这里就牵涉到一个问题，就是作为一种特定的文学样式，关于史传文学，似乎有必要给予一个比较明确的界定。为什么要给它一个界定呢？因为人们对此有不同的看法。称呼它为"史传文学"，一个根据，就是刘勰的《文心雕龙》中有《史传》篇。《史传》篇解释"传"字是这样说的："传者，转也，转受经旨，以授于后，实圣文之羽翮，记籍之冠冕也。"这是刘勰的《文心雕龙》里面对"传"字的解释。这几句话的意思，说的什么呢？意思是说，传，就是转的意思，为什么是"转"的意思呢？那是"声训"，音韵学里面叫作"声训"。这几句话的意思，实际上就是说：传，就是转的意思，就是把孔子作《春秋》的用意，转授给后人，所以"传"

是经书的翅膀,是记事著作的首要之书。羽翮就是翅膀。冠冕,就是头上的冠冕。这就是最重要的、首要之书。刘勰是把解释经文的文字叫做"传"。《左传》是解释《春秋》的。《春秋》是"经",也是史书;《左传》是传,也是史书,所以是"圣文之羽翮,记籍之冠冕"。这样,就把史和传联系起来,可以称为"史传"。《文心雕龙》的《史传》篇就是这样来定义"史传"两个字的,它还论述了其他众多的历史著作,大家如果去看一看《史传》篇的话,那么包括《尚书》《战国策》《史记》《汉书》《三国志》等,当然,里头有很多并不是解经之作。所以我们说,刘勰所谓"史传",包括上起虞夏,下至东晋的这么长的历史时期内的各种,或者叫各体史书。史传文学中"史传"二字的含意,就是这样的概念。从先秦到六朝,有一批历史著作,我们可以发现:它们不仅是其中的某一篇章,或某一段落具有文学色彩,而且是整部著作都堪称文学杰作,包括我们今天课程所要讲的《左传》《战国策》,还有《史记》等等。这些著作,可以说,它们做到了历史科学与文学艺术的有机统一,它们既是历史著作,又是文学著作,所以,我们借用刘勰的"史传"的概念和限界,将这样的一批历史著作称为"史传文学"。

  这问题是有不同的看法的:有人认为,不能称为"史传文学";有人认为,它统一称为"传记文学"更好。在不同的文学史里面的表述、归类也是有不同的,所以我要特别把这问题提出来说一说,对这概念,把它界定清楚。为什么呢?就是对下面我要说的——给大家完整地说明一下。以前的许多文学史著作,对于上起自先秦,下迄于两汉魏晋六朝的一大批文学性很强的历史著作,诸如《尚书》《春秋》《左传》《国语》《国策》《史记》《汉书》等,有的称之为历史散文,有的称之为传记文学,有的称之为史传散文,概念很不统一。当然,就研究的角度不同来说,存在差异也是允许的,未必一定要整齐划一。但是就文学史的性质来说,如果概念上太纷杂,就给作品的归类带来困难。为什么这么说?——称为历史散文,

平生风义兼师友
——适斋序跋与书评

如果你们认真读这些作品的话，会觉得它又似嫌过于宽泛，其外延并不仅仅涵盖上述作品，有的作品可不可以收进去呢？称为史传散文，似又不够精当，不能突出我们刚才所讲的这些作品的个性特征；称为传记文学，它还是有些缠夹不清的麻烦。为什么这样说呢？我这里举一个例子。《中国大百科全书》"传记文学"条"传记文学"这个词，它是这样说的："古代传记文学大体上包括两类，一类是历史传记文学即史传文学，一类是杂体传记文学即杂传文学。"按照《中国大百科全书》的说法，这样来解释传记文学的后半部分是合适的。因为魏晋以后，你们如果留心一下，包括"二十四史"，魏晋以后，作为整部历史著作来说，全书具有很强的文学性的，已经衰落了。比如说，包括沈约的《宋书》，以致后来唐人唐初编的《晋书》啊等等，它们的文学性——整部书的文学性当然不能跟《史记》《汉书》，也不可能跟《左传》《战国策》相比。那么代之而起的是什么呢？代之而起的是杂传、散传以及单篇个人传记作品，所以你把这些作品称之为传记文学或杂传文学当然可以。前面我们所讲的，先秦两汉这些历史著作，我们称它为史传文学。传记文学论者往往局限于人物传记的界限而只从《史记》算起，你们去看看有的书上，它写"传记文学史"，第一部是什么？就是《史记》。这样就有一个问题，你第一部是《史记》，那《史记》之前的《左传》《国语》《国策》这些著作，你把它归到哪里去呢？所以他们就改变一个方式，称它为"传记文学的萌芽"。我觉得这样称呼是不太合适的。有的把它称为"传记文学萌芽"，有的把它称作"历史著作"，你在这边称它"历史著作"，那后边的又是"历史散文"，这样就分不清楚了。实际上《左传》《国语》《战国策》，甚至也可以包括《尚书》《春秋》，它们的文学性——整部著作的文学性，是非常鲜明的。所以，我这里还是主张：借用刘勰《文心雕龙》的这个"史传"的意思，把"史传文学"跟"传记文学"分离开来，用"史传文学"来界定先秦到魏晋这个时期的史传作品。这样就能够更加突出地显示史传文学的特色。——这是一点，这个概念怎么来界定它。

说到史传文学，我想还是有必要简单地把史传文学的特征给大家介绍一下。我们称它为"史传文学"，它有什么特征呢？概括地给大家介绍一下：史传文学的根本特征，在于文与史交融，或者说文与史的融合为一。这是一个最重要的特征。我们讲文、史、哲不分，这是我国上古史官文化的一个特有现象。中国古代并没有严格划分文学与非文学，没有确立纯文学的观念。唐代的刘知几在《史通》的《核才》篇里说："昔尼父有言，文胜质则史。盖史者，当时之文也。"尼父就是孔子，这大家都知道。孔子曾经说过一句话，这是大家都很熟悉的："质胜文则野，文胜质则史。文质彬彬，然后君子。"这句话大家都很熟悉，我不用解释了。先秦时期，文学尚没有从整体文化形态中分离出来，文、史、哲三者交融为一体，以文学写哲学，如《庄子》；以文学写历史，就像我们后面要讲的《左传》《战国策》等等。这是很常见的，在先秦时期的各种典籍之中。这种情况，一直延续到两汉。所以就史传文学而言，它既是历史，又是文学。从史的角度来看，它展现了古代社会漫长的历史进程，历史运动的规律，历史变化的动因，它都能够展现出来，它是历史著作，文学不过是其手法。从文学的角度而论，史书只是载体，它以史的形式包容了人类社会的众生万象，是人类社会全部生活的缩影，是历史题材的文学作品。从这个特点来讲，我把它称之为文与史交融的时代画卷，就这个意思。总的来讲，这是一个很重要的特征。

史传文学的载体既然是史书，那么它当然具备历史著作的特征，我们称它为本体特征。这一点也要注意。一般来说，大凡历史著作所应有的本体意识，比如史鉴和劝惩的职能，讲求实录的原则，还有，史家所必须有的德、才、学、识，在史传文学作品中都得到充分的表现。就我们视野所及的史传文学作品来说，以史学的地位来看，它们大多是杰出的历史著作，甚至是伟大的著作。像《史记》，这是不言而喻的。所以它们比之于后代的史书，不但毫不逊色，有的甚至是后代史书所无法比肩的楷模。这一点，我们在读中国文学史的时候，要注意到：它这个特征，又是中国古代文学其他样式所不具备的。

另外一个特征就是，史传文学，它不是简单地枯燥地排比历史史实，或者是机械地阐述历史变化规律。这个我要略加说明一下：我们读现当代人写的历史著作，包括大学里面用的《中国通史》，它是叙述性的，把政治、经济、文化在各个朝代的历史状况，把它叙述出来，但是它没有人物形象，没有故事情节，没有细节描写；而我们现在要说的这个史传文学，它有个很重要的特征就是——它用鲜明的人物形象和生动的情节解绎历史、演述历史。我这里用了"解绎"这样一个词，也就是"演述"的意思，所以它用了鲜明的人物形象和生动的情节，甚至细节，来解释历史和演述历史。我们读先秦两汉的史传文学作品，可以发现这些作品极少有那种乏味的说教，或者乏味的陈述。它是把整个历史，或者是历史事件，或者是历史认识融通于人物的言行之中，将历史运动转变为情节复杂的历史故事，也就是说将历史文学化、故事化。不论是先秦史传文学作品，还是两汉史传文学作品，都将历史人物描绘成可视、可感、可爱、可憎的活生生的人物形象。这是很重要的一个特点。我们去读的时候——大家读过不少这方面的作品：《左传》的、《国语》的、《国策》的、《史记》的、《汉书》的，我们可以看到，它所描述的人物性格相当鲜明，有的人物形象具有一定的典型意义。而且历史事件有时候非常曲折复杂，不是那么简单的；有时候，复杂纷纭的历史事件，又常常被这些作者组织成曲折跌宕甚至富于戏剧性的故事情节；有时候还增加了很多很有兴味的细节描写，这个细节描写，跟历史本质没有多大关系，可是他加进去了，我们读起来增加了很多的趣味性。包括心理状态的描写，心理情态的描写，这些都加进去了。那么这就正是它的文学特性的所在。我们知道，文学的特质在于形象，叙事文学的基本构成在于情节，史传文学具有上述特征，就必然地使这些作品成为品位极高的文学作品。我们这样给它一个定位，并不是没有根据的。就像我们后面要讲到的，后面我可能还要几次要提到它——朱自清先生就说过：《左传》，不但是史学的权威，也是文学的权威。那当然可以称它为"品位极高的文学作品"。不但如此，我们说这些史传文学作品，它们用形象和情节来解绎历史的这个过程当中，作者往往还加入自己的评价，还会自己发出一些感慨，甚至加入个人的感情，这点我们读《史记》的时候，就很鲜明地感觉到。我们不是常说司马迁"笔端常带感情"吗？这就是加入了自己的感情。著名的学者，也是《史记》研究的专家——李长之先生先生曾经说过，他说到《史记》的时候就说：它"发挥了史诗性的文艺本质"，所以它又具有很高的审美价值。所以我们说，史传文学还为叙事文学确立了楷模，这里包括《左传》文章的叙事手法，《史记》中的写人艺术，千百年后仍然被史家和文学家奉为楷模，或者说奉为圭臬。所以这个特征，也是要注意的。

从这点来讲，请大家注意：过去有人叹息中国古代没有史诗，因为西方有史诗，有《荷马史诗》，中国没有长篇叙事文学作品，其实不然。这话是不全面的。可以说，史传文学就是伟大的史诗，就是规模宏伟的长篇叙事文学。从先秦到六朝，史传文学高潮迭起、杰作频出，在史学与文学方面，这都是一个非常重要的时期，这是我们要注意的。所以这里，我刚才讲的，也牵涉到一些理论问题。可我觉得这个对我们要讲的《左传》《战国策》，作为它的文学样式大背景的史传文学，觉得还是要跟大家介绍一下，对大家还是有帮助的。

另外，关于这门课，还有几点要再补充说明一下。

一是课程的内容。我们主要介绍《左传》《战国策》这两部著作。它们是历史著作，又是文学著作，而我们的介绍，主要以文学性为主，把它们当作文学作品来讲，大家到图书馆去借书，借到童书业先生，童先生是顾颉刚先生的学生，他有一本《左传研究》，童书业先生是一位非常著名的历史学家,他的《左传》研究主要是从历史学的角度来谈《左传》的,跟我们现在要讲的《左传》不一样,我们是从文学的角度,把它当作文学作品来讲。这点跟历史系讲这部书是不一样的。我们要让大家去领会《左传》跟《战国策》这两部著作的文学魅力之所在,让大家知道早在先秦时期的历史著作中就有如此优秀的叙事文字。大家要领会这点。并了解它们对后代文学的影响。第二个方面我要说明的是:在讲解时尽量的结合作品来讲,会举作品中的一些段落和例子。要了解和领会这两部作品,特别是要领会它们的文学特性和审美价值,大家要熟读这两部著作,最好是读原著,而不只是选本。第三个问题就是:还要强调别忘了这两部著作是历史著作,我们常说文史不分家,史传文学最能体现这个特点。所以我们讲史传文学,讲《左传》《战国策》,是出入于历史与文学之间,也就是前面我讲的史传文学是文与史交融的时代画卷,因此是要懂得历史的。这点我要特别说明一下,我们现在,中文系的学生的历史知识,还是停留在高中学过的水平上,因为你们进入大学中文系以后不开《中国通史》这门课,我曾经呼吁过,我说在中文系应该也要开《中国通史》,它开的内容可以跟历史系有所不同,但应该是要开的。你不开《中国通史》这门课,那么这不但对于学习史传文学,就是古代文学的其他体裁样式,如古代诗词、散文、小说等,都是一个欠缺。这个问题,我们教古代文学的老师,好多人都有同感,所以我的确有些忧虑和担心,觉得这个课要补,就是《中国通史》的课要补。而且还有一个问题大家注意到了:现在兴起"国学"热,古代史是"国学"中的一个重要组成部分。不懂历史,就不懂中国文化,那谈何"国学"呢?所以建议同学们在学习这门课程时抓紧补一下历史文化知识。用现在流行的话,叫作"恶补"一下历史文化知识。这不但是对于我们这门课,对于大家的整个文化素质构成,也是大有好处的。这是第三个方面我要强调一下。第四个问题,就是我这里介绍一些原著供大家学习参考。最重要的原著有"十三经注疏本"的《春秋左传正义》和上海古籍出版社的《战国策》。如果从适合同学们的阅读来说，我这里想着重介绍的就是杨伯峻先生的《春秋左传注》，这套书有四大本。还有何建章先生的《战国策注释》（上、中、下）。这两部书就作为我们的基本读本。其他可以择善而从。

下面我们继续我们的讲课。我们的课程内容是：《左传》《战国策》研究。

《左传》《战国策》记载的是先秦时期春秋战国这一段的历史。中国古代的春秋战国时期，是社会发生激剧变化的时期，也是中国文化史上最灿烂的时期之一。这个时期，它的激烈变化体现在哪里？当然有很多方面，其中一个方面，就是出现了全新的思想观念，也出现了一大批崭新的著作，这就是我们在文学史里所说的诸子散文和历史散文，这两大块构成了中华民族文化中最精华的部分。这里我插一句：请同学们注意一下，《光明日报》有个"国学"专版，还有大家所知道的"百家讲坛"。"国学"专版里面，它从"十三经"开始介绍，还包括《老子》《庄子》，这些诸子散文和历史散文里面的一些重要的著作。所以这些都是我们中华民族文化中最精华的部分。在先秦时期众多的历史散文之中，《左传》与《战国策》堪称它们杰出的代表。这两部巨著，详细地记录了中国古代春秋时期和战国时期的历史面貌和时代风貌，从文学性上看是如此，我们要了解春秋、战国这段历史的话，它们也是最珍贵的历史材料和历史文献。

讲到《左传》——大家都知道：春秋有所谓"三传"：《左传》《公羊传》和《谷梁传》。三传之中，《公羊传》和《穀梁传》是以义理解说《春秋》的，所谓阐述《春秋》的"微言大义"。这个问题我们后面还会再进行介绍。而《左传》则是以史料阐述《春秋》的。《左传》作者广泛地采集旧文简册，同时也采集流传在口头上的历史传说，非常详细反映春秋时期的政治、经济、军事、外交、文化、风俗等历史面貌的各个方面。还有，各方面代表人物的活动，包括：周朝的衰落、从王权独尊到王纲解纽、礼崩乐坏，从郑庄公的"射王中肩"到群雄争霸，诸侯蜂起，等等。

平生风义兼师友
——适斋序跋与书评

《左传》作者为我们描绘出一幅春秋时代非常绚丽的历史画卷。同样的，《战国策》则将战国时期纵横捭阖的时代风貌和瑰丽恣肆的人文精神展现在我们面前。后面还会介绍——尽管历代都有学者否认《战国策》一书史料的可靠性和真实性，认为值得怀疑，这后面专门有一节来说明这个问题，给大家介绍这个问题。而且，包括在古代，有些学者批评它，说它是"畔经离道之书"，当然，它这是用儒家正统的眼光来看待的。但是，我们去读《战国策》，可以感受到，《战国策》一书当中所展示出来的纵横策士们的思想、个性、人格风貌，他们的才华智慧，完全可以这样说，《战国策》反映了战国时期的一种全新的意气风发的时代精神。

这两部著作又是杰出的文学巨著。且不说朱自清先生将《左传》称为"史学的权威"，"文学的权威"，《战国策》也同样是文学杰作。从正统的历史学家的眼光来看，《左传》也好，《战国策》也好，都是有一些"浮夸"的，不符合正统史学家要求的内容。但是在他们眼里看来好像不是很正规的这些内容，恰恰是闪烁着文学光芒的地方。所以你看：《左传》的文章叙事完整，文笔严密，富有魅力。《左传》善于描写人物，善于将人物的动作和内心活动刻画的生动细致，以表现不同的人物性格、特征，《左传》叙述战争；善于把复杂的战争描绘得波澜起伏、跌宕多姿；另外，《左传》的外交辞令，这是大家都知道的，《左传》的应对辞令之美，也是一大特色，《左传》的辞令，曲折缜密、委婉多切，许多记述辞令的篇章，成为脍炙人口的名篇了，——这后面我们还会一一介绍。《战国策》的人物描写，又有了新的发展。许多篇章已是简短的人物传记。一篇里头，可以说就是简短的一个人物传记，比如说大家读过的《冯谖客孟尝君》，这是我举大家最熟悉的例子来说。有人认为《战国策》史料的可靠性和真实性都值得怀疑。我们从文学的眼光来看它，恰恰就是《战国策》的作者摆脱了史料真实的束缚，更好地表现那些纵横倜傥的战国的策士们。按照刘向的话称，就是"高才秀士"。刘向的《战国策序录》里就称他们都是

"高才秀士"，描写他们的风采。作者摆脱了史料真实的束缚，唯以表现倜傥恣肆的战国"高才秀士"的风采为务，因此更加大胆地以虚构的手法塑造人物。在作者笔下，那些纵横策士一个个风姿卓异、栩栩如生。另外，策士们的说辞，变其本而加恢奇，比起春秋时期的行人辞令，更加铺张扬厉、气势奔放。还有大家都不会忘记的，就是《战国策》里还汇集了大量的寓言故事，成为士人文化智慧的结晶。

所以，我们要介绍的这两部著作，可以说开创了史学的传统，还有，史学文章的体例，还有风格特征，影响着后世史学的发展。这两部著作开创的史学传统、著文体例和风格特征，影响着整个后世历史学的发展。从史学的角度来讲，有的学者认为：《左传》可以说是"集古史之大成，留给后人以无尽的宝藏。"司马迁创作《史记》，大量采用了《左传》《国策》的内容。《史记》纪传体的创立，与《左传》也有很深刻的关系。这个后面我们也还会再介绍。所以它们是历史著作又是文学著作，从它们身上体现出来的文学特征，同样影响着后世的文学，尤其是叙事文学的发展。所以，《左传》《国策》对于整个中国文化的发展，有着极深远的影响。在这两部著作中体现出来的文化内涵，已经成为中华民族的特征和民族精神的一部分。

以上内容，我把它叫作"绪言"。——就是从"史传文学"这个总体概念和背景，到对《左传》《战国策》两部书作简单的概括性的介绍。

（该书于 2008 年 11 月由广西师范大学出版社出版）

先秦两汉文学研究的思考与视野
——《经典透视与批评》跋

本书是笔者有关先秦两汉文学和文献研究的已发表过的论文结集,有的还在一些学术会议上报告与宣读。其主要包括三个方面,一是诗,主要是《诗经》《楚辞》研究;二是散文,包括史传文学、《庄子》和先秦两汉寓言研究;三是文论,涉及先秦两汉文学思想研究,以及比较宏观的文论与文学史的思考。从时间上看,最早的刊于1983年,最晚的便是近期所发表。史传文学与《左传》《国策》研究的文章,有的已经吸收到过去出版的《史传文学:文与史交融的时代画卷》(广西师范大学出版社,1999年版)和《左传国策研究》(人民文学出版社,2004年版)中去。这两书中涉及的与先秦两汉文学有关的内容,因未成为独立的文章,本书就不再收入。

回想我的第一篇有点像论文的习作,是在1975年,题目是《刺破青天锷未残——读黄巢的〈冲天诗〉》,发表在当年的《福建文艺》第2期上。那时候只是自己作为业余爱好乱写一通的读后感而已。1987年研究生毕业之后,自己的研究重点主要在先秦两汉文学,特别是史传文学。现在将相关的文章搜集在一起,亦不过为留些许屐痕。我曾引俗谚说:探龙宫者得骊珠,涉浅滩者拾贝壳。三十年过去了,已是杖乡开外之人,再来看看自己的成果,仅是涉浅滩而得几片贝壳而已。记得业师刘世南先生曾以顾炎武的话激励我们:"其必古人之所未及就、后世之所不可无,而后为之,庶乎其传也与!"① 要求著述必"古所未有,后不可无"。驽钝如我,力所不逮,难以达此境界,实有负师训;然心向往之,当需继续努力。

本书的序言,请孙纪文君撰写。蒋寅先生曾说到请人为序之难,并举魏禧之言证之:"其文是而人非者不足叙,其人是而文非不足叙也;文与人是矣,非其中心所乐道,不足叙也;中心乐道之,而不能知其甘苦曲折之故,亦不足叙也。"② 诚哉斯言。故作序需是"文与人是矣",且又"中心所乐道之",乃能中其肯綮。纪文君是我指导的第一届博士,已毕业十年且当了多年的教授。他勤奋努力,聪明颖悟,长于思辨,理论功底扎实,在学术上取得了令人瞩目的成果。他的博士论文《淮南子研究》获得答辩委员一致的激赏,他也成为《淮南子》研究的专门家。其后他的博士后出站论文《王士禛诗学研究》,也获得好评。于今已是青蓝之胜了。纪文君毕业后,我们还多次合作完成国家和教育部科研课题。所以,纪文君确能知拙著之肯綮,"知其甘苦曲折之故",言而有故。作序之事,纪文君曾一再谦辞,今已撰就,我由衷感激。

本书由硕士研究生韩冰、方媛、石伟伟、卓莉、刘文海帮忙输入校对,谨此感谢。本书出版,得到福建师大文学院和郑家建教授、李小荣教授的大力支持,亦表由衷感谢!人民出版社的詹素娟女士,为本书付出辛勤的劳动,在此一并表示谢意!

癸巳冬至前三天记于福州适斋
(该书于2015年5月由人民出版社出版)

---

① 顾炎武:《日知录》卷十九《著书之难》,岳麓书社1994年版,第677页。
② 蒋寅《古典诗学的现代诠释·引论》,中华书局,2003年版,第1页。

平生风义兼师友
——适斋序跋与书评

附：

孙纪文序

业师郭丹先生的又一部论著即将出版，作为学生的我心中自是钦佩。然先生嘱咐我为此书写一篇序言，此又令我惶恐一番，唯恐词不达意，难以企及先生的高度。忽转念一想，此番对话也未尝不失为是先生学术情怀的又一次体现，故心中才淡定了一些。清代诗论家沈德潜在《说诗晬语》中曾说："有第一等襟抱，第一等学识，斯有第一等真诗。"我以为，此话不仅适合于论诗，而且适合于论学，即学者有一等胸襟和一等学识，斯有一等学问。今读先生的论著，感念其胸襟，快意其学识，此情形庶几近于沈德潜所云的境地乎？

这部论著乃集结先生历年发表的40篇论文而成，主要内容当以先秦两汉文学和文献研究为核心，并涉及与此核心内容相关的诸多论题，包括诗、骚发微与研究；散文文体与史传文学研究；《左传》《国策》散点透视；《庄子》与寓言研究；文学思想散论与文学史的思考这五个部分。《诗》《骚》发微与研究之中有解颐之妙旨焉。如论《诗经》中的图腾崇拜，《诗经》恋歌与原始宗教信仰之间的关系，《诗经》"言志"和"缘情"的和谐统一，"郑声"的内涵，上博楚简《孔子诗论》所反映出的《诗》学思想，《四库全书总目》中的《诗经》批评思想，《离骚》的审美特征，《四库全书总目》的楚辞批评特点，此等论题皆依据原典文献的要义而立说，审慎落笔，切中肯綮，新见迭出。散文文体与史传文学研究之中有平实之高论焉。如论先秦时期的散文特点，先秦散文的文体特征，先秦史传文学作品中的文体萌芽与雏形，中国古代史学与史传文学的共性特质，史传文学中的美学特征，史传文学与中国古代小说的关系，《史记》的文气等，这些论题虽有学人涉猎其间，然先生以犀利的眼光，独到的判断力，找到拓展之地而有新的见解和阐说。《左传》《国策》散点透视之中有精思而发明焉。如论《左传》"言事相兼"的叙事特点，《左传》人物形象系列及其意义,《左传》的写人艺术,《左传》行人辞令之修辞艺术,《左传》与两汉经学的关系,《战国策》的人物形象以及战国策士的思想,此类选题皆抽绎《左传》《战国策》之意蕴而来,内容厚重,文脉清晰,且文论与史论相互发明,自有衔华佩实之彦。《庄子》与寓言研究之中有闳通而大文焉。如论《庄子》的文学色彩,中国古代寓言的艺术审美特征,《庄子》《韩非子》《战国策》《吕氏春秋》的寓言特色,这些论题皆驰骋文苑,沿波讨源,述诸子之文采,叙寓言之高妙,灼然而有益于艺林。文学思想散论与文学史的思考之中有博学而析疑焉。如论"宗经立义"的批评史价值,先秦两汉文论发展脉络,春秋时期文学思想精要,刘勰对陆机艺术构思论的继承和发展,先秦文学史研究的思考,古代文学研究的"回归本体"与"当下关怀",此等论题经纬广大,所论独具手眼,格调殊俗,颇有登高望远的意味,使学者产生反本修古,不忘其初,立志高远,心系前沿的自省意识,并由此见出先生淳厚的学术情怀。这样,五部分的内容互相关联,逐层推进,不仅从共时性的角度对先秦两汉重要的经典文献进行了深入的研究,而且从历时性的角度对文学史上聚焦的"链条性"问题进行了深入的剖析,并作出解答,从而为先秦两汉文学与文献的研究以及中国古代文学史的研究提供了新的话语资源。

质而言之,五部分的研究内容可用三个字来概括,尽管这样的概括还需得到师友进一步的补充,从而深契先生论学讲道的要领。一曰广。诸凡与先秦两汉文学研究相关的经史子集的内容,皆有所涉猎,有所高论,且视野开阔,大含细入,娓娓道来,我辈自觉耳目为之清新,心思于焉顿悟。二曰专。先生曾师从刘方元、刘世南两位高师,研习国学自然厚实,加之耽思旁讯,所研文境自然深广。然亦精于所专,尤擅长《诗经》《楚辞》《春秋》《左传》《战国策》《庄子》等经典文献的研究,并以此为基石,拓展学术研究的领域。从先生所著的《春秋左传直解》《左传全本全注全译》《左传国策研究》《史传文学:文与史交融的时代画卷》等书中,自可略见先生之学术精义。三曰深。论述不仅深于文学文本研究、文学史研究以及相关学术领域的研究,而且深于分析,找到问题,解答问题。正

平生风义兼师友
——适斋序跋与书评

如台湾学者邱燮友先生评价郭师《古代文学精华》一书中所说："郭丹先生分析的审慎，著笔处，可以看出他锐利的见解。"这样，立足历史语境和逻辑的线条，先生就对先秦两汉文学与文献以及中国古代文学史中的诸多论题进行了全方位的研究，发潜阐幽，博综该洽，将广度、力度和深度融为一体。要之，这些论文，既不为穿凿之谈，也不作浮夸之论。枕藉经史，要皆心得之言；笃志子集，罔非文华之蕴。历览史编，正伪纠谬，成书具在，卓然名家，颇能启人心志。

先生尝言，学术研究方法要规范而切当。这些论文除了采用文学研究的方法之外，还借用哲学、考古学、社会学、宗教学、艺术学、心理学等邻近学科的成果开展学术研究工作，从而使论题的研究更加深邃。当然，学术研究的方法中也存在一个境界问题，即平和中庸、收放自如的境地问题。清初杜诗学大家朱鹤龄在《杜工部诗集辑注》中曾认为"训释之家，必须事义兼晰"，意思是诗中之事与诗中意旨都要解释清楚，并且把两者有机地结合起来，既不可释事忘义，又不可弃事发义，这样才能于考注字句之外，贯穿杜诗的大意，阐发杜诗的微旨。我以为，此方法不仅在杜诗学研究中为人称许，而且在考论型学术课题的研究中也颇为得当。在先生的考论型论文，如《关于〈诗经·召南·行露〉的解释》《读上博楚简〈孔子诗论〉劄记》等文中，他使用的研究方法正与朱鹤龄所倡导的方法暗合，即训辞与释义并举。同时，又恰当地处理事与义的关系，将文献考索和理论阐发融合起来，使考论型文章的肌理徜徉于传统学术规范和现代学术规范之间。如此，则既可避免文献空疏的弊端，又可避免过度阐释的痼疾，故结论颇令人信服。

先秦两汉文学和文献的研究是中国古代文学和古典文献学研究的一个难点领域。前辈学者和当代学者都为这个领域的学术推进作出了艰辛的努力，也取得了丰硕的研究成果。如何站在新的起点上再有所创获，既秉承传统学术精神，又不乏当代学术眼光，是值得深思的大课题。于此，先生的论著不妨视为是进一步推进研究工作的一个典型个案。它至少启迪学人进行反思的话题是：文献功底，理论表达，通观视野，方法融通，等等不一而足。而更为关键的一点是如何置身于当下的语境展现学术研究的筋骨和精神。但愿这些反思不要成为沉重的话题而是学人性情的又一次自觉。正如先生在《大学之大》一书中所说:"专的读书,的确很累,有时候会让你生厌,但当你获得成果时,那里的快乐,也不言而喻。"

学无止境,高山仰止。上述所言,既是一次学习心得不成熟的表达,又是一次郭师提携我学业进步的体现。回想起十余年前我在福州求学于先生的情景,油然而生再度聆听教诲的念想,亦暗暗愧疚自己学业的淹留。孔子曾云:"志于道,据于德,依于仁,游于艺。"在学术大道上,我辈要走的路还很长。

祝先生学术之树常青!

受业弟子　孙纪文谨记
2013年岁末于成都西南民族大学

先秦两汉文论发展概述
——《先秦两汉文论全编》前言

先秦两汉时期，是中国古代文学理论的萌芽与草创时期，是中国古代文论的源头。先秦两汉时期的文论，初步确定了古代文论的基本结构和框架，提出了许多有意义的美学范畴，甚至规范了某些理论的基本走向，对后代产生了深远的影响。

自文学产生之日起，朦胧的文学观念和文学理论意识也随之产生。先秦时期人们的文学观念，最早是从"文"的概念中发展而来的。《说文解字》中称："文，错画也，象交文。""文"，本是说"花纹"的意思，《易·系辞传》曰："物相杂，故曰文。"有"天文"、"地文"、"人文"。"文"的作用在于装饰，故又有"文饰"之称。语言是表达人的内心思想的工具，对内心思想的表达有修饰作用，即如《释名》所说："文者会集众綵，以成锦绣；会集众字，以成辞义，如文绣然也。"故又称为"文辞"。这些，既反映了人们的朦胧的文学观念，也构成了文学理论的萌芽。至于到了《周易》卦辞和《诗经》中的一些诗句，它们虽不专门论述文学理论的问题，但已经有比较明确的涉及文学理论的内容了。所以，从先秦两汉的文论中，可以清晰地看出古代文论从朦胧到萌芽到发展的演变轨迹。

先秦两汉学术的一个重要特点是文、史、哲不分家，而且文学与艺术也不分开。因此这一时期的文论思想，杂糅在文史哲著作之中。诸子著作中有不少文论思想和文学批评，史书之中，也丰富地保存了当时人们对文学的认识和文学批评的理论。即如《诗经》，今天我们将它当纯文学作品看待，可是在先秦两汉人们的眼里，它首先是一部道德之书、政治之书，所谓"《诗》《书》，义之府也"（《左传·僖公二十七年》）。在两汉人眼里，它是一部经书，"六经"之一。但是，在《诗经》《国语》这些经史著作，则保存了大量商周和春秋时期人们对文学的看法和文学观念。再如音乐和舞蹈，本是纯艺术样式，然而在先秦时期，先民们或者将它们看成是原始宗教仪式中的重要组成部分而加以神圣化，或者将它们当作"礼"的一部分而加以道德伦理化。可是，我们在先秦典籍对于"礼"的论述中，发现了不少包含在对音乐舞蹈（尤其是音乐）的论述中的文论思想。所以，先秦两汉文论中文史哲艺术不分的特点，也是我们应该加以注意的，下面分别论述先秦和两汉时期文论发展概况。

1. 先秦时期文论概述

先秦时期的文论，应该注意带的是孔子之前的文论思想。《周易》中卦爻辞，是殷末周初的产物。《周易》是我国古代最古老的典籍之一，其中的阴阳学说，反映了对自然界或人类社会中各种矛盾对立现象的概括认识。古代文论中的许多矛盾对立的范畴，如虚实、动静、文质、形神、美丑、曲直等可以说都受到阴阳学说中矛盾对立统一思想内核的影响。而《艮卦·六五》"爻辞"中的"言有序"和《家人卦》"象辞"中的"言有物"，不但提出六五立言修辞的原则，而且启发了后人对于内容和形式关系的思考。至于后来《易传》中提出的"观物取象"说、"情见乎辞"说、言意之辨（《易传》成书大约在战国后期）等，更成为古代文论中的重要理论。产生于殷商至春秋中叶的《诗经》，也是孔子之前的典籍，在《诗经》的诗歌中，已经反映了诗人们对诗歌创作目的、情感作用和诗歌社会作用的认识，如"家父作诵，以究王讻"（《小雅·节南山》）；"心之忧矣，我歌且谣"（《魏风·园有桃》）；"辞之辑矣，民之洽矣；辞之怿矣，民之莫矣"（《大雅·板》）。诗人的这些看法，归纳起来，最基本的就是"美"与"刺"。这些思想，对后来儒家的文论思想是有重大影响的。

平生风义兼师友
— 适斋序跋与书评

在《左传》《国语》等史书著作中，我们可以发现许多后来为儒家所吸取和继承的文论思想。如讲实用重功利的文学观。周代人们对"文"的认识，就有这样的特点。《左传》中说："言，身之文也。身将隐，焉用文之？"（《左传·僖公二十四年》）看重的是文辞的实用性与功利性。孔子正是在此基础上总结出"言之无文，行之不远"的理论主张（《左传·襄公二十五年》）。见诸《国语·周语上》的"献诗"采诗记载和《左传》中大量的"赋诗言志"的记载，也间接地反映了诗歌的实用性及其与社会政治的关系。不但如此，见于《左传·襄公二十四年》的"三不朽"说，则将"立言"提高到"不朽"的地位，它开创了中国古代高度重视文学及其功用这一民族传统。汉魏时代曹丕的"盖文章，经国之大业，不朽之盛事"的理论，造端于此。这一理论极大地推动了古代文学的发展。而《国语》《左传》中史伯和晏子关于"和同"的论述，则揭示了事物中相互对立的因素，通过"相济""相成"而达到"和"的境界的辩证法则，对于儒家主张的"中和之美"，应该说是有影响的。此外，《左传》中提出的"书法不隐"和"惩恶劝善"的原则，则奠定了我国古代叙事性史著创作的理论基础。

以上略举的这些例子，大部分是在诸子之前就已产生的文论思想，我们在研究诸子文论思想的时候，不可忽视它们的继承性和源流关系。

儒家的文论思想，可以孔子、孟子、荀子为代表，同时也包括《礼记》中不少论述。孔子论诗，最强调的是它的社会教化作用与伦理意义。这一方面，也继承了西周与东周时代人们的文学观念。《论语·泰伯》载："子曰：'兴于诗，立于礼，成于乐。'"证明它是将学诗与陶冶性情、完善品德和强调礼乐教育联系在一起的，在强调社会功能时，提出了"兴、观、群、怨"说。尽管后世学者对"兴、观、群、怨"有不同的解释，但是四者作为对诗歌通过表情达志以发挥其社会作用的看法，是基本一致的。孔子评诗的一个重要标准，是"思无邪"（《论语·为政》）。"无邪"，即"雅正"。雅正，即一切应该符合礼的规范。应该注意的是，孔子论诗，基本上是建立在对《诗经》的评价上，由此也可以看出他同样是从政治道德与社会百科全书的性质上来接受、认识、传授、评价《诗经》的。孔子又是最早提出艺术审美感受及其标准的人。《论语·八佾》载："子谓《韶》，尽美矣，又尽善也。谓《武》，尽美矣，未尽善也。""尽善""尽美"，是孔子艺术审美的两个标准，这两个标准是相互统一的。应该说，孔子正是在这样的审美观点下，产生了他的艺术批评标准（如"思无邪"）、内容与形式标准（"文质彬彬"、"情欲信"、"辞欲巧"）等文学批评思想的。孔子的这些文学思想，奠定了儒家文学批评的基础。

孟子的文学思想，是对孔子文学思想的继承和发展。孟子非常注重主观人格修养，追求高尚的道德情操和精神境界，他提出的"养气说"，虽然是对士人精神道德修养的要求，但却启发了后人对创作主体素质才性修养的要求。在文学批评方面，他提出了"以意逆志"（《孟子·万章上》）和"知人论世"（《孟子·万章下》）的批评方法。今天我们来理解这两种批评方法，应该把"知人论世"和"以意逆志"二者联系起来，才能使孟子提倡的批评方法臻于严密。另一方面，尽管人们对于孟子的"以意逆志"和"知人论世"说有不同的理解，但作为从批评方法论意义层面上说，比以前人的文学批评，它的可操作性是显而易见的。孟子本人的批评实践也证明了这一点。

荀子继承了儒家的文学思想，但又有所发展。荀子强调"文"必须体现"道"，强调为学"始乎诵经，终乎读礼"，《劝学》开创了宗经、明道的先声。荀子也提倡"中和之美"，但他认为"中和之美"应该是建立在人的情感抒发的基础之上。因此，荀子文论的一个最可贵之处，就是强调文艺源于情感，充分认识到情感在文艺创作中的作用。《荀子·正名》中说："性之好、恶、喜、怒、哀、乐，谓之情。"认识到情的发生有其心理基础。《荀子·乐论》中又说："夫乐者，乐也，人情之所必不免也，故人不能无乐，乐则发于声音，形于动静，而人之道，声音动静，性术之变尽是矣。"音乐之所生，本于人之性情。这里虽然是论音乐，也指文艺。文艺源于情感，这一观点在儒家文论思想中是非常可贵，它对《礼记·乐记》和汉儒的文艺观都有很大影响。

儒家的文论思想，注重的是文学的外部规律，强调的是为政治教化服务，它的功利性是显而易见的。

道家的文论思想注重的是文艺的内部规律，其着眼点更强调文艺的审美特性。所以，有的学者认为，道家的美学是与哲学融为一体的。老子的"美学包容在他的哲学之中"，庄子的"美学即是他的哲学，他的哲学也即是他的美学"（李泽厚、刘纲纪《中国美学史》第一卷205页和227页，中国社会科学出版社1984年版）。老子是从"道"的自然无为的哲学观点来观察美与艺术的。从"道"的立场出发，老子反对一切文化艺术，对文采、音乐和其他艺术持否定态度；"大音稀声，大象无形"是一切艺术和美的最高境界；主张在艺术创造上要进入"道"的境界，创作主体必须进入"致虚极，守静笃"的心理状态，也就是达到"涤除玄鉴"的境界。

庄子继承老子关于"道"的思想，追求与"道"合一，即"天地与我并生，万物与我为一"的境界，并认为这才是一种真正的美学境界。相比于老子，庄子似乎更激烈地反对文艺，而实际上，他对文艺的论述更为深入深刻。如提出创作主体的一种"心斋"、"坐忘"的审美态度。所谓"心斋"、"坐忘"，就是要求人们应从内心彻底排除和超脱利害观念，达到"无己"、"丧我"的境界。在文艺创作中，创作主体应通过直观经验去领悟、体验、把握事物的本质，从而超越现实获得"道"的精神自由境界。从审美态度上说是达到了物我两忘、虚静空灵的精神境界。这个思想对于后来的文论中关于创作主体与客体、自由与必然、虚与实、情与景等一系列问题都有影响。此外，主张自然素朴的审美风格，强调"真"与"天籁"，提出"解衣般礴"式的创作方法亦即自然率真的创作方式；提出"言不尽意"的思想，主张"得意忘言"。这实际上探索了文艺创作中由言到意的审美过程，启发了后人对"形"与"神"关系的领悟。庄子的言意之辨，对于刘勰、司空图、严羽、王国维等人都有启迪意义。总的来说，道家文论思想对于文艺内部规律的探索，对于中国古代文论思想的影响，恐怕要超出儒家文论思想甚远。

先秦时期还应该注意到诸子文论思想还有墨家和法家。墨家的主要文论思想是"非乐"论和"三表"法。从强调实用价值的思想出发，墨子对艺术采取了全面否定的态度，提出"非乐"的主张。"三表"法，指立言辩说，应有一定的客观依据和标准，即"有本之者，有原之者，有用之者"。"有本""有原"，指要以古代圣贤之事为借鉴，又要下察百姓的反映。"有用"，就是要重视调查，了解下情，检验效果，对国家百姓有利。"三表法"强调的是文学的功利性，其思想基础，也是强调实用价值。法家的集大成者韩非。韩非的文论思想，则是将文艺与法制对立起来，否定文学和华美的文辞。《五蠹》中说："儒家以文乱法，……文学者非所用，用之则乱法。"文在韩非眼里成了乱国之术、亡国之道。在文与质、文与用的关系上，韩非主"尚质"、"尚用"之说，认为质、用是最重要的，所以他赞赏墨子的"不辩"的文章，以为君子应"好质而恶饰"，拒绝"文"。

战国时期还有一位应该受到重视的文艺思想家，便是伟大的诗人屈原。屈原虽没有专门的文论文章，但是是他首先提出了"发愤以抒情"的理论主张。这是屈原从自身追求理想与真实、反映出深刻的忧患意识的伟大创作实践中总结出来的美学命题。"发愤以抒情"的理论揭示了有生命力和审美价值的作品必然抒发深沉强烈的人生情感和以抒发强烈情感的方式来体现艺术的社会作用的文学创作规律。"发愤以抒情"的理论对后世影响深远。司马迁的"发愤著书"，韩愈的"不平则鸣"，欧阳修的"诗穷而后工"，都是与屈原之说一脉相承的。

综上所述，可以看出，先秦时期的文论思想是非常丰富的，而且有不少思想已奠定了中国古代文艺思想的基础。

二、两汉时期文论概述

秦始皇统一中国，战国时代百家争鸣的局面随之结束。秦始皇的"焚书坑儒"，又给中国文化以中断的危险。然而汉大帝国的建立，形势又为之一变。因此从秦到汉，社会发生了急剧的变化。社会变化虽然激烈，但是，就文化发展的状况来说，两汉时期文论，是对先秦文论思想的继承和发展。

平生风义兼师友
——适斋序跋与书评

就两汉文论思想发展状况来看,从汉初到汉武帝"罢黜百家,独尊儒术"之前,与汉武帝到东汉末,有明显的不同。汉初统治者为了巩固政权,吸取秦王朝的教训,推行休养生息的政策,在思想领域推崇黄老之术,思想界比较活跃。在文艺思想方面道家倾向鲜明,其代表可推刘安集门客编著的《淮南子》。从汉武帝"罢黜百家"一直到东汉末,儒学独尊,经学昌明,又由于经学的今古文之争的影响,儒家文艺思想占了主导地位。董仲舒的儒家立场自不必说,即使到了东汉中后期的王逸和郑玄,仍然摆脱不了"依经立义"的传统立场。这一时期对于文艺和文学的基本特征的各个方面进行了深入的探索,但是,它的保守倾向和为政教服务的观念明显强化。两汉时期,成为儒家文论思想发展的一个高峰期。不过从东汉初期开始,经学的独尊地位受到了有力的挑战,儒家传统的文艺观也同样受到了挑战,那就是桓谭、王充的思想,尤其是伟大思想家王充,在文论思想上一反前人的陋见,提出了许多有价值的理论。

两汉文论与先秦时期相比,当然要丰富得多,以下几个方面,尤其值得我们重视。

1.《淮南子》的文论思想。首先是强调文艺的本质在于抒发真情,提出"因自然,贵真情"的文艺主张。其次是对文艺创作中的"文"与"质"、"形"与"神"的关系进行深入探索,提出"君形"的传神理论。第三是强调审美主体对美丑界限的超越,要求进入一种自由"玄同"的境界。第四是已从接受的角度,认识到欣赏差异的问题。《淮南子》继承了先秦道家的文论思想,但又明显地带有黄老思想的烙印,而对儒家文论思想也有不少的吸收。

2. 司马迁的文论思想。司马迁父亲司马谈,推崇汉初黄老之学,受其父影响,司马迁的道家思想也颇浓厚。司马迁对屈原的人格和作品进行了深入的分析,认为"屈平之作《离骚》,盖自怨生也",从"怨"的核心内涵总结出屈原的悲剧意识。司马迁并结合自身的遭遇,将屈原的"发愤抒情"说扩展为"发愤著书",总结了从西伯(周文王)到孔子到屈原到《诗三百篇》,"大抵皆圣贤发愤之所为作也"的结论,将屈原的思想向前推进了一步。此外,司马迁在《史记》创作总体现出来的"实录"精神和"成一家之言"的创作手法,对叙事文学理论的建立是有贡献的。

3. 对《诗经》的研究。对《诗经》的研究集中体现在《毛诗序》之中。对这一篇中国文论史上第一篇系统的诗学研究论文,又集中体现了儒家文论思想。首先便是在"诗大序"中对儒家诗教理论的全面阐述和强化,集中阐明了诗歌的风教、美刺和讽谏的社会功能,所谓"风,风也、教也。风以动之,教以化之","故正得失,动天地,感鬼神,莫近于诗";"上以风化下,下以讽刺上",等等。这些,可以说是对孔子论"诗"思想的具体和深化。也可以明显看出儒家经生的思想影响。其次,"诗序"作者在对《诗经》深入研究之后,对诗歌的艺术本质有了更进一步的认知,在强调"诗言志"的同时,又将言志和抒情结合起来,解释了诗歌"情动于中而形于言"、"吟咏情性以讽其上"的艺术特征。第三是进一步论述了文学和社会时代的关系。所论虽承《礼记·乐记》而来,但更为精辟地阐述了文学内容的发展变化与社会时代发展变化的关系。第四是对"诗六义"做了深入的解说。"诗大序"虽然只着重阐述了"风雅颂",但也引发了后人对"赋比兴"的深入研究。东汉郑众、郑玄对"赋比兴"都有自己的解释和解说,后来刘勰、朱熹、李仲蒙等人,在前人的基础上就阐述得更加准确和深入了。

4. 关于屈原楚骚的争论。可以说,这一争论从西汉前期开始一直到东汉中后期。虽不是双方营垒的同一时间内的正面交锋,但前后的论争却针锋相对,相当激烈。刘安作《离骚传》,认为"国风好色而不淫",《小雅》怨诽而不乱,若《离骚》者,可谓兼之矣……蝉蜕浊秽,以浮游尘埃之外……推此志,虽与日月争光可也。(班固《离骚序》引)。刘安对屈原及其作品的高度评价,给司马迁以及后代崇尚屈赋的学者以巨大影响。司马迁完全继承了刘安的评价,同时又进一步肯定了屈原人格道德的伟大崇高。西汉末东汉初,杨雄、班固对于屈原的人品、作品的内容等都进行了批评。杨雄虽然以"诗人之赋丽以则"称赞屈原的词赋,但对屈原的理想、不妥协的斗争精神以及以身殉国的行为进行了指责,又批评屈原作品"过以浮",说明他对屈原及其作品并没有真正理解。班固批评屈原"露才扬己","忿怼沉江",甚至认为"谓之兼《诗》风雅而与日月争光,过矣"。这就不但从人品上非难屈原,对屈赋的评价也就与刘安、司马迁相去甚远了。从班固认为屈原"责数怀王,怨恶椒兰"之不足取,屈原作品"非法度之政,经义所载",可以看出他正统儒家思想的立场。东汉的王逸,是第一个对楚辞进行全面整理研究的人,可以说是秦汉以来楚辞研究的集大成者。王逸《楚辞章句序》中对屈原的为人及其辞赋作了全面的肯定,对屈赋的艺术特征和表现手法进行了总结。王逸评价屈赋的一个标准便是"依经立义",即以儒家传统思想和经义为标准。过去人们对此颇有微词。但就汉代的思想文化背景状况来说,这恐怕是提高屈原及其作品地位的最好办法。汉代关于屈原楚骚的争论是有意义的。能够对一个作家及其作品的评价进行如此深入的争论,不管其从什么立场出发,客观上反映了人们文学意识的增强,也可以说已经表现出朦胧的文学自觉。再者,争论者对屈赋的论争,更多侧重于对屈原人格道德的评价,它开创了中国古代文论的道德文章并重的优良风气。

5. 关于汉赋的评论。赋是两汉兴盛的一种新文体。司马相如、扬雄都是汉代辞赋大家,对作赋当然颇有会心。司马相如以"合綦组以成文,列锦绣而为质","赋家之心,包括宇宙,总览人物"论赋(《西京杂记》卷二),又以"赋迹"和"赋心"来分别阐述赋的艺术特征和赋家的修养、创作时的精神状态。司马相如的论赋是非常可贵的,因为他是纯粹从赋的艺术特征来论赋的,并不受政治或儒家思想的干扰。扬雄的论赋,呈现出一种矛盾状态。扬雄早年好赋,晚年又否定少作,称为"童子雕虫篆刻","壮夫不为"(《法言·吾子》)。而且还批评汉大赋"劝百讽一"的毛病。从扬雄本身的创作来看,扬雄的赋还是比较注重讽谏的。因此他对汉赋"劝百讽一"的批评,从政教功能的立场上来说,批评基本上还是准确的。班固虽然批评司马相如的赋"多虚辞滥说",但却不同意扬雄的批评。班固以为汉赋有"润色鸿业"的作用,有"引之于节俭"的功能,艺术上有"雍容揄扬"的特点,乃"雅颂之亚"。这就给了汉赋以非常高的评价了。

6. 对于司马迁《史记》的评论。西汉末的扬雄,对于司马迁及其《史记》,既有赞赏,也有批评。扬雄第一个指出《史记》的最基本特点是"实录"(《法言·重黎》),又赞赏"太史公之用",认为"淮南说之用,不如太史公之用也"(《法言·君子》)。所谓"用",当然指符合儒家之道的"用"。但他又批评司马迁"爱奇",认为"太史公记六国,历楚汉,乞麟止,不与圣人同,是非颇谬于经"(《汉书·杨雄传》)。这表现出他的儒家经学的立场。其后,班固父子对于《史记》的评论,可为汉儒凭《史记》的代表。班彪批评《史记》"崇黄老而薄五经","轻仁义而羞贫穷","贱守节而贵俗功"(《后汉书·班彪传》),是因其与五经、圣人的标准相矛盾,但对司马迁的良史之才又非常推荐,赞扬他"善书叙事理,辩而不华,质而不野,文质相称",肯定他"采获古今,贯穿经传,至广博也"(《后汉书·班彪传》)。班固继承了扬雄、班彪的观点,赞扬司马迁"其文直,其事核,不虚美,不隐恶"的"实录"精神。班固所说的"实录"的原则正准确地概括了史传文学的最重要特征。班固称赞司马迁"幽而发愤"的精神,肯定他"究天人之际,通古今之变,成一家之言"的成就,但又批评《史记》"甚多疏略,或者抵牾","是非颇谬于圣人"。不管对《史记》是赞扬与批评,经过扬雄、班彪、班固等人对《史记》的评论,司马迁的伟大人格、《史记》的成就与不朽的精神,更加为后人所了解。

7. 王充的文学思想。王充是东汉杰出的思想家和文学家,他以大无畏的精神,对孔孟学说以及谶纬神学进行了尖锐的批判。王充的文学思想,散见于其所著《论衡》一书中。在文论思想上,王充同样表现出逆潮流而动的精神,提出了许多有价值的新观点。如论文学的社会作用,王充主张要"文为世用";"文人之笔",既要"劝善惩恶",也要"褒颂记载"。所以,文学必须有益于社会。在《论衡》中,王充高举着"疾虚妄"的大旗,对许多虚妄迷信的社会现象进行了批判。因此,在文学的真实性方面,王充极力强调文学的真实性,强调"文贵实诚"、"真美",反对夸张。所以"虚妄之言"、"华伪之文"是应该摒弃的。而且,既然是要"真美",因此文与质也应相称,华实相符。"实诚在胸臆,文墨著竹帛,内外表里,自相副称"(《超奇》)针对汉代曾经出现的模拟因袭的学风,王充还提出了反对模拟,反对贵古贱今、文贵独创的主张。"述事者好高古而下今,贵所闻而贱所见,辨士则谈其久者,文人则著其远者,近有奇而辨不称,今有异而笔不记"(《齐世》),这些都是创作中的不良风气。"才有浅深,无有古今;文有真伪,无有故新"(《案书》),作品的价值在于内容和个性,模拟时没有出路的。人们不应"尊古卑今",应努力创新,超越前人。此外,在作家的修养、作品语言的通俗性以及鉴赏与批评方面,王充也提出了许多有价值的主张。王充的文论思想,经东汉蔡邕的播扬,逐渐产生了影响,魏晋以后,声势大振,日益为人们所重视,显现出它的不朽光辉。

由上所述,两汉文论,在先秦文论的基础上的确有很大发展。有不少理论问题已经向纵深发展,有的已经确立自己的基本体系,尤其是儒家文论。两汉文论,为魏晋南北朝文论的繁荣奠定了基础。

综上所述,先秦两汉时期是中国古代文论发轫期和生长期,从它发轫伊始,就显示出深厚的理论基础和强大的生命力,具备了鲜明的民族特征和民族传统,对以后历代文论的发展有极深远的影响。我们学习中国古代文学批评史,是不能不认真了解先秦两汉文论的。

(该书于2001年3月由江苏教育出版社出版)

形象与情节解绎的历史
——《先秦两汉史传文学史论》前言

纵观整个中国文学史,可以看到它有若干个文学主流在产生和发展,也有若干个专题特别能引起人们的注意,诸如诗歌、辞赋、散文、骈文、词、散曲、戏剧、小说等等。如果把绵延几千年的中国古代文学发展的历史,比作一条浩浩荡荡奔腾不息的长河,史传文学就是这条长河中的一股劲流。它可以作为一个专题独立存在于中国古代文学史中。

作为一种特定的文学样式,关于史传文学,似有必要给予一个比较明确的界定。"史传"二字,《后汉书·隗嚣传》所载《讨王莽檄》中有"援引史传"的话;东晋袁宏在《后汉纪·序》中说:"夫史传之兴,所以通古今而笃名教也。"① 到了刘勰作《文心雕龙》,特设《史传》篇,专论"史传"。《史传》篇释"传"曰:"传者,转也,转受经旨,以授于后,实圣文之羽翮,记籍之冠冕也。"刘勰认为,所谓"传",以声训来解释,就是"转",即转达,指像《左传》那样,把"经"的意旨转达出来,以传授给后人。因此把释"经"的文字叫做"传"。② 《左传》是解释《春秋》经的。《春秋》是"经",也是史书;《左传》是传,也是史书,《左传》用了很多历史事实来解释《春秋》经,"原始要终",使《春秋》的记载更加

---

① 严可均《全上古三代秦汉三国六朝文·全晋文》,北京,中华书局,1987年,第1786页。
② "传"可解为训诂,《公羊传·定公元年》:"主人习其读而问其传。"何休注:"读谓经,传谓训诂。"又指解释经义,《汉书·古今人表》"传曰"颜师古注:"传谓解说经义者也。"

清楚，所以是"圣文之羽翮，记籍之冠冕"。[①] 这样，就把史和传联系起来了，可称之为"史传"。《史传》篇还论述了其他众多的历史著作，包括《尚书》《战国策》《史记》《汉书》《三国志》等非解经之作。可以说，刘勰所谓"史传"，包括上起虞夏，下至东晋的各体史书。史传文学中"史传"二字的含义，就是这样的概念。从先秦到六朝，有一批历史著作，它们不仅是其中的某一篇章，或是某一段落具有文学色彩，而且是整部著作都堪称文学杰作，它们做到了历史科学与文学艺术的有机统一，它们既是历史著作，又是文学著作。所以，我们借用刘勰"史传"的概念和界限，将这样的一批历史著作称为"史传文学"。

此前的许多文学史著作，对于上起自先秦，下迄于两汉魏晋六朝的一大批文学性很强的历史著作，诸如《尚书》《春秋》《左传》《国策》《史记》《汉书》等，或称之为历史散文，或称之为传记文学，或称之为史传散文，概念颇不统一。当然，就研究的不同角度来说，存在差异也是允许的。然而就文学史的性质来说，概念上的纷杂必然带来作品归类上的困难。称为历史散文，似嫌过于宽泛，其外延并不仅仅涵盖上述作品；称为史传散文，似又不够精当，未能突出上述作品的个性特征；称为传记文学，它也必然碰上一些纠缠不清的麻烦。《中国大百科全书》"传记文学"条说："古代传记文学大体上包括两类，一类是历史传记文学即史传文学，一类是杂体传记文学即杂传文学。"笔者认为这样来解释传记文学的后半部分是合适的。因为魏晋以后，整部历史著作皆具有很强文学性的情况，已不复存在，代之而起的是杂传、散传以及单篇个人传记作品，这些谓之传记文学或杂传文学当然可以。但是，前面的史传文学，论者往往囿于人物传记的界限而只从《史记》算起，那么，他们便碰上一道难题，无法将《左传》《国语》《国策》这些先秦时期的历史文学杰作归入其中，于是或称之为"传记文学的萌芽"，或称之为"历史著作"，使人终觉得不通或纠

[①] 汉人认为《左传》是解释《春秋》的。所以称"春秋左氏传"。古今都有学者认为《左传》非解释《春秋》，虽如此，《左传》与《春秋》有密切的关系，这是不可否认的。

缠不清。所以，我们将史传文学与传记文学分离，专门用"史传文学"这一名称来界定从先秦到魏晋的这些史传作品，或许更能显现它们各自的特色。

史传文学的根本特征在于文学与史学的融合为一。文学、史学、哲学不分，这是我国上古史官文化的一个特有现象。中国古代并没有严格划分文学与非文学，没有确立纯文学的观念。刘知几说："昔尼父有言，文胜质则史。盖史者，当时之文也。"（《史通·核才》）先秦时期，文学尚没有从整体文化形态中分离出来，文、史、哲三者交融为一体，以文学写哲学，以文学写历史，常见于先秦时期的各种典籍之中。这种情况一直延续到汉代。就史传文学而言，它既是历史，又是文学。从历史的角度看，它展现了古代社会漫长的历史进程，历史运动的规律，历史变化的动因，它是历史著作，文学不过是其手法。从文学的角度而论，史书只是载体，它以史的形式包容了人类社会的众生万象，是人类社会全部生活的缩影，是历史题材的文学作品。要而言之，它是文与史交融的时代画卷。

史传文学的载体既然是史书，它当然具备历史著作的本体特征。大凡历史著作所应有的本体意识，如以史为镜的功能，惩恶劝善的职能，讲求实录的原则，以至史家所必须的德、才、学、识，在史传文学作品中都得到充分的体现。就我们视野所及的史传文学作品来说，以史学的地位而论，它们大多是杰出的历史著作，有的甚至是伟大的历史著作，比之于后代的史书，它们不但毫不逊色，有的甚至是后代史书无法比肩的楷模。这一点，又是中国古代文学其他样式所不具备的。

史传文学的另一个特征，即它同时又是文学。它不是简单枯燥地排比历史史实或机械地阐述历史变化规律，而是用鲜明的人物形象和生动的情节解释和演绎历史。它极少作令人乏味的说教，而是将历史认识融通于人物的言行之中，将历史运动过程转变成情节复杂的历史故事，将历史文学化、故事化。不论是先秦时期还是汉代的史传文学作品，都将历史人物描绘成可视、可感、可爱、可憎的活生生的人物形象。有的人物性格相当鲜明，有的人物形象具有典型意义。而复杂纷纭的历史事件，又常被组织成曲折跌宕、富于戏剧性的故事情节；有时还增加了许多兴味盎然的细节描写、心理情态刻画。文学的特质在于形象，叙事文学的基本构成在于情节，史传文学的上述特征无疑使其成为品位极高的文学作品。不但如此，在以形象和情节解绎历史的过程中，作者还表达出自己的评价，注入个人的感情；在精神上，它们"发挥了史诗性的文艺之本质"（李长之语），所以它又具有很高的审美价值。与此同时，史传文学还为叙事文学确立了楷模，《左传》文章的叙事手法，《史记》中的写人艺术，千百年后仍然被史学家和文学家奉为圭臬。

有人叹息中国古代没有史诗，没有长篇叙事文学作品，其实不然。史传文学作品就是伟大的史诗，就是规模宏伟的长篇叙事文学。从先秦到魏晋南北朝，史传文学高潮迭起、杰作频出，在史学与文学双重领域中形成了澎湃的热流。

史传文学是从中国古代史官文化的大背景中产生的，应该以文化学的眼光加以审视，才能使史传文学的研究获得深厚的文化背景依托。所以本书的上编"本体论"，从史官文化的大背景入手，探索史传文学赖以生成的文化机制，并阐述文化生成机制对史传文学的制约。史传文学的载体是史籍，它首先具有史学的本体特征。这些本体特征，不但构成了这一阶段史传文学的特质，也是绵延几千年中国古代史学的精髓。对其史学本质的体认，也有助于弄清我国古代文与史关系的内在脉络，这也是中国古代文化精神的一个重要特质。史传文学又是文学，但它不同于诗、词、歌、赋等文学样式，它是以史为内容的叙事文学，在文学特质方面又有自身的表征与发展规律。史传文学不是孤立的，它与相近的文学样式是互相渗透与影响的。所以，本书的上编，着重从宏观的角度对史传文学的总体特征、内部规律进行描述，确认它在文学、文化学中的审美价值，揭示它的整体风貌。

史传文学的发生、发展、高潮、衰落，经历了一个漫长的过程。本书的下编，则试图在对史传文学基本特征全面把握的前提下，就其动态发展作纵向的透视。或许有人认为，像《尚书》《春秋》，似还不能算为史传文学,这种看法似可讨论。不管怎么说,作为史传文学的发轫作品,我们不能将它们排斥在外。史传文学发展的两次高潮,一是《左传》,一是《史记》,尽管它们有各自的特色,后者对前者又有继承关系,但是它们作为史传文学的两座高峰,是毫无疑义的。而一些文学性较差或发生变形的史著,也同样是史传文学的产物,把它们纳入我们的视野,更有助于我们了解史传文学的演变过程。下编以对具体作品的微观分析为主,特别注重在具体创作现象上的审美把握与直觉品味,以具体的艺术精神,展示史传文学的丰富内涵与艺术魅力。

　　本书试图描述的是先秦两汉史传文学发生、发展、演变的历史,其下限,包括《三国志》与《后汉书》。有感于以往文学史的传统写法,本书摒弃了以往的单纯依时间序列就作品以次论析的习惯,以"本体论"和"流变论"的双向结构,在史学的本体特征与文学本质特征双向观照的二元组合中,对先秦两汉史传文学发展史进行总结。这,或许也可以称之为作者对大文学史的一点思考。

　　(本文曾删节后被选入上海高中三年级语文课本,《先秦两汉史传文学史论》2014年10月由上海古籍出版社出版)

中国古代散文的源头
——《先秦文选》前言

一

我国古代散文的源头,起自先秦时期。先秦散文,主要包括两大部分,一是历史散文,一是诸子散文。先秦散文奠定了我国古代散文的基础,对现代散文也产生了重大的影响。

历史散文可以追溯到距今三四千年的殷商时期。殷商时代的甲骨卜辞,是至今所能看到的最早的散文片段,它本是当时人用来预测祸福吉凶的占卜辞,内容非常简短,少则几个字,多则百余字。它虽然简单,却具有开创性的重大意义,可以说是散文的胚芽。商周铭文则是刻在青铜器上的文字,记载奴隶主贵族的功绩、讼断、征伐、赏赐等,篇幅已比较长,大多是散体文,少数有韵,风格庄重典正,缺乏文采。现存较为完整的历史散文应该首推《尚书》和《春秋》。《尚书》是朝廷的命令、文告、誓词、训词等历史文件的汇编,以记言为主,其中也有一些记叙的篇章,如《金縢》《顾命》等,记下了周成王在位期间的两件大事,即成王疑忌周公与康王即位之事。《尚书》年代久远,文辞古奥,所以是"佶屈聱牙"颇不易懂。《春秋》本为先秦时代各国史书的通称,这里所说的《春秋》,相传是孔子据鲁国史书重新整理、编定的,以记事为主,它以鲁国十二个国君在位的次序编年纪事，记载了春秋时期242年间的历史，它的纪事极为简短，语言精练严谨。

春秋战国之际，历史散文有了长足的进步，《国语》《左传》《战国策》是其代表。《国语》是分国纪事的历史散文，分载周、鲁、齐、晋、郑、楚、吴、越八国的历史。《国语》的记录者可能是各国史官，在春秋战国之际由晋国史官汇编成书。《国语》以记言为主，但却比《尚书》详细生动得多。《左传》是一部以《春秋》为纲记述历史的著作，作者相传为鲁国的左丘明。《左传》全书规模宏大，近20万字，作者博采各国史书和民间流传的材料写成，其叙事状物、剪裁结构、刻画人物都达到很高的水平，是一部杰出的叙事散文著作。《战国策》也是汇编而成的历史著作，成书时间比《国语》《左传》要晚许多，最后由西汉后期刘向校定成书。它记载了战国时期纵横策士游说各国的说辞与谋略，风格辩丽恣肆，铺张扬厉，文思开阔，想象丰富，同样堪称一部杰出的文学作品。以上三部著作，组成了春秋战国时代绚丽多彩的历史画卷。

先秦诸子散文是春秋战国时期各学派阐述自己主张的著作，是百家争鸣的产物。它本是政治、哲学、伦理等方面的论说文，但是同样具有很强的文学性。它们以论辩说理为主，语言生动活泼，表达自由酣畅。在形式上，早期与中期以语录体、对话体为主，如《论语》《老子》。《论语》篇章短小，简练质朴，但具有深刻的哲理内涵。到了《孟子》和《庄子》，则可以看出向论说文过渡的痕迹。《孟子》中的文章，锋芒毕露，气势宏盛，如长江大浪，磅礴逼人，而且嬉笑怒骂，具有强烈的感情色彩。《庄子》则想象奇特，千汇万状，汪洋恣肆，充满了诡奇多变的色彩，读之令人神思飞扬。到了战国后期的《荀子》与《韩非子》，则浪漫色彩减弱而理性思辨增强。《荀子》和《韩非子》都已不再满足于对话的辩说，而是围绕某一中心进行专题的探讨。文章结构严密，讲究逻辑和修辞，表现出说理散文的高度成就。再到《吕氏春秋》，则是把历史和哲理、自然和社会结合起来，夹叙夹议，企图将各家熔于一炉。先秦诸子散文奠定了我国议论说理散文的基础，汉代的政论文和唐宋时期的论辩文，都受到诸子散文的影响。

先秦时期的散文有几个鲜明的特点。第一，百花齐放，诸家蜂起，众体皆备。历史散文以叙事为主，诸子散文以议论说理为主，但是也不是截然分开。叙事散文中有生动的记言和论辩，说理散文中有鲜明的形象。第二，文、史、哲浑融。历史著作文学化，哲学著作文学化，是最大的特色。杰出的历史著作，又是杰出的文学著作；严密的思辨说理，又具有鲜明的形象，文采斐然，妙趣横生，令人爱不释手。第三，无论是历史散文，还是诸子散文，都与现实生活紧密结合，为现实服务。历史散文总结历史上的兴衰经验教训以资借鉴；诸子散文则是各派政治活动和思想斗争的总结。所以，它们都还不能说是后代概念上的"自觉"的文学创作。虽然如此，它们强烈的文学特性，给后世留下了非常丰厚的文学遗产。

以上是先秦散文的总体情况。

二

本书选文原则，一是尽可能反映先秦散文的面貌，使读者对先秦散文有一个大致的比较全面的认识。入选的先秦散文著作，前面都有一个题解式的说明。二是注重从文体的角度进行选录，尽可能反映出先秦散文中蕴含的各种文体样式。

我们把先秦的散文分为历史散文和诸子散文，并不是说先秦散文只有这两大类。从文体来说，先秦散文包含了各种散文文体。

上古时期，文学并没有成为一个独立的门类，所以文体又常指文章的体裁。古人认为，文章之体，起于"五经"。《文心雕龙·宗经》篇论各体文章之始，皆举"五经"为其根源，其书云："故论、说、辞、序，则《易》统其首；诏、策、章、奏，则《书》发其源；赋、颂、歌、赞，则《诗》立其本；铭、诔、箴、祝，则《礼》总其端；纪、传、盟、檄，则《春秋》为根。"颜之推《颜氏家训·文章篇》亦曰："夫文章者，原出《五经》：诏、命、策、檄，生于《书》者也；序、述、论、议，生于

《易》者也；歌、咏、赋、颂，生于《诗》者也；祭祀、哀诔，生于《礼》者也；书、奏、箴、铭，生于《春秋》者也。"二者所论略同。"五经"之中已包含着如此众多的文体了，再加上诸子散文部分，文章的体式更为丰富。章学诚说："盖至战国而文章之变尽，至战国而著述之事专，至战国而后世之体备。"又说，"后世之文，其体皆备于战国"，"战国之文，其源皆出于六艺"（均见《文史通义·诗教上》）。章氏所论，是有道理的。

我们且从通常的分类——史传散文和哲理散文这两大文体内部，看所备文体的多样性。

一、史传散文中的各类文体

刘勰《文心雕龙》文体论二十篇，"原始以表末"，追溯各体文章之始，举《尚书》《左传》《国语》《战国策》之例者多达四十余处，涉及乐府、诠赋、颂赞、祝盟、铭箴、诔碑、哀吊、谐隐、史传、诸子、论说、檄移、章表、议对、书记各体。其中以举《左传》一书为最多。《尚书》中的典、谟、训、告、誓、命，也是不同的文体分类。有的文体，与刘勰所论之体不完全吻合者，刘勰称之为"变体"，其实乃因其只具雏形而已。再如史论体即史书论赞这一文体，如司马迁的"太史公曰"，在先秦史传文学作品中已见雏形。在诗体方面，史传作品中也不少，有三言、四言、五言、六言各体，有谣谚体，有骈俪体。

宋人陈骙在其所著《文则》一书中，将《左传》之文归为八体，谓之：一曰"命"，二曰"誓"，三曰"盟"，四曰"祷"，五曰"谏"，六曰"让"，七曰"书"，八曰"对"。并对八体的特点给予精当的概括。章学诚说："左氏以传翼经，则合为一矣。其中辞令，即训诂之遗也。"（《文史通义·外篇方志立三书议》）依此，则可以说左氏辞令，承继了《尚书》遗风。《战国策》中如黄歇上秦昭王书、范雎献秦昭王书等，皆为书信体说辞的名篇。除此之外，如论辩体、诏令体、铭箴体、哀祭体等也都具备。南宋真德秀《文章正宗》分文章为辞命、议论、叙事、诗歌四大门，首选《国语》《左传》《史记》为其正宗（将《左传》《国语》选入总集，始于《文章正宗》）。《战国策·楚策四》的《庄辛说楚襄王》，姚鼐《古文辞类纂》将它编入"辞赋类"中,其说辞,的确有辞赋铺张扬厉之气。可以看出,汉代以降,各家论文体之渊源,其所举的诸多文体,在先秦史传著作中均已见萌芽或雏形。

至于叙事体一门,史传著作本身乃是叙事性作品,其叙事的生动复杂,为后世叙事文学确立了范本。从史书叙事的角度来说,《左传》已具备纪传体的雏形,如隐公元年"郑伯克段于鄢",僖公二十三、二十四年的"晋公子重耳之亡",就是郑庄公、晋文公的传。若以小说一体来说,在先秦史传文学作品中,可作小说看的篇章也不少,《左传》中众多的战争篇章,其描写实不亚于后来的古代战争小说。本书中入选的如《左传》昭公元年的"徐无犯之妹择婿",《战国策》中的"冯谖客孟尝君",其叙事曲折生动,情节精彩动人,人物形象鲜明,完全可以作小说看。先秦史传文学是古代小说的重要源头。

《公羊传》和《谷梁传》,是解释《春秋》的微言大义的,不属于史传著作,其文章主要是议论体,有的一问一答,如对问体。间或有一些叙事性的文字,亦饶有趣味。

二、说理散文中的各类文体

这里所说的说理散文主要指诸子散文。首先,从《论语》《孟子》到《庄子》《荀子》和《韩非子》,其体制从语录体、韵散结合体,到对话体和寓言体,到独立成篇的专题论文,这都是大家所熟知的。《论语》和《老子》是语录体,且《老子》还有韵,这种体制的发端,虽与授徒讲学有关,恐怕还与甲骨卜辞的影响有关。甲骨卜辞里面就有不少问答语录体的话。而《周易》的卦爻辞也有问答体,有的有韵。《墨子》和《庄子》已显示由语录体向专论体的过渡。到了《荀子》和《韩非子》,已形成专题的论文,标志着说理散文的基本定型。这些,只是从外形的体制中我们可以发现的变化。

在诸子著作内部,也可以看出其中孕育着的各种文体。《孟子》虽还是语录体的体式,但其中的论辩,已基本形成论辩体的形式。《孟子》里的"齐人有一妻一妾"章,是寓言体,也是小说体。《墨子》的《非攻》,

是议论体，其对所论的论题进行的逻辑推理，形成了自成一格的推理散文。《庄子》自称有"寓言"、"重言"、"卮言"，这是三种不同的文体，其实在《庄子》里还有对话体如《秋水》《知北游》。《老子》的第二十章："绝学无忧。唯之与阿，相去几何？善之与恶，相去何若？"其全章语言整饬且押韵，如散文诗。《管子·白心》篇的"孰能发无法乎？始无始乎？终无终乎？弱无弱乎"，从内容到句法都有如《老子》，亦犹如诗句。谭家建先生称它"简直就是诗"。而接下来的"孰能弃名与功，孰能弃功与名"，叙述犹如庄子。《管子·内业》篇大量的使用四字句，句式更加整饬，结构更加严密，诗化特征更为鲜明。如果从意境上说，《庄子·逍遥游》开头之鲲鹏展翅一段，亦不妨可以看作是诗体散文。《庄子》中的许多寓言，也是小说体；《齐物论》，是论述体（《文心雕龙·论说》："庄周《齐物》，以论为名"）。《荀子》中以"论"命名的篇章已不少，如《天论》《正论》《礼论》《乐论》，已是成熟的专题论文；但像《宥坐》《子道》，还是问对体，另外还有以说唱形式所写的《成相》篇和以"赋"名篇的《赋》篇。《韩非子》里有长篇的专题论文（一般来说，先秦的著作，书名及书中各篇的题目，往往是后人加的，但到了战国后期的著作如《荀子》和《韩非子》，已经有作者自身定的题目，就题目而写的文章了）。此外，还有书表体，如《难言》《爱臣》《存韩》；政论体如《五蠹》《显学》《孤愤》《说难》；问对体如《问辨》《定法》；解释体如《解老》《喻老》；《说林》既是寓言体，也是"说"体。"说"体还包括《说林》《内储说·上》《外储说·左上》《外储说·右上》等。

  特别要注意的是这些散文的押韵。先秦时期的诸子文章，讲究押韵，是一个很普遍的现象，如《老子》，既有形象又有押韵；荀子的《成相》和《赋》不用说，《天论》中也有大段的押韵；《管子》的文章在叙述时也常用韵语，如《四称》《心术》《白心》《内业》《弟子职》等几篇都几乎是全篇用韵。这种情况，是否可以说明在文体形成之初，诗、文是同源的。另一方面，我想与传授和流传有关系。战国之前的散文传播，是以口耳相传为主要方式的，诚如章学诚所说："不知古初无著述，而战国始以竹帛代口耳。"(《文史通义·诗教上》)在书写工具不发达的状况下,口耳相传,押韵是最便于记诵的。所以我们能看到这些有韵的文章。章学诚说:"后世之文,其体皆备于战国。"后世的散文家,从文体到风格,都受到先秦散文的深刻影响。了解先秦散文中的各种文体的孕育与萌芽,对于认识散文文体的源流发展很有帮助。

三

本书的选编,大体上依照先秦散文发展变化的轨迹和体现文体雏形的原则进行,对历来受到重视的文章,尽可能选入;对各类文体的代表,也尽可能选入,但限于篇幅,还会有遗珠之憾。本书选文定篇由郭丹负责,注释部分,有汤化、林姗、林春香、周晶纯等参加,分工如下:

汤化(福建师大):《公羊传》,《谷梁传》,《韩非子》,《晏子春秋》,《列子》,《礼记》。

周晶纯:《尚书》之《无逸》《秦誓》,《国语》,《左传》,《战国策》,《孙子》。

林姗(福建中医药大学):《荀子》之《劝学》《非十二子》《天论》。

林春香(福建师大):《吕氏春秋》。

其余的皆由郭丹负责;郭丹并负责全书各篇的审定、修改和校订。注释虽有统一的原则,但各人的风格总会有些差异,且限于水平,难免有一些错误,欢迎读者批评指正。人民文学出版社的副总编周绚隆先生,古典编辑室的葛云波、胡文骏、李俊先生为本书出版付出艰辛的劳动,本书编著过程中参考了前贤时彦的许多成果,在此一并致谢。

2010年12月15日于福州适斋

2015年2月6日修改

(该书2020年1月由人民文学出版社出版)

丰富多彩、品类繁多、源远流长的中国古代文学
——《简明中国古代文学史》前言

中华民族久已列入世界上最古老的文明民族之林。我们的祖先创造了灿烂的文化，古代文学则是其中最光辉的部分之一。要了解我国古代文化的起源、发生、发展，继承优秀的文化遗产，必须要学习古代文学。

我国古代文学遗产丰富多彩，品类繁多，源远流长，尤其是它具有突出的连贯性。从上古神话、《诗经》开始，一直到近代的小说、戏曲，几千年来，一脉相承，从未间断。我国是一个多民族的国家，对于古代文学，各民族都作出了不可磨灭的贡献。由于地域发展的程度不同以及其他种种社会原因，各民族所保存下来的文学作品自然有所不同。我们这里讲的主要是汉文学，但仍然是全国各民族的共同的宝贵财富。

研究文学史，应该注意几个层面的问题。第一个层面是文学创作的社会政治、经济背景，这是深入阐释文学创作和文学发展的必不可少的钥匙。古人说要"知人论世"，就是这个意思。但是这不能成为文学史的核心内容。第二个层面是文学创作的主体即作家，包括作家的生平、思想、心灵心态研究，但文学史不是简单的作家评传集。第三个层面是文学作品，这才是文学史的核心内容。文学作品是文学创作的最终体现，没有作品就没有文学，也就没有文学史。但是，文学史又不是简单的作品评介和鉴赏。除此之外，文学理论、文学批评和文学鉴赏，甚至文学传媒，也都应该进入文学史的视野之中。

随着研究视野的开阔，文学史的研究，还要十分注意文学史与其他相关学科的交叉关系，尤其是从广阔的文化学的角度去考察文学。任何时代的文学现象都不是孤立的，而是整个社会文化的一个有机组成部分，它和总体的文化之间存在着互动的关系。文学史成为文化建构的一个方面，它受文化建构过程中的整合作用所驱动，又以自身的变革参与了文化建构。所以，文学的运动、变革和文化的建构，不是单向的，而是互动的。文学的演进和整个文化的演进息息相关。古代的文学家往往又是史学家、哲学家、书法家、画家，他们的作品里常常渗透着深刻的文化内涵。因此，文学史研究不但可以而且应该借助哲学、考古学、社会学、宗教学、艺术学、心理学等学科的成果，参考这些学科的方法，在与不同学科的交叉点上，取得新的突破。例如，研究先秦诗歌时应该关注到原始巫术、原始宗教和歌舞；研究两汉文学应该重视它与儒学、经学的密切关系；研究魏晋南北朝文学则不能不关注玄学、佛学；研究唐诗则应该了解唐代的音乐和绘画；研究宋诗要关注理学和禅学；研究金元戏剧，保存在山西的反映金元戏剧演出实况的戏台、戏俑、壁画等，都是可供参考的资料；明代中叶社会经济的变化所带来的新的社会环境和文化氛围，是研究明代文学的重要背景资料。这些都说明广阔的文化背景和文化学视角对于文学史的研究是非常重要的。

本书名为"简明中国古代文学史"，所谓"简明"，是希望避开过于全面、过于厚重的古代文学发展的全过程的描述——这样的描述已有不少文学史著作取得了成功；而是希望通过古代文学史中一系列重要的专题的讲授，让学生了解和掌握中国古代文学的发展史。这样一种考虑和模式，可能更适合于一些特定的学习对象，如现在已经进行了十年的远程教育、函授教育，以及理工科专业学生学习中国文学史的需要。

关于中国古代文学史的分期，我们仍按照一般中国文学史以朝代为纲的分法。把从先秦到清代的文学史，大体上按时代分为八章，每一章的内容以这一时代的主要文学样式、重要作家和作品组成专题，尽量突出这一时期的文学特征。并且将文学史和作品结合起来进行讲述，在每一个专题的后面还开列出拓展阅读作品篇目、参考书目，并设置思考练习题和相关链接，以便大家学习和复习参考。

本书曾以"中国古代文学史专题"之名在网络教育中文专业使用，建有网络教学平台，该课程于 2008 年被评为国家级网络教育精品课程，读者可以进入福建师范大学网络教育学院课程平台查看，以利学习。

我们将尽量吸收新的科研成果，使内容更为丰富，更能体现学科的前沿性。

（本书是笔者与陈节教授合作编著，陈节教授已仙逝多年，今录此亦作为纪念。该书 2010 年 4 月由高等教育出版社出版，2014 年再版，列入"全国高等学校重点规划教材"）

"以骨法相赏"的罗纹山诗文
——《罗纹山全集》前言

《罗纹山全集》,作者罗明祖。

罗明祖,字宣明,别号纹山,今福建永安市人。生卒年不详,大约生于明万历二十七年(1599年)左右,卒于崇祯十六年(1643年)间,享年大概四十四岁。

罗氏为宋儒罗从彦之后,原居福建沙县,始祖罗仕通自沙县竹林茔浐贡川而居,遂定居永安贡川。罗明祖之父罗天长以易学名家,"嗜易、老、庄、列、参同、悟贞、文始抱朴诸书,善辨蝌蚪文"(《福建通志》卷三十一),曾隐居武夷山十余年,学者称为紫曦先生。

据李世熊撰《罗纹山先生传》称:纹山"颖异绝恒,甫能言,即受周易、老庄"。少家贫,十三岁失怙,依母李氏而长,崇祯四年(1631)登进士,与杨廷麟、吴伟业等同榜。重经世通务之业,精于历算。初除华亭(今上海松江县)令,因触动贵势利益而被构陷,调令繁昌(今安徽繁昌县),又因得罪直指使者(朝中钦差),谪浙江布政司藩幕,旋署萧山令。在萧山,治水成功,颂声大作,然因不慊于中官,调补襄阳令,又因受熊文灿以违限参劾,奉旨降级。是时张献忠起事襄阳已多年,纹山因剿抚之事与熊文灿、杨嗣昌等意见不合,又从不呈身中贵,旋罢官。一生"三作令而三黜",终于弃官而归。罗明祖属于比较正直的封建士大夫一类人物,又深受封建传统文化的熏陶。罗明祖仕宦之时,明王朝内忧外患,已是日薄西山、岌岌衰危于将亡之际。北边清人入侵,中原农民起义风起云涌,朝廷先后派熊文灿、杨嗣昌往汉中镇压张献忠等起义军,或抚或剿,皆以失败告终。罗明祖调补襄阳令时,张献忠已在襄阳一带起事六年。出于时代的局限,罗明祖当然也是主张剿灭起义军的,但在方法策略上每与当局不和。先是熊文灿主张抚局,推行招降之策,明祖谓"寇焰半天",不可抚。后张献忠再起事,熊文灿死于西市。杨嗣昌议加剿饷三百万、练饷七百三十万,罗明祖极力反对,谓此举"是不尽驱天下为盗不止"。并认为民众为盗贼,乃由天灾人祸、赋税苛重所致。罗明祖在《复陈眉公书》中曾痛心疾首地痛斥:"流贼之祸不在流贼,而在抚按;北虏之祸不在北虏,而在大臣。何者?流贼起于贪污之府令……北虏乘乎炎炽之流贼,而一意剿流贼者谁?"所以皇上应整顿吏治,严惩奸佞,弃捐减课,与民休息,则民自不为盗贼。并著诗云:"绿林原是版图人,未作贼时欠抚循。选将何如严选牧,依兵不若迩依民。三家奸戍终存遂,一士揭竿岂畏秦。率土军需力已悉,上医唯有护元神。"(《调兵》)罗明祖曾不断地上计献策,主张屯田抚民,集粮固兵,寓兵于民,以利灭贼。综观罗明祖所持论,乃以宽恤民财,收拾人心为治乱之本,以息民安民为重。在明末农民起义风起云涌、锐不可当之时,罗明祖的主张未必能解决问题,但亦可见其忧国忧民之心。

黄曾樾跋《罗纹山全集》谓"纹山有干济才,非文章士",又云"以著述言,学即驳杂,文尤支离;诗词皆未脱明末江湖恶习"。此言似未尽然。就以罗明祖的小品文而言,包括游记、序、跋等,皆具有晚明小品的风格,即受"性灵说"的影响,显示出鲜活灵便、抒写性灵、不拘格套、真情流露的新格调。罗明祖自云"乡试之文受文宗钟伯敬赞赏"(《一壶草自序》)。钟伯敬即钟惺,时官福建提学佥事。钟惺是明代竟陵派的代表人物,继承了公安派"独抒性灵"的理论主张。罗明祖之文受钟惺赞赏,说明也具有公安竟陵之特色,此并不难理解。罗明祖自己曾说:"今天下非无文心,苦无文骨耳。""而吾独以骨法相赏。"什么是"骨法"呢?"举其当以用之于此病也(《新刻方孟旋先生全稿序》)",即指为文应要有内容，能针砭时弊，抒写胸中块垒。他又说："举天地间山川花鸟之情状，古今得失之原委，无不可助吾性灵，而畅笔端之挥掉。"（《程墨旨序》）山川花鸟，古今得失，皆可抒写性灵，畅情挥洒，形诸笔端。故其同时代人邓可权评其为"悉以神运技，不以技求技，间或露流沙葱岭之秘，泄广城青牛之微，终不以之而混我六经者也。"罗明祖这一类文章，大都篇幅短小，如卷二之《拟墨小引》仅七十八字，《醵社初刻题词》仅一百字，其风格却轻灵、隽永，讲究情绪、韵致，表现出活生生的感受。如在《征草集》中针对"诸兄弟用世之心何雄也"而云："余以素戆不善逢迎戴罪江渚为表臣，以六年一令，丧尽三十余年，书生悔所征已！"对自己的仕途蹭蹬表现出极大的愤懑和不平。再如《江南散自序》：

生平落落，自期当世无以落落赏之。一行作令，祸患备尝。以激烈之气而老于抑郁之中。每每泄于诗歌，而其不尽者，间或托之文字。信笔成章，绝不伦脊。因思古人弹筝携醪，狐裘竹杖，一诣军前，抵掌天下事，取卿相于片言之顷，上马杀贼，下马作檄，快心快事，手击唾壶，凄然泪下，然终困于士籍资格，而鸡筋喀喀尚不吐，刀笔文墨，视为蛊盆。坐囚春谷（地名，在繁昌县西北）瓮中，雨为蛆虿所淫，晴为蚊蝇所嘈，皮肉立尽，竟无一人可告。

写自己的志向与处境的牢落，亦颇见真性情。其余记游写景之作，亦颇有可观者，如《栟榈山记》写山势："望之，有削者，有砥者，有篱者，有槊者，有几者，有枢者，有帆者，有冕者，有乌者，有兽者，有鬼者。室必碹空，泉必瀑布，路必鸟道，非一拳一勺而止也。"记栟榈山之景色颇细腻生动。

罗明祖的诗歌，集结为《京音集》与《京音后集》二卷，共约二百多首。诗歌的内容，首先是忧虑国是。罗明祖生活的时期已如前所述，面对如此深重的内忧外患，正直的士大夫总不免发自内心的忧虑。这一类诗，见于集中不少，如"四海同佳节，孤心独自愁。中都腥战血，何以对芳洲"（《端午于式如邀宴湖上有斗龙舟者》）；再如《扬州》二首：

其一

淮徐谁君寇，陵寝编干戈。
已逼吕梁险，恐摧邗水坡。
楼台哀画角，睥睨盖苫蓑。
此系祖宗耻，六军矢靡它。

其二

中都一代事，与难想知由。
野动堂帘慨，天问帷幄谋。
未能收战胜，须暂罢诛求。
但望江都色，同深处处忧。

于过扬州而虑及国是，忧心可鉴。此外如前举《调兵》其二中的"三家歼戌终存遂，一士揭竿岂畏秦"，虽是就农民起义对统治者提出的忠告，亦颇为警醒。

其次是感怀身世和客居思乡之作。罗明祖自言"平生不善宦"（《念子》），"三作令而三黜"，因此，诗自不少仕途艰难之叹。如《秋日言怀》：

十年书剑历吴州，破帽笼头鬓转秋。
智愧蜘蛛空布网，才疏狐貉不成裘。
九江烟雨天门断，两浙清佳铁瓮浮。
王气至今官阙壮，中原战血几时休。

由自身的坎坷而联想到国家的危岌。再如《自解》：

生来磨蝎作今身，大月偏寻斗与邻。
文字空悬低价买，诬言招尽认前因。
美玉投碙染自白，乔松入雪岁相春。
凭栏饱盼浮云变，长酌何须数屈伸。

平生风义兼师友
——适斋序跋与书评

运交磨蝎,诬言招尽,仕途的浮沉,如变换的浮云。面对人生遭逢,只好对酒长酣以自慰罢了。罗明祖入仕后,历任华亭、繁昌、萧山、襄阳,皆远离家乡,所以羁旅之愁乡关之思甚浓,再加上世道不宁、命穷运舛,常有悲慨离索之叹。如"孤舟连百粤,极空尽穷荒。万里总为客,能辞此渺茫"(《塘栖阻雨,候陈道常叶森之未来久之,同乡张鸿胪携登文昌楼,因及张君实邓于元侄霆章酌》);"命穷磨蝎少欢颜,羁旅无年肯放闲。枕畔数滴思乡泪,风高不过西霞关"(《思乡》);"跫然见似者,客思甚流人。相恤唯形影,忧谗念友邻。吾修诚卤莽,世道日沉沦。有晤应惊问,低回始识真"(《思乡》)。除此之外,罗明祖还有不少写景咏物之作,如《登黄华楼有怀》《夏蝉》《鹤》《小园》等,亦时有可观者。罗明祖诗学唐人,主要是杜甫。邓可权的序中谓"其为诗歌若脱胎于少陵,而引兴甚高,讬类甚远,超然自成一家;使人不觉有少陵气。"罗明祖自己也有《杜工部诗赞》云:"此老文章在,难赓后代诗。见闻患难得,巧力困穷为。逸少因工写,谢安不在棋。宣尼经手削,三百应同垂。"其五言长诗《襄阳》,便是有感于襄阳之役(指张献忠破襄阳杀襄王)学杜甫《北征》而作。虽比不上《北征》的深沉顿挫,也显得朴实凝重。罗明祖还有一些诗,境界较小语言也较生涩拗折,表现内容较狭窄单薄。其原因,一方面为功力不逮,另一方面恐怕也受到竟陵派诗风的影响所致。

《罗纹山全集》共十八卷,据《福建通志·艺文志》云:

罗纹山集十八卷,永安(千顷堂作南平)罗明祖著。案:千顷堂书目作三十卷,考原书目录,卷一至卷六为各类文,卷七八诗,卷九词,卷十史旁,卷十一侮庄,卷十二井福录,卷十三地理微绪,卷十四汉上末言,卷十五襄邑实录,卷十六寓楚杂著,卷十七八为历代宦官鉴,与三十卷数不符,然今本为明祖子艰手订,当无舛谬。

实则卷十七八因稿多数落为有目无书,全集仅十六卷。其余各卷缺佚伪误脱落者亦不少。除一至九卷为各类文与诗词之外,《史旁》为史论类著作,评骘晋、宋至隋时期人物七十余人(杨愔以下无存)。《侮庄》为驳《庄子》内七篇之说,属哲学类著作。《井福录》论井田之法与寓兵于农及陈法，为军事类著作（缺二篇）；《地理微绪》言风水迷信；《汉上末言》为天文星历阴阳术数著作，《襄邑实录》为襄阳令时奏议、公牍、告示文；《寓楚杂著》为历史类著作，记载襄阳"贼"情及张献忠率部攻入襄阳、杀襄王翊铭之经过，甚为详赡。

《罗纹山全集》自其子罗艰刻印刊行后，大概未再付梓刊行过。此次为整理弘扬福建乡邦文献，重新影印一批闽籍先贤著作，《罗纹山全集》亦为其中之一，这对于研究地方历史文化，弘扬地方传统文化，都是一件极有意义的事情。

1996 年 9 月 30 日

（该书于 1997 年 3 月由江苏广陵古籍刻印社影印出版）

福建历代诗文发展流脉及当代意义
——《福建历代名篇选读》前言

一、导言

福建历史悠久,逾五千载,虽东濒台湾海峡,山水人文之盛,世所共知。不过,就诗文创作来说,福建地区则起步较晚,在初唐之前,还未有作家出现,未有作品流存。这与福建三面环山、一面面海的地理形势有关。在交通、信息不畅的古代,福建这样的地理形势势必影响了与中原的深入交流和同步发展。但是,福建地区一旦与中原交流沟通,便以坚实的步伐加快了中原化的进程。中唐以降,闽人重学兴教,随之而兴的诗文创作,虽为肇始之期,却是发唱惊挺,踵武中原。两宋时期,文教昌盛、理学勃兴,诗文创作进入绚烂辉煌的繁荣期。明、清二代,诸学并起,佛、道、医、艺,超越中原,形成"闽学"之大观。虽不乏复古之旋律,但是诗文创作人数众多,风云激荡,变幻多姿。福建历代乡邦文献,亦堪称彬彬其盛,光华璀璨。就以"四库全书"所收三千五百多种图书来说,有关福建文献及研究福建文化的著作,共计三百三十多种,差不多占所收典籍的十分之一。如果加上存目,总数近八百种[①]。而集部的数量,连存目计

---

① 参见朱维幹《四库全书闽人著作提要》第 8 页增辑说明,福建人民出版社 2001 年版。

算在内,大约有三百部之多①。集部数量之多,说明福建历代作家之盛。再从诗人的数量来说,据王兆鹏先生统计唐宋两个朝代全国各省的诗人情况,盛唐时期福建地区时代和籍贯可考的诗人只有4人,到了晚唐,则有40人。北宋时期,福建诗人大增,由整个唐代的91人增加到529人。整个宋代,据不完全统计福建诗人的数量有1067人,仅次于浙江而跃居全国第二②。这说明福建的文化在两宋时期得到了极大的发展。此后,延及明清时代,以至近现代,福建的诗文创作仍然长盛不衰。今天,我们鸟瞰福建历代诗文创作,不论是作品创作,还是理论探索,在全国范围内,都有居于潮头的上乘表现。下面,即以朝代为据,分几个阶段加以概述。

二、唐五代肇始期的发唱惊挺

唐代初期,因远离中原,在中原人眼里,福建还是南蛮地区,似乎处于落后状态,文化亦不发达。但是,唐以前,已有一批中原或北方作家诗人游宦闽地,如六朝时期的江淹、王僧儒、范缜、萧子范等,他们为宦当时的晋安郡,带来了中原的文化。实际上在两汉六朝时期,与闽地毗邻的浙地,已经涌现了一批著名作家,如沈约、孔稚圭、丘迟以及出任永嘉太守的谢灵运等。浙闽两地虽受到横亘在西北方向连绵不断的武夷山脉的阻隔,但是交通与交融还是不断的,像《李寄斩蛇》这样的流传在闽地的故事,能够被晋代干宝的《搜神记》收入,正说明浙闽两地的文化的交流和碰撞③。

就文献留存的角度来说,福建诗文创作的发生期,乃从唐代开始。然而虽是肇始期,却可谓"发唱惊挺",显示出闽人创作自有的面貌,表现出不俗的成绩。唐代的诗人作家,首先让人们注意到的是闽人第一个进士

---

① 按朱维幹《四库全书闽人著作提要》粗略统计。
② 参见王兆鹏《唐宋诗歌版图的空间分布与位移》《中国人民大学学报》2016年第6期。
③ 李寄斩蛇是汉朝之事,文中所说的"庸岭",在福建的邵武市。最后还有"越王闻之,聘寄女为后,拜其父为将乐令"云云。

平生风义兼师友
——适斋序跋与书评

薛令之。薛令之,闽地长溪(今福安市境内)人。这个唐中宗神龙二年(706)的进士,《全唐诗》录其《灵岩诗》和《自悼》二首。虽然仅有二首,却是闽人进士及第之后留下诗篇的第一人。唐代闽人作家另一位值得注意的是欧阳詹。欧阳詹的老家,在今天南安市码头镇大庭村的高盖山下。欧阳詹与韩愈、李观等人同科登进士第,与韩愈是至交,有诗相唱和。欧阳詹不但是与韩愈同科登第,其古文受到韩愈的称赞,韩愈称其"切深、往复、明辨",有自己独特的风格。欧阳詹与韩愈等人有诗唱和,欧阳詹死后,韩愈作《欧阳生哀辞》以悼。这些,都说明闽人作家与中原作家在艺术水平上已经基本同步。欧阳詹似乎更以文取胜而传世,他的《甘露述》《刖下和述》《泉州北楼记》等都是名篇,有《欧阳行周集》十卷行世。欧阳詹在有唐一代闽人作家中留下了浓墨重彩的一笔。此外,据《全唐诗》和补编的统计,唐代福建诗人存诗较多的还有徐夤(或作寅,《全唐诗》作夤,《唐才子传》作寅,《四库全书总目提要》作寅;267首)、黄滔(209首)、陈陶(185首)[1]。唐代福建作家创作,已经在全国的诗文创作中崭露头角。

相对于宋代福建作家的异军突起,晚唐五代似乎是一个过渡阶段。不过这个过渡阶段也出现了好几位有成就的作家。王棨、黄滔、徐夤三人被称为晚唐律赋三大家。福清人王棨的《江南春赋》,既抒写江南丽日和煦的春景,又暗讽六朝故地,覆亡之痛[2]。王棨是晚唐写律赋最多的一个人。他的作品中写个人感受的也最多,是一个颇有开拓精神的赋家。莆田人黄滔,被后人誉为"闽中文章初祖"。其所作《馆娃宫赋》写馆娃宫盛极而衰,告诫为人君者应以史为鉴,与王棨《江南春赋》用心一也。他的《莆山灵岩寺碑铭》写的是莆田南山广化寺,文中介绍灵岩寺的由来、历史和现状,追述与灵岩寺相关的历代高僧大德和文人学士的事迹,人与寺并写,更显其灵秀气质。今日人们游广化寺,读黄滔此文,定可增添不少文化、文学知识和旨趣。黄滔的诗歌成就也相当突出。如《下第》写其初次

---

[1] 参见王兆鹏《唐宋诗歌版图的空间分布与位移》,《中国人民大学学报》2016年第6期。
[2] 参见陈庆元《福建文学发展史》,55页,福建教育出版社1996年版。

落第的悲伤心境;《落花》抒发作者怀才不遇、时运不济之叹;《旅怀寄友人》写晚唐动乱带来的衰败之景,引发了作者的无限愁思。徐寅的赋作,如《人生几何赋》,借曹操《短歌行》之题抒发晚唐乱世士人颓唐悲观情绪。徐寅所作《斩蛇剑》《御沟水》《人生几何赋》等,远传至渤海等国,人们竟以金书列为屏障①。徐寅的诗歌如《鸡》《鹰》等篇章,以物喻人,感叹人生。其他如《明妃》《人事》《十里烟笼》等,借王昭君、颜回、北邙山等古人故地,借史咏叹时事,亦为佳作。到晚唐五代,福建作家像王棨、黄滔、徐寅等仍然不逊色,为后人所称道。如王棨、黄滔的律赋,与中原作家相较,亦堪称一流②。陈陶的名句"可怜无定河边骨,犹是春闺梦里人",千古咏流传。

三、两宋繁荣期的绚烂辉煌

宋元时期的福建是中国经济最发达的区域,东方第一大港——泉州进入鼎盛期。宋代学人每以"海滨邹鲁"来称述福建。邓广铭先生多次申述宋代文化"登峰造极",福建也是如此。前面已经说到,进入宋代,单是诗人数量,便异军突起,跃居全国第二。宋代文化南移,是个重要的历史现象,特别是南宋,可以说中国文化的重心在福建③!两宋时期,福建地区出现了一批在政治上有影响或是执牛耳的人物,同时,在文化史、学术史、文学史诸多方面,也都出现一批有极大影响的引领全国风气之先的学者和作家,如杨亿、柳永、蔡襄、游酢、杨时、胡安国、李纲、张元幹、郑樵、朱熹、袁枢、严羽、真德秀、刘克庄、郑思肖、谢翱等等,真可谓群星闪烁,光华璀璨。就全国范围来看,他们都是熠熠生辉而毫不逊色。

宋初的"西昆体"诗派,因其多唱酬之作而后来屡遭人诟病,又有元

---

① 参看《四库全书总目提要》卷151,中华书局1983年版,第1303页。
② 参见陈庆元《福建文学发展史》59页,福建教育出版社1996年版。
③ 参看徐晓望主编《福建通史·宋元卷·绪论》第三卷宋元部分,福建人民出版社2006年版。

平生风义兼师友
——适斋序跋与书评

代元好问以"诗家总爱西昆好,只恨无人作郑笺"(《论诗绝句三十首》)述及"西昆"而为人熟知。"西昆体"在当时影响巨大,而其领袖人物正是福建浦城人杨亿。杨亿曾坐于宋太宗之侧,即席赋诗。又与王钦若一同主持编修《册府元龟》,政治地位高。杨亿生平所作诗文甚多,有《武夷新集》20卷传世(凡诗五卷,杂文十五卷)。杨亿的诗,即使是《酬唱集》中的作品,也并非皆无可取,如《代意二首》,虽学李商隐的手法,代人立言,以男女比拟君臣,亦颇有用心。其实杨亿的诗并非都是唱酬之作,也有不少内容充实的佳作,如《书怀寄刘五》《建溪十咏》等。《四库全书总目提要》说他的诗"无唐末五代衰飒之气",应该是比较公允的。

北宋福建崇安五夫人柳永,是中国古代词史中的一面大纛。他的《乐章集》保留了近200首词。有"奉旨填词柳三变"佳话的柳永,原名柳三变。可以说,词这一文学样式,正是到了柳永手里,发生了"三变",即在形式上变小令为慢词,在内容上变"雅"为"俗",在语言上变高雅为俚俗。除此之外,柳永在词的表现手法上还进行了大胆的改革,并且创用了一百多个词调(首创或首次使用)。柳永对于后来词人的影响巨大,包括苏轼、黄庭坚、秦观、周邦彦等著名词人,都受柳永影响。柳永的词如《雨霖铃·寒蝉凄切》《蝶恋花·伫倚危楼风细细》《望海潮·东南形胜》《八声甘州·对潇潇暮雨洒江天》等,早已是脍炙人口的名篇。柳永的诗只留下两三首,但是《煮海歌》却被钱锺书选入《宋诗选注》,认为与王冕的《伤亭户》"可以算宋元两代里写盐民生活最痛切的两首诗"[①],值得注意。

北宋名臣蔡襄,兴化仙游人,其勤于政事、精于吏治,又长于诗文,工书画。蔡襄19岁,离家赴京应试,举进士甲科,与欧阳修同榜,名噪京师。范仲淹执政,推行"庆历新政",蔡襄是他的支持者。至和、嘉祐年间(1054—1063年),蔡襄两次知泉州,在泉州任上,蔡襄在泉州城东郊洛阳江上修建了著名的万安桥,又称洛阳桥,并亲自撰写《万安渡石桥记》,

---

① 钱锺书《宋诗选注》29页,人民文学出版社1997年版。

刻碑立在左岸。蔡襄存诗约400首。其时，宰相吕夷简执政，树党营私，排斥异己，屡贬言者。蔡襄看到这种情况，即作《四贤一不肖》诗，称赞范仲淹、余靖、尹洙和欧阳修等人，斥责高若讷为阿谀权贵的不肖之徒。诗出，汴京士民争相传抄；辽国使者适至，购买数十本回去，张贴于幽州馆舍，于是蔡襄名传北国。蔡襄的诗有"以文为诗"的特点，但也不乏清粹的亮色，如《宿延平津》；再如《梦中作》，借景抒怀，表达了作者有忧世之心，却又无力回天，想要隐居，又难以遂愿的矛盾心情。

南宋偏安江南，面对着金人的入侵，面对着国家的急剧变故、民族危亡，福建作家都洋溢着鲜明的爱国情愫，像李纲、李弥逊、张元幹、邓肃、刘子翚等，都是如此。

李纲历仕徽、钦、高宗三朝，累官至丞相，是生活在南北宋之交的一位重要的政治家和军事家。李纲的诗和词作，大都抒发了对"社稷生民安危"的忧虑，表现坚决抗金、收复失地的决心，如《病牛》《六幺令·长江千里》《喜迁莺·真宗幸澶渊（边城寒早）》等，《四库全书总目提要》称其："即以诗文而言，亦雄深雅健，磊落光明，非寻常文士所及。"李弥逊的《次韵学士兄桐庐道中》则是通过侧面描写来抒发自己关心时局的情感。钱钟书《宋诗选注》赞"他的诗不受苏轼和黄庭坚的影响，命意造句都新鲜轻巧，在当时可算独来独往。"像邓肃的《偶成二首》表达了对时局的担忧，虽闲中见志，骨气劲道，忧时之忧，溢于言表。刘子翚的《汴京纪事》反映了作者感时忧国的沉痛情感，堪称一代兴亡史的诗史。

永泰（旧称永福）人张元幹，早期生活疏狂放荡，但是在靖康之难中，他投笔从戎，曾协助李纲指挥汴京保卫战。目睹民族灾难，他的词风变得慷慨悲凉。如《兰陵王·卷珠箔》借恨春光流逝，抒写北宋亡国的黍离之悲，《贺新郎·曳杖危楼去》表达对李纲抗金主张的极力支持及对时局的无限愤慨，《贺新郎·梦绕神州路》借送胡铨表达强烈的爱国主义思想，其中的"天意从来高难问，况人情老易悲难诉"更成为众人熟知的名句。张元幹有《芦川词》存世，存词185首。

南宋时期有一大诗派即江湖诗派，因钱塘人陈起编了《江湖诗集》而得名。据张宏生考证,确定为江湖诗派成员为138人,其中福建籍诗人有20人,包括叶绍翁、刘克庄、严粲、林希逸、敖陶孙等人[①]。江湖诗派虽然是一个松散的诗人团体,由此也可见福建诗人之盛。莆田人刘克庄是江湖诗人中年寿最长,官位最高,成就最大者,被许多江湖诗人视为领袖[②]。刘克庄存诗4000多首。诗中突出的感情是不忘故国、不忘收复失地的情怀。他的"少作"《北来人》即将故国之思、希望收复故土的沧桑悲凉心境表现得非常深刻。《苦寒行》写边疆士卒的艰苦和京城世家大族日常生活的奢华,可与杜甫"朱门酒肉臭,路有冻死骨"诗句相媲美。《军中乐》则通过受伤战士的痛苦来写军中苦乐不均的状况。刘克庄的词作,继承和发扬了辛派(辛弃疾)词的爱国传统。如刘克庄词的代表作《贺新郎·北望神州路》,词中谴责南宋政府不联合北方义军进行北伐,讽刺当权者苟且偷安懦弱无能之态,抒发作者恢复中原故土的壮志情怀,表现出特别昂扬的爱国精神。再如《忆秦娥·梅谢了》,抒发对中原沦陷区人民命运的关切,表达深沉的爱国感情,鼓舞了历代的爱国士人。

宋代闽籍理学家有许多诗人,如游酢、杨时、李侗、朱熹、黄榦等。一般以为理学家轻视文学,也不善诗文。其实到了南宋,情况已有所改变。且看游酢的《水亭》、杨时的《藏春峡》,并不只重理趣,虽是短制,其状物写景,却也清新可爱。朱熹的《春日》《观书有感二首》,是大家熟知的名篇。朱熹主张"文从道中流出",也写了不少说理的诗歌,但这两首诗却没什么道学气,虽然"问渠那得清如许?为有源头活水来"和"等闲识得东风面,万紫千红总是春"多少有些理趣在里面,却是生动流丽,浅显明白,又形象鲜明,富于情趣。再如《武夷棹歌》十首,描绘武夷九曲胜景,诗中有画,笔端含情,可谓"情以物迁,辞以情发",情景交融,意境深远。朱熹是"道学家中间的大诗人"(钱锺书语),陈衍《宋诗精华录》卷三评《武夷棹歌》是"盖道学中最活泼者",确实如此。

有宋一代,福建作家的散文创作也是非常丰盛的。宋初欧阳修的诗文

---

① 参见张宏生《江湖诗派研究》296页之〈江湖诗派成员考〉,中华书局1995年版。
② 参见袁行霈主编《中国文学史》第三卷207页,高等教育出版社1999年版。

革新，对于散文创作产生了重大影响。欧阳修自己的古文创作，以韩愈为典范，为宋代古文的发展开辟了广阔的前景。这种风气，也影响到福建的作家。

宋初汀州宁化（今属福建）人郑文宝，不但是一名优秀的政治家，还是一名出色的诗人和文学家。郑文宝文采卓然，著述颇丰，又工于小篆。今藏于陕西省西安碑林博物馆的《峄山碑》即为郑文宝所书，通篇用笔精到圆熟，气韵丰匀，独具风貌，充分体现了秦朝李斯小篆的特点，也代表了郑文宝书法的最高成就。其《书〈绎山碑〉跋》即记载此事。所选杨亿的《驾幸河北起居表》，高度赞赏真宗亲征行动，是杨亿主张抗辽的作品，也是杨亿工整典丽文风的典型。蔡襄是欧阳修古文运动的积极参加者，以其创作实际支持欧阳修的古文主张。蔡襄的文章，文气流畅，言简明白，精炼雅洁，有经世之效，又有相当的艺术感染力，如《万安渡石桥记》《荔枝谱》。欧阳修称赞蔡襄的散文是"清遒粹美"，颇为中肯。李纲的文章，重在议论国是，但详明恳切，忠心可鉴。他给宋高宗赵构上《十议札子》，第一篇即"议国是"，文中驳斥当时主和派的各种谬论，逻辑严密，论述翔实，是一篇掷地有声的政论文。朱熹的文章，有言事政论之文，也有一些记叙杂文。政论文如《戊申封事》，洋洋洒洒一万多字，条分缕析，透辟剀切。杂记之文，如《记孙觌事》，可说是一篇讽刺小品，文章很短，却淋漓尽致地揭露出翰林学士孙觌的投降嘴脸。而《送郭拱辰序》，又写得很有情致。读完这些名篇，你就可以知道，朱熹的诗和文，并非都是一副道学家的面孔。

宋末元初的遗民作家中，有两位历来被人们称道者，就是谢翱和郑思肖。霞浦人谢翱作为南宋末年著名的爱国诗人与抗元志士，志行高洁峻伟，倜傥有大节，与谢枋得并列，号称"南宋二谢"。谢翱诗文俱工，气节千古，在南宋遗民中又卓然翘楚，影响颇大，《四库全书总目提要》对其有较高的评价："南宋之末，文体卑弱，独谢翱诗文桀骜有奇气，而节概亦卓然可观。"其惊天地泣鬼神的名篇《登西台恸哭记》，是一篇用血泪书写的祭文，悼念壮烈殉国的文天祥，沉痛悲愤的情感，令人震撼。谢翱还写有诗《西台哭所思》,也是悼念文天祥的,哀痛悲切,深挚感人。另一位连江人郑思肖,号所南,字亿翁,现所传名、字与号均为宋亡后改取,有不忘赵宋之意。其所著《心史》,被明代著名思想家顾炎武称为"奇书"。其《心史总后序》是郑思肖对《心史》的总结,文中抒发了自己忠于宋室的殷殷之情,同时表达了"国可亡,然志终不可为之屈"的坚贞气节。其诗歌名篇《题多景楼》,"倍怀哀痛",感情真挚强烈,表现了诗人忧国忧民、恢复国土的渴望。再如《寒菊》,以寒菊象征忠于故国决不向新朝俯首的凛然气节。都不失为以真情感人的好诗。元代,还有浦城人杨载,有元诗四大家之一的盛名。杨载诗风劲健雄放,歌行体尤佳。其作《雪轩》诗,场景宏大,《塞上曲》描叙大漠风情,雄浑而豪迈。

  两宋时期,特别是南宋时期,随着政治中心南移,福建地区的中原化进程加快。在诗文创作上,同样体现出这样的特征。首先,面对着国难当头、民族危亡的现实,他们与中原作家一样,忧国忧民,甚至慷慨赴难,显示出作为一位士人所应有的忠义节烈的悲壮意气。这些福建士人,即使无力回天,但是却以诗文抒发自己的家国情怀、保持自己高洁的品格与情操。杰出的代表有李纲、谢翱和郑思肖等人。其次,福建作家已经在中国的文坛上或是成为执牛耳的人物,如杨亿之于"西昆体";或是开创了文学创作新的一页,如柳永之于慢词的创作;或是在重要流派中成为不可或缺的一支劲旅,如在豪放词的大声镗鞳之中有张元幹等福建作家。严羽的《沧浪诗话》,是对盛唐及唐前诗歌创作的全面总结,同时在方法论上,其以禅喻诗的主张,对后世产生重大且深远的影响。以朱熹为代表的理学家,在诗文创作上,可与中原作家比肩而毫不逊色。这些,体现了福建作家的开拓精神。第三是在地域的分布上显示出均衡性。八闽大地都有作家涌现,这也说明诗文创作更加普及化。可以说,两宋时期的福建文学创作,成为彪炳于中国文学史上光辉的一页。

四、明清平稳期的风云激荡

就诗文创作来说，明清时代与宋代相比，福建似乎没有像宋代那样，出现众多的一流作家和诗人，但是仍然有了进一步的发展，在看似平稳发展中激荡着风云变幻。明初出现的"台阁体"诗风，作品以"颂圣德，歌太平"为主要内容，多为应制、酬赠之作，诗风雍容典雅，又因其代表人物是馆阁名臣而产生很大影响。这代表人物"三杨"中，就有闽人建安（今建瓯）杨荣。今录杨荣诗《蓟门烟树》《江南旅情》，写景栩栩如生，景中含情，虽温雅平和，却也情感真切。《四库全书总目提要》评杨荣的《杨文敏集》说："平心而论，凡文章之力、足以转移一世者，其始也必能自成一家。"（卷一百七十）还是有道理的。

明代初期，由元入明的诗人张以宁、蓝仁、蓝智兄弟等，都是值得注意的。古田人张以宁，主要以诗名家，有《翠屏集》传世，《四库全书总目提要》称"其诗五言古体，意境清逸；七言古体亦遒警"，"今体皆清新"（卷一六九）。其《峨眉亭》诗，写在峨眉亭饮酒遣怀，想起李白醉酒捉月而亡之事，感慨万千，抒发才学不见用于世的心中郁闷。《闽关水吟》写自己的思乡之情。全诗设譬精巧，想象新奇，表现出很高的抒情技巧。再如《丝瓜》，是一首咏物诗，作者以干枯老去丝瓜的绦丝形象比喻纠结缠绵的愁怀与秋思，极其贴近自然。崇安人蓝仁，多作山林田园诗，如《西山暮归》《次云松长山道中》等，颇得王维山水诗的风致。

南宋时期邵武人严羽著《沧浪诗话》，提出"以盛唐为法"等一系列理论命题，对明代前后七子的复古思潮提供了理论依据。而在前后七子之前，以福州地区诗人"闽中十子"为核心的闽中诗派，论诗宗法盛唐，也是受到严羽影响的。"闽诗派"的领袖林鸿，福清人，主张作诗要以盛唐诗为范本，其诗《出塞曲》《塞上逢故人》均可看出这样的特色。闽中诗派的另一位重要人物高棅，著《唐诗品汇》，依照严羽的思路，首倡唐诗分期为初、盛、中、晚说，特推重盛唐，也是延续了严羽的主张。高棅入

平生风义兼师友
——适斋序跋与书评

京前所写大量诗歌，大多描述祖国山河的壮丽景色，写得好的可与唐代著名诗人韦应物、柳宗元诗歌相媲美。《题台江别意钱顾存信归番禺》《得郑二宣海南书札》《衡江夕露》几首可见其特色。明代还有几位诗人，其作品也是有影响的。闽县人郑善夫，诗学杜甫，多忧时感事之作，寄托深沉之思，气盛格高，可谓得杜诗之骨。闽县人徐𤊹，论诗"不离三唐格调"，反对"野狐外道""华楚奇险"，其七绝如《邮亭残花》《芊江驿楼送张四之白下》等最能代表他的成就。侯官曹学佺，是著名学者，清兵攻陷福州，曹学佺自缢殉国。曹学佺诗有盛唐之音，其诗如《木渎》《新林浦》等，浅淡情至，是为佳作。清初王士禛颇为称道曹学佺，是明末一位重要的诗人。明代嘉靖中期，福建面对着倭寇的侵扰，这一时期，晋江人俞大猷、连江人陈第，都写了不少抗倭的诗作。如俞大猷的《舟师》，歌颂了抗倭将士昂扬的士气、必胜的信心、保家卫国奋不顾身的英雄气概。陈第的《赴援右北平》，展现将军的气势，字里行间带着战场的悲壮与刚冷。明末还应该注意到的是南明文学家、漳浦东山（旧称铜山）人黄道周。黄道周是著名学者，他抗清死节，义薄云天。现存诗两千余首，特别是他被俘后在牢室中所作三百多首诗，出自忧愤，最为感人。今入选的几首诗，足可见其气节。此外，明代遗民作家像福清人林古度、宁化人李世熊、莆田人余怀、侯官人许友等，都留下了不少眷怀故国、感叹时世的诗篇。

明代的古文创作，也走着复古的道路，从前期的模仿秦汉古文，到推崇唐宋古文，特别是"唐宋八大家"。活动在明代嘉靖、隆庆年间的唐宋派，他们提出一套与复古派相对立的散文理论，推崇唐宋，主张由唐宋而窥西汉、先秦，其首领人物就有晋江人王慎中。王慎中对宋代的曾巩最感兴趣，其《曾南丰文粹序》从"极盛之世"、"周衰学废"、"由三代以降"、"由西汉而下"及"至于今日"共五个阶段，系统论述文与道的关系，是其批评理论的代表作。王慎中的《海上平寇记》描述俞大猷海上平寇的事迹，为世传诵；《游清源山记》，深得欧阳修《醉翁亭记》之神韵，堪称王慎中散文中的佳作。晚明时期的李贽，不但是杰出的思想家，也是杰出的文学批评家。其承袭老子"赤子之心"的哲学思想，提倡"童心说"等文学主张，提出创作要"绝假纯真"，要表达现实生活中人的真实感情，对公安三袁等有重要的影响。李贽的散文创作，像《赞刘谐》《题孔子像于芝佛院》等，都可以看到他大胆的叛逆的思想。晚明长乐人谢肇淛，其诗在当时即颇有影响。谢肇淛博学多才，著述宏富，著有《小草斋集》《小草斋诗话》《五杂俎》等，是明末著名学者。笔记著作《五杂俎》对明代的政治、社会、文化、风俗有详细的记载，并因"夷夏之论"触到了清统治者的痛处，曾被列为禁书。今读其书，仍可感受到他对历史和时局的独到见解。

进入清代，王士祯的"神韵说"风行一时，清人的诗歌创作又有一番新的面貌。诗人并不的追踪盛唐，而是抒写性情，标举神韵，各显特色。清初长汀客家人黎士宏，作诗主张情至境新，其与入闽著名诗人周亮工交情甚笃，所以其《托素斋诗集》中有许多有关周亮工的诗，表现出朋友间的真情。此外，如其《闽酒曲》组诗，抒的是客家风情，具有浓郁的地方特色。侯官人张远，颇有诗名，其诗古近体皆备，尤工古体，诗风奇峭秀异、清新雅丽。其诗《下建溪诸滩》写建溪之险，在自然景观的描写中蕴含着对人事变迁的思考，气势宏大，雄伟壮观。清代闽中诗人最有代表性的诗人应该属永泰（旧称永福）人黄任，黄任诗风格多样，七绝最佳，七律效法大历十才子，七言古诗则格调高古。其《杨花》诗当时就很著名，诗人借用传说，以杨花的无情反衬离人的有情，将杨花人格化，构思巧妙，隽永有味。五言古诗《赈粥行》则是一首非常著名的赈灾诗。还值得注意的是，清代已经有作者留下反映台湾的诗文，如漳浦人蓝鼎元，其诗《台湾近咏十首呈巡使黄玉圃先生》对台湾的镇守、开发，提出了许多宝贵意见。其文《平台纪略》，记述了台湾凤山县朱一贵农民起义从开始到失败的过程。与台湾有关的诗还有陈霱《台湾竹枝词30首》、郑大枢的《台湾风物咏》等。清代闽西诞生了三位大画家——上官周、华嵒、黄慎，他们也都有诗作传世，成为清代诗坛上一道靓丽风景。诗画同源，今选录他们的诗作，可以领略一下这些大画家诗歌的艺术风采。

清代福建作家的散文，可以高标于全国之境的似不多，不过也有可称道者。余怀的散文借景抒怀，寄托遥深，如《板桥杂记》，描写金陵板桥旧风光，以寄托朝代更替、时代兴衰的感慨与悲怆。闽县（福州）人陈寿祺则古文骈文俱佳。陈寿祺是经学家，认为治古文应先通经。不过今所选《答张亨甫书》，对张亨甫（张际亮）谆谆告诫，动之以情，晓之以理，读之令人动容。陈寿祺也是骈文家，所以全文辞藻绮丽，骈散相间，醇厚有味，却也没有经学家的板滞气息。光泽人高澍然，有《抑快轩文集》行世，今选录其《赠吕西村序》，表现其对友人吕西村的深情及其对人生离合悲欢的独特感悟，清淡渊雅。清代散文成就最大的应该是闻名全国的古文大家、建宁人朱仕琇，有《梅崖居士文集》传世；所著《溪音序》，是朱仕琇为其兄朱仕玠（号筠园）诗集《溪音》所作的序文。文中形象阐述了筠园诗歌成功得益于溪水之助，"得高岸深谷之理"，点明筠园诗歌"涵淡萧瑟"的特点。此文足以体现朱仕琇的古文应"平易诚见"、要有"淡朴淳洁之趣"的主张。

有明时期的福建诗文创作，由于受到严羽的影响，对于理论的探索，仍方兴未艾。明洪武、永乐年间的闽中十子林鸿、高棅等人继续提出诗法盛唐的理论，特别是高棅的《唐诗品汇》，首创唐诗创作初、盛、中、晚四期，在文学史上为后人所首肯。晚明王慎中在思想上受王阳明的影响，由主秦汉转而主唐宋，成为唐宋派的主将之一。这些，成为闽派诗歌理论和诗歌创作明显的特征。而谢肇淛也继续举着高棅的旗帜，论诗推崇盛唐，力主渐悟，提出"好古敏求"等主张，成为晚明文学批评中重要的一员。在理论创制上，李贽的童心说，影响了公安三袁，也影响了袁枚等人。李贽的《水浒》评点，是当时名声最大、影响最广的。这都是不可磨灭的贡献。其次，明清时期出现了一批坚守气节的诗人，如郑善夫、俞大猷、李贽、陈第、曹学佺、黄道周等，在时势变化中保持了文人的气节。第三，这一时期，已经出现不少涉及台湾的作品，这是值得注意的，证明台湾与福建、台湾与大陆同源同文的血浓于水的事实。到了清代，诗坛文坛上仍然是群星灿烂，但成就却低于两宋。这一时期，似乎福建的作家更表现出学者的气质，学者之诗、学者之文多见于创作中。如伊秉绶、高澍然、李光地、陈寿祺父子等。到了清代，与全国诗坛文坛一样，福建作家也更善于总结提高，诗文总集频频出现，诗话和文人传记也不在少数，体现了福建作家创作在理论上和文献整理上的成就。

五、近现代新变期的再造华章

近现代的福建文人创作，又是另一番风景。近代以来，海禁既开，西学东渐，闽省居通商之要，得风气之先，尤为特秀。近代以来，单是福州三坊七巷就涌现出一大批杰出人才，不能不说是一个奇迹。鸦片战争前后，爱国思潮兴起，张际亮、林则徐、林昌彝等可谓前导。建宁人张际亮，是被誉为与龚自珍、魏源等一样"慷慨激厉，其志业才气欲凌轹一时"（姚莹《汤海秋传》）的著名诗人，后人谓其"磊落有奇气"，其诗"激昂慷慨，可歌可泣"。今选之诗《传闻》，激愤痛斥清朝官兵的昏庸畏怯和投降派的无耻，揭露他们同样是蹂躏百姓的祸源。又《迁延》，揭露英军侵扰宁波后撤出，清将却谎报收复，清廷居然滥赏。"舟山鬼泣君知否？"其质问是非常激愤有力的。睁眼看世界的第一人林则徐，其诗大多为政治抒情诗，表现了强烈的爱国精神，他的著名的《赴戍登程口占示家人》一诗，突出地表现了置个人生死安危于度外、献身国家民族的崇高精神，其中"苟利国家生死以，岂因祸福避趋之"成为后世传诵的名句，至今仍激励着后人。《次韵答陈子茂德培》表达了对时局混乱的忧愤，虽发配途中身经凉州，仍不忘江东战鼓声。读其诗，一位热爱祖国、热爱民族、不计自身浮沉生死的民族英雄形象跃然纸上。林则徐的文，也多与时事有关，不作空谈，如《筹议严禁鸦片章程折》，提出禁烟六策，言辞恳切，具体而微，体现了务实的作风。作为林则徐挚友、居于三坊七巷（祖籍长乐）的梁章钜，也是一位具有爱国精神的学者和诗人。梁章钜可谓著作等身，一生一共有四部诗集，文集、笔记等几十种。其诗如《溪岸待月》《黄楼落成诗》写得清新平易；《喜雨》则心系民生，其情感人。《赠陈化成》追忆陈化成抗英事迹，抒发悼念英雄之情。其实梁章钜的散文更有影响,他的文集《归田琐记》《浪迹丛谈》等历来被人们称道。林则徐的族弟林昌彝,也是一位爱国诗人,其作《射鹰楼诗话》,"射鹰"即谐音"射英",借诗话表达自己反抗英军侵略和"开海禁"的思想。《杞忧》一诗即表现其愤切的发侵略精神。长乐人谢章铤诗、词、文、经学等方面均有建树,其著作《赌棋山庄词话》在词学批评可占有一席之地。

　　当过宣统帝师的闽县(今福州螺洲)人陈宝琛,是"同光体"闽派重要代表诗人,有《沧趣楼诗集》传世。其诗既有反帝爱国的激情,有关心民瘼的吟唱,也有感时伤怀的酬唱甚至是遗老志节的表白,诗歌内容繁富。所选的他的几首诗大体上体现了这些内容。"同光体"闽派诗人还有陈衍、郑孝胥、沈瑜庆等人。陈衍的诗有一些有关时事之作,如《扬州慢》词。不过他更多的是园居山景的描写,如《春日题仲兄冶亭书斋二首》,诗笔洗练明快,流畅清健。同为翻译家的严复、林纾,也都能诗。严复的诗有不少感念时事的作品,如《戊戌八月感事》为感叹戊戌六君子被杀而作,表现对顽固势力的憎恶,为牺牲的志士抒发悲愤。《送沈涛园备兵淮扬》忧虑时局,表现出对国家前途的艰苦探索和人生命运困境的忧虑。林纾在翻译大量的域外小说之余,诗文创作也非常丰硕。林纾的组诗《闽中新乐府》,是响应维新的呼喊。其中的代表作长诗《国仇》,其副题是"激士气也",目的在于唤起国人救亡图存的"士气"。此外如《归途感赋》,欢呼武昌起义成功;《灯草翁》《哀闽》《车过沧州》等,哀叹灾民所受的苦难,都可以看出林纾的心灵与精神境界。严复和林纾的古文,都可谓桐城派余劲。严复之文,最有风力、最有影响的是他早期的政论文章,如《论世变之亟》《道学外传》等,揭示中国积贫积弱的根源,疾呼变法图强,具有强烈的战斗性和爱国精神。林纾古文服膺归有光,他曾自称"六百年中,震川外无一人敢当我者",相当自负。不过他的文章的确善于以含蓄隽永的笔触造境以述情叙悲,如《苍霞精舍后轩记》《先妣事略》等莫不如此。再如《徐景颜传》,歌颂甲午海战爱国志士徐景颜慷慨悲歌赴国难的悲壮,堪称古文人物传记中的绝唱。延及现代,福建志士、学人、作家仍然群星闪烁,李宣恭、林觉民、许地山、郑振铎、黄庐隐、冰心、杨骚、胡也频、林徽因、郑敏、杜运燮,等等,都以他们杰出的创作实绩为大家所熟知,足以彪炳于福建以至中国的文坛之上。

近现代福建文学创作出现了新的高潮。这与近代以来福建文化的急速发展有密切关系。开埠通商,马尾船政的兴办,新学的兴起,报纸的创办,西学的传播,等等,都给福建带来新的思想观念和开阔的视野。严复、林纾、陈宝琛、陈衍、沈瑜庆、陈季同等人,都是具有维新思想的人,就是林纾,虽然在五四白话文运动中有落伍的表现,但是其本质是爱国和主张革新的,他翻译外国小说,目的在于警醒国人,在思想观念上对国人的影响是不可估量的。因此,近现代福建文学创作也展现出新的面貌。首先是不少作品体现了宣传新思想新观念的内容,包括林纾翻译的域外小说的序跋的提示。其次是针对列强的入侵,作品中反抗列强、哀痛丧权辱国、关心民瘼的具有鲜明的爱国情愫的内容增多。第三是在形式上更加多样化,有更加通俗的新体诗,有翻译小说,有札记,有政论文,有古文,等等。第四是福建作家的群体性更加明显,如同光体诗派中的福建诗人群体,福州三坊七巷地域文化生态背景下的作家群体,九叶诗派中的福建诗人等。这些新的面貌,为福建文学创作留下了灿烂的一页。

六、结语

习近平总书记在十九大报告中提出,深入挖掘中华优秀传统文化蕴含的思想观念、人文精神、道德规范,结合时代要求继承创新,让中华文化展现出永久魅力和时代风采。习近平同志还多次强调要读书修身、读书立德。迎接新时代,跨上新征程,作为一个福建人,生活在八闽大地之上,了解先辈的光辉业绩,弘扬优秀传统文化,吸吮人文血脉的营养,努力增强文化自信,以激励奋发向上的精神,一个重要的途径就是阅读先贤的作品。以上所述,包括本书所选名篇,只是对福建自唐代以来历代作家作品及其特点的一个简单粗略的巡礼,并不能涵盖其全部。福建对于中国文化的贡献是巨大的,千百年来,八闽大地涌现了一大批站在时代前列的杰出人物，有政治家、思想家、军事家、文学家，他们大多有诗文作品传世，阅读他们的作品，可以感受他们的思想、人格、情操，感受生生不息、开拓进取的福建精神，以激励今天的文化建设、道德建设、和谐社会建设，在实现民族伟大复兴的中国梦的新征程中，做出无愧于先人的更加宏伟壮丽的事业！

2018年1月30日初稿

2018年6月10日改定

（该书于2019年4月出版由海峡文艺出版社出版）

海滨邹鲁　文章华国　人才渊薮
——《福建历代名人传》前言

福建地处东南,濒临海滨,虽开发较晚,但从唐代开始,便人才辈出。这些历史人物,不但在福建发展的历史上做出了杰出贡献,不少人物,对中华文化的政治、经济、军事、学术、文学都产生过重要影响。

唐代开始,自陈元光父子入闽,开发漳州,对福建的发展写下了隆重的一笔。此后,薛令之、欧阳詹成为闽人最早的进士。薛令之以诗赋登科,是"开闽第一进士"。唐代中叶,欧阳詹与韩愈、李观等名人同科,成为唐代福建士子的杰出代表。《闽政通考》称颂他:"欧阳詹文起闽荒,为闽学鼻祖。"朱熹在泉州讲学时,为欧阳詹四门祠题联曰:"事业经邦,闽海贤才开气运;文章华国,温陵甲第破天荒。"高度赞扬他在福建历史上的地位和影响。到了唐五代时期,王审知主政福建,实行了一系列的新政策,如争取土著居民,整肃吏治,发展农商,繁荣文化,推动教育,对宗教兼容并包,甚至促进海上丝绸之路建设,福建进入发展的新时期。

自宋开始,福建进入历史上最繁荣的时期。此时的经济,是中国最发达的地区;交通便利,出现了著称于世的东方第一大港泉州。到了南宋,文化的发展也走到巅峰,成为名副其实的"海滨邹鲁"。地灵人杰,福建人才更是云蒸霞蔚,扬名海内,一大批杰出人才彪炳史册。到南宋时,福建及第的进士达到七千多人,占总数的五分之二。仅在莆田、晋江、建安

平生风义兼师友
——适斋序跋与书评

三地,宋代就出了近千名进士。[①] 这一时期,出现了一批著名的政治家,如晋江人曾公亮,现在的许多人或许不大了解其人。曾公亮在北宋英宗、神宗时期官拜吏部侍郎、同中书门下平章事、集贤殿大学士,直至礼部尚书、户部尚书等,他曾参与王安石的变法,有为官正直,治政能干的名声。他参与撰修的《武经总要》,记载着中国的边防地理资料,也是兵器制造、兵法集大成的巨著。其中记载的"九乳螺州"就是今天的西沙群岛,表明当时的北宋朝廷已把西沙群岛置于自己的管辖范围之内,充分说明西沙群岛自古以来就是中国领土神圣而不可分割的一部分,为祖国在维护主权和领土完整时,提供着无可争辩的历史证据。

再如李纲,历仕徽、钦、高宗三朝,累官至丞相,是生活在南北宋之交的一位重要的政治家和军事家。北宋末年,政治腐败,民怨沸腾,"花石纲"扰民尤甚。李纲上疏给宋徽宗,提出"畏天戒,固民心,收士用,严守备",要求停止宫廷园囿的修建,取消掠夺民间奇花异石的"花石纲",整饬军备。面对金人的南侵,李纲力主抗金。北宋亡后,李纲奏请高宗,主张收复失地,迎回二帝,重整山河。虽屡遭罢官罢相,屡遭挫折,依然百折不回锐意进取执着追求,其爱国的一生受到后人的敬仰。

宋代福建儒学兴盛、文化发达,到南宋时,福建成为儒学中心。理学程门四大弟子中的杨时、游酢,都是福建人,二人"程门立雪"的故事,成为努力学习、尊师重道的美谈。杨时的思想对后世影响深远,《宋史》本传上说:"凡绍兴初崇尚元祐学术,而朱熹、张縂之学得程氏之正,其源委脉络皆出于时。"其后的罗从彦、李侗、朱熹,一脉相承,开启了理学在闽地的衣钵传承。

闽学的代表人物朱熹,集理学之大成,是中国历史上著名的思想家、哲学家、教育家之一,被视为孔子之后的第一人。朱熹"博极群书,自经史著述而外,凡夫诸子、佛、老、天文、地理之学无不涉猎而讲究",他的学说不仅使得理学成为宋以后官方的意识形态,而且影响朝鲜、日本、

---

① 徐晓望主编《福建通史·宋元卷·绪论》福建人民出版社 2006 年版 15 页。

越南等国，曾一度成为这些国家的官方哲学或占主流地位的意识形态，并得到他们的推崇和信奉。朱子学说的积极因素，在今天仍然具有极其强大的现实指导意义。

在史学方面，莆田人郑樵的《通志》，一生从事著书立说，他会通诸史，辑为一书，著成巨著《通志》二百卷。《通志》与杜佑《通典》、马端临《文献通考》并称为"三通"，对后世的影响至为深远。稍后的袁枢，建安（今建瓯）人，袁枢喜读司马光的《资治通鉴》，花了十年左右的时间"乃自出新意，辑抄《通鉴》"、"区别门目，以类排纂。每事各详起讫，自为标题，每篇各编年月，自为首尾"，成就《通鉴纪事本末》一书。袁枢创立纪事本末体的新体裁，丰富了史学内容，是对中国历史编纂学的一大贡献。

在文学艺术方面，宋代也是人才辈出。浦城人杨亿，奉诏编纂大型类书《册府元龟》，又是诗坛"西昆体"的代表人物，宋初西昆体风行一时，成为当时诗坛上独领风骚的诗歌流派。崇安人柳永是婉约派词的大师，这位"奉旨填词"的"柳三变"，是第一位对宋词进行全面革新的大词人，对后来的词人影响极大。永泰人张元幹，目睹民族的灾难，扼腕痛愤，"梦中原，挥老泪，遍南州"，其词作总是和民族的命运联结在一起，慷慨悲凉。到了南宋后期，莆田人刘克庄，既是"江湖派"诗人的领头人，又是南宋后期独树一帜的重要词人，其词作同样心系国家的命运，揭露朝廷的矛盾，继承了辛派词人的爱国主义传统和豪放风格，影响深远。邵武人严羽著有《沧浪诗话》，这部与钟嵘《诗品》、司空图《二十四诗品》并称为中国文学史上最为重要的诗歌理论专著，受到了后人的重视，具有永恒的价值。此外，蔡襄的书法，乃是宋代书法四大家之首。宋慈的《洗冤录》是法医学史上的开山之作。[①] 这些，足以构成有宋一代壮阔的伟人画卷。

进入明代，福建同样不乏杰出的人物。明代屡受倭寇的侵扰，晋江人

---

① 徐晓望主编《福建通史·宋元卷·绪论》福建人民出版社 2006 年版 18 页。

平生风义兼师友
——适斋序跋与书评

俞大猷，就是明代的抗倭名将，曾任福建总兵，与戚继光、谭纶一起多次大破倭寇。福清人叶向高，据相位十三年之久，敢于与魏忠贤阉党抗争，为时人敬佩。晋江人何乔远，为官正直清廉，持正敢言，几次被谪劾罢，无所畏惧，刚直不阿。何乔远还是著名的历史学家，所著《名山藏》《闽书》影响深远。明代伟大的思想家李贽，泉州人，别号温陵居士。他敢于以"异端"自居，大胆揭露封建传统教条，否定孔孟儒学，抨击程朱理学，揭露假心性，提倡真性情；其思想虽离经叛道，但却坚贞不屈，最后自杀而死。明末黄道周，是著名的学者、书画家、文学家、儒学大师、民族英雄。黄道周生性耿直，不畏权贵，弹劾阉党，"排闼叩阍"，即使丢冠去职，在所不惜，后因抗清战败被俘，绝食反抗，誓不投降，壮烈殉国。黄道周忠贞不渝、舍生取义的民族气节名垂青史、万世景仰。

在文学艺术方面，有选编了著名的唐诗集《唐诗品汇》的长乐人高棅，首分唐诗创作为初、盛、中晚四个时期，对当时及后世产生了广泛影响。诗人中有闽中十才子的领袖人物福清人林鸿，主张师法盛唐，对杜甫尤其推崇，形成了明初诗歌界的"闽中诗派"。连江人陈第，撰著《毛诗古音考》《屈宋古音考》等，在中国古代音韵研究史上具有开创性的地位，而他撰著的《东番记》，是我国记载台湾情状和台湾先住民——高山族生活习俗的最早的文献。福州人曹学佺，著名的官员，为官一身正气，刚直不阿、不惧权贵、勤政爱民，他不计个人安危得失，敢于与不法贵戚作斗争，表现出无私无畏的凛然正气。当国破家亡之际，他视死如归，以身殉国，具有强烈的民族气节和爱国情操。曹学佺还是著名的学者、诗人、藏书家。工于诗词，娴于地理学；其首倡"儒藏"说直接推动了乾隆三十七年《四库全书》的编撰；《四库全书》得以传世，曹学佺功不可没。

到了清代，安溪人李光地在康熙朝是有名的汉人大学士，也是个有名的学者，在清初复兴理学的过程中有相当大的贡献。民族英雄郑成功，收复被荷兰殖民者侵占达38年之久的台湾，开发宝岛，对台湾的发展作出极大贡献。在学术与文学艺术方面，陈梦雷奉诏编纂《古今图书集成》，是一部百科全书式的古代规模最大的类书。清代的闽西，诞生了三位大画家

——上官周、华嵒、黄慎,上官周善画人物,黄慎的山水人物、花鸟虫鱼、草木石兽都非常出色,黄慎诗书画三绝,被列为"扬州八怪"之一,是"扬州八怪"中画路最宽的一位。此外,同是闽西(宁化)人的伊秉绶,也是诗人、书法家,诗文才气名满京城。他的书法糅合古隶和北碑之长,古朴奇逸,时人视为至宝。

近现代以来,福建的杰出人物,更是像井喷似的涌现。单是福州的三坊七巷,就涌现了一批足以彪炳史册的人物。林则徐、梁章钜、沈葆桢、严复、林纾、萨镇冰、林觉民、冰心、林徽因等等,都出自三坊七巷之中。1804年以后的中国近代社会,帝国主义列强入侵中国。在抵御外辱、振兴中华民族的奋斗中,近代开眼看世界的第一人,是林则徐。早在鸦片战争发生之时,他就提出"师夷长技以制夷"的口号。他不但坚决实施禁烟,又放眼看世界,其主持辑成的《四洲志》,是我国近代第一部系统介绍西方各国地理知识的书籍。俞大猷、郑成功、林则徐等人,都是抗击海外侵略的民族英雄。林则徐的好友梁章钜,也曾率兵防堵英军侵略,其一生著述达七十几种。马尾船政学堂的建立,极大地推动了中国社会现代化的进程,培养了一大批了解西方文化、放眼看世界的学者。严复是我国翻译界的先驱,他翻译《天演论》,系统地介绍宣传了达尔文的生物进化论观点,引起国人极大的震动,为戊戌变法提供了思想、理论的依据。在中国近代史上,严复是第一个系统地把西方学术思想和政治经济制度介绍到中国来的人。关于翻译理论,严复提出了"信、达、雅"三条标准,对翻译界产生深远影响。同时期的林纾,虽不懂外文,他与船政学堂的朋友合作,翻译了大量的西洋名著,风靡一时,为中国人展示了西方丰富多彩的文学世界。在法国的陈季同,用法文介绍中国的传统文化;在欧洲游学多年的辜鸿铭,用莎士比亚式的典范英文展示中国古代经典和中国文化精神;他们都是为中西文化交流作出重要贡献的人物。此外,被称为文坛祖母的冰心,诗人兼建筑学家的林徽因,更是在中国的文坛上甚至是中国历史上值得大书一笔的人物。

历代人物传记可以窥见一个地域的文化和学术源流,它虽是以个人成篇的单篇传记,但是正如黄宗羲的《宋元学案》一样,由人物个人的经历和成就，勾连起来，就成为成片的历史，同时也构成了福建传统文化的灿烂篇章。

习近平总书记在十九大报告中提出，深入挖掘中华优秀传统文化蕴含的思想观念、人文精神、道德规范，结合时代要求继承创新，让中华文化展现出永久魅力和时代风采。迎接新时代，跨上新征程，作为一个福建人，生活在八闽大地之上，应该了解先辈的光辉业绩，弘扬优秀传统文化，吸取人文血脉的营养，努力增强文化自信，以激励奋发向上的精神，在实现民族伟大复兴的中国梦的新征程中，做出无愧于先人的更加宏伟壮丽的事业！这就是我们编撰这部"福建历代名人传"的目的。

2017年冬至日

（该书于2019年4月出版由海峡文艺出版社出版）

大学何为
——《大学之大》后记

2007年下半年,我所在的大学将迎接教育部的本科教学水平评估,并准备举办100周年校庆。这都是重大的事情。对于本科教学评估,尽管当时已经受到众人的诟病,但是,学校还是得认真地准备。其时,为迎接评估,我被学校聘为校内评估专家组的组长,多次到各个学院检查迎评的情况,听了不少教师的课,参加了学校评估材料的准备工作,特别是办学特色的讨论和定稿。当时学校的领导建议结合评估的准备工作,开展关于大学精神和大学办学理念的大讨论。这是一个非常有意义的倡议。第一组文章就是在这样的背景中完成的,最早是在学生的采访交谈中形成的,采访录音曾在校园内播出,因此文章还留有谈话的痕迹。后来以"大学教育理念十日谈"的栏目,发表在《福建日报》上。

2009年9月,在担任了8年的校工会主席职务即将卸任之时,我被派到学校的一所独立学院工作。对于学校的信任,我一直心存感激。学院位于距校本部200公里的乡下。到校后只能待在校内,只有双休日才能返回校本部回到家里。在这里,最大的问题是无法写论文。可是,我还承担着国家社科课题,还有教育部、省社科基金项目。课题要完成,但时间被切割碎了,而且所在学院也没有可用的书籍,做不成专题研究。我担任院长的学院是一所独立学院,是个相对独立的比较齐全的本科大学。作为管理一所独立运行的本科学校,我有了实践大学管理的机会,也使我对大学精神和大学的现状继续发生了兴趣。这对于我所思考的大学生态也有帮助,所以,"大学生态纵横谈"这组文章都是在独立学院任职时写的。中国大学的生态失去平衡,已经不是一年半载之事了。我这些短文,实不能描绘万象于一粟。还有,由于报纸版面的限制,篇幅不可能太长,所以各个议题都不能深入展开,颇为可惜。否则所论亦当可更加深入。今后如有兴趣,我可能还会写下去。这一组文章主要刊载于《福建日报》。其中有几篇被其他报纸转载,如《大学文化的内涵与建构》一文,《报刊文摘》转载后,即有读者的反映。《求是》杂志的"红旗文摘"也摘要转载。

2009年以来我所在的学院是一所由母体大学和企业投资方联合举办的独立学院,有7000多名学生,6个系22个专业,其运行与一般本科大学是一样的。我认为,目前全国的民办大学,与国外的私立大学有本质的区别。目前全国存在的独立学院这种办学体制,是在20世纪九十年代末提出教育产业化的背景下诞生的,是教育产业化和把教育推向市场的理念的产物。虽然如此,独立学院已然存在,而且全国有300多所,就应正视其存在与运行的特点,作出科学的规范,使其健康发展。不过,因了政策的执行以及办学双方在目的和理念上的巨大差异等原因,独立学院很难真正办好。目的和理念上的差异,以及其他的一些管理状况,使我甚感失望。对此,我也只能在《完善机制健康发展——独立学院建设和发展所面临的几个问题》里谈点看法而已,以示留一点痕迹吧。

在独立学院工作虽无法写论文,不过可以做古籍注释的普及本工作和旧著的整理修订工作。我不会打牌,不会打麻将,所以晚上时间还有一点自由,可以做一点事情。从2009年初开始,我和研究生一起做完了《先秦文选》(50万字,人民文学出版社)、《左传》(全文、全注、全译本,与程小青、李彬源合作,110万字,中华书局),修订了《先秦两汉文论全编》(60万字,远东出版社)、《精编中国古代文学史》(修订本,与陈节教授合作,66.8万字,浙江大学出版社),重版了《春秋左传直解》(80万字,青岛出版社)、《魏晋南北朝文论全编》(与穆克宏教授合作,37.8万字,远东出版社),并与朱晓慧教授一起主编了一本《大学语文》(福建人民出版社）。做这些工作的另一个目的，是为了不要荒废自己。

其他的各组文章，如"校园文化"、"教改之什"和"师友之间"，也可以反映大学的一些面貌，有的时间较早，可能多少有点凑数之嫌。不过它们是我在大学工作三十多年来在学术文章之外的一点痕迹，雪泥鸿爪，权且留下吧。

关于大学现状和建立现代大学制度的讨论，已经是多年热议的话题。许多有识之士发表了众多的真知灼见。"大学之大"，所谓"大"者，指大学的精神及其特质，其内涵之博大和丰富，实非我几篇肤浅的小文章所能说清。我不是研究教育学和高等教育的，之所以关注大学教育，一方面是兴趣使然，所以我一直很有兴趣的去读有关清华国学研究院和西南联大的有关史料，也包括我任教大学的校史，关注南方科大的改革；另方面因为自己就是大学教师，总该了解和熟悉"大学"的内涵和精神，夸大一点，则诚如北大陈平原所说，"作为学术课题的'大学'，不仅仅属于高教研究所，而是属于所有以天下为己任的中国知识分子"。只是区区几篇小文章，内容所及，不过是一点皮毛的认识。就是这一点点认识，我也没有说清楚，没有悟透。以此为书名，只是希望自己再进一步去学习、去领悟。

感谢《福建日报》的黄培坤、黄琳斌、谢宗贵、陈德福等同志，感谢福建人民出版社的魏清荣、汤伏祥同志，他们对本书的写作和出版给予大力的支持和帮助。

本书承蒙著名书法家、欧阳中石先生的高足、北京书法家协会副主席、首都师范大学博士生导师叶培贵教授为之题签，深表谢意！

2013年阳春于福州适斋

（该书于2013年8月由福建人民出版社出版）

大学语文的功能
——《新编大学语文》序

《大学语文》作为一门课程的开设,已经有二十多年的历史,它为大学生特别是非中文专业的大学生提高人文素养和语文水平,作出了巨大贡献。众多大学的一年级本科生都开设了《大学语文》课程。但是,发展也不尽平衡。近几年,随着学生对课程的选择和对就业的忧虑,《大学语文》这种非实用性非技能型的课程,多少受到一点冷落。

大学是传授知识的地方,大学生在大学里学习各种知识。可是,如今在大学里似乎把知识分成为"有用"和"无用"两大类。从学生选专业到选课,都有这种倾向。

所谓"有用"的知识,是指那些实用性的知识。学生选课,不少人喜欢选那些技术性的即时可用的操作性强的课程。而纯理论性的专业和课程,特别是社会科学类的知识,大都受到冷遇。

产生这种现象的主要原因,恐怕有两个方面。

一是大学过于强调应用型和实用性。大学的终极目标是培养人才。但培养什么样的人才,却是大不相同的。一种是培养具有高素质和创新能力的人才。一种是只掌握某种技术的人才。蔡元培指出:"教育是帮助被教育的人,给他们能发展自己的能力,完成他的人格,于人类文化上能尽一份责任;不是把被教育的人,造成一种特别器具,给他们他种目的的人去应用的。"本科教育,从本质上来说,还是素质教育。健全的人格,高尚的道德，良好的素质，深厚的人文情怀，对学问的敬畏之心，这是大学生在大学应该培养的东西。大学不是培养只掌握一些"术"的职业技术养成所。大学生不应该把目标定位在只掌握几种技术或几种实用性知识上，而应该让他们掌握知识，也就是培养其高素质。大学过分强调应用型实用性，过多的追求实用，这是忘记了大学培养人才的根本特点。高素质的人才，具备自我学习、自我充实和创新的能力。天下之"术"何其多，是学不完的。如果大学生只会掌握一两种技术，而不是以自身的知识去不断学习，那么如何应对科学知识的不断发展呢？在美国，普林斯顿大学常常排名超过哈佛、耶鲁，这个才两千人的著名大学，拒绝办商学院、法学院这类应用性学院，普林斯顿大学完全没有应用学科，它接受的是欧洲古老传统，认为大学应该发展那些理论性的学科，像数学、物理、人文社会学科，这些所谓形而上的东西。许纪霖先生说：大学内部人文学科的衰落与应用学科的旺盛，使大学失去了塑造核心文化的功能。此言甚为有理。

二是学生自身认识而产生的选择误区。如何认定知识的"有用"和"无用"，这是首先要弄明白的。

笔者曾听过一次《广告学》的课。教师在讲授如何拉广告。教材中举了很多例子，还引用了美国一个著名广告人的书，说到她要去拉一个大公司的广告，但并不直截了当去与对方谈其目的，而是事先了解该公司老总的嗜好，发现他喜欢打猎，特别是打鹿。于是此广告人就去了解鹿的习性和猎鹿的技术。由此以猎鹿为切入口与该公司老总接近，于是乎两人成为朋友。如是，再谈做广告之事，一举成功。教材中用相当篇幅引用美国这个著名广告人的文字，介绍她的这项经验。这样的广告策略，用中文来表达，其实只要四个字：投其所好。还有一次，听市场营销课程的课，教师讲授销售渠道管理和定价策略，讲的也是市场调查等手段。这些内容，关键在于做好市场调查。此类知识，实用性很强。但它们其实只是一种"术"，即一种技巧而已。有的只是经验层面上的知识。多次听到新闻界的朋友说，新闻专业的毕业生到新闻单位后上手快，中文系的学生后劲足。上手快，因其重在程序操作；后劲足，在于人文积淀厚。这就是"器"和

"道"的区别。

古人说：形而上者谓之道，形而下者谓之器。对知识"无用"和"有用"的选择，体现了道与器的分裂。大学教育，应该引导学生认识"道"与"器"的关系。有的看似"有用"，其实只是某种"术"；有的看似"无用"，其实乃为大用。据报道，培养出伟大的物理学家牛顿的剑桥三一学院的学生，当年要学习《人类理解论》《上帝创世智慧》《读史方略》等，他们还要学习几何学，可没有一个人会问："学这个有什么用？"

其实不单是对知识的选择。大学生从选专业开始，考虑到今后就业的形势，大学生也多选实用性的"热门专业"。因此很多人学习不再是为了获取有用的人文或科学知识，提高自身的文化素养和综合素质，而是作为就业和谋生的工具。说来也不奇怪，这种现象，与一个物欲主义横行的世俗社会的特点是吻合的。但是，从人才培养的终极目标来说，关键的问题是综合素质的培养，这是我们对知识的认识的主要参照，也是培养杰出人才的根本途径。

鉴于大学生对知识的认识，我们认为，《大学语文》仍然是大学一年级特别是非中文专业的学生应该开设的一门课程。其所传授的知识，同样是看似"无用"，实乃"大用"。课程要开设，首先是教材。《大学语文》的教材，自二十多年前徐中玉先生主持其事后，已经奠定了坚实的基础。此后，各地各大学根据自身的需要，也编出了多种的《大学语文》教材，形成了多元化的局面。近几年，特别是去年《国家教育中长期发展规划纲要》公布后，对大学生人文素质教育要求有了进一步的提高，大学语文课程在观念和方法上也必然提出了改革的要求。本教材的特点，就是力图突出人文教育的特点，突出文化传承的意义，培养大学生的人文意识和人文情怀，提高审美情趣和作文技能。

全书分为八个主题，分别是：经典传承、奋斗励志、爱国爱乡、修养、审美、情爱、风景、作文，并分别用一个关键词来统摄每一章。每章前面有一个简短的导语，概述本章的内容和学习主旨。入选的正文之后，附有"相关链接"、"思考练习"和导读，有利于学生的学习和教师的教学。"拓展阅读"篇目是为了增加学生的知识视野，可以作为辅助作品阅读。编写原则和体例确定后，选文是关键。我们尽可能按照每一章的主题选择最切近的作品，以图从作品的讲授中实现我们的目的。而在中学语文课本中已经出现的名篇，尽量不选。再者，作为主要适用于福建高校的大学语文教材，我们适当的选入了一些与福建和海峡两岸有关的作品。虽然如此，但就目前的选文看，仍然不尽如人意。而且，限于编者的水平，必定还有许多疏漏和错误，希望读者不吝赐教。

2012 年 5 月 25 日

（该书 2012 年 8 月由福建人民出版社出版）

怎样读《左传》
——《左传解读》导言

一、《左传》的名称、作者及其他

《左传》是《春秋》三传之一,也是儒家经典"十三经"中的一部。关于《左传》,我们先把几个基本问题介绍一下。

1.《左传》书名

《左传》,西汉人称之为"《左氏春秋》",或"《春秋》古文"。《史记·十二诸侯年表序》:

> 是以孔子明王道,干七十余君,莫能用,故西观周室,论史记旧闻,兴于鲁而次《春秋》,上记隐,下至哀之获麟,约其辞文,去其烦重,以制义法,王道备,人事浃。七十子之徒口受其传指,为有所刺讥褒讳挹损之文辞不可以书见也。鲁君子左丘明,惧弟子人人异端,各安其意,失其真,故因孔子史记具论其语,成《左氏春秋》。

这恐怕是有关《左传》的最早的正式记载。《汉书·景十三王传·河间献王传》载河间献王刘德"立《毛氏诗》《左氏春秋》博士",《左传》即被称为"左氏春秋"。又因为《左传》为秦始皇焚书坑儒前就有的著作,所以又有"《春秋》古文"之称。《史记·吴太伯世家》太史公曰:"余读《春秋》古文,乃知中国之虞与荆蛮句吴兄弟也。"刘歆《移让太常博士书》称:"及《春秋》左氏丘明所修,皆古文旧书,多者二十余通,臧于秘府,伏而未发。""《春秋》古文"即指《左传》。到了东汉,班固撰写

《汉书》，称"及（刘）歆校秘书，见古文《春秋左氏传》，歆大好之"（《汉书·楚元王交传·刘歆》），又称："时丞相尹咸以能治《左氏》，与歆共校经传。"又称："初，《左氏传》多古字古言，学者传训故而已，及歆治《左氏》，引传文以解经，转相发明，由是章句义理备焉。"（同前引）班固称之为《春秋左氏传》，时人又称为《左氏》《左氏传》。在《汉书》中有《左氏春秋》和《春秋左氏传》混用的情况。那么，它如何变成《春秋左氏传》这一名称呢？沈玉成先生认为："经过一段时期，人们逐渐觉得《春秋左氏传》这一名称要比《左氏春秋》准确，于是就为学人所习惯使用，简称《左传》。"① 这样，后世的人们多称为《春秋左氏传》，简称"《左传》"。

2.《左传》作者

《左传》的作者，司马迁在《十二诸侯年表序》中说是左丘明（见前引）。班固基本上沿袭了司马迁的观点。《汉书·艺文志》说：

> 周室既微，载籍残缺，仲尼思存前圣之业……以鲁周公之国，礼文备物，史官有法，故与左丘明观其史记，据行事，仍人道，因兴以立功，就败以成罚，假日月以定历数，藉朝聘以正礼乐。有所褒讳贬损，不可书见，口授弟子，弟子退而异言。丘明恐弟子各安其意，以失其真，故论本事而作传，明夫子不以空言说经也。

班固此说并非盲目的附和司马迁。大家知道，《汉书·艺文志》基本上来自于刘向、刘歆父子所作的《七略》，说明向、歆父子也是持此看法的。此外，两汉至魏晋的一些大儒硕彦如贾逵、郑玄、何休、桓谭、王充、许慎、范宁、杜预等人，都没有不同意见。唐代以后，才开始有人怀疑左丘明作《左传》。此后，持怀疑论者代不乏人。清代刘逢禄、康有为等人甚至认为是刘歆割袭《国语》伪造。当然，也有认为《左传》其书作非一人、成非一时者，如顾炎武即认为："左氏之书，成之者非一人，录之者非一世，可谓富矣，而夫子当时未必见也。"又说："《春秋》因鲁史

---

① 参见沈玉成、刘宁《春秋左传学史稿》，江苏古籍出版社1992年版。

而修者也,《左氏传》采列国之史而作者也。"① 今人白寿彝先生认同顾说,并依据唐代赵匡《春秋集传纂例·赵氏损益义》指出:"从内容来看,它的作者不会是孔子所称道的左丘明,也不会同《国语》作者是一个人。"② 还有一些学者提出其他不同的看法。意见虽有不同,不过应当注意的是,正如许多先秦典籍一样,由于时代变迁,聚散无常,加上古代转写流传和印刷条件的限制,常有后人增损窜入,因此总会发现与原书相矛盾之处。正如白寿彝先生所说:"(《左传》)并不排除后人之有所增益。书中也有一些解经的话,但跟经文多不相连属,当系后来经师们加上去的。"③

至于左丘明到底是什么人,《论语·公冶长》曾提到说:"子曰:'巧言,令色,足恭,左丘明耻之,丘亦耻之。匿怨而友其人,左丘明耻之,丘亦耻之。'"从话里孔子把左丘明放在自己之前,对其颇为尊重来看,或者这个左丘明是年长于孔子的人。那么,他是《左传》的作者吗?或者还是另有一个左丘明呢?这也是历来争论的问题。今人汪受宽从"谥法"的角度加以论证,可供我们参考。汪受宽说:"有人从《左传》所书谥号对这一问题进行探索。《左传》的最末一段,标出了鲁哀公之子姬宁的谥号(悼公),写了晋国韩、魏、赵合谋攻杀知伯,共分其地的事情。其中,又有'赵襄子'一谥。鲁悼公死于公元前 431 年,赵襄子死于公元前 425 年。既然《左传》中写到赵襄子的谥号,那么,左丘明至少也应该活到公元前 425 年以后。孔子死于公元前 479 年,终年 73 岁,到公元前 425 年已 54 年。如果左丘明比孔子长 1 岁,此时也 127 岁,如此年长的老人还能著书,是令人难以置信的,由此,可以肯定,左丘明绝不是比孔子年长的学者。"④ 这样的推论是可信的。司马迁、班固所说的"左丘明",并非《论语》里面所说的那个"左丘明"。

---

① 《日知录集释》卷四"春秋阙疑之书"条,顾炎武著,黄汝成集释,岳麓书社 1994 年版,111 页,112 页。
② 白寿彝《中国史学史》第一册,上海人民出版社 1986 年版,第 228—229 页。
③ 同注 50。
④ 汪受宽《谥法研究》,274 页,上海古籍出版社 1995 年版。

3.《左传》成书年代

《左传》的成书年代,大约在战国中前期。关于《左传》一书的成书年代,历来有不同的看法。有的学者认为应在春秋末期①,有的认为应在战国中期②。两说皆自古沿袭至今。实际上先秦史书与诸子著作一样,有一个口头传诵的授受过程。经学传授,一门之内,往往流传数代之后才开始写定。把一部近二十万字、包融各诸侯国史实和史料的巨著划定于一个短时期内甚至某若干年内编撰而成,是不符合古代的实际情况的。有的学者认为,最初传授《左传》的人应该是个史官,他不仅有条件看到大量史料,而且保留了史官传统解说《春秋》的方式。《左传》的口头传诵,也经历了一个较长的时期。在传授过程中,传授者会随时加入一些解说《春秋》的书法、凡例。今天见到的那些属于战国时代的史事和其中一些文字上的战国文风,也是在传授过程中加入的③。这种看法,可作为我们了解《左传》成书时间和过程的参考。

4.《左传》与《春秋》

《左传》又称为《春秋左传》,它与《春秋》有密切的关系。《左传》与《春秋》的关系,集中到一点,即《左传》是否为《春秋》作"传"。所谓"传",即解释《春秋》经文,为《春秋》作注的意思。司马迁认为《左传》是解经之作。此后,刘歆、班固、陈元、韩歆、贾逵、郑众等汉代古文经学家也都认定《左传》为解经之作。但是两汉的今文经学家出于政治功利和争立博士官的需要,否认《左传》是为《春秋》作传。此后,《左传》"传"经与否,便长期争论不休。虽然东汉的桓谭、西晋的杜预、唐代的孔颖达以及近代的章太炎、刘师培等人坚持"传"《经》之说。但

---

① 在当代学者中,胡念贻赞同此说,基本上同意古文家的传统意见而加以修正完善。见胡著《〈左传〉的真伪和写作时代考辨》,《文史》第 11 辑。白寿彝认为"可初步定为在战国早期"。见《中国史学史》第一册,上海人民出版社 1986 年版,第 228—229 页。

② 在当代学者中,赞同此说的有杨伯峻、徐中舒、赵光贤、朱东润等,见杨伯峻《春秋左传注前言》、徐中舒《〈左传〉的作者及其成书年代》、赵光贤《〈左传〉编撰考》、朱东润《〈左传〉选序》。

③ 参见沈玉成、刘宁《春秋左传学史稿》,396 页,江苏古籍出版社 1992 年版。

是自两汉直至现当代，认定《左传》是一部独立的史书，与《春秋》不存在互相依附关系的学者仍然大有人在。对于这种学术上的分歧，本来不足为怪，各家可以各持己见。这里应该提到的是，今人杨伯峻先生研究《左传》与《春秋》的关系时提出的见解，颇值得我们重视。

杨伯峻先生指出：《左传》解释《春秋》有几种不同的方式：一是引《春秋》原文作说明，如《春秋》隐公"元年春王正月"句，《左传》说"元年春，王周正月，不书即位，摄也"。二是用事实补充甚至说明《春秋》，如鲁隐公被杀，《春秋》只写"公薨"二字，《左传》却详细记载了隐公被杀的经过。三是订正《春秋》的错讹。如襄公二十七年《春秋》载"十二月乙亥朔，日有食之"，《左传》订为"十一月乙亥朔，日有食之"。四是《左传》有时把几条相关的经文，合并成一传。五是《春秋》不载的，《左传》也加以补充记载，等等（《春秋左传注前言》）。杨伯峻是主张《左传》解经之说的，以上几点可以说是他立论的依据。由此可以帮助我们了解《左传》与《春秋》之间实际存在的差异与内在的关系。今人沈玉成说："其实只要不存偏见，读一读《左传》全文，其中绝大部分的内容与经文完全对应，或解释经义，或补充史实，不过这种解释方式不同于《春秋公羊传》和《春秋谷梁传》，这恰好是《左传》的幸运，就因为这样，它才能成为不朽的史学和文学名著。"[①] 可以说，《左传》与《春秋》的确是存在着密切的关系的。正因为如此，有的学者根据编年体史书的特点，认为《左传》是一部以《春秋》为纲、并仿照它的体例编成的编年史[②]。

其实，《左传》解经与否只是经学史上今文经学家与古文经学家之间的分歧，如果偏离了《春秋》与《左传》作为历史著作本身独立存在的价值而纠缠不休，意义并不大。《春秋》作为编年史，只是略具雏形的开端，还未能建立起编年史的健全的体制；而《左传》在历史编纂学上却有了长足的发展。正如梁启超所指出的，《左传》的特色：

---

① 沈玉成、刘宁《春秋左传学史稿》，81页，江苏古籍出版社1992年版。
② 持此说者，如徐中舒先生，见徐著《〈左传〉的作者及其成书年代》。

第一,不以一国为中心点,而将当时数个主要的文化国,平均叙述。……当时史官之作,大抵皆偏重王室或偏重于其本国。左氏反是,能平均注意于全部。……第二,其叙述不局限于政治,常涉及全社会之各方面。左氏对于一时之典章与大事,固多详叙;而所谓"琐语"之一类,亦采择不遗。故能写出当时社会之活态,予吾侪以颇明瞭之印象。第三,其叙事有系统,有别裁,确成为一种"组织体的"著述。……左氏之书,其断片的叙事,虽亦不少;然对于重大问题,时复溯原竟委,前后照应,能使读者相悦以解。①

这说明《左传》已经有意识地从某种历史联系的角度来统筹规划、取舍剪裁以编撰成书。所以,梁启超称赞说"故左丘可谓商周以来史界之革命也,又秦汉以降史界不祧之大宗也"②。钱穆也说:"《左传》是一部史学上更进一步的编年史,孔子《春秋》只是开拓者,《左传》才是编年史的正式完成。"(钱穆《中国史学名著·春秋三传》)

5.《春秋》三传

所谓"《春秋》三传",指的是《春秋左传》《春秋公羊传》与《春秋谷梁传》,简称《左传》《公羊传》与《谷梁传》。《公羊传》与《谷梁传》重在解释《春秋》的"微言大义"。所谓"微言大义",即指从文字上寻绎经文书法的异同,以发掘其义例,从细微的语言差别中探求《春秋》之大义。

《公羊传》的作者,《汉书·艺文志》注为"公羊子,齐人",颜师古注"名高",故旧传是公羊高所著。《公羊传》大概写定成书于西汉景帝时期。《谷梁传》的作者,《汉书·艺文志》只说:"《谷梁传》十一卷,谷梁子,鲁人。""子"即"先生"之意,未知其名。陆德明《经典释文序录》引糜信注,皆作"谷梁赤"。后世学者多认为《谷梁传》后于《公羊传》,大概写定于西汉昭帝、宣帝之时。

《左传》与《公羊传》《谷梁传》不同,《左传》以叙事为主,通过历

---

① 梁启超《中国历史研究法》东方出版社 16、17 页,1996 年版。
② 梁启超《中国历史研究法》东方出版社 16、17 页,1996 年版。

史事实的叙述，让人们理解《春秋》的内涵和史实。其实，《左传》这种以史实说话的方式，对于理解孔子《春秋》的微言大义，更有说服力，对后世的经学研究产生更大影响。如南宋的吕祖谦，其研读《左传》，虽还恪守先经后史的原则，却是更重视《左传》的史学价值。《公羊传》《谷梁传》通篇设为问答体，着重开发《春秋》经文中的微言大义，而不注重叙述史实。（《左传》中偶有解释经文之微言大义的文字，但不以此为主。）《公羊传》和《谷梁传》既为解经之作，当然与《左传》作为史书的性质不同，但是三传又有一定的联系，这是在读《左传》时必须加以注意的。

6.《左传》与《国语》

司马迁在《报任安书》中有"左丘失明，厥有国语"之说，又《史记·五帝本纪》中说："余观《春秋》《国语》。"《十二诸侯年表序》中说："于是谱十二诸侯，自共和讫孔子，表见《春秋》《国语》。"于是后人有认为《左传》与《国语》同为左丘明所作，且都是为解释《春秋》的。甚至还有《左传》与《国语》是"《春秋》内传、外传"之说。后世更有人发挥说，《国语》是左丘明作《春秋传》的稿本。所以，《国语》长期被目录学家列入"经部春秋类"中，以"准经典"的身份流传后世。之所以称《左传》《国语》为内外传，除了上述的原因，还因为二书中的史事有很多相同之处。《国语》记史时间始于西周穆王，终于鲁悼公（约前967—前453年），在时间上与《左传》大体相同，而且有许多历史事件既见于《左传》，又见于《国语》。因此后人怀疑《左传》《国语》本为同一书。不过，反驳《左传》《国语》非一人所作者，自晋代开始，一直到近代，代不乏人。

关于《左传》《国语》的关系，较多的研究者对比后的看法是：《左传》《国语》是在战国时就已存在的二部书，它们都参考过相同的原始史料，但各自独立成书。《左传》晚于《国语》，《左传》可能参考了《国语》中的史料，甚至改编了《国语》中的某些记载，但《左传》并不是割裂《国语》而成的。

西汉时期，《左传》曾立为学官。（所谓"学官"，指朝廷设立的主管学校教育的教官。汉武帝时设五经博士，专管某一经的传授，又称博士官。）其后几经废立，《左传》成为"十三经"中的一部。《左传》记载了春秋时期二百四十多年的历史，它是一部重要的编年体史书。又因为被列入儒家经典中，是儒家经典"十三经"中的一部。总的来说，《左传》对传统文化的影响是巨大的。

二、中国编年体史书的奠基之作

徐中舒先生说："《左传》是中国一部伟大的历史作品，从它的文学价值讲，同时也是一部优秀的文学作品。"它是中国编年体史书的奠基之作。从内容来说，它全面展示了春秋时期、甚至是春秋之前的历史面貌，堪称是一部伟大的历史著作。

1."言事相兼"的编年体史书

《左传》之前，中国史学发轫之初始著作，是以言、事分纪的形式出现的。正如《汉书·艺文志》所说："古之王者世有史官。君举必书，所以慎言行，昭法式也。左史记言，右史记事，事为《春秋》，言为《尚书》，帝王靡不同之。"《礼记·玉藻》篇也有相类似的记载。《尚书》重在记言，《春秋》专于记事。单一的记言或记事，把"言"和"事"（行）分开了。其共同的缺陷就是看不到历史发展的主体——人的全方位的活动。《左传》却是一部"言事相兼"（刘知几语）的历史著作。唐人刘知几在《史通·载言》篇中说："逮左氏为书，不遵古法，言之与事，同在传中。然而言事相兼，烦省合理，故使读者寻绎不倦，览讽忘疲。"《左传》作者摈弃了单一的记言或记事的成法，博考旧史，广采佚闻，集记言记事于一身，展现了春秋时期二百四十多年的历史，以"言事相兼"的崭新面貌呈现于世人面前。

刘知几的《史通·六家》，论先秦两汉的史书体裁有六家，其中就有《左传》家。在《二体》中指出编年体与纪传体是主要史书体例，编年体以《左传》为代表。他认为编年体的长处是："系日月而为次，列时岁以相续，中国外夷，同年共世，莫不备载其事，形于目前，理尽一言，语无重出。"《左传》是一部以《春秋》为纲的编年体史书，它基本上按照《春

》的编年次序，以鲁国国君在位的年代先后，从鲁隐公开始，经桓、庄、闵、僖、文、宣、成、襄、昭、定、哀十二公次序记载历史。在每年之中，又按照四时和月、日编排。如《春秋》隐公三年："三年春，王二月己巳，日有食之。三月庚戌，天王崩。"《左传》隐公三年："三年春，王三月壬戌，平王崩。赴以庚戌，故书之。"文中有年（三年）、四时（春）、月（三月）、日（庚戌、壬戌）。这就是编年体的体例。

2.《左传》孕育了多种史书体例

《左传》的叙事，孕育着纪传体史书以及其他多种史书体例。如《左传》作者在描述人物事件时，主要采用了两种方式进行：一是以某一人物为中心，围绕某一人物集中多年事件加以总叙；二是以时间为经、以事件为纬而分年散见，但始终有一中心人物贯穿其间。集中多年事件加以总叙，打破了时空的限制，以某一人物为中心，将不同年代不同地点的历史事件集合一处来写。如隐公元年"郑伯克段于鄢"一章，从庄公"寤生"，到消灭共叔段，到庄公母子和好，并非一年中发生的，也非同一地点发生，但作者却把它们集中在隐公元年中加以总叙。

再如襄公二十三年写臧纥其人，作者先写了三件废长立少的事，三件都与臧纥有关。先是臧纥设计帮助季孙废公子鉏而立悼子；下来写孟孙氏的立羯废秩，是为了反衬臧纥的阴谋；第三件事写臧纥自己也是由废长立少起来的，用一"初"字回叙前事。这样把发生在不同时间、性质相同的三件事集中叙述，刻画臧纥的奸回不轨，并追溯其恶行产生的原因，完成了臧纥的形象。作为单独的人物故事，上述三事，矛盾冲突组织得曲折迂回，事件安排照应巧妙，整个故事引人入胜，亦可作臧纥其人之传记来看。

还有如宣公二年的"晋灵公不君"章。晋灵公即位，在鲁文公七年（前620年），至宣公二年（前607年）已有十四年之久。《左传》宣公元年云："于是晋侯侈，赵宣子为政，骤谏不入，故不竞于楚。"可见晋灵公"不君"及与赵盾的矛盾，由来已久，并非只在鲁宣公二年才发生。宣公元年之记，不过是作者的伏笔。等到宣公二年晋灵公死前来总叙其不君之状,显示出晋灵公之死的必然性,晋灵公的荒淫暴虐和赵盾的忠诚直谏的性格也非常鲜明。这一章由几个小故事组成,以灵公和赵盾的矛盾斗争这一线索贯穿全篇。这一章,颇似《史记》中的"合传"。

分年散见,本是编年体之成式。有的人物时间跨度大,行状分年散见,人物活动主要反映在一些重大事件上,并与其他事件有密切的关系,因此以时间为经,以事件为纬,"分年散见,隔'传'相接",但并不远离中心人物。如卫国的孙宁废立,起于成公七年(前584年),终于襄公二十九年(前544年),散见于三十四年之中。作者围绕卫献公与孙林父、甯殖之间的矛盾斗争这条线索,相互衔接,联成为一个完整的故事。再如子产,是《左传》中写得最有风采的人物之一,其一生事迹,从襄公八年第一次登场,到昭公二十年(前510)死去,历经四十余年。可以说郑国这四十余年的历史,就是子产这一人物的活动史。所以,如果以某一人物为中心,将其事迹集中起来,就成为这一人物的传记。① 可以说,《左传》在史书的编撰形式方面,实际上已突破了编年体按年记事的框框,为后来纪传体的出现提供了借鉴。

如上所述,《左传》中已孕育着纪传体的胚胎。但《左传》是编年体,编年体自有其缺陷,诚如刘知几所说:"编年叙事,混杂难辨;纪传成体,区别易观。"(《史通·杂说上》)纪传体的产生,是史学体裁形式发展的必然结果。

另外,《左传》还孕育了后代史书编撰的其他体例。如晋公子重耳之亡,是僖公五年之事,作者把重耳十九年的流亡经历集中于鲁僖公二十三、二十四年两年之中,用倒叙的手法加以综述。僖公二十三年是他流亡的最后一年,二十四年是他返国即位的头一年,这样安排,前后衔接,首尾完具,在时序上显得非常条贯,可以看成是晋公子重耳的传记。白寿彝先生曾说:"像这样,《左传》把近二十年的事情写在一年的下面,总不好

---

① 宋代的王当,曾作《春秋列国诸臣传》,就是将《左传》从编年体改编为纪传体的。韩席筹的《左传分国集注》、朱东润的《左传选》,都是按国别以人物为中心,把《左传》内容加以重新组合,连缀成文,有许多篇章,可以看成以时间为序的连贯成篇的人物传记。

说是编年体。他写的是重耳流亡的总过程,可以说是纪事本末体。它写的又是这个重耳的事迹,也可以说是传记体。"①

3. 全方位地展现了春秋时期的历史

(1) 展现急剧变化的时代

《左传》记事,与《春秋》一样,也按鲁国十二公次第编年,从鲁隐公元年(前722年)开始,到鲁哀公十四年(前481年),之后又延续到哀公二十七年(前488年)止。其后还附记鲁悼公四年(前464年)三家灭智伯之事。《左传》与《春秋》所记的时代,都是春秋时期两百多年的历史。但是与《春秋》相比,《左传》一书把春秋时期从王纲解纽、诸侯蜂起,到大夫专权、陪臣执国命,直至家臣篡夺的整个过程都详细描述出来。对于王纲解纽、礼崩乐坏、号令不行的局面,孔子曾慨叹说:

天下有道,则礼乐征伐自天子出;天下无道,则礼乐征伐自诸侯出。自诸侯出,盖十世希不失矣;自大夫出,五世希不失矣;陪臣执国命,三世希不失矣。(《论语·季氏》)

从"礼乐征伐自天子出"到"自诸侯出"、"自大夫出",再到"陪臣执国命",是旧政权结构改变的三个阶段。如果以《左传》的记载来划分,从隐、桓二公到庄、闵二公时期,是王权衰落、诸侯雄起、礼乐征伐自诸侯出的时代;从僖公到襄公时期,新的政治制度逐渐确定,世卿执政的情况在各国非常普遍,是所谓"礼乐征伐自大夫出"的时期;到了昭公以降,进入春秋的末期,这就是"陪臣执国命"的时代。《左传》的历史叙事,生动地反映了春秋这一大变革时期的时代面貌与时代精神。

春秋时期,上承夏、商、西周三代王朝,下启列国并立、群雄争霸的局面,它既宣告了一个旧的社会制度的逝去,又预示着一个新的社会制度的诞生。随着各诸侯经济实力的增强,原为天下共主的周王朝的天子地位遭到了挑战,丧失了对诸侯列国的控制能力,甚至开始被等同于一般的列国诸侯而失去了它的尊严。首发难者,就是《左传》中描述的春秋初期

---

① 《中国史学史》,第一册,第231页,上海,上海人民出版社,1986年版。

的枭雄郑庄公。据《左传》隐公三年记载：鉴于郑庄公实在张狂，周平王欲削弱郑庄公的势力，想让虢公与郑庄公一起为左右卿士同掌王事。敢于向周天子的权威挑战的郑庄公，不但厉声质问至尊天子，竟然还胁迫周平王用王子狐与郑太子忽交质，以此拑制周室。这可是破天荒的第一次对周天子权威的冲击，这个"君臣交质"，一下子就撕下了周王脸上至尊天子的面纱，把君臣关系降为平列诸侯国的关系。不但如此，到了桓公五年（前707年），郑庄公还与周桓王在繻葛打了一战，郑人"射王中肩"，一箭射掉了周天子的威风。尽管郑庄公后来仍不放弃"尊王"的虚假幌子，但是，周王天子的威严却已是"流水落花春去也"。随后，郑文公执周王使臣伯服、游孙伯（僖公二十四年），楚庄王之观兵问鼎（宣公三年），晋平公与周王争阎田（昭公九年），皆不把周天子放在眼里。到了春秋中期，形势就更惨了。僖公二十八年温地之会，刚刚当上霸主的晋文公竟然不可一世地召周王赴会。尽管孔子在《春秋》经文里闪烁其词地记载说"天王狩于河阳"，以此为尊者讳，为周天子婉饰，其实，大树飘零，西风残照，谁也无法为周王朝挽狂澜于既倒了。

伴随着周室王权衰落而来的，是各诸侯国之间为争夺霸主地位而展开的激烈斗争。自郑庄公小霸叱咤诸侯之间以后，霸权代兴，霸主迭起。齐桓公九合诸侯，一匡天下。嗣后，晋文公策命为侯伯，成为霸主；秦穆公称霸西戎，楚庄王称霸诸蛮，就是昙花一现的宋襄公，也赶时髦做了几天的霸主梦。在这一场旷日持久的争霸斗争中，争夺最为激烈、时间最为长久、在《左传》中记载最为详细的是晋、楚两国的斗争。晋国之地在现在的山西南部，楚国在河南的南部及湖北的北部。中原在齐桓公去世之后，霸业消歇，晋国要取而代之，首先要抑制长期觊觎中原的楚国的扩张。晋国自晋文公即位之后，整顿内部，增强国力，扩充军队，奠定了"取威定霸"的基础。僖公二十八年（前632年）城濮一战，晋文公打败了楚国，终于戴上了霸主的金冠。南方的楚国，虽然城濮之战败于晋文公，但是争霸之心并没有泯灭，惨痛的失败反而激励它吸取教训，发愤图强，到楚庄王时，楚国乘着晋灵公无道、政在大夫之际，在邲地一战而败晋国，终于圆了问鼎中原的美梦。

春秋后期,形势又发生变化。列国大夫专权于诸侯公室。如"三桓"擅权鲁国,四分公室;季孙氏专鲁国之政,三桓联手驱逐鲁昭公。鲁昭公流亡八年,终于客死晋国。这一阶段,大夫与大夫之间,大夫与家臣之间的斗争此起彼伏,一批有才干有心计的家臣,上升为大夫,有的竟支配了各诸侯国的政事。在鲁国,季孙氏专权不久,不料家臣阳虎崛起,一个下人击碎了季孙氏篡权的美梦。从西周沿袭下来的以嫡长子继承制为核心的宗法制,随着社会生产力的发展受到了冲击和挑战,意识形态里传统的宗法思想和君臣观念遭到了普遍的冲击,权力的下移已成为不可逆转的一股潮流。天下有道,只是一个稳固的旧制度的一成不变,而礼乐征伐制度的变更,君臣礼数的僭越,却宣告了一个生机益然的新时代的来临。《左传》揭示了春秋时期权力下移和社会急剧变化的详细过程。

(2) 频繁的战争与丰富的战争思想

春秋时期是诸侯争霸的时代,因此战争不断。《左传》全书共记录了四百九十二起战争,加上《春秋》经上有记而《左传》无记的三十九起,经传合记大小战争五百三十一起[①]。在二百六十年左右的历史中发生如此众多的战事,可见春秋时期战争的频繁。《左传》中写得较详细的大战有十四次,有繻葛之战、长勺之战、韩原之战、泓之战、城濮之战、殽之战、河曲之战、灭庸之役、邲之战、鞌之战、鄢陵之战、平阴之役、柏举之战、艾陵之战等(见附录二《十四次大战一览表》)。

《左传》记载和描写了如此众多的战争,蕴含着丰富的军事思想。

一是对战争功用的认识。战争是政治的继续。春秋时期,政治斗争激烈复杂,军事冲突频繁发生。所以,战争成为国家最大的政治之一。《左传》成公十三年刘康公所说的"国之大事,在祀与戎",便代表了时人对战争在国家政治斗争中的重要作用的认识。国家大事除了祭祀之外,最重要的就是战争。《左传》记载的绝大部分的战争,尤其是十几次大战,无

[①] 此据朱宝庆《左氏兵法》一书统计,陕西人民出版社 1991 年 10 月版。

不为争霸而起,为争霸而战。时人认为,圣人靠战争兴起,乱人靠战争除掉。所以历代的兴废存亡,无不由战争来决定。不过,当时的君王,对战争的功用还有另一种认识,就是以战争消灭战争。如楚庄王,邲之战打败了晋军,奠定了霸主的地位,但是他却反对筑"京观"以炫耀武功,认为战争并不是目的;所谓武之七德之中:禁暴、戢兵,就是指消弭战争。所以他打出了"止戈为武"的大旗。应该说,这是很可贵的思想。

二是对战争与国家治乱关系的认识。《左传》作者认为,战争的胜负决定于国家的政治状况。正如晋、楚邲之战前晋国的士会所说:"德、刑、政、事、典、礼不易,不可敌也。"德、刑、政、事、典、礼六事,是对战争取胜所必需的国内政治清明的具体要求。包括政治、刑赏、典则、工商、经济、礼义等多方面的内容。概括为一句话,也就是政通人和者胜,政治贤明的国家是不可敌御的。

三是民的作用与民心向背成为战争胜负的决定力量。《左传》作者在大量的战争描写尤其是对战争胜负的背景叙述之中力图揭示这样的真理:得民而战者胜。这在著名的"曹刿论战"的记载里表现得极为鲜明(庄公十年)。长勺之战,鲁国能以弱小的力量战胜强大的齐国,就在于取得了人民的支持这一先决条件。

四是在临战时,军阵和睦,将士上下同心同德,是战争取得胜利的一个重要因素。所谓"帅乘和,师必有大功"(成公十三年),就是这个意思。

除了军事思想,《左传》作者在记叙战争时,还特意记载了众多打仗出奇制胜的妙计、奇计和奇智谋略,为历代论兵者所称道。笔者曾把它们抽绎出十五个奇计谋略加以论述,如"先声夺人之计"、"敌疲我打,以逸待劳之计"、"设伏诱敌之计"、"空城计"、"曳柴扬尘之计"等等[①]。《左传》作者写这些战术奇计,正如《孙子兵法》所言,注重奇正结合,妙在奇正变化,善出奇者,像大地运行那样深藏不露,又像江河奔腾那样变化

---

① 参见郭丹所著《左传国策研究》,人民文学出版社 2004 年版。

无穷,像天空那样深邃莫测,又像"有"生于"无"那样神妙奇谲。这些奇计与谋略,可以和《孙子兵法》相参照,有的在今天也还有启发意义。

《左传》还展现了春秋时期社会生活的方方面面。我们从《左传》的记载中,可以看到周王室到诸侯宫廷中的日常生活、宫闱斗争,甚至听到夫妻密谈、床笫之语。春秋时期诸侯国之间交往聘问频繁,《左传》对盟会制度,包括礼乐制度,以及诸侯国之间交往聘问中的赋诗用诗,都记载得详细而生动有趣。此外,像妇女生活,宗法制度,典章文物制度,皂隶制度,坐贾行商,无不应有尽有。

正因为如此,我们说《左传》是一部全面展示了春秋历史事实的伟大著作。

三、丰富的社会历史思想

《左传》所记载的春秋时期,是一个急剧变化的时代,也是思想大解放的时代。许多先进思想和价值观,在《左传》里面得以体现。

1. 民本思想

首先是对"人"的认识。春秋时期,全盛于殷商、西周时代的天道观已经动摇,人们对"天""人"关系作出了新的解释,从重视天道转而重视人事。僖公十六年,"陨石于宋五","六鹢退飞过宋都"。《左传》解释说:"陨石于宋五,陨星也。六鹢退飞过宋都,风也。"五颗石头掉落于宋国,是陨石自天上坠落;六鹢退飞,是因为风大,吹得它们倒退。二者都是自然现象,毫不足怪。宋襄公却由天象联系到天命吉凶,问周内史叔兴:"是何祥也?吉凶焉在?"叔兴答以"非吉凶所兴也,吉凶由人"。昭公十八年郑国的子产针对别人指责他拒绝用宝玉禳除火灾,反驳说:"天道远,人道迩,非所及也,何以知之?"虽然还不能完全排除"天道",但已经意识到"天道"与人事无关了。这是历史认识上的一大进步。

在《左传》里,很多地方所说的"人",已经是指一般的"人",而不是"人君"。随着对"人"的认识的提高,推动了以民为本思想的形成。《尚书》已有"敬天保民"的思想,强调"天视自我民视,天听自我民听"(《尚书·泰誓中》),"民之所欲,天必从之"(《尚书·泰誓上》);"民惟邦本，本固邦宁"（《尚书·五子之歌》）等等。到了《左传》，强调以民为本的言论就更多了。如桓公六年随国大夫季梁说的"夫民，神之主也，是以圣王先成民而后致力于神"，就是突出的代表。还有，"庄公三十二年"史嚚说："吾闻之，国将兴，听于民，将亡，听于神。神聪明正直而壹者也，依人而行。""僖公十九年"宋司马子鱼反对杀鄫子（鄫国国君）以祭次睢之社，说："祭祀以为人也。民，神之主也。用人，其谁享之？""襄公二十三年"鲁国的闵子马说："祸福无门，唯人所召。"哀公元年陈国大臣逢滑认为"国之兴也，视民如伤，是其福也。其亡也，以民为土芥，是其祸也"。在这些人的思想里，虽然还有一个"神"存在，其实对天和神无条件的畏惧崇拜已基本上被否定，原先神圣无比的天和神已不再摆出一副神秘可怖的面孔。季梁将"成民"置于"致神"之前，提出"敬神保民"，实质是借"敬神"来表达他的"保民"理论。"神"虽然还保留着，但已被摆到了次要的地位，代之而起的是对"民"的重视，对人的作用的肯定。敬神告神，都离不开民力、民和、民心；只有民力普存、民和年丰、民心无违，才能取信于神，也才能取得神的福祐。包括战争，民心向背也是战争胜败的决定因素，曹刿论战揭示的就是这个道理。春秋中期以后，有关"保民"、"爱民"、"得民"、"恤民"、"成民"、"抚民"、"利民"的论述越来越多，都说明民本思想越来越为统治者和进步思想家所重视，成为人们普遍的价值观念。

2. 历史变化思想

《左传》作者不但认识到民的重要，同时还认识到历史变化的规律，这是非常可贵的思想。鲁昭公十九岁被季氏立为国君，但是鲁国之政，在于季氏，昭公只是一个傀儡而已。（昭公二十五年，宋国乐祁就指出："政在季氏三世矣，鲁君丧政四公矣。"）昭公二十五年（前517年）因斗鸡之乱，昭公出逃齐国，最后于昭公三十二年（前510年）死于晋国的乾侯。昭公死后，晋国赵简子问史墨说：季氏赶走了国君，但百姓却顺服他，诸侯也亲附他，以至于国君死了也没人去惩罚他，为什么呢？史墨回答说："物生有两、有三、有五、有陪贰。故天有三辰，地有五行，体有左右，各有妃耦,王有公,诸侯有卿,皆有贰也。天生季氏,以贰鲁侯,为日久矣。民之服焉,不亦宜乎?鲁君世从其失,季氏世修其勤,民忘君矣。虽死于外,其谁矜之?社稷无常奉,君臣无常位,自古以然。故《诗》曰:'高岸为谷,深谷为陵。'三后之姓,于今为庶,主所知也。"(昭公三十二年)史墨的意思,是说世界上万物有主有副,本不奇怪。季氏辅佐鲁君,也是常事。但是,鲁国的国君几代都是放纵安逸,而季氏勤劳政事,安抚百姓,百姓必然记住季氏而忘记了国君。就像《诗经》里面唱的一样:高山可以变为深谷,深谷可以凸长为高岗。所以,社稷没有不变的君主,君臣没有不变的地位,自古以来就是这样啊。

鲁昭公时期,已经是"礼乐征伐自大夫出"的时代了,三桓特别是季氏执鲁国之政已经是多年的事情。史墨已经看到了历史变化的这个必然规律,就像虞、夏、商三代的子孙,再也不是固定不变的君王,已成了庶人。(甚至若干年后的三家分晋、田氏代齐,都是如此)所以,"社稷无常奉,君臣无常位,自古以然"是必然的规律!史墨的认识,是对社会历史变化规律的深刻揭示。史墨引用了《诗经·小雅·十月之交》作为论据,《十月之交》是周人谴责统治者不要任用小人、滥用民力、否则将被百姓抛弃的作品。这与史墨对鲁昭公的谴责有共通之处。这也体现了史墨的民本思想。史墨的思想,对后世统治者有深刻的影响,开明的统治者常会意识到"社稷无常奉,君臣无常位"的道理,如果骄奢淫逸、不爱民勤民,被百姓抛弃,那是必然的。

3. "礼崩乐坏"和崇礼思想

春秋之际,礼崩乐坏,诸侯僭越,臣下犯上,礼制的一统天下被打破,各种"非礼"的思想和行为盛行一时。但是,春秋又是一个重视礼的时代。这似乎是一个甚为矛盾的现象。其原因,即在于面对礼崩乐坏的现实,一部分思想家尤其是儒家致力于复兴并强化礼制有关。这之中,也包括《左传》的作者。《左传》中论"礼"的频率相当高。杨伯峻先生说:"春秋时代重视'礼','礼'包括礼仪、礼制、礼器等,却很少讲'仁'。我把《左传》'礼'字统计一下,一共讲了四百六十二次;另外还有'礼食'一次,'礼书'、'礼经'各一次,'礼秩'一次,'礼义'三次。但讲'仁'不过三十三次,少于讲'礼'的至四百二十九次之多。并且把礼提到最高地位。"① 《左传》一书中,作者为礼的复兴大声疾呼,特别强调对礼制的强化,表现出鲜明的复礼崇礼倾向。

这表现在几个方面。一是因为认为"国之大事,在祀与戎"(成公十三年),所以对祭祀以及祭祀中的繁文缛节记载得特别详细。在周人的观念中,丧葬祭祀等仪节是礼的主要体现。诸侯每临大事,均需到祖庙告祭,听取神灵的启示,祈求祖先的福佑。所以《左传》对天子、诸侯间的婚娶丧葬、祭天敬祖等礼仪记载不厌其详。杜预《春秋释例》云:《左传》"以《周礼》为本,诸称凡以发例者,皆周公之旧制者也。"《周礼·春官·大宗伯》将礼划分为吉礼、凶礼、军礼、宾礼、嘉礼五类,后代礼学家都沿袭此种分法。宋代张大亨作《春秋五礼例宗》,干脆取《春秋》经传中有关事例,分属吉、凶、军、宾、嘉五礼,以明《春秋左传》中的礼制体例。二是《左传》特别重视对等级名分的维护。"襄公三十一年"记载,北宫文子认为,礼仪之本,在于区分"君臣、上下、父子、兄弟、内外、大小"。楚庄王"问鼎"中原,大逆不道的是对等级名分的僭越。三是《左传》对于礼的性质,给予理论上的论证,使礼从一种约定俗成的形式规范提升到理论的高度。如论述礼的功用时说:"礼,经国家、定社稷、序民人,利后嗣者也(隐公十一年)。""礼所以守其国,行其政令,无失其民者也(昭公五年)。""夫礼,天之经也,地之义也,民之行也。天地之经,而民实则之(昭公二十五年)。"等等。经国家、定社稷、守其国,无不依礼而行;礼,已经成为治国方略中最重要的一环。这一点,与孔子所说的"为国以礼"的思想是一致的(见《论语·先进》)。四是对于礼的内在规定性,《左传》也作了具体的阐述。"昭公二十六年"晏子论君臣、父子、兄弟、夫妻,明确了以等级名分为内容的礼的本质:共(恭)、慈、孝、友;又规定了礼的行为规范与道德准则。"桓公二年"臧哀伯认

---

① 杨伯峻《论语译注》16页,中华书局1980年版。

为，礼的内容，具体到宫室、服饰、车马、音声，皆有定数。五是对礼与仪的内涵加以区分。"昭公二十五年"记载子大叔论礼，认为"礼"不应只是一套人们所遵循的外在的仅供操作性的仪节形式，而应有其内在的本质规定性。礼是维系上下的纲纪，协调天地人的准则，因此它是制定一切统治秩序的依据，包含经国济世的内容。这些，都表现出《左传》对于礼给予再度的强化。

今人蔡尚思先生认为："《左传》以礼为衡量一切的标准。"（《中国礼教思想史要目》）此话可能过于绝对，但从《左传》中表现出来的崇礼隆礼倾向来看，亦不无道理。

4. "和"、"同"思想

关于"和"、"同"思想，周代末年太史史伯就提出了。史伯认为："夫和实生物，同则不继。以他平他谓之和，故能丰长而物归之。若以同裨同，尽乃弃矣。"（《国语·郑语》）"和"是指众多相异事物的相成相济，即集合许多不同的对立因素而成的统一。"同"是指同一事物的简单相加，简单的同一。"和"与"同"，从哲学意义上来说，是具有朴素辩证法思想的一对范畴，或者说，就是辩证思想。《左传》"昭公十二年"也详细记载了晏子论"和同"的一段话。晏子说："和如羹焉，水、火、醯、醢、盐、梅，以烹鱼肉，燀之以薪，宰夫和之，齐之以味，济其不及，以泄其过。君子食之，以平其心。君臣亦然。"晏子以调羹作比喻论述"和""同"之异。烹调鱼肉羹汤，要用不同的佐料：醋、酱、盐、梅，再加上水，加上适当的火候烹煮，鱼才会好吃。其中的关键，在于厨师要掌握标准，味道太淡或太重，要加以增减，达到和谐。这样烹调出来的鱼肉羹汤，不但味道鲜美，而且能平定君子之心。用调和好的羹汤，祭祀神灵，神灵无所指责，享用君臣，上下没有争心，起到君臣和谐的功效。晏子此论的目的，是要强调君臣之间的关系准则，即下臣敢于直谏，君王能够采容纳，然后可称为"和"。至于"同"就是没有差异的同一。晏子还从音乐的角度进一步加以说明。音乐更加复杂，更需要和谐。音乐要由气发动，有阳刚阴柔的体性区别，有风、雅、颂的不同，要用四方之物制成乐器，要审定五音、六律、七音，要歌八方之风、九功之德，要让这些元素和谐地组合在一起。但是还不够，还要用清浊、大小、短长、快慢、刚柔、高下、出入、周密、稀疏相调剂，这样才能组成一首美妙的音乐。丰富和谐的音乐，君子听了，能内心平静；内心平静，德行就能和协。这就是"和"的内涵、"和"与"同"的差异。与史伯相比，晏子对"和""同"的论述，更加深入，又更加通俗。

5. "三不朽"说

《左传》还记载了"立德、立功、立言"的"三不朽"说。《左传》"襄公二十四年"记载："春，穆叔如晋，范宣子逆之，问焉，曰：'古人有言曰，死而不朽，何谓也？'穆叔未对。宣子曰：'昔匄之祖，自虞以上为陶唐氏，在夏为御龙氏，在商为豕韦氏，在周为唐杜氏，晋主夏盟为范氏，其是之谓乎？'穆叔曰：'以豹所闻，此之谓世禄，非不朽也。鲁有先大夫曰臧文仲，既没，其言立。其是之谓乎！豹闻之，大上有立德，其次有立功，其次有立言。虽久不废，此之谓不朽。'"范宣子认为，其家族世代为贵族，家世显赫，香火不绝，这是"不朽"。穆叔（叔孙豹）却不以为然，认为那只叫"世禄"，并非"不朽"。"立德、立功、立言"才是"不朽"。"立德"是指树立高尚的足以为后世法的道德；"立功"是指要为国为民建立功勋；"立言"是指要留下有真知灼见的言论。"三不朽"说首先是崇尚道德，把道德作为最高的价值取向；其次是建功立业，为国家做出贡献；再次是建言立说（后也指有创见可传世的著作）。"三不朽"说揭示了传统文化中一个重要的价值观，即要追求身后的不朽，应该是超越了个体生命和物质追求的精神道德和功业上的建树。"三不朽"说，千百年来激励着古代士人拼搏奋进、建功立业的不懈追求，成为士人一生的终极追求。

6. 知易行难观

《左传》"昭公十年"记载晋平公卒，郑国大夫子皮要去晋国参加晋平公的葬礼，还要带厚礼献给新即位的新君，子产劝诫子皮不必带，子皮不听。后不出所料，子皮被拒绝见晋国新君，而且"用尽其币（礼物）"。

回国后，子皮叹息说："非知实难，将在行之。"意思是说不是了解事情的道理有多难，难的是真正按照道理所说的去实行。这就是"知易行难"的观点。"知"和"行"也是一对矛盾。子皮从出使的遭遇中，体会到知必行，知行应该统一的道理。这是古代认识论的一个重要思想，对后世影响非常深远。今天我们说，认识世界和改造世界都是不容易的，认识世界是为了改造世界。所以，知易行难的观点，今天仍有启发意义。

7. 历史叙事与史学理论

对于历史叙事的理论，《左传》通过记载史实阐述了自己的原则。《左传》认为历史叙事要成功，首先是对史官的素质要求。好的史官，不但要有一定的学识修养，更重要的是必须具备深厚的历史知识。"良史"要能精通《三坟》《五典》《八索》《九丘》这些古籍，才能博古通今，殷鉴得失。其次是强调"秉笔直书"、"书法不隐"。要像晋国董狐、齐国太史那样，敢于不避强暴秉笔直书以至以身殉职。所以后来刘勰称赞说："辞宗丘明，直归南董。"（《文心雕龙·史传》）这样的精神，直接影响到司马迁。司马迁的《史记》成为"实录"史书的榜样。

《左传》还提出代表着当时人对历史散文创作的理论规范，那就是《左传》作者对《春秋》的评价："君子曰：《春秋》之称：微而显，志而晦，婉而成章，尽而不污，惩恶而劝善，非圣人，谁能修之？"作者认为《春秋》的记述，言辞简洁而意义显明，善于记述而含蓄深远，婉转屈曲而能顺理成章，穷尽其事而无所歪曲。"惩恶劝善"则显示了《春秋》——也指历史著作的社会功用，它应该使"善人劝焉，淫人惧焉"；或者如孟子所说的"孔子作《春秋》而乱臣贼子惧"。自此以后，"惩恶劝善"的目的与功能，不但为历代史学家所继承，而且成为中国古代叙事文学的一个重要传统与审美特质。

8. "君子曰"为中国古代史论之滥觞

《左传》中经常出现"君子曰"、"君子谓"这样的议论文字，这是中国古代史论之滥觞，或者说孕育了史书"论赞"的萌芽。中国古代史书，在体裁结构上有一个特征，就是每篇作品之后附有论赞。从萌芽的形态说，孔子《春秋》中的"春秋笔法"、"一字定褒贬"，就是一种原始的历史评论方式，只是它过于隐晦而且简洁，无法让史家充分阐述自己对历史事件的看法与评价。论赞式的史评肇端于《左传》。①《左传》中多次出现的"君子曰""君子谓"，开创了后代史书论赞体的先河。刘知几说："《春秋左氏传》每有发论，假'君子'以称之。"（《史通·论赞》）据统计，《左传》"君子曰"、"君子谓"共有78则。②这些"论赞"，用"以传附经"的体制来看，除"僖公二十年"一条附于篇末外，其余都不在每篇的篇末，而是采取随人随事夹叙夹议的方式。显现出尚未形成固定体式的状态。在这些"君子曰"或"君子谓"之中，作者或直接表达自己的立场、观点和思想感情，或对人事加以褒贬，或引述古人贤圣的话加以判断。兹举几例看看：

君子曰："颖考叔，纯孝也，爱其母，施及庄公。《诗》曰：'孝子不匮，永锡尔类'。其是之谓乎！"（隐公元年）

君子谓郑庄公失政刑矣！政以治民，刑以正邪。既无德政，又无威刑，是以及邪！邪而诅之，将何益矣？（隐公十一年）

君子是以知秦穆公之为君也，举人之周也，与人之壹也。孟明之臣也，其不解也，能惧思也。子桑之忠也，其知人也，能举善也。《诗》曰："于以采蘩，于沼于沚。于以用之，公侯之事。"秦穆有焉。"夙夜匪解，以事一人。"孟明有焉。"诒厥孙谋，以燕翼子。"子桑有焉。（文公三年）

第一则，是颖考叔为郑庄公献计，使其母子和好。作者褒扬颖考叔之纯孝，并引发出自己的感慨。第二则，批评郑庄公袒护射杀颖考叔的公孙阏是失政刑，郑庄公不能正确行刑罚而乞求神灵降罪，徒劳无益。第三则褒扬秦穆公举人之周、用人之一、君臣和睦。像这样的"君子曰"的评论形式，确实与后来的"论赞"无异。（《国语》中的"君子曰"较少，且大

---

① 《史通》郭延年《附评》则曰："论赞不自《左传》'君子曰'始，《尚书》典谟起曰：'粤若稽古，'所从来久矣。"郭氏远溯论赞之始，然实未达斯篇论旨所寄。见张振佩《史通笺注·内篇·论赞》解题，贵州人民出版社，1985年版，第93页。

② 参见郑良树《竹简帛书论文集》，北京：中华书局，1982年版，第93页。

都简短。《战国策》中的"论赞"则比较灵活，不一定都冠以"君子曰"，有的用"故"或"于是"；其位置虽多在篇末，但已同事件融合在一起，夹杂在叙事之中。）司马迁正是在先秦史书的"君子曰"这种论赞体形式的基础之上，创立了"太史公曰"这一新体式，形成了一种固定的"论赞"体史学批评模式。

因此，可以说，在史书论赞体例方面，《左传》是开创者。

此外，《左传》中还有许多可以作为格言警句的话语，对后世产生深刻影响。如"多行不义必自毙"（《隐公元年》）、"骄奢淫逸，所自邪也"（《隐公三年》）、"善不可失，恶不可长"（《隐公六年》）、"俭，德之共也；侈，恶之大也"（《庄公二十四年》）、"兄弟虽有小忿，不废懿亲"（《僖公二十四年》）、"人谁无过，过而能改，善莫大焉"（《宣公二年》）、"民生在勤，勤则不匮"（《宣公十二年》）、"国之大事，在祀与戎"（《成公十三年》）、"居安思危。思则有备，有备无患"（《襄十一年》）、"苟利社稷，死生以之"（《昭公四年》）、"为政者不赏私劳，不罚私怨"（《昭公五年》）等等，这些论述，从不同的角度反映了春秋时期人们的价值观及其追求，成为中华民族的民族精神和文化精神的重要组成部分。

四、文学上的成就

朱自清说："《左传》不但是史学的权威，也是文学的权威。"（《经典常谈·春秋三传第六》）"文学的权威"，具体体现在下面几方面。

1.《左传》善于叙事

《左传》是以人物、情节与细节来解绎历史的。《左传》作者以历史叙事解释孔子《春秋》，已经从《春秋》那种极其简括的标题新闻式的文体中脱胎而出，将叙事和写人紧密地结合起来，使之成为一部长篇的叙事文学作品。

《左传》的文章，为历代古文家所称道，被捧为叙事文字之轨范。杜预《春秋序》称赞《左传》叙事之美，谓："其文缓，其旨远，将令学者原始要终，寻其枝叶，究其所穷。"刘知几《史通·杂说上》则曰："《左氏》之叙事也，述行师，则簿领盈视，咙聒沸腾；论备火，则区分在目，修饰峻整；言胜捷，则收获都尽；记奔败，则披靡横前；申盟誓，则慷慨有余；称谲诈，则欺诬可见；谈恩惠，则煦如春日；纪严切，则凛若秋霜；叙兴邦，则滋味无量；陈亡国，则凄凉可悯；或腴辞润简牍，或美句入咏歌，跌宕而不群，纵横而自得。若斯才者，殆将工侔造化，思涉鬼神，著述罕闻，古今卓绝。"章学诚论《左传》叙事之法是："离合变化，奇正相生，如孙吴用兵，扁仓用药，神妙不测，几于化工，其法莫不备于左传。"（《论课蒙学文法》）。刘熙载则曰："左氏叙事，纷者整之，孤者辅之，板者活之，直者婉之，俗者雅之，枯者腴之。剪裁运化之方，斯为大备。"（《艺概·文概》）这些重要的评价，可以帮助读者领会左氏叙事之精善。

（1）善于组织情节

从文学的角度看，一个个历史事件，就是一个个故事情节；众多的情节构成了历史事件，如花团锦簇，琳琅满目，读之趣味盎然。如隐公元年的"郑伯克段于鄢"一节，《春秋》经文仅六个字，《左传》作者增加了庄公寤生、共叔段请制、祭仲之劝、克段于鄢、颍考叔食肉、大隧母子相见等情节，把春秋初年的枭雄郑庄公打败弟弟段这一事件的前因后果都交代清楚。不仅如此，整个事件的情节还颇有戏剧性。再如晋文公重耳流亡列国这一春秋中前期重要的历史事件，就是由奔狄、季隗待子、乞食野人、醉遣、观裸、过郑、答楚、谢罪怀嬴、河边誓舅、寺人披进见、介之推不言禄等一系列的情节构成。（《左传》僖公二十三、二十四年）尽管一些事件的叙述非常简略，但是情节的链条却非常清晰。这一连串的情节，为日后晋文公的称霸诸侯以及所采取的内政外交政策埋下伏笔，它们成为历史发展过程中不可少的一环。还有如"襄公二十五年"崔杼弑齐庄公一事，《左传》也记载了大量情节，整个故事极为生动：作者先由孟公绰之口指出崔杼"将有大志"，预言崔将作乱；接着是崔杼娶棠姜，齐庄公通棠姜，以崔子之冠赐人等一系列情节的展开，借以深化崔、庄之间的矛盾，揭示崔、庄矛盾冲突爆发的必然性。这其间，又插入齐庄公鞭贾举一事，看似闲笔，纯属偶然，其意在说明齐庄公暴戾无道，必然多处树敌，加速走向灭亡的过程。此亦可谓"寻其枝叶"。此后情节发展进入高潮：崔杼称病不朝，引诱齐庄公入崔府探视，贾举勾结崔杼伏兵包围齐庄公，最后杀了庄公。"崔杼弑君"这一事件，整个过程叙事有条不紊，情节复杂，曲折起伏，结局尤其扣人心弦。在事件的发展过程中，崔杼并未直接露面，可是我们始终可以感觉到躲在幕后导演这一场有声有色弑君闹剧的崔杼其人。随着情节的深入，齐庄公的荒淫和可悲，也跃然纸上。

《左传》中甚至还有不少虚构的情节。如"宣公二年"鉏麑触槐而死之前的自叹："不忘恭敬，民之主也。贼民之主，不忠，弃君之命，不信。有一于此，不如死也。"（宣公二年）鉏麑自叹，既是旌扬赵盾之忠，又以揭示鉏麑不愿戕害忠良却又君命难违的两难心态。但是鉏麑独自一人大半夜被派去刺杀赵盾，见赵盾和衣假寐等待上朝，鉏麑因感动而在大槐树下发了这一番感慨，然后触槐而死，这不过是人死之前的内心独白，谁能听见？完全如小说、戏剧上的描写，当然是出于作者的悬想。又如"僖公二十二年"春，晋太子圉质于秦，将逃归时与妻子嬴氏有一段对话。太子圉（即晋怀公）想从秦国逃回，与嬴氏商量，此乃夫妻间的密谋，外人何以知晓？亦无非来自作者的潜拟。正如钱锺书先生所说："史家追叙真人实事，每须遥体人情，悬想事势，设身局中，潜心腔内，忖之度之，以揣以摩，庶乎入情合理。盖与小学、院本之臆造人物、虚构境地、不尽同而可相通；记言特其一端。"（《管锥编》第一册）"悬想事势""以揣以摩"，则不局限于事实之中；所谓"入情合理"，亦指符合人物性格逻辑之谓也。

《左传》中还有相当多的梦境描写。笔者曾统计过，《左传》所写的梦，共有二十七个之多。这些梦境描写，亦属虚饰情节。通过梦境与梦象揭示情节发展或人物命运的结局，也是左氏常用的手法。如"昭公三十一年"，赵简子梦见一小孩光着身子一边跳舞一边唱出婉转悦耳的歌。于是担心此为噩梦，怕有灾祸加身。史墨用占星法进行占梦，解释说此梦预示六年之后的该月，吴国军队将进入楚国的郢都，但是又不能胜楚。果然，事隔六年，柏举一战，吴人打败楚国进入郢都。再如"僖公二十八年"城濮之战，晋楚两国在城濮决战之前，双方已对峙很久，形势有利于晋，然而晋文公总是迟疑而不敢决一雌雄。临战之前晋文公做了一个梦:"梦与楚子博,楚子伏己而盬其脑,是以惧。"梦象的隐意就是晋文公忧虑于楚国恩怨、优柔寡断深层心理的体现。这种心理状态,对于晋国"取威定霸"的决战,无疑是十分有害的。子犯既了解晋文公平日的性格,又深谙此刻晋文公的心理,因此故意占为吉梦,并曲解为:"我得天(晋文公仰卧向上,故云得天),楚伏其罪,吾且柔之矣。"以此坚定晋文公与楚国决战之意。可见作者写战争,也增加了很多妙趣。又如《左传》"宣公三年",作者以浓彩重笔描写了一个郑燕姞梦兰得子的故事,留下了"梦兰"这一著名的美丽典故。春秋中期,郑穆公(公子兰)算得上是郑国的一位贤君。燕姞得神示意后有喜,梦兰而生郑穆公,作者之意,恐怕是要以此象征其性本高洁。这个得兰而生之梦,给郑穆公涂上一层神奇美丽的灵光。梦境描写,多是虚构的,梦是假,是幻,是奇,但其中又隐含着真,体现着真。梦境是虚的,可是虚中有实。梦境的描写,增强了《左传》的文学性和艺术魅力。

(2) 善于描写细节

《左传》中还有大量的细节描写。众多精彩的细节描写,加重了叙事的文学色彩。其细节描写,已注意到不单写形,且致力于传神,往往起到画龙点睛的功效。如桓公元年写"宋华父督见孔父之妻于路,目逆而送之,曰:'美而艳。'"写华父督的贪色,极其传神。再如襄公二十六年记载卫献公流亡国外多年回国时的情景:"卫侯入,大夫逆于竟者,执其手而与之言;道逆者,自车揖之;逆于门者,颔之而已。""执其手而与之言"、"自车揖之"、"颔之",三个细微的动作,活画出卫献公气量狭小、忌刻怀恨、骄横无信的性格。其他如用"染指于鼎,尝之而出"的细节,写公子宋未能吃到鼋羹的羞怒;用"投袂而起,屦及于窒皇,剑及于寝门之外,车及于蒲胥之市"等细节写楚庄王狂怒之状,可以说都是奇笔、神来之笔。细节是人物形象的"血肉",大量而精彩的细节描写,使人物形象"连性情心术,声音笑貌,千载如生"(冯李骅《左绣·读左卮言》)大量的细节描写,使史书的叙事更富于生活化也更加小说化。这样的叙事方式，开创了中国古典小说以故事情节见长的传统与风格，成为历史小说的先河。

2.《左传》善于写人

《左传》有意识地集中写出形形色色的历史人物，上至天子诸侯、王公卿相，下至行人商贾、皂隶仆役，共有三千多个，写得特别出色的有一百多人。《左传》的叙写人物，基本上是以善、恶作为其评判标准的。具体来说，《左传》所塑造的人物主要有雄主和贤臣、昏君和佞臣，以及其他包括妇女人物等一大批栩栩如生的具有春秋时代特征的人物。

（1）五霸和雄主

此一系列的代表人物有春秋五霸、吴王阖闾等。春秋五霸之中，以晋文公的描写最为出色。晋文公重耳是晋献公的庶子，本来没有嗣位的希望，他自己也与世无争，安于现状。但是宫廷内的激烈争嗣斗争把他卷进了矛盾的旋涡，迫使他作出自己的选择。晋国发生骊姬之乱，群公子逃亡，重耳在列国流亡了十九年。开始，他只是被动的避难逃亡，并没有回国争位的念头，身上奔流着的依然是缺乏修养的公子哥儿的血。重耳处狄十二年，苟且偷安；到了齐国，甚至想终老于齐。后来经历了曹、宋、郑、楚等国的流亡生活，洞察诸侯国之间的复杂关系；世态的炎凉，人情的冷暖，使他艰辛备尝，身上的旧习气也一荡而尽。在楚国，面对楚王提出的回报要求时，他以针锋相对又不卑不亢的回答，拒绝了割地为报的要挟，显示出在外交斗争上的机智和策略。这与晋惠公为求回国便轻易割地赂秦形成鲜明的对比。骊姬之难后，晋国内部混乱，晋惠公又为秦国战败于韩原，这时，成熟了的重耳对君位的野心便膨胀起来。在秦国，他极力讨得秦穆公的欢心，争取秦穆公的支持以夺取君位。降服而囚以谢罪怀嬴，降拜秦穆公之赐，都是他为上述目的而作出的姿态与表演。艰难复杂的环境，把重耳磨炼成一个成熟老练的政治家。但是，他的野心也随之膨胀了。等到他安定了国内，巩固了君位，又平定了周王室的内乱，他已不满足做一国之君，而是要出来做霸主以号令诸侯了。到了"僖公二十八年"城濮之战，他一战打败了楚国，终于登上了霸主的宝座。可见，社会的环境，历史的趋势，就是这样把一个平凡的贵族公子培养锻炼成一个功业显赫的霸主，成为历史上不可低估的一代枭雄。

春秋后期的一位雄主，是吴王阖庐。阖庐（即公子光）是吴子寿梦的嫡孙，诸樊的长子。吴国自从寿梦强大之后，虽也经历过几次动乱，但总的来说国内较稳定。吴国在寿梦时代，巫臣入吴，教吴乘车，教吴战阵，使吴国的军队大大提高了战斗力。当楚国的统治阶级已经衰老之时，吴国的新生力量正在兴起，显示出一股勃发进取的生气。阖庐本人也是个如郑庄公那样的枭雄。《左传》作者说其人"甚文"，不但"甚文"，还是个有勇有谋的雄杰。作者在"昭公十七年"写公子光从楚国人手里夺回吴国大战船"馀皇舟"之战，写出公子光的善谋与机变。"昭公二十三年"的鸡父之战，进一步显示了公子光的军事才能。几年之后，阖庐便用鱄设诸刺杀了吴王僚，夺取了君位，并很快使吴国强盛起来，在诸侯之中称霸一时。

(2) 贤臣

贤臣中写得最出色的是子产。子产是郑国的名臣。子产当政之时，正是春秋后期社会矛盾不断加剧的时代。郑国，虽有春秋初期郑庄公"小霸"的强盛，此时已走向衰落。郑国的外部，南有强楚，北有晋霸，亲晋则楚怨，附楚则晋讨，左右为难；内部，"国小而逼，族大宠多"，同样面临着困境。子产执政，可谓受任于危难之际。子产执政后，首先是大胆地进行内政的改革，很快把城市乡村、上下尊卑和田地都治理得很好。子产能知人善任，又有较清醒的民本思想。《左传》中记载他不毁乡校，充分倾听下层的意见（襄公三十一年），都是子产治政成功的重要因素。

如何处理与大国的关系，既是子产面临的难题，又显示了他的外交才能。子产采取依附晋国的策略，但又进行了有理有节的反抗强权的斗争。"襄公二十二年"，子产朝晋，历论晋、郑两国之间的关系，表明对晋国霸主的一贯态度以及郑国曾经服楚的原因，表明了郑国对于晋霸既愿归服又不屈从媚事的态度。这是子产掌握的郑、晋邦交的基本准则。襄公二十五年，子产献捷于晋，晋人责问伐陈之事，带着极大的挑衅性，子产对此进行了针锋相对的斗争。子产在与大国的斗争中，采取了既亲服又抗争的策略，表现出极大的灵活性，维护了郑国的主权和尊严。子产执郑国之政二十年，还没有哪件事情失败过，显然是《左传》作者笔下最理想化的贤臣人物之一，对后世产生了重要影响。

贤臣的另一种范型是晏子和赵盾。晏子生活的时代，齐国霸权衰落，国君荒淫昏愦，佞臣专权肆虐，以致齐庄公为佞臣崔杼所杀。晏子刚直不阿的品质在崔杼弑君这一事件中表现得特别突出。崔杼杀了齐庄公之后，晏子立于崔氏门外，既不为齐庄公殉身尽忠，也不因崔杼弑君而逃亡。晏子认为，崔氏弑君为非，但齐庄公是"陵民之君"，为私欲而死，不值得为他殉葬或逃亡。所谓"陵民之君"，"为己死而为己亡"，臣下则不必死也不必亡，这与《孟子》中的"诛一夫纣"的民主思想颇为一致。所以，晏子在崔、庆二人的凶焰面前，表现出刚正不阿的品质。忠于社稷、爱护人民，是晏子行事的准则。他力谏省刑，劝行宽政，为政清廉，富贵不淫，勤恳俭朴，深得百姓的拥护。在晏子身上，可以看到已具有初步民主观念的进步思想。

晋国的赵盾，其特点是忠于国君，匡纠君过。即使像晋灵公那样的昏君暴君，赵盾仍不改其志。赵盾"骤谏"晋灵公，结果反而招来杀身之祸，但是他希望国君改邪归正、励精图治的决心，却是不可移易的。所以鉏麑称赞赵盾"不忘恭敬，民之主也"，宁可自己触槐而死也不愿伤害赵盾。晋灵公无道被杀，说明赵盾匡救君过计划的不可行以至彻底失败。赵盾的忠，当然也与为国爱民相联系，不过带有明显的维护等级名分的伦理倾向。如果把晏子和赵盾两个人物互相补充，或合而为一，便是作者所理想的完美的贤臣形象。

此外，《左传》中还有一批人物，如大义灭亲的石碏，忠勇正直的声伯，贤明诤谏的子鱼。廉洁不贪的子罕，秉公执法的魏绛，外举不避仇、内举不避亲的祁奚，审时度势的申叔时，毁家纾难的子文，慷慨捐躯的沈尹戌，等等，都是作者笔下所歌颂的贤臣的代表。

（3）昏君和佞臣

昏君如晋灵公。晋灵公"厚敛以雕墙",实行重税,用来建造奢华的宫殿,奢侈挥霍;又喜欢从高台上用可以打死人的弹弓打人,看人躲避弹丸惊慌失措的样子以取乐。这是以人命为儿戏。又非常凶残,厨子煮熊掌不熟,把他杀了,叫宫女用畚箕装着——即肢解后拿到朝廷上示众,目的是警告其他人。晋灵公滥杀宰夫,草菅人命,残暴成性,赵盾和大夫士会都非常担心。但两人的劝谏不起作用,晋灵公口头上接受,其实根本不思悔改,文过饰非,还要想办法除掉他们。再如卫国的卫懿公。卫懿公好鹤,鹤是他的宠物,他让鹤乘高官的车子,并封予爵禄官位,引起国人怨怒。狄人来进攻时,国人都不愿意为卫国打仗。结果荧泽之役,卫师败绩,被敌所灭。卫懿公的荒淫无道,并不亚于晋灵公。晋灵公、卫懿公,是历史上有名的两个昏君暴君。此外,像莒国的国君莒共公暴虐而且喜剑,每铸剑成,必用人来试剑,都是暴虐无道、弃民残民的典型。

在"昏君"之中,楚灵王是作者写得极有生色的一个人物。对于楚灵王,并非一个"昏君"的定义就能概括得了。时人称楚灵王为"汰侈",意即骄盈奢侈。楚灵王做令尹时,已有国君的威仪,不久便杀了郏敖自立为王。他是凭篡弑登上楚王宝座的。为了满足"汰侈"的欲望,他会诸侯于申地,以诸侯伐吴;又要诸侯拥戴自己做霸主。其后,又一再伐吴,作章华宫,灭陈,俨然是一个不可一世叱咤诸侯的霸主。鲁昭公十二年,楚灵王到州来打猎,以此向吴国示威,并流露出求取周鼎和夺得郑田的野心与贪欲,有些近乎狂妄。"汰侈"之气可谓达到顶峰。大夫子革针对楚灵王的贪欲给予深刻的讽刺,使他终于有所醒悟,但是,膨胀了的野心是抑制不住的,最终弄得众叛亲离,在政变中被迫自缢而死。楚灵王成了春秋后期一个有名的昏君和暴君。

所谓"佞臣",是指一批心怀异心的贰臣和助纣为虐的奸臣。前面已提到的齐国的崔杼,以及崔杼的同党庆封,可谓乱臣贼子的典型。崔杼迎立齐太子光(齐庄公),使他掌握了齐国政权。齐庄公只不过是他手里的一个傀儡。庄公即位之后,只知道淫乐无度,崔杼更可以为所欲为。庄公即位不久,崔杼即杀了齐国大夫高厚,而且兼并其家财。专权嗜杀是崔杼的本性。崔杼之妻棠姜,本为棠公之妻,棠公一死,崔杼便占为己有。齐庄公贪色,与棠姜淫乱,崔杼由此怨恨庄公,同时也给崔杼蓄谋已久的弑君企图提供了实现的可能性。他不但公开杀了齐庄公,而且接连杀了三个敢于秉笔直书的太史,其凶残嗜杀,令人发指。崔杼杀了齐庄公后,又与庆封勾结,要挟国人盟于太宫,齐国大权落入二人手中。

与崔杼的恃权专横、凶残暴戾相比,齐大夫庆封更多的是老辣与狡猾。他与崔杼勾结专权,但并不满足,时刻准备消灭对方,独揽朝政。襄公二十七年,崔氏发生家乱,给庆封以可乘之机。庆封伪言为崔杼平定家乱,却乘机荡尽崔氏,竟使崔杼无家可归,最后上吊自杀。庆封当政之后,专权、聚敛、嗜田、纵酒,于崔杼是有过之而无不及。但其人又愚蠢无知,以至族人庆嗣告诉他大祸将临,他还"弗听,亦无悛志"。最后,膨胀了的权势欲反而造成了他的灭顶之灾。崔、庆二人酿成了齐国的一场大乱。

佞臣中还有一个是楚国的费无极。费无极是阴谋家的典型。《左传》中写了他去朝吴、出蔡侯朱、丧太子建、杀连尹奢(即伍子胥之父伍奢)、灭郤氏几件事情,以揭露这个谗人阴谋家的嘴脸。作者对费无极的揭露相当深刻。

上述人物之外,《左传》还叙写了一批爱国者的形象。其中不少人,千百年后还被人们引为爱国典范。如鲁国的曹刿,不顾乡人的阻拦进见"肉食者",并以自己的聪明才智和爱国热情为鲁国赢得长勺之战的胜利。成公七年楚伐郑国,楚国的钟仪被郑国俘虏,仍然戴着南冠,弹奏着南音,即南方楚国的音乐。显示其不背本、不忘旧的深挚的故国之情与赤子之心。钟仪的爱国精神,一直垂范于后代。还有矫君命犒劳秦军的郑国商人弦高;乞师秦庭,七日哭不绝声的申包胥,都是爱国者的人物形象。

恩格斯说:"有了人,我们就开始有了历史。"人是"一切社会关系的总和"。历史是人的社会实践留下的轨迹,人是历史实践的主体,也是认识历史的主体。书写历史主要是写人。我们说"文学是人学",而《左传》是历史著作,却刻画出那么多生动的人物,这给我们一个启示,即文学是人学，史学也是人学！

3. 出色的行人辞令

春秋时期，出使其他诸侯国的使者叫"行人"、"行李"、"行理""行旅"，就是往来于周王朝和诸侯列国之间的使节。《左传》作者记载了不少委婉动听的行人说辞，反映了当时的社会风貌，也写出了历史人物的风采。

(1) 辞令的功用

春秋时期，诸侯国之间斗争非常尖锐，行人往来，使臣聘问，又加以盟会频繁，所以外交辞令显得非常重要。大国要"奉辞伐罪"，小国要对付大国的侵侮，辞令则成为攻伐的口实和斗争的工具。辞令如何，不但关系到个人的荣辱，而且关系到国家的兴亡。所以，春秋时期，俨然已经形成一种讲究辞令的风气。

出色的行人辞令，在列国交往时可以起巨大的作用。它可以消弭兵燹之祸，使敌国退师，使国家转危为安。这在《左传》中有许多例子。

最为著名的要数僖公三十年的"烛之武退秦师"。城濮之战时，郑文公亲附楚国，曾准备和楚国联合攻打晋国。城濮之战楚国战败，晋文公当上霸主。郑文公虽然参加了践土之盟，但已结怨于晋国。晋国要惩罚那些在城濮之战中离心背叛之国，于是联合秦国围郑。在秦晋两国强兵压境的危急关头，烛之武挺身而出，析之以理，惧之以势，诱之以利，终于说服秦穆公退兵，使郑国转危为安，免除了一场兵燹之祸。

烛之武说秦穆公，先从亡郑说起，指出亡郑于秦无益。无益的原因，一是"越国以鄙远"，难以实现；二是即使亡郑，得利的不是秦国而是晋国。"焉用亡郑以陪（倍）邻？"三是"邻之厚，君之薄也"。晋国强大，秦国必然削弱。这一层意思，必然引起秦穆公对伐郑后果的深思。接下来，烛之武再从不亡郑这一角度发挥，若不亡郑，不但于秦无害，反可以坐享其利。这样，两相比较，孰优孰劣，显而易见。弦外之音，还有讥讽秦国受晋役使之意。同时，为了瓦解秦晋联盟，加深两国的矛盾，烛之武又旧怨重提，指出晋国背信食言，历来如此。最后归结到晋之野心，不独在郑，还将侵秦。这样的深入剖析，犀利剀切，终于使秦穆公深思再三，幡然醒悟，毅然退兵。

类似的例子还有如僖公四年的"屈完如齐师"，僖公二十六年的"展喜犒师"，宣公三年的"王孙满对楚王问"等。行人应对辞令的成功，能使敌国退兵，起到了武力所无法替代的作用。

行人辞令最为娴熟出色的，要数郑国的执政大臣子产。子产在与列国尤其是晋国、楚国等霸主交往的时候，表现出极高的才辩。如襄公二十二年晋平公以郑国久不朝见为借口，"征朝于郑"，子产面对晋侯责难，一方面表示郑国不"忘职"，要服事晋国，另一方面又指责晋国"政令无常"，使郑国"无日不惕"；如果晋国仍不恤郑国，郑国只好与晋为敌。一番义正词严的反驳，使得晋国这个霸主收敛了它的淫威。襄公二十五年，郑伐陈后，子产献捷于晋。晋人三问，子产三答。针对晋国"何故侵小"的责难，子产答以大国"若无侵小，何以至焉"？可谓以其人之道，还治其人之身。昭公元年，楚公子围聘于郑，子产看出楚人心怀叵测，故拒之于城外。面对楚伯州犁的指责，子产大胆地揭露了楚人的阴谋。子产的辞令，既有义正词严的反驳，也有委婉有力的陈述。

再看襄公三十一年"子产相郑伯以如晋"一节，可以进一步领略子产巧于运用辞令的特色。这一年冬，子产陪同郑简公觐见晋平公。晋平公却以有鲁丧为借口，拒不见郑君。这是晋国故意摆出的一副霸主的傲慢无礼之态。子产忍无可忍，强行拆除了晋国宾馆围墙而入。面对晋国的责备，子产据理反驳，批评了大国诛求无时而又蛮横无理的态度，终于使晋国承认自己的错误，改变了态度。

成公十三年的"吕相绝秦"是一篇完整的行人辞令，有如一篇檄文。晋国的吕相列举秦国的种种罪状，宣布与秦绝交。此文踵事增华、变本加厉，有一种理直气壮、无可辩驳的力量。在手法上，作者用了大量的排比句式，形成了一种气贯长虹的逻辑力量。在辞令与句法的选择上，参差变化，错落有致，引人入胜，极具感染力，它开启了战国策士铺张扬厉纵横辩难之风。

(2) 辞令的修辞艺术

春秋时期的行人辞令，还很讲究修辞艺术。其所采用的修辞手法丰富多样。略举几例。僖公四年齐国讨伐蔡国之后又要借口攻打楚国，楚国使者用"风马牛不相及"比喻齐楚两国相距遥远，互不关涉。这是巧用比喻。僖公三十三年崤之战前，秦人欲偷袭郑国，郑人已发觉，派皇武子辞去驻扎在郑国的秦将杞子、逢孙等三人。但是不好直接说你们走吧，却说"吾子淹久于敝邑，唯是脯资、饩牵竭矣。为吾子之将行也，郑之有原圃，犹秦之有具囿也，吾子取其麋鹿，以闲敝邑"，意为你们待了这么久，我们这里东西匮乏，你们回自己国家的猎场去打猎，让我们休息一下吧。话极委婉，然暗示郑国已窥破秦人的阴谋。这是委婉含蓄。成公十三年"吕相绝秦"篇中，吕相在描述秦晋两国历史交往中用了不少与事实有很大出入的内容，夸大其词，这是夸张虚构。僖公三十年烛之武退秦师，见秦伯的第一句话是"秦、晋围郑，郑既知亡矣！若亡郑而有益于君，敢以烦执事"，这是以屈求伸。还可以举出一些，读者在阅读本书所选的章节时，自可从容涵咏体会。

孔子说："周监于二代，郁郁乎文哉！"（《论语·八佾》）说的是周代，到了春秋之时，虽然已经过四五百年，但是遗烈未减，大夫行人仍然讲究辞令，讲究文采，这体现了三代之文化精神。

4.《左传》孕育了丰富的文章和文学的体裁

(1) 散文体裁

清人章学诚说："后世之文，其体皆备于战国。"《左传》记载的是春秋时期的历史，成书于战国中前期，已经包含了多种文章的体裁。后代人所说的像颂赞、祝盟、铭箴、诔碑、哀吊、史传、诸子、论说、檄移、章表、议对、书记等各体文章，已经在《左传》中出现或已见雏形。

如"诰命"体，有僖公二十八年周襄王命重耳，襄公十四年周灵王命齐侯环。"誓"体，如哀公二年晋赵简子誓伐郑。"盟书"体，如哀公十一年亳城北之盟。"祷告"体，如襄公十八年晋荀偃祷河，哀公二年蒯聩战祷于铁。"劝谏"体，如桓公二年臧哀伯谏鲁桓公纳郜鼎。"书信"体，如

平生风义兼师友
——适斋序跋与书评

襄公二十四年子产与范宣子书，昭公六年晋叔向诒郑子产书。"应对"体，如襄公二十五年郑子产对晋人问陈罪。

至于小说一体，《左传》中虽没有后代"小说"的概念，其实许多叙事的篇章是准小说或者说纯粹就是小说了。如隐公元年的"郑伯克段于鄢"，成公十六年"楚子登巢车以望晋军"，昭公元年的"郑徐吾犯之妹美"，以及大量的战争篇章，都可作小说看。有的篇章的叙事手法，钱钟书称之为"纯乎小说笔法"（《管锥编》第一册），这是很中肯的。它们对后代的小说创作产生巨大影响，也为中国古代小说的发展提供了"史"的营养和依据。

(2) 诗歌体裁

《左传》中的诗，包括"歌"、"谣"、"杂辞"、"诗"、"逸诗"、"古谚语"几类。身份不同的人，所用的体裁不同。贵族之作，则称"诗"，称"赋"，如祭公谋父作《祈招诗》（昭公十二年），郑庄公姜氏之赋（隐公元年），士为之赋（僖公五年）。而下层人之作，多是"讴"、"谣"、"诵"、"谚"，如宋城者之讴（宣公二年），舆人之诵（僖公二十八年）等等。从内容及风格看，贵族之作，多从容典雅，温柔敦厚，郑庄公之赋曰："大隧之中，其乐也融融！"虽矫情伪饰，却貌似温文尔雅。庶人百工之作，则辞浅会俗，诙谐尖刻，如"宋城者讴"："睅其目，皤其腹，弃甲而复。于思于思，弃甲复来。""野人歌"："既定尔娄猪，盍归吾艾豭。"（定公十四年）前者刺华元，后者刺南子与宋朝，皆入木三分。上述各类诗体虽还处于朦胧和未定型阶段，但无疑影响了后代各体诗的发展。逯钦立先生《先秦汉魏晋南北朝诗》所录先秦史传著作中的诗，基本上把《左传》中的诗体都收录了，可以参看。

《左传》中记载的体裁形式，有的还是属于首创，如鲁哀公孔子诔（哀公十六年），是留存下来的最早的诔文。（《礼记·檀弓上》记鲁庄公诔御者，惜诔文无传。）还无社求拯于楚师，喻"智井"而称"麦麴"（宣公十二年），叔仪乞粮于鲁人，歌"佩玉"而呼"庚癸"（哀公十三年），为最早见到的隐语。公孙夏命其徒所唱的"虞殡"之歌，是最早的挽歌。前面已论及,《左传》中多次出现的"君子曰","君子谓",则开了后代史书论赞体的先河。

5.《左传》中的文学思想

先秦时期,纯文学的观念并未形成,但是,《左传》作为一部全面反映春秋时期社会文化面貌的历史著作,保留了大量的春秋时期与文学有关的思想观念,它们对后代的文艺理论和文学创作,产生了深远影响。

（1）重实用与重功利

从春秋时期人们的审美取向来看,文学的观念从它萌芽的时期开始,便带着强烈的为政教服务的实用性与功利性。僖公二十四年,晋文公回国当上国君后,介之推没有得到封赏,他也不愿意去向晋文公申诉,说:"身将隐,焉用文之?"这里的"文"指言辞,人的言语可称为"文辞"。介之推的意思,是认为言辞有美化人自身的作用。但是当它的实际功用被淹没时,文辞也就失去了意义。春秋时期人们认为"文辞"的作用巨大。僖公二十三年,晋公子重耳（晋文公）要出席秦穆公的宴会,子犯说:"吾不如衰之文也,请使衰从。"因赵衰善"文",即善于说话,使重耳取得秦穆公支持而回国夺取了君位。襄公二十五年,郑国献俘虏于晋国,因一向以善于辞令闻名诸侯的子产一番宏论而免除了晋国的责让。所以孔子说:"'言以足志,文以足言。'不言,谁知其志? 言之无文,行而不远。晋为伯,郑入陈,非文辞不为功。"文辞之功用如此,无怪乎春秋时人特别重视它的实用性与功利性。正因为春秋时期人们对文辞的重视,以至把"立言"抬高到"不朽"的地位。前面已提到的"三不朽"说,其中"立言"之不朽,推动了春秋战国时期诸子驰说、著作蜂起局面的形成。以至于汉魏,曹丕提出"盖文章,经国之大业,不朽之盛事"的理论,可以说也是发轫于"立言"不朽之说。这些理论,极大地推动了古代文学的发展。

在《左传》中可以看到,讲实用重功利理念的具体实践,特别鲜明地体现在对《诗经》《尚书》的运用上。这在《左传》有大量的记载。春秋时期的人们常"赋诗言志"。"赋诗言志",主要遵循二条原则。一是"赋诗断章,余取所求焉"（襄公二十八年）；一是"歌诗必类"（襄公十六年)。"赋诗断章",就是完全不顾原诗的整体内涵,而只取迎合己意的只言片语。"歌诗必类",就是一方面要求所赋之诗必须与乐舞相配(春秋时期赋诗都有配乐),另一方面是要准确表达本人的思想。在这样的观念之下,所谓"赋诗言志",只能是取其实用与求其功利了。

(2)"和同"与"中和之美"

前面提到的晏子论"和同"的哲学思想,反映了蕴含其中的以"和"为美的美学观。"和"就是要适中,要和谐,要"济其不及,以泄其过"。"物和则嘉成。故和声入于耳而藏于心,心亿则乐。"(昭公二十一年泠州鸠语)各种相异的对立的东西相成相济,达到适中,才能和谐统一。所以中和为度,过则生灾,物皆如此。对于诗乐来说,只有"中声"、"和声"才是美的。"先王之乐,所以节百事也,故有五节,迟速本末以相及,中声以降。五降之后,不容弹矣。"(昭公元年)违反中和之美的诗乐,使人忘却平和,心智迷乱,甚至产生疾病:"于是有烦手淫声,慆堙心耳,乃忘平和,君子弗听也。"(昭公元年)泠州鸠反对周景王铸大钟"无射",因其声音洪大,超过感官的承受能力,非和谐之音,大王将受不了:"窕则不咸,摦则不容,心是以感,感实生疾。今钟摦矣,王心弗堪,其能久乎!"(昭公二十一年)在春秋时期人们审美观念中,"和"乃是美之极则。晏子等人提出的"和""中声""和声"的美学观念,开启了儒家"中和之美"审美观与"温柔敦厚"诗教理论的先声。

总之,《左传》中反映的春秋时期的文学观念与文学思想,尽管在认识和表达上还不是那么清晰,但已经显示出非常活跃的趋势,对某些问题已进行了有目的总结与探索,这是非常可喜的。

中国编年体史书,《左传》是重要的一部;在中华传统文化经典中,《左传》也是重要的一部。《左传》对中华传统文化的影响是巨大且深远的。了解、熟悉《左传》这部经典著作,对于弘扬中华优秀传统文化有很大的帮助。但愿本书的解读能起到一定的作用。本书以中华书局影印《十三经注疏》中的《春秋左传正义》为底本,参照杨伯峻《春秋左传注》等著作。本书的选编,主要选取《左传》中所记载的重大历史事件和具有很强文学性的名篇，以窥见《左传》的历史意义、文章的特点和文化内涵。选文、注释和点评一定有许多不尽如人意的地方，敬请读者不吝赐教！

（该书为中宣部组织的"中华传统文化百部经典"之一，由国家图书馆出版社 2018 年 12 月出版，2021 年《百部经典》前 40 种书（含《左传》）获得第五届中国出版政府奖图书奖）

熔古铸今，激活经典
——《左传解读》编写后记

如何使中国古代经典实现"创造性转化、创新性发展"，是弘扬中华优秀传统文化工程中重要的一项工程。"中华传统文化百部经典"的编纂解读，正是实现这一目标的重要举措。

"中华传统文化百部经典"工程的编纂目的非常明确，就是要"以习近平总书记关于传承和弘扬中华优秀传统文化的一系列重要指示为指导，以社会主义核心价值观为引领，在精选精编的基础上进行大众化、通俗化的解读。服务当代，面向未来，用时代精神激活中华优秀传统文化的生命力，做到'鲜明主旨，赋予新意，着眼普及'"。"百部经典"所选书目，上起先秦，下至辛亥革命，包括哲学、文学、历史、艺术、科技等领域的重要典籍100部，充分展现中华传统文化的广泛性和多样性。为了突出这套书的分量，全书列入"2017年国家社会科学基金重大委托项目'十三五'国家重点图书出版规划项目"。

我于2017年夏天接到通知，告知被确定为《左传解读》的编写人选。三十多年前，我在读研究生时，专业方向是先秦文学，毕业论文就是有关《左传》研究的内容。此后，陆续出版了将近二十本与《左传》有关的书籍，包括《左传战国策研究》《春秋左传直解》等。《左传》是中国古代经典中重要的一部，是儒家经典"十三经"之一，是中国编年体史书的奠基之作，它既是一部伟大的历史作品，同时也是一部优秀的文学作品，它所蕴含的先进思想和价值观，它的写作范式和体裁，都对后世影响深远。解读《左传》，如何用时代精神激活中华优秀传统经典的生命力，做到"以古人之规矩，开自己之生面"，"既要突出其学术权威性，更要体现其时代性和大众性"，是编写过程中要慎重考虑的问题。

  按照编纂委员会的要求和规定，我列出目录和撰写大纲，上报编纂委员会审批。审阅通过后，即着手编写。在三万字的《导读》部分中，除了按体例规定的介绍《左传》这部古代经典著作的成书过程、版本源流、主要内容之外，重点突出其历史地位，时代价值。如作为第一部真正意义上的中国编年体史书，奠定了后世历史著作的体例，启发了后世多种史书体例的诞生。《左传》是一部开创了宏大历史叙事先河的著作，全方位地展示了春秋时期的历史。《左传》里面蕴含着许多先进思想和价值观，在今天仍然具有积极的启发意义。如"民本"思想。《左传》里面明确提出的"夫民，神之主也"、"国将兴，听于民"这一"民惟邦本，本固邦宁"（《尚书》）的传统思想，已经在今天的"以人为本"的思想中得到发扬和光大。再如《左传》中晏子对"和""同"的论述，是具有朴素辩证法思想的一对范畴，或者说就是辩证思想。对于今天理解辩证统一规律，仍然有启发意义。《左传》中叔孙豹所说的"三不朽"，揭示了传统文化中一个重要的价值观，即要追求身后的不朽，应该是超越了个体生命和物质追求的道德和功业上的建树。"三不朽"说千百年来激励着古代士人拼搏奋进、建功立业的不懈追求，成为人生的终极目标。再如郑国的大夫子皮从出使的遭遇中醒悟出"知易行难"的观点，告诫人们应做到知必行、知行应该统一。这是古代认识论的一个重要思想，对后世影响非常深远。诚如今天我们说，认识世界和改造世界都是不容易的，认识世界是为了改造世界。此外，《左传》中众多的经典格言如"多行不义必自毙"、"骄奢淫逸，所自邪也"、"善不可失，恶不可长"、"俭，德之共也；侈，恶之大也"、"兄弟虽有小忿，不废懿亲"、"人谁无过，过而能改，善莫大焉"、"民生在勤，勤则不匮"；"止戈为武"、"国之大事，在祀与戎"、"居安思危，思则有备，有备无患"、"苟利社稷，死生以之"、"为政者不赏私劳，不罚私怨"等等，都反映了春秋时期人们所具有的价值观、思维方式和行为准则，真实地反映了历史，深刻地影响着后人，成为中华传统文化中的精华，今天我们还常常引用这些经典格言以教育人们。吸取这些精华，在当下仍有着强烈的现实意义。所以，揭示传统经典著作中这些仍然对我们今天的道德建设、文化建设有着重要启发作用的内容，是解读经典的重要任务。

选出传统经典著作中的精华篇章，"精选精编"，是让今天的读者读懂经典进而进入经典堂奥的关键一环。《左传》的文章的确是非常漂亮且引人入胜的，历代读者都赞不绝口。《左传》的选本历来不少，就近现代的选本来说，比较著名的有徐中舒的《左传选》（《中国史学名著选》之一种）和朱东润的《左传选》。徐中舒《左传选》多从史学角度选文，特别是尽量采用纪事本末的体例以展现《左传》所描画的春秋历史面貌。朱东润的《左传选》则侧重《左传》的文学性，以文学的佳构引导读者领略其文学的魅力。《百部经典》的《左传》选读，应该把史学、文学等多方面的内容都提供给读者，让今天的读者全面了解和把握《左传》的精华所在。本书所选的45篇，正是基于从思想性、历史性和文学性等几个角度加以考虑的，可以说是《左传》中最精彩最有代表性的章节。虽然是节选，读者通过这45篇文章，基本上可以窥视《左传》的全貌了。

编纂方案设计的点评部分，很有创意。点评着重揭示文章的精彩特色、思想火花、文学成就，当然也可以发掘新史料，表达新观点。点评是对阅读境界的一种升华。我在编纂时对此颇为用心，审读专家也提出了许多中肯的意见。所以点评部分是一再打磨。如《郑伯克段于鄢》篇"多行不义必自毙"句，旁批：它揭示了一个真理：凡是作恶的人，搞阴谋诡计的人，违法乱纪的人，都没有好下场，最终只会搬起石头砸自己的脚。"遂为母子如初"句旁批曰："如初"二字，简要含蓄，独具匠心。《石碏谏宠州吁》篇点评曰：石碏论教育子女的道理，指出：宠必骄，骄必邪，邪必乱；宠爱和财富过了头，这不是爱子，而是害子，而且祸国。《曹刿论战》篇点评曰：曹刿之三问，突出的是民心的向背。《驹支不屈于晋》

篇写到戎人驹支赋《青蝇》，旁批曰：文化认同，是民族团结的重要力量。这些点评，起到画龙点睛、揭示内涵、提高读者兴趣的作用。

  书稿完成之后，我做了个粗略的统计，"导读"部分引用书目约37种，涉及先秦到近现代的众多的典籍、注本、研究专著等。"点评"部分引用书目约近70种，主要是从汉代开始到现代的有关《春秋左传》的评点的文献、诗文，甚至当代人的诗文作品。这些引用书目，客观上起到读书目录的作用（虽然书的最后有《主要参考文献》，限于篇幅，无法列举太多），带领读者了解前人阅读欣赏《左传》的学术历程与文化历程。完成此项工作，我再一次全面阅读《工作手册》，回顾这本书稿的编写过程，深深地感到，虽是一部普及性的书稿的撰写，但是可以体会到中央对于弘扬传统文化的重视，有关部门和学者的严谨认真，力求将弘扬传统文化工程落到实处，做到尽善尽美，真正做到"中华优秀传统文化的创造性转化、创新性发展"，"让世界知道为人类文明做贡献的中国"。

2019年6月28日改定

（该书为中宣部组织的"中华传统文化百部经典"之一，由国家图书馆出版社2018年12月出版）

平生风义兼师友
——《学脉、学谊与求索》跋

1984年,我负笈豫章,师从刘方元、刘世南二位教授读研究生。导师刘方元教授1944年毕业于蓝田国立师范学院,是钱基博、马宗霍、骆鸿凯等先生的及门弟子,与石声淮、郭晋稀、吴林伯、邓志瑷诸教授同窗。当年我的毕业论文答辩,便是请石声淮先生(石声淮是钱基博女婿、钱锺书妹夫。石声淮先生仙逝,刘方元先生有悼诗誉之曰:"同窗茂学冠群贤。")担任答辩委员会主席的。刘方元先生著有《孟子今译》《礼记直解》(与刘松来合作)《方元诗词选》等著作。刘方元先生2011年谢世,享年95岁。刘世南先生为刘方元先生做的《墓志铭》称:(刘方元先生)"师从钱基博、马宗霍、骆鸿凯、宗子威诸大师,植其本根,邃于经史,尤好为诗。时宗君创白云诗社,名家云集,先生亦揖让其间,称翘楚焉。"另一位导师刘世南教授是位渊博的学者,其学问甚得钱锺书、朱东润、钱仲联、吕叔湘等先生推重。二十世纪七十年代,钱锺书先生即几次推荐刘世南先生到中华书局和中国社科院文学所任职(见刘世南先生《在学术殿堂外》)。刘世南先生所著《清诗流派史》,被誉为20世纪清诗研究的九大经典著作之一。他所著的《在学术殿堂外》,在学术界也产生很大影响。刘世南先生虽已经96岁高龄,仍读书著作不辍。当年,刘方元先生亲授《诗经》《史记》等课程,刘世南先生亲授《左传》《庄子》。两位刘先生还要求我们要学习小学三门课,与古代汉语研究生一同听课。讲授音韵学的是余心乐先生。余先生在南京大学读书时，曾师从黄侃先生。讲训诂学的是刘方元先生的同窗邓志瑗教授。讲授古文字学的是中山大学的孙稚雏教授，是容庚先生弟子。亲承謦欬，这些学者的授课，让我们受益匪浅，受用无穷。

1987年起我到福建师大任教。1995年，我开始招收硕士研究生，第一届入学的是黄培坤君和叶友琛君。其后，硕士研究生的指导，到2017年毕业的专业硕士生刘晓丽，共招收了几十名研究生（包括教育硕士）。2001年，我开始招收博士研究生，第一届博士生是孙纪文君。博士生的招生，到2011年，共招收了十届12位。在指导博士、硕士期间，我给他们开设过《诗经研究》《左传国策研究》《史传文学研究》《两汉经学与文学研究》《文学研究方法论》《中国文学批评史》《文献学》等课程。每一届的学生，都开出读书目录，检查读书笔记。他们中的毕业论文，有不少获得优秀论文奖。今天，这些学生中有的当上了博导，也在指导博士生；有的当上了硕导，指导硕士生；有的在行政岗位上，担任了相当负责的干部；还有的在其他高校或在中学，成为骨干教师。看到这些朋友们的成长，我由衷地高兴。如今我已进入杖国之年，不再指导研究生。写此跋文时，想起李白的二句诗："却顾所来径，苍苍横翠微。"李白这里写的是山色，写对终南山的留念，写暮色苍苍中的山林美景。借以回顾自己所走过的指导学生的路程，似也颇能应合自己的心情。

此书所谓"学脉"，是想说做学问渊源有自。清人方东树说："表人物，正学脉，综名实，究终始。"（《刘悌堂诗集序》）弘扬文绪，传承学术，此之谓也。像钱基博先生，是国学大师，学术界一面大纛，我们虽无法学到其学术之万一，然而高山仰止，激励吾辈不断努力。刘方元、刘世南先生，也都是学问渊博之学者。二十世纪八十年代我们和两位刘先生一起出去访学。两位先生一路和我们谈的都是学问，他们做诗唱和。刘方元先生是每日一首诗（我有小文《80年代访学记忆》刊于《中华读书报》记此事）。刘方元先生已仙逝多年，令人常常怀念他。刘世南先生已是九十六岁高龄，然而仍在看书写文章。他们都是为学术献身之人。

平生风义兼师友
——适斋序跋与书评

所谓"学谊与求索",是指我与学生们的友谊和他们的学术求索成果。我常对学生们说,你们在学时我们是师生关系,毕业之后,是平等的朋友关系。因为专业学习而相聚,这就是"学谊"。他们虽然都已毕业,但是我仍然希望能再次集中地展示一下大家的成果,展示一下大家在为学道路上的求索。弦歌不辍,薪火相传。希望学脉能够传续下去。所以这里收集的都是学术论文。有的是近年新的学术成果,展示了他们在学术道路上的不断努力。有的毕业后虽不再从事学术研究,但是也热情赐稿。有的因工作繁忙,来不及提交论文。不过有此一册在手,可以引发大家温馨与美好的回忆吧。

2011年开始,我受聘于福建工程学院,先是负责工程学院地方文化资源研究中心,后又负责工程学院的福建省社科研究基地——地方文献整理研究中心。中心有一批年轻的博士,祁开龙、庄恒凯、庄林丽、鹿苗苗、杨亿力、杨冬冬几位即是。我和这些博士们一起工作,完成了《福建文献汇编》、林纾研究系列工程、《福建历代文化丛书》等项目,并结下了深厚的友谊,可谓相得于师友之间。承蒙他们不弃,愿意参加本论文集的编纂,并提供大作,令我感动和感谢!

此书由李彬源君筹划和汇稿,他付出很多心力,令人由衷地感谢!

我们因问学而结缘。愿我们的学谊之树常青!

附：

李彬源《学脉、学谊与求索》前言

业师郭丹先生今年步入不逾矩之年。为祝贺先生充实而有光辉的学术教育生涯，几位在榕学生倡议出版一本纪念文集，敬献给先生作为生日礼物。此举得到海内外同门的积极响应和海峡文艺出版社的大力支持。然而先生不愿学生们为之歌功颂德，坚拒再三，于是纪念文集遂变成师门论文集，取名"学脉、学谊与求索"，以略叙师门渊源、学脉所自、师生情谊和学术传承。诸同门以我长年在先生身边、对先生亲近熟悉为由，嘱我做一前言。这令我不免履冰临渊，唯恐词不达意。思虑良久，只能稍述心目中之先生形象，以求缵绍前修、率勉后学，虽难达万一，但聊以自慰。

先生出身于福建龙岩教育世家——龙门郭氏，在家族氛围的熏陶下，自幼对文学和教育抱有浓厚的兴趣。1967年上山下乡当中学民办老师时，就在大小报刊上发表过诗歌、散文，写过剧本。1984年，先生师从刘方元、刘世南两位学殖渊深、思洽识高的博通高师，朝夕接席，陶镕启沃，研究经学和文学，开始了他漫长的学术生涯。1987年到福建师范大学工作后，先生就撰写了早期力作《古代文学精华》《春秋左传直解》《左传漫谈》。之后，更是耽思傍索、精究细研，勇攀学术高峰，在经学与文学关系、史传文学、中国文学批评史、地方文献整理等各方面都取得斐然之成绩，成为上述领域知名的学者。

先生之治学，有独特的学术筋骨和精神。主要有三：一是博综该洽，大含细入。往往突破经、史、子、集的畛域，主张通观视野、文史融通，以识其旨归，得其条理。先生所著《春秋左传直解》《史传文学：文与史交融的时代画卷》《左传国策研究》《左传全本全注全译》《经典透视与批评》等书皆可见如是精义。其中关于"史传文学"的文章，入选上海高中语文课本达十年之久。二是精于所专，成于所广。先生精擅《诗经》《楚辞》《春秋》《左传》《战国策》《史记》《庄子》等经典文献，并以此为基

平生风义兼师友
——适斋序跋与书评

石，博涉深研，据事类义，不作浮夸之谈，不为穿凿之论，因此颇能显微阐幽，正伪纠谬。这从其所涉领域之深广可见一斑。三是事义并举，融通方法。前人治学，以博观约取、博古通今为准则；先生治学，则在注重文献资料和考据的前提下，进而求融合中西，以一己之心思才力，涵咏古今中外之心思才力，以求创获。因此除文学研究方法外，先生的系列论文常借用哲学、社会学、考古学、宗教学、艺术学等相邻学科成果开展研究，展现出开阔的学术视野和锐利的学术见解。

此外，先生还长于文献整理和经典普及。早期就有《先秦两汉文论全编》《魏晋南北朝文论全编》《简明中国古代文学史》（与陈节教授合作，被定为"全国高等学校重点规划教材"）等书，成为国内数十所大学相关专业的教学参考书。退休以后，先生将大部分精力投放到福建文献的整理编撰和经典的普及工作上。其领衔主编的《福建文献汇编》，以《文津阁四库全书》为本，囊括了民国以前闽人撰写或编述的传世文献，以及非闽人士研究福建文化历史的作品，填补了福建历史上地方文献大型集刊的缺失，具有非凡的学术意义。这是目前最齐全的福建文献大典，被誉为"福建的四库全书"，受到国内外学者的广泛关注和赞誉。2017年，先生被选为由中宣部组织的"中华传统文化百部经典"中第二批书目《左传》的解读人，被国家有关部门重点推广，成为家喻户晓的传统经典传承人。

先生研究中国古典文学，深受中国古代士大夫流风余韵的影响，是少见的有经世致用自觉的知识分子。他"既亢爽厚重，又机敏颖锐"，"富有经济才，善于处理繁杂的庶务"[①]，是真正的"双肩挑"人才，富有独特的人格魅力和学识魅力。七年前，当我被组织上调到先生时任校长的闽南科技学院工作时，不仅整个学校的学风浓厚、秩序井然令我感受至深，先生对每位教职工的熟悉程度更令我敬佩不已。先生能熟稔地叫出走在路上的每一位老师的名字，了解每个人的学术和教学情况，甚至能叫出许多青年老师爱人、孩子的名字，令人如坐春风、如饮甘醇。他温润如玉，对人谦

---

① 参见刘世南先生《左传国策研究序》。

和，具有典型的君子人格。待人接物平易真诚，无半点骄矜气息；讨论学问从善如流，不宥门户之见；待人时是仁者，处事时是智者。如此种种，使得整个学校的教职工对先生都有一种发自内心的爱戴和崇敬，誉之为"校史上最成功的校长"。学校在他的带领下，亦乘时乘势，蒸蒸日上。之后每逢先生回到学校讲学时，围在身边争着和他握手叙旧的老师总是肩摩毂击、熙来攘往，堪称闽南科技学院校园的一大奇景。

先生一生从事高教工作，历任福建师范大学中文系副主任、文学院副院长、校工会主席、闽南科技学院校长等职，对中国大学的管理和建设既有深入的思考，又有具体的实践，因此见地独到、引人深思、给人启迪。梅贻琦先生说："大学之大，非大楼之大，乃大师之大。"这是凸显师资之作用。而先生则更重视大学的精神价值所在。他认为大学之大，以"真理为大"，以"学术为大"，以"立人为大"。其中，"真理为大"，大在大学追求、探索和捍卫、传播真理的宗旨；"学术为大"，大在大学作为知识和文化传承专门机构的责任；"立人为大"，大在大学负有引导社会价值观、规范社会行为之使命。这一见地显然更为全面到位。先生曾著《大学之大》一书，阐述自身对大学理念、大学精神、学校生态、教学科研、文化建设等方面的思考，更在《光明日报》《福建日报》《文汇报》等报刊连载数十篇相关文章。这是一个高校教育者对大学回归本真和初心的真诚呼唤，也是对大学教育本质和时代内涵的积极探索，体现了先生悲天悯人的胸怀和教书育人的自觉。

"玉壶存冰心，朱笔写师魂。谆谆如父语，殷殷似友亲。"这是许多学生心目中先生的真实写照。2014年福建教育界有一段佳话，第二届省高校青年教师教学竞赛中，中文专业的六名一等奖获得者里竟然有三位曾是先生的研究生，而且她们在发表获奖感言时，都不约而同地谈到先生的谆谆教诲。先生正是这样以丰富的学养和无私的大爱有教无类、因材施教，既作经师又为人师，赢得学生们的无限爱戴。平日里，无论面对何种层次的学生，先生都是既严格要求、细心教诲，又在思想上鼓励、生活上关爱。碰到学生需要帮助时，常常不辞辛劳，无分巨细，鼎力相助；学生中凡有些许成绩的，不论长幼、层次，他都励志勖行，加以鞭策。如我此等资质下愚的，更是尽心诱掖，耐心扶持，但求有所长进。40多年来，先生培养了数以千计的大学生、近百名硕士生和十多名博士生、博士后，更有许多因宗仰而私淑先生者，这些人才在各自领域都颇有建树。学生们饮水思源，对先生深怀感恩之心，师生情谊与日俱增，历久弥深。本书收录的各位学生写的文章，虽然多为学术类论文，但文字中都带有温度，带有暖意，带有对先生无比的热爱和感恩。

先生数十年如一日致力于教书育人，他坚持真理、乐育英才的精神，不计名利、默默奉献的品质，以及渊博的学识、严谨的学风，不仅赢得了学生们的爱戴，而且受到学术界的尊重。本次编辑文集时，先生挚友、复旦大学徐志啸教授主动赐文增辉，在此衷心感谢。由于水平所限，又成书仓促，书中定多有谬误，亟望不吝赐教。

祝先生学术之树常绿，生命之树常青！

受业弟子李彬源谨记
己亥七月于福州云源阁

后 记

本书上编是为他人著作撰写的序跋，中编是这些年写的部分书评，下编是自己历年部分著作和本人主编之书的前言、后记。总体来说，与本人专业即古代文学专业的科研与教学有关的作为入选的原则，一些与这些原则无关的序跋和书评则不选入。

先要说明的是，本书第一篇序，是我帮刘世南先生整理和电脑输入《在学术殿堂外》的原因，先睹为快，所以写了一篇拜读完后的心得体会以呈刘老师。出版时刘老师却执意要把我这篇小文作为序言。我曾一再推辞，他举了学生给老师作序的例子以加劝。被作为刘老师大作的序，一直令我赧颜。如今，刘老师已离我们而去，今置于篇首，亦是一份纪念。陈子展先生是大师级的学者，本人本没有资格来写他的文集的推荐书，但因先生高足徐志啸教授的受命而为，我在前面的附记中已说明，读者当能谅解。

在学术界混了这么多年，总有一些朋友，承蒙不弃，有学者朋友邀请为之著作撰写序言的。宋代的王应麟在他的《辞学指南》中说："序者，序典籍之所以作。"明代的吴讷则说："凡序文籍，当序作者之意。"从这个意义上来说，一篇序文就是阅读一部著作的窗口，也是交给读者打开全书的一把钥匙。上编有几位学者大著的序言，也有本人指导的已出版的博士生论文的序言。这些序言，大体可以揭示作者著作的特点，及其著作的内在理路，并给予合适的评价，以帮助读者尽快地进入文本之中而已。给博士生的博士论文写序，还带有对作者的学习和研究专业做一点总结的意味。

书评各篇，可以说是自己拜读这些朋友的著作的体会，或者说是学习体会。现在资讯发达，出版也比较便利，就是在专业范围内，新的著作也层出不穷，目不暇接。本书所收的书评并不多，且都在报刊上刊登过，限于篇幅，所以都不长。但是，我写书评有一个原则，即一定要详细通读全书，做笔记，把重点的段落精彩的句子等摘录出来，仔细体会，然后再动笔（为他人写序也是如此）。书评当然有评价的功能，但也有导读的功能。但愿我这些书评对读者阅读原著能起导读的作用。

下编收录了本人自著或主编之书的序言、前言、跋记等文章。我学习研究的主要领域为先秦两汉经学与文学以及中国文学批评史，下编的内容也基本在这个领域内。这些序跋，大体上可以看出自己在不同时期治学的一些经过和思考的路径。

不论是为他人写的序跋、书评，还是自己著作的序跋，其实都是师友之间的交流和心得，所以我还是愿意以"平生风义兼师友"作为书名。我始终认为，李商隐的这句诗，充分体现了读书人之间的关系，故用之。关于这点，我在《学脉、学谊与求索》跋中已有详细的说明。此不再赘述。

本书的出版，得到福建工程学院地方文献整理研究中心的大力支持，谨此深表感谢。

期待着读者的批评。

2021年8月20日于福州适斋